Meurtres au Montana

Nora Roberts

Meurtres au Montana

Traduit de l'américain par Véronique Vaquette

Titre original :
MONTANA SKY
G.P. Putnam's Sons, New York

Pour la traduction française :
© Éditions J'ai lu, 1997

PREMIÈRE PARTIE

L'AUTOMNE

La belle année où la mort frappa.
A.E. HOUSMAN

1

Jack Mercy était mort ce qui n'excusait rien. Une semaine en enfer ne rachetait pas soixante-huit ans de tyrannie. Et ce n'était pas la foule massée autour de sa tombe qui prétendrait le contraire !

Bob Mosebly se tenait à côté de sa femme dans l'herbe haute du cimetière. Enterrement ou pas, elle disait toujours ce qu'elle pensait. Si elle était venue, c'était par amitié pour Willa, et rien d'autre, lui murmura-t-elle une fois de plus à l'oreille.

Durant tout le trajet, Bethanne n'avait cessé de rebattre les oreilles de Bob avec la même litanie. En homme habitué au bavardage de sa femme, il avait grommelé de temps à autre sans plus l'écouter que le prêtre qui débitait à présent son sermon devant la tombe ouverte.

Il fallait admettre que sa femme n'avait pas tort. Lui non plus n'avait jamais porté dans son cœur cette vieille crapule de Mercy. Mais bon, les morts, ça se respecte...

Tous les habitants des alentours étaient là au grand complet. Pour rien au monde ils n'auraient voulu manquer le dernier voyage du vieux bouc. Ranchers, cow-boys, négociants, politiciens avaient envahi ce coin paisible du ranch Mercy niché au creux des monts Big Belt, près des rives du Mis-

souri. Des générations de Mercy avaient été enter-
rées là, sous l'herbe ondoyante.

Jack était le dernier en date. Il avait commandé
lui-même un cercueil de châtaignier brillant
comme un miroir sur lequel il avait fait sculpter
les M dorés entrelacés, emblème du ranch. L'intérieur était tapissé de satin blanc et il y reposait, à
présent, chaussé de ses plus belles bottes, coiffé de
son Stetson préféré et son fouet dans les mains
comme s'il allait se lever pour enfourcher son cheval.

Le bruit courait que Willa avait déjà commandé
la pierre tombale selon les instructions de son
père. Du marbre blanc, pas du vulgaire granit pour
Jackson Mercy, et une épitaphe de son cru, bien
sûr :

ICI REPOSE JACK MERCY.
IL A VÉCU ET IL EST MORT À SON ENVIE.
SI ÇA VOUS DÉRANGE, TANT PIS.

Une fois érigé, le monument rejoindrait la
cohorte des pierres tombales de la famille. Ils
étaient tous là, de l'arrière-grand-père, Jebidiah
Mercy, qui avait jeté son dévolu sur cette terre,
jusqu'à la dernière des trois épouses de Jack Mercy
— la seule disparue avant qu'il n'ait eu le temps de
la répudier.

Ironie du sort, songea Bob, toutes les femmes de
Mercy lui avaient donné une fille alors qu'il se
serait damné pour avoir un garçon. Cette plaisanterie du Tout-Puissant le punissait sans doute
d'avoir piétiné tout le monde durant son existence.
Il se souvenait encore des trois jeunes épouses,
même si aucune d'entre elles n'était restée bien
longtemps. De sacrées belles femmes, et leurs filles
ne leur faisaient pas honte : un vrai régal pour les

yeux. Bethane était restée pendue au téléphone dès qu'elle avait appris que les deux filles aînées de Mercy allaient venir à l'enterrement. Il faut dire qu'elles n'avaient pas remis les pieds au ranch depuis leur première dent. Le vieux salaud n'avait jamais voulu les revoir. Seule Willa était restée. Mercy avait bien été obligé de la garder car la mère de la petite était morte l'enfant à peine sevrée, et il n'avait eu personne à qui confier le bébé à part Bess, la bonne, qui l'avait élevée du mieux qu'elle avait pu.

Elles avaient toutes un air de ressemblance avec Jack, remarqua Bob en les observant de dessous son chapeau. Mêmes cheveux noirs, même menton volontaire. On voyait tout de suite qu'elles étaient sœurs. Dire que c'était la première fois de leur vie qu'elles se rencontraient ! Comment allaient-elles s'entendre, ces trois-là ? Et Willa aurait-elle suffisamment de caractère pour diriger un ranch de dix mille hectares ?

Justement, Willa songeait au ranch et à tout le travail qui l'attendait. C'était une matinée lumineuse, la nature, somptueuse, offrait une palette de couleurs éclatantes. Mais si les montagnes et la vallée avaient revêtu leurs plus beaux atours en ce début d'octobre, le chinook s'était levé, vent chaud et sec qui n'avait rien d'hivernal. Pourtant le temps pouvait changer d'un moment à l'autre ; d'ailleurs, il avait déjà neigé sur les hauts plateaux. Il allait bientôt falloir rassembler le bétail, vérifier les clôtures, les réparer. Il faudrait aussi planter le blé d'hiver. Tout reposait sur elle dorénavant. Le ranch Mercy n'était plus le ranch de Jack Mercy mais celui de Willa Mercy.

En écoutant le prêtre parler de vie éternelle, de pardon, de paradis, elle imagina la grimace de mépris qu'aurait eue son père s'il avait pu l'entendre. Le seul paradis qui comptait pour Jack Mercy, c'était le Montana. Son Montana, ses immenses montagnes et ses grandes plaines, peuplées d'aigles et de loups. Son père serait sans aucun doute aussi malheureux au paradis qu'en enfer.

Elle resta impassible lorsqu'on descendit l'imposant cercueil dans la fosse fraîchement creusée. Sa peau, héritage de sa mère amérindienne, était cuivrée par le soleil. Ses yeux, presque aussi noirs que ses cheveux tressés à la va-vite, restaient obstinément secs. Elle ne portait pas de chapeau mais même le soleil qui l'aveuglait ne lui tirerait pas une larme. Elle avait les pommettes hautes, une bouche bien dessinée à l'expression hautaine, des yeux sensuels aux paupières lourdes bordées de cils épais. Seul défaut de ce visage fier, son nez cassé, souvenir d'une chute de cheval quand elle avait huit ans. Elle aimait à penser que la légère déviation de sa cloison nasale ajoutait une touche de caractère à son visage. Et mieux valait avoir de la personnalité qu'être belle. Les hommes ne respectaient pas la beauté, ils en usaient.

Elle se tenait parfaitement immobile sous le vent qui jouait avec les mèches échappées de sa tresse. Jeune femme de taille moyenne au corps élancé et solide, mal à l'aise dans la robe noire et les escarpins qu'elle portait pour la première fois. Une femme de vingt-quatre ans qui pensait à son travail pour oublier la douleur qui lui ravageait le cœur.

Malgré tout, elle avait aimé Jack Mercy. Et elle n'avait pas échangé un mot avec les deux étrangères qui étaient venues enterrer leur père. Pendant un court moment, son regard se posa sur la sépulture de Mary Wolfchild Mercy, la mère dont elle ne se souvenait pas. Sur la tombe resplendissait un parterre de fleurs sauvages qui chatoyaient comme des joyaux sous le soleil d'automne. Adam, son demi-frère, savait faire ces choses-là. Elle se tourna vers lui et il lui prit la main. Il était sa seule famille à présent.

— Il a vécu selon son envie, murmura-t-il.

Sa voix était calme, apaisante. S'ils avaient été seuls, elle aurait pu poser la tête sur son épaule et se laisser réconforter.

— Oui, répondit-elle. Et maintenant c'est fini.

Adam jeta un coup d'œil aux deux femmes, les filles de Jack Mercy.

— Va leur parler, Willa.

— Elles dorment chez moi, mangent mon pain, répondit-elle en se détournant vers la tombe de son père. C'est suffisant.

— Elles sont du même sang que toi.

— Non, Adam. Toi, tu es de mon sang. Elles, elles ne sont rien pour moi.

Et elle s'éloigna, l'air dur, prête à affronter la cérémonie des condoléances.

À tous les enterrements, les voisins apportaient à manger. Il n'était pas possible de se soustraire à cette tradition, pas plus que d'empêcher Bess de cuisiner pendant trois jours pour ce qu'elle appelait « le banquet de deuil ». Cela mettait Willa hors d'elle. Si tous ces gens étaient là, ce n'était pas pour partager sa peine mais par curiosité. Parmi ceux qui se pressaient dans la grande maison, beaucoup n'y avaient jamais été invités. La mort de Mercy leur donnait l'occasion de mettre enfin les pieds au ranch.

La maison était bien dans le style de Jack Mercy. La cabane de boue et de rondins édifiée à l'origine avait été remplacée par une longue construction de pierre, de bois et de verre avec des galeries, des terrasses. Des tapis venus du monde entier recouvraient les parquets de pin blond et les carrelages cirés. Jack Mercy adorait collectionner. Lorsqu'il était devenu maître du ranch il avait passé cinq années à transformer ce qui avait été une charmante maison en un palais.

« Quand on est riche, il faut en mettre plein la vue », aimait-il à dire.

C'était ce qu'il avait fait. Il avait collectionné les tableaux et sculptures, et fait bâtir de nouvelles pièces pour les exposer. Le hall d'entrée était un atrium circulaire au sol carrelé dans des tonalités saphir et rubis, dont le dessin représentait l'emblème du ranch. Et, monstruosité grandiose, le premier pilastre du grand escalier de chêne ciré était sculpté en forme de loup hurlant.

Le hall était rempli de convives qui, assiette à la main, roulaient des yeux ronds en examinant les lieux. Les autres s'entassaient dans le salon au centre duquel trônait un immense divan de cuir blanc en arc de cercle. Au-dessus de la cheminée, qui occupait tout un mur, était accroché un portrait grandeur nature de Jack Mercy chevauchant un étalon noir. La tête légèrement penchée sur le côté, le chapeau en arrière, il tenait à la main son fouet enroulé. En le regardant, nombreux furent ceux qui songèrent que ses yeux bleu acier les maudissaient de boire son whisky pour célébrer sa mort.

Pour Lily Mercy, la deuxième fille que Jack avait conçue et rejetée, c'était trop impressionnant. La maison, la foule, le bruit... La chambre qu'on lui avait attribuée la veille, lors de son arrivée, lui paraissait d'un luxe incroyable. Le lit était une merveille de bois doré en harmonie avec le papier jaune de Naples. Et surtout, l'atmosphère y était calme, songea-t-elle en passant sur la véranda pour s'éloigner de la cohue.

La solitude, voilà ce qu'elle désirait plus que tout. Elle contempla les montagnes qui barraient l'horizon, si hautes, si escarpées... rien à voir avec les basses collines de sa Virginie. Le ciel, vaste azur sans fin, s'incurvait sur un océan de terre qui s'étendait à l'infini. Les dorés et les roux, les écarlates et les bronzes des montagnes et des prairies explosaient sous le soleil d'automne. Quelle merveille que le ranch soit bâti là, au milieu de cette vallée d'une beauté à couper le souffle ! Très tôt ce matin, elle avait aperçu par la fenêtre de sa chambre un daim qui s'abreuvait à un cours d'eau aux reflets d'argent.

Si elle en avait le courage, elle pourrait aller dans la montagne, et surprendre des cerfs, des élans ou des renards. Durant son voyage en avion, elle avait dévoré les brochures touristiques sur le Montana. Mais peut-être ne la laisserait-on pas rester, peut-être devrait-elle plier bagage dès le lendemain. Où irait-elle si on lui demandait de partir ? Elle ne pourrait pas retourner dans l'Est avant longtemps.

Du bout du doigt, elle toucha avec précaution la marque bleue qu'elle avait essayé de dissimuler sous le maquillage et les lunettes de soleil. Jesse l'avait retrouvée. Pourtant elle avait été prudente. Elle s'était bien cachée mais cela n'avait servi à rien et les décisions de justice n'avaient pas empêché les coups. Le divorce n'avait rien changé. Elle avait beau déménager sans cesse, fuir, il savait toujours la retrouver.

Mais peut-être qu'ici, à des milliers de kilomètres, dans cette région si vaste, elle pourrait recommencer une nouvelle vie. Sans peur.

La lettre de l'avocat l'informant de la mort de Jack Mercy et la convoquant dans le Montana était apparue comme un don du ciel. On lui avait envoyé un billet de première classe qu'elle avait aussitôt échangé contre trois vols bon marché réservés sous un nom d'emprunt. Elle espérait que ces détours compliqués brouilleraient les pistes. Jesse Cooke n'allait pas la poursuivre jusqu'ici, tout de même. Elle en avait assez de fuir et d'avoir peur.

Elle pourrait s'installer à Billings ou à Helena et chercher du travail. Avec son diplôme d'enseignante, elle trouverait bien un poste. Elle louerait un petit appartement ou une simple chambre.

Ici, elle pourrait oublier. Devant elle s'étendait un paysage à la fois terrifiant et magnifique qui laissait place à l'espoir.

On lui toucha le bras et elle sursauta, s'écartant d'un bond en réprimant un cri.

Ce n'était pas Jesse, bien sûr. Quelle idiote ! Ils ne se ressemblaient même pas : Jesse était blond, alors que l'homme à ses côtés avait de longs cheveux noirs. Sa peau était mate et ses yeux d'un noir intense l'observaient gentiment. Ce visage était d'une beauté parfaite.

Mais Jesse aussi était beau. La beauté pouvait très bien cacher une infinie cruauté.

— Je suis désolé de vous avoir fait peur, dit Adam d'une voix douce comme s'il s'adressait à un poulain malade ou à un chiot effrayé. Je vous ai apporté du thé glacé, il fait chaud aujourd'hui.

Il remarqua comme sa main tremblait lorsqu'il lui tendit le verre.

— Merci. Je ne vous avais pas entendu venir.

Sans même s'en rendre compte, Lily fit un nouveau pas en arrière pour maintenir une distance entre eux.

— Je... regardais le paysage, reprit-elle, c'est... si beau ici.

— Oui, en effet.

Elle prit une gorgée de thé en s'efforçant de recouvrer son calme et de se montrer polie. Lorsqu'on était calme, les gens posaient moins de questions.

— Vous habitez près d'ici ?

— Tout près, répondit-il en souriant.

Il trouvait jolie sa voix lente aux chaudes inflexions du Sud. Il s'approcha de la rambarde et fit un geste sur la droite.

— Vous voyez la petite maison blanche de l'autre côté de l'écurie ? C'est là que je vis.

— Oui, je l'ai remarquée. Il y a des volets bleus, un jardin et un petit chien noir qui dort dans la cour.

La maison lui avait paru mille fois plus charmante et accueillante que la grande demeure.

— C'est Chili, répondit-il, toujours souriant, mon chien. Il a un faible pour le *chili con carne*. Au fait, on vous a dit qui j'étais ? Adam Wolfchild, le frère de Willa.

— Oh...

Elle regarda un instant la main qu'il lui tendait, très surprise, puis se força à la prendre. Il ressemblait à Willa : les mêmes pommettes saillantes, les mêmes yeux.

— Je ne savais pas qu'elle avait un frère. Cela veut dire que nous sommes...

— Non. Willa et moi nous avions la même mère, pas le même père, comme vous.

Il relâcha doucement la main fine et nerveuse.

— Oh, je vois, dit-elle d'une voix mal assurée.

Elle s'aperçut alors qu'elle avait bien peu songé à ce père qu'on venait d'enterrer et se sentit soudain honteuse.

— Étiez-vous proche de lui... euh... de votre beau-père ? demanda-t-elle.

— Non, personne ne l'était, répliqua-t-il simplement et sans amertume. Vous n'êtes pas très à l'aise ici, n'est-ce pas ?

Il avait remarqué qu'elle évitait soigneusement de se mêler aux autres, s'effarouchant au moindre contact. Il avait aussi vu les marques sur son visage, qu'elle essayait de dissimuler.

— C'est que... je ne connais personne.

Blessée, songea Adam. Il avait toujours été attiré par les êtres malmenés par la vie. Elle était ravissante et elle souffrait. Vêtue d'un tailleur noir très sobre et chaussée de talons aiguilles, elle était presque aussi grande que lui et beaucoup trop mince. Ses cheveux auburn ondulaient autour de son visage comme des ailes d'ange. Il aurait aimé connaître la couleur des yeux que cachaient les lunettes de soleil et percer le secret qu'elles dissimulaient. Elle avait le même menton que son père mais sa bouche était petite et douce comme celle d'un enfant. Lorsqu'elle avait esquissé un sourire, il avait remarqué la trace d'une fossette aux coins des lèvres. Sa pâleur contrastait violemment avec les lunettes noires et la faisait paraître encore plus vulnérable.

Elle était seule et avait peur. Il aurait du mal à convaincre Willa d'accepter la vulnérabilité de cette femme, sa sœur.

— Il faut que j'aille m'occuper des chevaux, dit-il.

— Ah bon, déjà ?

Pourquoi était-elle déçue qu'il s'en aille, elle qui préférait la solitude ?

— Mais je ne veux pas vous retarder, continua-t-elle précipitamment.

— Voulez-vous m'accompagner ?

— Voir les chevaux ? Je...

Allez, un peu de cran ! Il ne va pas te faire de mal.

— Euh, oui, j'aimerais beaucoup. Si ça ne vous dérange pas.

— Ça ne me dérange pas du tout.

Ne voulant pas l'embarrasser par sa conversation, il la précéda simplement sur le chemin poussiéreux.

On les vit partir ensemble et, comme il se doit, les langues allèrent bon train. Après tout, Lily Mercy était l'une des filles de Jack, même si elle était trop timide pour ouvrir la bouche. Ça, c'était tout le contraire de Willa ! Celle-là, elle ne mâchait pas ses mots !

Quant à la troisième, c'était une autre paire de manches ! Une espèce de pimbêche, paradant d'un air méprisant dans son tailleur chic. Tout le monde avait bien vu au cimetière qu'elle restait de glace. Mais il fallait reconnaître qu'elle était jolie. D'ailleurs, toutes les filles de Jack étaient des beautés et celle-ci, l'aînée, avait les mêmes yeux que lui : durs et d'un bleu perçant. Mais elle avait beau jouer les Californiennes et porter des chaussures de luxe, tout le monde se rappelait que sa mère avait été danseuse de cabaret à Las Vegas. Comment oublier les plaisanteries paillardes et le rire à décorner les bœufs ? Au fond, tous ceux qui l'avaient connue éprouvaient plus de sympathie pour la mère que pour la fille !

Tess Mercy se moquait bien de ce qu'on pensait d'elle. Elle n'était venue dans ce trou perdu que pour la lecture du testament. Rien ne l'empêcherait de recevoir son dû qui ne compenserait jamais ce que le vieux salaud lui devait. Et après, bye-bye les ploucs !

— Je rentre lundi au plus tard.

Elle parlait au téléphone à son agent littéraire tout en déambulant d'un pas énergique. À l'abri des regards dans ce qui avait dû être l'antre du maître de maison, elle avait beaucoup de mal à ignorer les trophées de chasse qui encombraient les murs.

— Le script est terminé, dit-elle en repoussant les mèches brunes qui entouraient son visage. Bien sûr qu'il est génial ! Tu verras ça toi-même lundi. Pas de blague, Ira, je te donne le script, tu me donnes le fric ! Mon compte est à sec.

Elle coinça le téléphone sous son menton tout en attrapant une carafe de cognac. Le verre dans une main, elle écoutait les promesses et les excuses de son agent lorsqu'elle aperçut Lily et Adam passer devant la fenêtre.

Intéressant, songea-t-elle en avalant une gorgée. La petite souris et le gentil Indien.

Avant de venir dans le Montana, Tess avait mené son enquête et elle savait qu'Adam Wolfchild était le fils de la troisième et dernière femme de Jack Mercy. Il avait huit ans lorsque sa mère avait épousé Mercy. Wolfchild était de la tribu des Blackfeet, ou presque, son père étant d'origine italienne. Cela faisait maintenant vingt-cinq ans qu'il habitait le ranch, et les seuls avantages qu'il en avait jamais retirés étaient le droit d'occuper une petite maison et de dresser des chevaux.

Tess, elle, obtiendrait beaucoup plus que ça.

Quant à Lily, elle avait découvert qu'elle était divorcée, sans enfants, et qu'elle déménageait souvent. Sans doute parce que son mari la prenait pour un punching-ball. Elle refoula un sentiment de pitié. Pas question de s'apitoyer, elle était là pour affaires. La mère de Lily, photographe, était venue dans le Montana faire un reportage sur le grand Ouest, c'était ainsi qu'elle avait rencontré Jack Mercy. Elle aurait mieux fait de se contenter de sa photo !

Et il y avait Willa. Tess ne put s'empêcher de serrer les dents en songeant à elle. Celle que le vieux salaud avait gardée près de lui. Le ranch allait lui appartenir à présent. Grand bien lui fasse ! Bah, après tout, ce n'était que justice ! Mais Tess, quant à elle, était bien décidée à ne repartir qu'avec un joli petit tas de dollars.

La vue qu'elle avait de la fenêtre n'était qu'une suite de montagnes, encore et toujours des montagnes, à l'infini. Pire que sur la lune, quelle horreur ! Vivement Los Angeles et ses rues animées !

— Lundi, Ira, répliqua-t-elle sèchement alors que la voix continuait à nasiller dans le combiné, je serai à ton bureau vers midi. Et je compte sur toi pour m'inviter à déjeuner !

Puis elle raccrocha.

Trois jours, pas plus, se promit-elle en levant son verre à la santé d'une tête de cerf empaillée, et ensuite elle ne remettrait plus jamais les pieds dans ce trou.

— Je ne devrais pas avoir à te rappeler que tu as des invités en bas, Willa ! dit Bess Pringle, mains sur les hanches, en s'adressant à Willa comme si elle avait encore dix ans.

Bess, qui se souciait de l'intimité comme d'une guigne, avait à peine frappé avant d'entrer dans la chambre où Willa était en train d'enfiler un jean.

— Eh bien, ne me le rappelle pas, alors ! jeta la jeune femme en s'asseyant pour mettre ses bottes.

— Willa, je ne le répéterai pas deux fois, tes invités t'attendent !

— Les bêtes aussi m'attendent !

— Tu as suffisamment d'employés qui peuvent se charger du travail sans toi, au moins pour aujourd'hui. Ce n'est pas un jour comme les autres et tu ne quitteras pas la maison. Ça ne se fait pas.

Bess obéissait à un code de bonnes manières qui lui tenait presque lieu de religion. Elle était frêle comme une grive et n'avait que la peau sur les os, pourtant elle pouvait ingurgiter une montagne de crêpes aussi rapidement qu'un travailleur de force, et la gourmandise était son péché mignon. Elle avait cinquante-huit ans et des cheveux d'un roux flamboyant qu'elle teignait en cachette et qu'elle attachait en un chignon serré d'où pas la moindre mèche ne risquait de s'échapper. La voix aussi rêche qu'une planche mal équarrie et le visage aussi doux que celui d'une jeune fille, elle avait de jolis yeux vert émeraude et un petit nez rond. Ses mains agiles semblaient toujours en mouvement, comme elle-même d'ailleurs.

Poings toujours sur les hanches, elle s'approcha de Willa d'un air menaçant.

— Tu vas me faire le plaisir de descendre immédiatement t'occuper de tes invités.

Willa se leva. Avec ses bottes, elle avait quinze bons centimètres de plus que Bess, mais elle savait bien que celle-ci ne se laisserait pas impressionner.

— Je dois m'occuper du ranch, et puis d'ailleurs ce ne sont pas mes invités. Je n'ai invité personne !

— Ils sont venus te présenter leurs condoléances. Ils savent se conduire, eux !

— Tu parles ! Ils ne sont là que par curiosité et il serait temps qu'ils fichent le camp.

— C'est peut-être vrai pour quelques-uns, mais pas tous. La plupart sont venus pour toi.

— Je n'ai pas besoin d'eux ! répliqua-t-elle en prenant son Stetson.

Elle se détourna tout en écrasant nerveusement le bord du chapeau entre ses doigts. Par la fenêtre, elle apercevait la forêt noire et les sommets majestueux des Big Belt qui la dominaient ; il n'y avait rien de plus beau ni de plus mystérieux au monde.

— Je veux qu'ils s'en aillent, reprit-elle, têtue.

Bess hésita un instant avant de poser la main sur l'épaule de Willa. Jack Mercy avait voulu que sa fille soit élevée à la dure. Pas question de la dorloter, de la câliner ou de la gâter, avait-il ordonné quand elle n'était encore qu'un nourrisson. Alors Bess l'avait dorlotée, câlinée et gâtée en cachette, sachant qu'elle risquait de se faire renvoyer.

— Tu as le droit d'avoir du chagrin, ma chérie.

— Il est mort et enterré, maintenant, ça ne sert à rien de se laisser aller, répondit-elle en serrant la main de Bess sur son épaule. Il ne m'a pas dit qu'il était malade. Il ne m'a même pas laissé la possibilité de prendre soin de lui ou de lui dire adieu.

— Il était fier, Willa.

Un sale type, oui ! Un égoïste, songea-t-elle, mais elle poursuivit :

— Il vaut mieux qu'il soit mort rapidement plutôt que de souffrir pendant des mois de son cancer. Cela aurait été terrible, et pour lui et pour toi.

— N'importe comment, c'est fini, dit Willa en enfonçant son chapeau sur la tête. J'ai des animaux et des employés qui m'attendent. Il faut qu'ils se rendent compte que c'est moi qui commande à présent, et que le ranch Mercy est toujours dirigé par une Mercy.

Les années d'expérience avaient appris à Bess que, dans un ranch, le travail ne s'accordait pas toujours avec les convenances.

— Fais ce que tu as à faire, mais débrouille-toi pour être de retour à l'heure du dîner.

— Renvoie tous ces vautours et je serai à l'heure.

Elle prit l'escalier de derrière et sortit discrètement par la buanderie. Même d'ici, elle pouvait entendre le bourdonnement des conversations ponctuées d'occasionnels éclats de rire. Irritée, elle claqua violemment la porte derrière elle et s'arrêta net en voyant les deux hommes qui fumaient tranquillement sur la galerie de bois.

Sourcils froncés, elle regarda le plus âgé des deux qui tenait une bouteille de bière.

— La vie est belle, Ham ?

Il fallait plus que les sarcasmes de Willa pour démonter Hamilton Dawson. Il l'avait assise sur son premier poney, lui avait bandé la tête après sa première chute, lui avait appris à lancer le lasso, à tirer à la carabine et à dépecer le gibier. Il retira lentement la cigarette vissée au milieu de sa barbe grisonnante et souffla un rond de fumée.

— Bel après-midi, oui, répondit-il en restant appuyé à la balustrade.

— Il faut vérifier la clôture au nord-ouest de la propriété.

— C'est fait, dit-il simplement en exhalant un autre rond de fumée.

Petit et trapu, les jambes arquées, il était le contremaître du ranch et savait aussi bien que Willa ce qu'il y avait à faire.

— J'ai envoyé une équipe la réparer, reprit-il au bout d'un moment, et Brewster et Pickles sont partis sur les hauts plateaux, on a perdu deux ou trois têtes de bétail là-bas. Un couguar, sans doute.

Brewster lui fera son affaire, il aime bien tirer le gibier.

— Je veux le voir dès son retour.

— Tu le verras, dit-il en se redressant et en réajustant son vieux chapeau couleur de boue. Bon, je vais aller surveiller les gars qui réparent la clôture. Je suis désolé pour ton père, Willa.

Ces simples mots après l'échange de banalités sur le travail du ranch étaient plus sincères que les monceaux de fleurs qu'on lui avait offerts.

— Je vous rejoindrai plus tard, dit-elle.

Il la salua d'un signe de tête ainsi que l'homme avec qui il avait partagé une bière, et s'en alla rejoindre son pick-up de sa drôle de démarche nonchalante.

— Tu tiens le coup, Willa ?

Elle haussa les épaules.

— Je voudrais que l'on soit déjà demain, Nat, dit-elle. Ça ira mieux demain, non ?

Il n'eut pas le cœur de la détromper et avala une gorgée de bière. Il était là en tant qu'ami, rancher et voisin. Il était là aussi en tant qu'avocat de Jack Mercy, et bientôt il devrait annoncer à Willa une très mauvaise nouvelle.

— Si on marchait un peu ? proposa-t-il en posant sa bouteille sur la rambarde et en lui prenant le bras. J'ai besoin de me dégourdir les jambes.

Pas étonnant ; à trente-trois ans Nathan Torrence tenait un peu de l'échassier. Il mesurait un mètre quatre-vingt-dix-huit. Des boucles couleur de blé mûr s'échappaient de son chapeau, ses yeux étaient du même bleu que le ciel du Montana et son visage séduisant était tanné par le soleil et le vent. Au bout de ses longs bras, il avait d'immenses mains et au bout de ses longues jambes, d'immenses pieds et, malgré cela, il restait élégant. Il avait l'air d'un cow-boy et marchait comme un cow-boy.

En matière de famille, de chevaux et de poésie, il avait le cœur tendre mais dès qu'il s'agissait de droit, de justice ou d'équité, il se montrait inflexible. Depuis longtemps Willa et lui étaient amis et il s'en voulait de la mettre dans cette situation terrible, mais il n'avait pas le choix.

— Je n'ai jamais perdu de proches, reprit Nat. J'avoue que j'ai du mal à imaginer ce que tu ressens.

Ils passèrent devant le bungalow et le poulailler où couvaient les poules.

— Personne n'était proche de lui. Je ne sais pas ce que je ressens.

— Avec le ranch, commença Nat, sachant bien qu'il s'aventurait en terrain mouvant, il y a beaucoup à faire.

— Nous avons une bonne équipe, du bon bétail et des bonnes terres, et surtout de bons amis, dit-elle en lui souriant.

Ce n'était pas difficile de sourire à Nat.

— Tu peux compter sur moi, Willa. Et tu sais que je ne suis pas le seul qui soit prêt à t'aider en cas de besoin.

— Je le sais, oui.

Elle embrassa du regard les enclos, les corrals, les hangars, les bâtiments et, au loin, les prairies qui s'étendaient jusqu'à l'horizon.

— Cela fait plus d'un siècle que cette terre appartient aux Mercy, continua-t-elle, qu'ils y élèvent du bétail, des chevaux et qu'ils la cultivent. Je sais ce qu'il y a à faire et comment le faire. Tout va continuer comme avant.

Non, songea Nat, tout allait radicalement changer, à cause d'un homme qui avait toujours eu une pierre à la place du cœur. Plus tôt elle le saurait, mieux cela vaudrait. Autant lui annoncer la nouvelle tout de suite, avant qu'elle n'enfourche son cheval.

— Nous devrions procéder à la lecture du testament dès aujourd'hui, déclara-t-il.

2

Le bureau de Jack Mercy, situé au premier étage de la grande demeure, était aussi vaste qu'une salle de bal. Les murs étaient lambrissés de pin verni et le soleil entrait à flots par les grandes baies vitrées qui s'ouvraient sur le domaine.

Des tapis de collection recouvraient le parquet. Les fauteuils étaient en cuir, et sur les murs s'alignaient des trophées : têtes d'élans, de chevreuils, d'ours et de daims. Un gigantesque grizzly empaillé, toutes griffes dehors, se tenait tapi dans un coin, prêt à charger. Dans une armoire aux portes vitrées étaient enfermées les armes favorites de Jack : le fusil de son arrière-grand-père Henry et son Colt Peacemaker, le Browning qui avait tué l'ours, le Mossberg 500 qu'il appelait son pulvérisateur de colombes et le 44 Magnum, son préféré pour la chasse au revolver.

Assis derrière l'immense bureau, Nat attendait que tout le monde ait pris place en triant ses papiers posés sur le plateau de bois laqué.

Il a l'air aussi incongru qu'un cow-boy dans une réunion Tupperware, songea Tess en réprimant un sourire méprisant. Un fermier-avocat attifé de son costume du dimanche. Très séduisant dans le genre péquenaud viril ! Il avait un petit air de James Stewart, beau gosse dégingandé ne sachant où caser des jambes et des bras qui n'en finissaient pas. Mais les grands échalas qui gardaient leurs bottes poussiéreuses avec leur costume trois-pièces prêtaient trop à rire.

Elle ne souhaitait qu'une chose : en finir rapidement pour rentrer le plus vite possible à Los Angeles. L'ours empaillé lui montrait ses crocs ; atterrée, elle détourna les yeux et sursauta à la vue d'une tête de bouquetin hirsute côtoyant des armes de toutes tailles et de toutes formes. Mais où était-elle tombée ?

Assise devant l'avocat, droite comme un I, attendait l'employée de maison maigrichonne aux cheveux teints. Ses genoux cagneux, bien serrés, étaient pudiquement cachés par une déprimante jupe noire. A côté d'elle était assis le bon sauvage au visage sidérant de beauté, au regard énigmatique, et au léger parfum de cheval.

Tess continua son tour d'horizon. Venait ensuite la timide Lily, mains croisées et tête baissée comme pour cacher les bleus qui marquaient son visage. Jolie et fragile comme un petit oiseau perdu parmi les rapaces.

Voilà qu'elle recommençait à s'attendrir ! Elle s'obligea à détourner les yeux pour observer Willa. Cow-girl de la famille, butée et silencieuse, elle n'avait pas l'air d'avoir inventé la poudre ! Le jean et la chemise de flanelle lui allaient mieux que la robe informe qu'elle portait à l'enterrement. En fait, elle était même plutôt ravissante, assise dans son grand fauteuil de cuir, un pied botté négligemment posé sur le genou, avec cet étrange visage aux traits figés qui la faisait ressembler à une sculpture exotique.

N'ayant toujours pas vu la moindre larme s'échapper de ses yeux sombres, Tess présumait qu'elle n'avait pas dû porter Jack Mercy dans son cœur.

Mais trêve de psychologie, on était là pour affaires et pour rien d'autre, se rappela-t-elle en tapotant impatiemment l'accoudoir de son fauteuil. Allons-y, ne perdons pas de temps !

Comme s'il avait deviné ses pensées, Nat leva les yeux et la dévisagea d'un œil critique. Elle garda l'air impassible. Qu'il pense ce qu'il voulait, du moment qu'il lui donnait son chèque.

— Bien, commença-t-il, il y a différents moyens de procéder. Je peux vous lire l'intégralité du testament et ensuite vous expliquer la signification du jargon juridique, ou plus simplement vous en résumer le contenu et les termes.

Il interrogea Willa du regard. C'était à elle de décider.

— Va au plus court, Nat.

— Très bien. Bess, il te lègue 1000 dollars pour chaque année passée à son service, ce qui fait 34 000 dollars.

— 34 000 dollars ! s'exclama Bess, les yeux écarquillés. Mais, Nat, qu'est-ce que je vais faire de tout ça ?

Il sourit.

— Tu le dépenseras. Si tu veux le placer, je te donnerai des conseils.

Abasourdie, elle se tourna vers Willa, puis regarda Nat de nouveau.

Si elle hérite de tout ça, j'aurai au moins le double, songea Tess qui, elle, n'avait aucun problème à imaginer ce qu'elle ferait d'une pareille somme.

— Adam, conformément à un accord passé entre ta mère et Jack lors de leur mariage, tu reçois une somme de 20 000 dollars ou, si tu préfères, 2 % d'intérêts annuels sur le ranch. À mon avis, le pourcentage est beaucoup plus intéressant, mais la décision t'appartient.

— Ce n'est pas assez ! s'exclama Willa. Ce n'est pas juste. 2 %, c'est ridicule ! Adam travaille au ranch depuis qu'il a huit ans et...

— Willa, coupa Adam en posant la main sur le bras de sa sœur, c'est bien assez.

— Certainement pas !

Elle repoussa brutalement sa main.

— Nous avons l'un des plus beaux élevages de chevaux de la région grâce à Adam. Les chevaux devraient lui revenir, ainsi que la maison où il vit. Il devrait aussi avoir sa part de terres et d'argent.

— Attends, fit Adam, c'est ce qu'avait demandé notre mère, il a respecté sa parole.

Elle ravala sa colère et se calma. Pas la peine de se donner en spectacle devant des étrangers. Elle réparerait cette injustice avant la fin de la journée, et veillerait à ce qu'Adam hérite de son dû.

— Excusez-moi, marmonna-t-elle, continue, Nat.

— Le ranch, le bétail, le matériel, les véhicules, les droits d'abattage du bois...

Il fit une pause et rassembla son courage pour annoncer :

— Le ranch, donc, continuera à fonctionner comme avant, sous la direction de Willa et sous la supervision de l'exécuteur testamentaire pendant une période d'un an.

— Quoi ? s'exclama Willa. Il veut que tu surveilles le ranch pendant un an ?

— Sous certaines conditions, précisa Nat d'un air désolé. Si ces conditions sont remplies, au bout d'un an, à compter au plus tard de quatorze jours après la lecture du testament, le ranch et tous les biens deviendront la propriété des bénéficiaires.

— Quelles conditions ? demanda-t-elle. Quels bénéficiaires ? Explique-toi, bon sang !

— Il a légué un tiers du ranch à chacune de ses filles.

Le visage de Willa devint livide. Maudissant Jack Mercy, Nat poursuivit :

— Pour bénéficier de votre héritage, vous devrez vivre toutes les trois au ranch pendant une année entière, sans jamais le quitter plus d'une semaine durant cette période. Au bout d'un an, si les termes ont été respectés, vous hériterez chacune d'un tiers. Vos parts ne pourront être vendues ou cédées qu'à l'une des bénéficiaires pendant une période de dix ans.

— Un instant, s'il vous plaît, dit Tess en posant son verre et en se levant élégamment. Vous voulez dire que j'hérite du tiers d'un ranch perdu dans un trou du Montana et que si je veux ma part, je dois venir habiter ici en fichant en l'air toute une année de ma vie ? Pas question ! Je ne veux pas de ton ranch, Willa. Fais ce que tu veux de ton herbe et de tes vaches, moi je n'ai rien à faire ici. Donne-moi ma part et je te promets que tu n'entendras plus parler de moi.

Elle était folle de rage mais Nat admira la manière dont elle gardait son calme.

— Désolé de vous décevoir, mademoiselle Mercy, dit-il en la dévisageant de derrière son bureau, mais si vous ne respectez pas les dispositions prises par votre père, le ranch sera entièrement légué à une association de protection de la nature.

Willa n'en croyait pas ses oreilles. Elle se massa les tempes. La colère, l'humiliation n'étaient rien : une peur terrible lui nouait le ventre. Il lui fallait se reprendre, garder son sang-froid. Elle comprenait l'interdiction de vendre les parts hors de la famille pendant dix ans. Il n'y avait pas d'autre moyen d'éviter les impôts, bien sûr ; Jack détestait l'administration et n'aurait voulu pour rien au monde donner un cent au pays. Seulement, léguer le ranch à une association de protection de la nature... là, elle ne comprenait plus ! Il s'était toujours moqué des écologistes, et les traitait de brouteurs d'herbe ou d'embrasseurs de baleines.

— Il ne peut tout de même pas leur donner le ranch comme ça ! Cela veut dire que la terre sortirait de la famille si ces deux-là ou moi nous ne respections pas le testament. C'est impossible !

Nat détestait le rôle qu'il jouait, mais il devait remplir sa mission. Il prit une profonde inspiration.

— Je suis navré, Willa. J'ai essayé de le raisonner mais il ne voulait rien entendre. Si l'une de vous ne respecte pas ses dispositions, le ranch sera légué à une association écologiste et vous aurez chacune cent dollars. C'est comme ça.

— Cent dollars ! Quel salaud ! s'exclama Tess.

C'était tellement absurde qu'elle retomba dans son fauteuil en éclatant de rire.

— Ça suffit ! Tais-toi ! s'écria Willa en se levant. Nat, il doit bien y avoir un moyen de faire opposition au testament !

— Non, tout est parfaitement légal. Cela prendrait des années et te coûterait une fortune. Et je ne suis même pas certain que tu gagnerais.

— Moi, je reste, dit Lily d'une voix étouffée.

Enfin un endroit où se sentir en sécurité. C'était un cadeau inespéré.

Willa se tourna vers elle, interloquée, et Lily se leva comme pour se protéger derrière son fauteuil.

— Je veux t'aider, continua Lily. Je ne comprends pas pourquoi il a fait ça, mais quand l'année sera écoulée, je te vendrai mes parts au prix que tu voudras. C'est... c'est un très beau ranch. Nous savons tous que moralement il est déjà à toi. Une année, ça passe vite.

— Comme c'est touchant, dit Tess, sarcastique, mais plutôt mourir que de rester un an ici ! Moi, je retourne dès demain matin à Los Angeles.

Les pensées se bousculaient dans l'esprit de Willa. Cette pimbêche l'énervait au plus haut point et maintenant il allait falloir être aimable avec elle pour garder le ranch.

— Nat, que se passera-t-il si l'une de nous meurt brusquement ? demanda-t-elle en évaluant Tess du regard.

— Très drôle, fit Tess en reprenant son verre, c'est de l'humour du Montana, je suppose ?

— En cas de décès de l'une des bénéficiaires durant l'année probatoire, les héritières restantes se partageront la moitié des parts du ranch, mais les conditions restent les mêmes.

— Alors, que comptes-tu faire, Willa ? Me tuer pendant mon sommeil ? M'enterrer dans la prairie ? Aucune menace ne pourra me convaincre de vivre dans ce trou !

Les menaces, sans doute pas, songea Willa mais l'argent pourrait bien te faire changer d'avis.

— Je n'ai aucune envie que vous restiez dans mes pattes toutes les deux, mais je ferai tout ce qu'il faut pour garder le ranch. Nat, mademoiselle Hollywood aimerait certainement connaître la valeur de nos hectares d'herbe.

— D'après l'estimation du marché, les terres, plus les bâtiments, sans compter le bétail... disons entre dix-huit et vingt millions de dollars.

— Oh, merde ! s'exclama Tess en renversant la moitié de son verre de cognac.

Son exclamation lui valut un bougonnement réprobateur de Bess et une grimace de dédain de Willa.

— Je savais que ça te ferait changer d'avis, murmura Willa. Ce n'est pas tous les jours qu'on hérite de six millions, hein, sœurette ?

— Puis-je avoir un verre d'eau ? demanda Lily d'une voix blanche.

— Assieds-toi avant de tomber, dit Willa en la repoussant sans ménagement dans son fauteuil. Nat, lis-nous le testament dans son intégralité. Je veux être certaine de ne rien laisser échapper.

Tandis qu'il lisait, elle se dirigea vers un cabinet à liqueurs en bois laqué et fit ce qu'elle n'avait jamais fait du vivant de son père : elle prit la bouteille de whisky de Jack Mercy et s'en versa un verre.

Elle but à petites gorgées, appréciant la brûlure revigorante du liquide ambré. Les années consacrées au ranch l'obsédaient. Elle avait tout fait pour gagner l'amour de son père, et à défaut son respect et sa confiance. Maintenant elle s'apercevait qu'il ne la différenciait même pas des deux filles qu'il n'avait jamais voulu connaître. Elle n'avait pas plus compté pour lui que les autres.

Soudain, un nom prononcé par Nat lui fit dresser l'oreille.

— Un instant ! J'ai rêvé ou tu as parlé de Ben McKinnon ?

Nat, mal à l'aise, s'éclaircit la gorge. Il aurait aimé pouvoir lui épargner cela. Elle avait eu son compte d'émotions pour la journée.

— Ton père nous a désignés, Ben et moi, pour superviser le ranch durant l'année probatoire.

— Tu veux dire que ce mangeur de poules va m'emmerder pendant un an ?

— Willa, pas de grossièretés, s'il te plaît ! protesta Bess.

— Je dis ce que je veux chez moi ! Mais bon sang, pourquoi a-t-il choisi McKinnon ?

— Ton père voulait quelqu'un qui connaisse parfaitement le travail.

Ce coyote de McKinnon, avait en réalité confié Jack Mercy à Nat, ne se laisserait pas embobiner par une bonne femme !

— Rassure-toi, Willa, dit Nat, nous ne te surveillerons pas. Nous avons nos ranchs à gérer, nous aussi. Ce n'est qu'une clause mineure.

— Tu parles ! Est-ce que McKinnon est au courant ? Je ne l'ai pas vu à l'enterrement.

— Il était à Bozeman pour affaires. Il doit rentrer ce soir ou demain. Et il est au courant, oui.

— Il a dû sacrément se marrer, hein ?

Nat se souvenait qu'il s'était presque étranglé de rire mais n'en dit rien à Willa.

— Écoute, Willa, nous ne pouvons malheureusement rien faire contre ce testament. Il faut juste que tu tiennes le coup quatre saisons... que nous tenions tous le coup.

— Moi ça ira, mais je ne sais pas si ces deux-là en seront capables.

Elle fixa ses sœurs d'un air dégoûté.

— Pas la peine de trembler, dit-elle à Lily. Il ne s'agit que de fric, bon sang ! Pas d'un peloton d'exécution. Quelle mauviette ! Tiens, bois ça !

Elle lui mit brutalement son verre de whisky dans les mains.

Indignée, Tess se plaça entre elles.

— Laisse-la tranquille !

— Ôte-toi de là et fiche-moi la paix, toi !

— Tu vas me voir pendant un an, tu ferais bien de t'y habituer.

— Alors autant que tu connaisses tout de suite les habitudes de la maison. Pas question de rester assise toute la journée sur ton gros derrière. Si tu restes, tu travailles.

La remarque fit voir rouge à Tess. Depuis le lycée, elle transpirait et s'affamait pour éliminer ses kilos en trop, et elle était plutôt fière du résultat.

— Écoute-moi bien, espèce de planche à repasser, si je pars, tu perds tout. Alors si tu t'imagines que je vais me laisser commander par une vachère demeurée, tu es encore plus bête que tu n'en as l'air.

— Tu feras comme tout le monde, ou sinon à la place d'un lit douillet bien au chaud, tu iras planter ta tente dans les montagnes.

— J'ai autant le droit que toi d'habiter ici. Peut-être plus, même ; après tout, il a épousé ma mère en premier.

— Ça prouve simplement que tu es plus vieille que moi ! Et d'abord, ta mère n'était qu'une fausse blonde avec plus de poitrine que de cervelle !

La réplique que Tess s'apprêtait à lui lancer fut arrêtée par un sanglot étouffé de Lily.

— Tu es contente, maintenant ? demanda Tess.

— Ça suffit ! dit fermement Adam.

Il aida Lily à se lever de son fauteuil.

— Venez prendre l'air, dit-il gentiment, et manger un peu, cela vous fera du bien.

Bess se releva péniblement à son tour.

— Oui, occupe-toi d'elle, mon grand, moi je vais faire à dîner. Vous devriez avoir honte toutes les deux. Je connaissais vos mamans et vous ne leur faites pas honneur, ah ça non !

Elle se tourna dignement vers Nat.

— Tu peux rester dîner avec nous, si tu veux.

— Merci, Bess, mais... il faut que je rentre chez moi.

Mieux valait ne pas trop traîner au ranch Mercy. Il ne s'était pas encore fait étriper et préférait ne pas tenter le sort. Rassemblant ses papiers, il jeta un coup d'œil inquiet aux deux femmes qui se mesuraient du regard.

— Je laisse trois copies des documents. Si vous avez des questions, vous savez où me trouver. Je viendrai faire un tour dans deux jours pour euh... pour voir.

Il prit son chapeau et son porte-documents et se hâta de déserter le champ de bataille.

Willa respira à fond.

— J'ai sué sang et eau pour ce ranch depuis que je suis née, Tess. Tu t'en fiches peut-être, mais pour moi, c'est important, et je ne perdrai pas ce qui me revient. N'oublie pas : nous sommes dans la même galère, je sais bien que tu ne laisseras pas une telle somme te passer sous le nez.

Tess s'assit sur l'accoudoir d'un fauteuil et croisa ses longues jambes gainées de soie.

— En effet, alors mettons-nous d'accord sur les termes de notre cohabitation. Ne crois pas que ce soit facile pour moi de laisser tomber mon appartement, mes amis, ma vie à Los Angeles pendant douze mois.

Elle s'arrêta un instant, songeant avec émotion à sa maison et aux rues animées de sa ville. Mais elle se reprit.

— En tout cas, ma petite, tu as raison, je ne laisserai pas échapper mon héritage.

— Ton héritage, quelle blague !

— Que ça nous plaise ou non, et je pense que ça ne nous plaît ni à l'une ni à l'autre, je suis autant la fille de Jack Mercy que toi. Si je n'ai pas grandi dans le ranch, c'est parce qu'il nous a rejetées, ma mère et moi. Remarque, après une journée passée ici, je lui en serais presque reconnaissante. Cela étant dit, puisqu'il le faut, je tiendrai un an dans ce trou.

Songeuse, Willa reprit le verre de whisky que Lily n'avait même pas touché. La convoitise était une excellente motivation. Oui, Tess resterait.

— Et au bout d'un an ? demanda Willa.

— Tu me rachètes ma part ou, si tu ne peux pas, tu m'envoies régulièrement mon pourcentage de bénéfices chez moi, à Los Angeles. Parce que au bout d'un an et d'un jour, Dieu merci, j'aurai retrouvé la civilisation.

Willa avala une gorgée de whisky et s'obligea à se concentrer.

— Tu sais monter à cheval ?

— À cheval ?

— Je suppose que tu ne saurais même pas distinguer une jument d'un étalon !

— Détrompe-toi ma petite, les étalons ça me connaît !

À la surprise de Tess, Willa laissa échapper un rire bref, mais elle revint vite à la charge.

— Au ranch, tout le monde travaille, insista-t-elle. J'ai suffisamment à faire avec le bétail et les employés pour ne pas m'encombrer de toi. Bess te dira ce que tu dois faire.

— Quoi ! Tu ne crois tout de même pas que je vais me laisser commander par elle !

Willa lui jeta un regard furieux.

— C'est elle qui va te nourrir, laver ton linge, nettoyer la maison dans laquelle tu habites, et tu feras ce qu'elle te dira. Si jamais je t'entends lui manquer de respect, je te jure que tu t'en repentiras. Tu n'es plus à Los Angeles ou à Hollywood : ici tout le monde travaille.

— Je te signale que j'ai un métier, moi aussi.

— Oui, je sais, tu écris des scénarios ! Eh bien, il y a vingt-quatre heures dans une journée, tu trouveras bien le temps !

Willa se planta devant la fenêtre.

— Je me demande ce que je vais faire de l'autre : l'oisillon tombé du nid.

— Pauvre petite...

Surprise par la compassion qu'elle discernait dans la voix de Tess, Willa se retourna vers elle.

— Est-ce qu'elle t'a dit pourquoi elle avait des bleus au visage ?

— Non, je ne lui en ai pas parlé.

Tess s'efforça de repousser le sentiment de culpabilité qui l'assaillait. « Souviens-toi, se dit-elle, garde tes distances, pas d'apitoiement. »

— Bah ! Elle en parlera à Adam, fit Willa après un silence. Tôt ou tard, tout le monde confie ses peines à Adam. Laissons-le s'occuper de Lily pour l'instant.

— Parfait. Je repars demain matin à Los Angeles chercher mes affaires.

— Un des employés t'emmènera à l'aéroport, dit Willa en reprenant sa position à la fenêtre. Si j'étais toi, je m'achèterais des sous-vêtements chauds. Tu en auras besoin.

Lorsque Willa enfourcha son cheval, le crépuscule tombait. Un soleil écarlate plongeait derrière les montagnes, zébrant l'azur de traînées flamboyantes. Il lui fallait se calmer, réfléchir. Nerveuse elle aussi, sa jument appaloosa tirait sur son mors.

— Oui, Lune, on a bien besoin de se dépenser toutes les deux.

Elle lança l'animal au galop, s'éloignant des lumières, des bâtiments, des bruits du ranch pour s'enfoncer dans la plaine, là où coulait la rivière.

Le murmure de l'eau et le martèlement des sabots accompagnèrent sa chevauchée solitaire le long de la rive. Les premières étoiles brillaient déjà, et les engoulevents avaient commencé leur ballet nocturne. En arrivant au sommet de la colline, elle embrassa l'horizon d'un coup d'œil. Au loin, elle distinguait dans la nuit claire les faibles lueurs du ranch des McKinnon.

Ici s'arrêtait son territoire.

La jument protesta d'un mouvement de tête lorsque Willa lui fit ralentir le pas.

— On dirait qu'on ne s'est pas assez dépensées, hein, ma belle ?

Willa aurait aimé se débarrasser de cette fureur amère qui lui donnait envie de pleurer, de la peine qui lui ravageait le cœur. Mais pleurer ne l'aiderait pas à surmonter l'année qui l'attendait, pas plus que les prochaines heures. Elle serra les dents. Non, elle ne verserait pas de larmes ! Ni sur Jack Mercy ni sur elle-même.

Elle respira à fond. Il lui fallait se maîtriser, garder toute sa lucidité, se montrer inflexible. Ces sœurs qu'on lui imposait fileraient droit et resteraient au ranch. Elle saurait leur montrer qui commandait et les faire obéir.

Quant à ceux qu'on avait chargés de la superviser, il lui faudrait trouver le moyen de s'arranger avec eux. Pour Nat, ce ne devrait pas être trop difficile, se dit-elle en laissant Lune repartir au trot. Il ne ferait rien de plus que son devoir légal. Ce qui signifiait qu'il ne se mêlerait pas de la gestion quotidienne du ranch et lui laisserait les coudées franches.

Pauvre Nat ! Elle le connaissait suffisamment bien pour deviner qu'il ne devait pas apprécier du tout la situation. Nat était un homme juste, honnête et discret.

Quant à Ben McKinnon... À l'évocation de ce nom, elle sentit sa fureur renaître. Ce ne serait pas si simple. Il se ferait un plaisir de se mêler de ce qui ne le regardait pas. Il saisirait le moindre prétexte pour venir fourrer son nez au ranch et elle devrait s'en accommoder. Mais pas question de lui simplifier la tâche ou de faire bonne figure !

Une flambée de colère l'embrasa tout entière tandis qu'elle observait les lumières et les bâtiments de Three Rocks, le ranch de Ben McKinnon. Elle comprenait sans peine ce que son père avait voulu manigancer.

Cela faisait des générations que les McKinnon et les Mercy vivaient côte à côte. Au temps de la conquête de l'Ouest, deux trappeurs qui avaient écumé les montagnes ensemble s'en étaient allés au Texas. Ils avaient investi leur pécule dans du bétail à bas prix et s'étaient associés pour conduire le troupeau dans le Montana. Leur amitié ne fit pas long feu : ils se partagèrent le bétail et les terres et bâtirent chacun leur propre ranch. Depuis ce jour, les Mercy et les McKinnon avaient travaillé et prospéré séparément.

Cela faisait des années que Jack Mercy convoitait Three Rocks, des terres qu'il ne pouvait ni acheter ni subtiliser. Mais, comme Willa le savait fort bien, il n'avait pas renoncé. Pour constituer le plus grand ranch de l'Ouest, il n'aurait pas hésité à vendre sa fille. À quoi pouvait bien servir une femelle, sinon à être traitée comme une génisse ? Il suffisait de la mener régulièrement au taureau et la nature suivrait forcément son cours. Ce que Jack Mercy n'avait pas réussi à faire de son vivant, il avait imaginé de le mettre en œuvre depuis la tombe : il jetait sa fille dans les pattes de McKinnon.

Personne ne serait dupe, songea-t-elle en broyant les rênes. Et si la fille qui était restée à ses côtés toute sa vie, qui avait sué sang et eau pour lui, n'était pas un appât assez tentant, il triplait ses chances avec les deux autres.

— Non ! s'écria-t-elle en enfonçant son Stetson bas sur son front. Le ranch m'appartient, personne ne me le prendra et je ne me donnerai jamais à McKinnon ou à un autre !

En apercevant au loin le faisceau des phares d'une voiture, elle murmura un mot à sa jument pour la tranquilliser. Un sourire flotta sur ses lèvres en voyant les lumières tourner vers Three Rocks.

— Ah ! On est revenu de Bozeman, on dirait.

Elle se redressa sur sa selle, levant fièrement la tête. La nuit était suffisamment calme pour que lui parviennent le bruit étouffé d'une portière qui claquait et les aboiements de bienvenue des chiens. S'il regardait vers la colline, il apercevrait la sombre silhouette d'un cavalier et de sa monture, et devinerait qui l'observait.

— Les jeux sont faits, McKinnon, murmura-t-elle, tu sauras bientôt qui dirige le ranch Mercy.

Un coyote hurla à la lune, et Willa sourit de nouveau. Les coyotes ne l'impressionnaient pas : si fort que fût leur cri, ils profitaient des proies des autres. McKinnon ne mettrait pas le pied sur ses terres.

Elle tira sur une rêne, donna un léger coup de talon pour faire tourner sa monture, et repartit au galop vers le ranch.

3

— Le vieux salaud ! s'exclama Ben McKinnon en secouant la tête.

Appuyé au pommeau de sa selle, il regardait Nat, ses yeux vert d'eau ombragés par le large bord de son Stetson.

— Je regrette d'avoir manqué son enterrement. Mes parents m'ont dit que tout le Montana ou presque était là.

— C'est vrai, répondit Nat en flattant d'un air absent le flanc du cheval noir de Ben.

Il était arrivé en voiture chez son ami à l'instant où celui-ci partait pour les hauts plateaux. Three Rocks était un des ranchs préférés de Nat. La demeure principale, harmonieux mélange de bon goût et de confort, n'avait pas la pompe du ranch de Jack Mercy. C'était une jolie maison de bois au soubassement de pierre qu'entourait une large galerie sur laquelle on pouvait s'installer pour admirer les montagnes.

Chacun s'occupait à sa tâche dans le ranch grouillant d'activité. Nat entendit des meuglements provenant du corral : les veaux que l'on séparait de leurs mères n'avaient pas l'air d'apprécier le sevrage. Bientôt les mâles seraient encore plus mécontents lorsqu'on les châtrerait et qu'on leur ôterait les cornes. C'était pour cette raison que Nat avait choisi l'élevage de chevaux.

— Je sais que tu as du travail, reprit-il. Je ne te retarderai pas mais je voulais te mettre au courant de la situation.

— Vas-y, je t'écoute.

Ben, en effet, avait du travail. Novembre arriverait vite et le répit avant l'hiver ne durerait pas longtemps. Il fallait réparer les clôtures, et planter le blé d'hiver. Le bétail qui n'hivernerait pas devrait être sélectionné et envoyé chez l'engraisseur. Son regard se porta à l'horizon vers le ranch Mercy. Ce matin, Willa devait avoir d'autres soucis en tête que son travail.

— Ce n'est pas pour mettre en cause tes compétences, Nat, mais ce testament à la noix ne tient pas la route.

— Détrompe-toi, les termes en sont très clairs.

— Si j'étais à sa place, je ne laisserais pas passer un tel tissu d'idioties.

— Elle peut le contester mais ce ne sera pas facile. Il n'est même pas dit qu'elle gagnerait.

Ben regarda de nouveau vers le sud-ouest et hocha la tête. Après trente ans passés dans un ranch, il semblait aussi à l'aise sur son cheval que dans un fauteuil. Mince et musclé, il n'était pas aussi grand que Nat mais mesurait un bon mètre quatre-vingts. Ses cheveux châtain clair, dorés par le soleil, touchaient presque le col de sa chemise, ses yeux étaient aussi perçants que ceux d'un aigle et brillaient souvent du même éclat dur dans son visage anguleux et tanné. Une estafilade — souvenir d'un geste maladroit de son frère lors d'un combat au couteau — lui barrait le menton. Lorsqu'il réfléchissait, Ben avait pour habitude de caresser cette cicatrice d'un air absent.

La première fois que Nat lui avait parlé du testament, il avait beaucoup ri mais à présent que le document prenait effet, il ne trouvait plus cela amusant du tout.

— Comment réagit Willa ?

— Mal.

— Et merde ! Ce n'est pas juste. Dire qu'elle aimait ce vieux despote, on se demande bien pourquoi !

Il ôta son chapeau, et se passa la main dans les cheveux.

— Ça doit lui rester en travers de la gorge qu'il m'ait désigné pour la garder à l'œil.

Nat sourit.

— Ce serait pareil avec n'importe qui d'autre.

Non, songea Ben, et encore moins si Willa savait que son père lui avait proposé un jour cent soixante hectares de bonnes terres alluviales s'il acceptait d'épouser sa fille. Le vieux bouc se prenait pour un seigneur et voulait agrandir son royaume en annexant Three Rocks.

— Elle n'a besoin ni de toi ni de moi pour s'occuper du ranch, dit Ben, mais je ferai ce que la loi m'oblige à faire.

Un sourire de pur machiavélisme illumina ses traits.

— Et puis ce sera amusant de provoquer Willa toutes les cinq minutes. Qui s'y frotte s'y pique ! Comment sont les deux autres, au fait ?

— Différentes, répondit Nat, pensif, en posant le pied sur le pare-chocs de sa Range Rover. La cadette, Lily, s'effraie pour un rien. Elle saute au plafond au moindre geste et a des bleus plein la figure.

— Elle a eu un accident ?

— A mon avis, elle se serait plutôt fait cogner. Un ex-mari, apparemment, contre lequel elle a porté plainte. Il a été arrêté plusieurs fois pour l'avoir battue.

— Quel fumier !

Pour Ben, battre son cheval était un crime abominable, mais battre sa femme était inconcevable.

— Elle a tout de suite accepté de rester au ranch, continua Nat qui se mit à rouler tranquillement une cigarette. Elle a dû se dire que ce serait un bon endroit où se cacher. L'aînée m'a l'air plus sûre d'elle. Elle vient de Los Angeles, chaussures italiennes, montre en or...

Il rangea son paquet de tabac et craqua une allumette.

— ... Elle écrit des scénarios et n'apprécie pas du tout d'être coincée pendant un an dans notre trou perdu. Mais comme elle veut sa part du gâteau, elle reviendra. Elle est partie ce matin pour Los Angeles chercher ses affaires.

— Ça risque de barder entre elle et Willa.

— Tu ne crois pas si bien dire, répondit Nat en exhalant la fumée. Le spectacle était intéressant. Adam a réussi à les calmer.

Ben changea de position sur sa selle. Spook, son cheval, commençait à montrer des signes d'impatience.

— Que ferions-nous sans Adam ? Je passerai voir Willa plus tard. Maintenant il faut que j'aille retrouver mes gars. On va avoir de la tempête bientôt. Il y a du café chaud à la maison, si tu veux.

— Merci, mais il faut que je rentre, j'ai du travail qui m'attend. Je te verrai demain ou après-demain.

— D'accord.

Ben appela son chien pendant que Nat grimpait dans la Range Rover.

— Eh, Nat ! On ne va pas la laisser perdre son ranch, hein ?

— Mais non, ne t'inquiète pas, répondit-il en ajustant son Stetson.

La chevauchée était longue pour rejoindre les montagnes. Ben prit son temps et en profita pour inspecter ses terres. Les bœufs angus avaient été redescendus dans les pâturages de la vallée pour finir d'engraisser avant l'hiver. Le reste du bétail passerait de prairie en prairie en attendant l'année prochaine.

Cela faisait maintenant presque cinq ans que Ben avait la responsabilité du choix et de la vente des bêtes, ses parents se déchargeant de plus en plus de la direction du ranch sur leurs deux fils.

Au ronronnement d'un moteur, Ben leva les yeux et reconnut l'avion de son frère Zack qui effectuait un vol d'inspection. Il ôta son chapeau et l'agita en direction de l'appareil. Charlie, le colley, se mit à courir en rond en aboyant. Le petit avion s'inclina pour les saluer.

Ben avait du mal à réaliser que son frère cadet était maintenant marié et père de famille. Et pourtant c'était ainsi : au premier regard de Shelly Peterson, Zack s'était emmêlé les éperons d'émotion. Deux ans plus tard, Ben était devenu un oncle gâteau, ce qui lui avait donné un sacré coup de vieux.

Il rajusta son Stetson et commença à gravir la pente en se frayant un passage parmi les grands pins. L'air se rafraîchissait. Il aperçut des traces de daims. Charlie, la truffe au sol, excité par la présence de gibier jetait de temps à autre des regards implorants à son maître, mais Ben n'était pas d'humeur à chasser.

L'air sentait la neige, pourtant les sommets étaient encore loin. Les vols de bernaches se dirigeaient déjà vers le sud. L'hiver serait précoce cette année, rude aussi. Même l'eau du torrent qui dévalait de la forêt paraissait charrier des glaçons.

Le sous-bois se fit plus touffu, le sol plus rocailleux, et Ben dut longer la rive. La forêt n'avait pas de secret pour lui. Il passa près du mélèze mort auprès duquel il avait cherché un trésor avec Zack, et de la clairière dans laquelle il avait tiré son premier lapin avec son père.

Il vit le rocher sur lequel il avait gravé le nom de son premier amour à la pointe d'un silex. Avec les années, les lettres s'étaient effacées. La jolie Susie Boline s'était enfuie à Helena avec un joueur de guitare, brisant le cœur de l'adolescent.

Il n'y pensait jamais sans un petit pincement mais serait mort sous la torture plutôt que d'avouer qu'il était un grand sentimental. Il dépassa le rocher et s'engagea sur le sentier rocailleux qui serpentait entre les arbres.

Ben se mit à siffloter de bien-être. Son voyage à Bozeman avait été fructueux, mais comme chaque fois qu'il allait en ville, l'espace et la solitude lui manquaient. Ce matin, par simple habitude, il avait emporté un duvet, et maintenant il songeait à passer une nuit ou peut-être deux dans la montagne. Il pourrait tirer un lapin, se faire griller du poisson et dormir avec ses gars ou bien camper seul. Demain, après-demain au plus tard, il leur faudrait redescendre le bétail dans la vallée ; cette odeur de neige était signe de blizzard.

Il s'arrêta un moment pour contempler les prairies qui s'étageaient à flanc de coteau. Spectacle idyllique que les herbages bordés d'un torrent, parsemés de fleurs sauvages. Il écouta avec délices les trilles des oiseaux. Comment pouvait-on préférer les rues encombrées et les immeubles bondés à ce paradis ?

Une détonation effraya son cheval et le tira de sa rêverie. Le claquement d'une balle signifiait généralement la présence de gibier, mais Ben resta aux aguets. A la seconde détonation, il donna un léger coup de talon à Spook qui partit au trot en direction du bruit.

Il vit d'abord le cheval. L'appaloosa de Willa frémissait encore, les rênes accrochées à une branche. En sentant l'odeur forte et sucrée du sang, Ben se tendit. Il la vit presque aussitôt, le fusil à la main, à trois mètres à peine d'un grizzly étendu à terre. Charlie s'élança en grondant et s'immobilisa tout crocs dehors sur l'ordre de son maître. Avant de descendre de cheval, Ben attendit que Willa se retourne. Ses yeux noirs contrastaient avec la pâleur de son visage.

— Il est mort ? demanda-t-il.

— Oui. J'ai été obligée de tirer, il m'a chargée.

Elle détestait tuer, voir le sang couler. Même la vue d'une poule plumée lui soulevait le cœur.

Ben savait tout cela. Il sortit son fusil de l'étui de selle et s'approcha. Un animal de cette taille aurait transformé la cavalière et sa monture en charpie si elle avait raté sa cible.

— Belle bête, dit-il. Une femelle. Les petits ne doivent pas être loin.

Willa remit son arme dans le fourreau de sa selle.

— Je m'en serais doutée, fit-elle sèchement.

— Tu veux que je la dépèce ?

— Non, je vais le faire.

— Comme tu veux. Je te donne quand même un coup de main, dit Ben en sortant son couteau. Désolé pour ton père, Willa.

— Tu le détestais, rétorqua-t-elle.

— Oui, mais pas toi, et je suis sincèrement désolé. Nat est passé me voir ce matin.

— Ça ne m'étonne pas.

Elle saisit son couteau de chasse et s'agenouilla près de l'animal. Ils se mirent à travailler ensemble. Le sang fumait dans l'air glacé. Charlie se délectait des entrailles tout en frappant le sol de sa queue. Ben releva les yeux vers Willa.

— Écoute, je comprends que tu sois furieuse. Mais ce n'est pas moi qui ai écrit ce foutu testament. Je le subis comme toi. Seulement maintenant, j'ai des responsabilités. Alors la première chose que je vais te demander, c'est ce que tu fabriques ici toute seule.

— La même chose que toi. J'ai une équipe là-haut et du bétail à redescendre. Je suis aussi capable que toi de diriger un ranch.

Il attendit un moment, espérant qu'elle continuerait à parler. Il aurait pu écouter pendant des heures sa voix aux intonations légèrement graves. Il n'avait jamais compris qu'une femme avec un tel

caractère de cochon puisse avoir une voix aussi
sensuelle.

— Aussi capable que moi de diriger un ranch ?
Peut-être... en tout cas on a un an pour te mettre
à l'épreuve.

Malgré la provocation, elle resta silencieuse.

— Tu vas faire empailler la tête du grizzly ?

— Certainement pas. Les trophées c'est bon
pour vous, les hommes. Je n'ai pas besoin de fri-
mer, moi !

— Eh oui, c'est vrai que nous aimons ça. Tu
ferais un beau trophée, toi aussi, jolie comme tu
es.

Il sourit avant de poursuivre :

— C'est bien la première fois que je dis ça à une
femme au-dessus de la carcasse d'un ours.

« Si tu crois que je ne vois pas où tu veux en
venir, McKinnon, tu te trompes », se dit-elle.
Depuis deux ans elle lui résistait, au point que ce
refus de céder à ses charmes était quasiment
devenu un travail à plein temps.

— Je n'ai besoin de ton aide ni pour dépecer les
ours ni pour diriger un ranch.

— Elle t'est acquise pour les deux, répondit-il en
caressant d'un air absent Charlie qui était venu
s'asseoir près de lui. A toi de choisir la manière
dont nous respecterons le testament : en bonne
intelligence ou dans l'affrontement, moi ça m'est
égal.

Elle avait des cernes sombres sous les yeux, et
ses lèvres, qu'il avait toujours trouvées désirables,
étaient maintenant serrées en une mince ligne
dure. Il préférait de beaucoup ses coups de colère
et savait bien comment la faire changer d'expression.

— Tes sœurs sont-elles aussi jolies que toi ?

Elle resta silencieuse.

— Je parierais qu'elles sont plus aimables. Invite-moi à dîner pour faire leur connaissance. On pourra aussi en profiter pour discuter du ranch.

Les yeux de Willa lançaient maintenant des éclairs et Ben fit un grand sourire.

— Ah, je savais que ça marcherait ! Tu es tellement jolie quand tu es en colère.

Elle ne voulait surtout pas l'entendre dire qu'elle était jolie. Malgré elle, elle se sentait fondre et ne le supportait pas.

— Garde ton souffle pour dépecer l'ours !

Assis sur ses talons, il l'observait.

— Moi, je crois que la meilleure solution, c'est de se marier le plus vite possible, qu'est-ce que tu en dis ?

Les mains crispées sur le manche du couteau sanglant, elle respira à fond. Il la faisait marcher, il adorait la mettre en colère et la voir hurler et trépigner. Mais pas question ! Elle le regarda, tête légèrement penchée sur le côté, et dit d'une voix aussi glacée que l'eau du torrent qui coulait tout près.

— Jamais, tu m'entends.

Il se leva en même temps qu'elle et lui prit les poignets, sans se préoccuper de ses mouvements pour se dégager.

— Je ne le veux pas plus que tu ne le veux, Willa. Je me suis dit que ça serait plus clair de mettre tout de suite les choses au point. La vie est longue et une année, ça passe vite.

— Il y a parfois des jours qui n'en finissent pas. Lâche-moi, Ben. Un homme qui n'écoute pas une femme avec un couteau dans les mains n'a que ce qu'il mérite.

Il lui aurait été facile de lui faire lâcher son couteau mais il s'en garda, même s'il savait qu'elle aurait bien aimé le lui planter dans le ventre. Il se sentait à la fois furieux et plein de désir. Ce n'était pas nouveau : Willa avait depuis longtemps cet effet sur lui.

— Mets-toi dans la tête que je ne veux pas ce qui t'appartient. Et pas plus que toi je ne me vendrais pour de la terre ou du bétail.

Elle pâlit et il continua :

— Maintenant nous savons où nous en sommes, tous les deux. Remarque, il se peut que je trouve une de tes sœurs à mon goût.

— Salaud !

Il resserra son étreinte autour de la main qui tenait le couteau, au cas où.

— Moi aussi je t'aime, mon chou. Maintenant, va te laver les mains pendant que je finis de m'occuper de la carcasse de notre amie.

— C'est moi qui l'ai tuée, c'est à moi de...

— Une femme qui n'écoute pas un homme avec un couteau à la main n'a que ce qu'elle mérite, dit-il en souriant d'un air ironique. Willa, la situation est assez compliquée, essayons tous les deux de ne pas envenimer les choses.

— C'est impossible ! Tu le sais bien. Comment réagirais-tu à ma place ?

— Je n'y suis pas. Va te laver les mains. Nous avons encore une longue route avant d'arriver au chalet.

Il s'accroupit, essayant d'ignorer son regard qui lui brûlait la nuque. Il ne se détendit pas avant de l'entendre partir vers le torrent, Charlie gambadant sur ses talons. Poussant un profond soupir, il regarda les crocs acérés de l'ourse.

— Elle préférerait se faire dévorer par toi plutôt que d'entendre un mot aimable de ma part, murmura-t-il. Ah, les femmes !

Tout en finissant sa tâche peu ragoûtante, il reconnut qu'il avait menti. Il voulait Willa. Plus il repoussait cette idée et plus il la désirait.

Il s'écoula une heure avant que Willa n'ouvre de nouveau la bouche. Ils portaient à présent leurs vestes en peau de mouton et leurs gants pour se protéger du froid et du vent qui s'était levé. Les chevaux avançaient péniblement dans une épaisse couche de neige et Charlie ouvrait joyeusement la piste.

— Tu as droit à la moitié du grizzly, lança Willa.

— Je te remercie.

— C'est ça le problème, hein ? Dire merci. Ni toi ni moi nous n'aimons ça.

Il la comprenait, et beaucoup mieux qu'elle ne l'imaginait.

— Parfois, il faut ravaler sa fierté, dit-il.

— Et parfois on s'étouffe avec.

Une blessure venait de se rouvrir. Après un moment de silence, elle reprit la parole :

— Il n'a pratiquement rien donné à Adam.

Ben regarda son visage de profil.

— Jack avait des positions bien arrêtées.

Et Adam Wolfchild n'était pas son fils, songea-t-il. Seuls les liens du sang comptaient pour Mercy.

— Adam mérite plus.

— Je ne te contredirai pas sur ce point, mais si je connais quelqu'un qui n'a pas de souci à se faire pour son avenir, c'est bien ton frère.

— Comment va Zack ? demanda-t-elle pour changer de conversation. J'ai vu son avion ce matin.

— Il vérifiait les clôtures. Il doit être heureux, vu la mine réjouie qu'il arbore du matin au soir. Ils sont tous les deux complètement gagas devant leur bébé.

Toute la famille l'était mais il n'allait certainement pas révéler à Willa qu'il adorait sa petite nièce.

— C'est un beau bébé, dit-elle. Je n'arrive pas à croire que Zack s'est assagi et est devenu père de famille.

— Oh, Shelly sait bien le tenir en bride. Tu n'es plus amoureuse de mon frère, tout de même, Willa ?

Amusée, elle sourit. Lorsque Zack et elle étaient adolescents, ils s'étaient fait les yeux doux pendant une brève période.

— À chaque fois que je pense à lui, j'ai encore des frissons. Après les baisers de Zack McKinnon, les autres n'ont plus de saveur.

Il se pencha et tira légèrement sur la natte de Willa.

— C'est parce que je ne t'ai encore jamais embrassée, mon chou.

— Plutôt embrasser un putois !

Il éclata de rire et rapprocha sa monture de la sienne de manière à lui toucher le genou. Avec une autre femme, n'importe laquelle, il se serait penché, l'aurait enlacée et l'aurait embrassée à en perdre le souffle, juste pour le principe. Mais il s'agissait de Willa. Il resta donc sagement assis sur sa selle et garda les mains sur les rênes.

— Demande à Zack, il te dira que c'est moi qui lui ai tout appris.

— Peu importe. En tout cas je vis très bien sans les frères McKinnon.

Elle se détourna.

— Ça sent la fumée. Les gars sont sans doute au chalet en train de déjeuner.

Heureusement, cette chevauchée à deux allait s'achever.

— Pas trop tôt ! Je commence à avoir faim. Je vais faire rassembler le bétail pour le redescendre dans la vallée. Il va reneiger d'ici peu.

Elle ne répondit pas. Elle sentait la neige en effet, mais il lui semblait qu'un autre parfum alourdissait l'atmosphère. Elle crut d'abord que c'était l'odeur du sang de l'ours qui avait imprégné ses doigts, mais plus ils avançaient et plus l'odeur se précisait.

— Quelque chose est mort, murmura-t-elle.

— Quoi ?

— Quelque chose est mort, répéta-t-elle en se redressant sur sa selle et en scrutant le sous-bois alentour. Tu ne sens rien ?

— Non.

Mais il la crut et tourna sa monture pour la suivre. Déjà sur la piste, Charlie s'élançait en avant.

— Un des gars a dû se tirer son déjeuner, lança-t-il.

Sans doute avait-il raison.

Le cri sauvage d'un aigle déchira le silence. Le soleil se reflétait sur la neige, aveuglant. Suivant son instinct, Willa avait quitté le sentier et s'était engagée sur un terrain rocailleux.

— On n'a pas vraiment le temps de faire un détour, rappela Ben.

— Ne me suis pas, alors !

Il jura et vérifia si son fusil était à portée de main, se méfiant des ours et des couguars. Avec regret, il songea à la cabane qui n'était qu'à dix minutes à peine, et au café chaud qui devait attendre sur le réchaud.

Soudain il le vit. Son odorat n'était peut-être pas aussi fin que celui de Willa mais sa vue était aussi perçante. Il y avait du sang partout, sur la neige et sur les rochers. Le cuir noir du bœuf en était recouvert. Le chien s'arrêta devant l'animal et revint en courant en direction des chevaux.

— Quel carnage ! s'exclama Ben en descendant de cheval.

— Des loups ?

Il s'apprêtait à acquiescer mais s'arrêta. Un loup ne tuait pas en abandonnant la viande. Un loup ne faisait pas une telle boucherie. Il ne connaissait qu'un prédateur capable d'une pareille chose.

— Non, des hommes.

Willa s'approcha et retint son souffle. La gorge avait été tranchée, le ventre ouvert.

— Quelle horreur !

Elle s'accroupit et repensa à l'ourse. Elle avait été obligée de la tuer et de la dépecer. Mais le travail que Ben et elle avaient exécuté n'avait rien de comparable avec le carnage qui s'étalait devant ses yeux.

— C'est presque en vue du chalet, remarqua-t-elle. Le sang est gelé ; ça a dû se passer avant le lever du soleil.

— C'est une de tes têtes, constata-t-il après avoir vérifié la marque.

— Peu importe à qui elle appartient.

Elle nota pourtant le numéro gravé sur la petite plaque de métal jaune dans l'oreille du bœuf, afin de signaler la perte de l'animal. Puis elle se releva et regarda pensivement le nuage de fumée qui s'élevait de la cheminée du chalet.

— Ce qui compte, c'est de savoir pourquoi on l'a tué, reprit-elle. As-tu déjà perdu du bétail comme ça ?

— Non, répondit-il en se redressant. Et toi ?

— Pas jusqu'à aujourd'hui. Ça ne peut pas être un de mes employés. Ni l'un des tiens. Quelqu'un a dû camper dans les environs.

— Peut-être bien, murmura-t-il en fronçant les sourcils.

Ils se tenaient côte à côte. Elle ne s'écarta pas quand il caressa sa natte puis posa la main sur son bras.

— Malgré la neige qui est retombée et le vent, continua-t-il, on dirait qu'il y a des traces qui se dirigent vers le nord. Je vais suivre la piste avec quelques-uns de mes gars.

— C'est une de mes têtes.

— Peu importe, rétorqua-t-il en la regardant. Il faut que tu rassembles les troupeaux, que tu redescendes dans la vallée et que tu signales ce qui s'est passé.

Il avait raison. Suivre une piste n'était pas son fort, en revanche elle savait s'occuper du bétail et diriger les hommes. Elle hocha la tête et s'en retourna vers son cheval.

— Je vais au chalet leur parler.

— Willa, fais attention à toi, dit-il en posant sa main sur la sienne.

Elle sauta en selle.

— Je connais mes gars, lança-t-elle en s'éloignant en direction de la fumée.

Ses ouvriers s'apprêtaient à déjeuner quand elle entra dans le chalet. Pickles se tenait près du réchaud, jambes écartées, son estomac volumineux débordant au-dessus de la grande boucle de son ceinturon. Gros et trapu, âgé d'une quarantaine d'années, il était presque chauve et compensait sa calvitie par une énorme moustache rousse qui s'allongeait au fil des ans. On l'avait surnommé Pickles à cause de son goût pour les légumes macérés dans le vinaigre et de son caractère aussi acide que le susdit condiment.

Lorsqu'il vit Willa, il grommela quelques mots pour l'accueillir et renifla.

Jim Brewster, les pieds sur la table, savourait une cigarette. La trentaine, beau gosse, deux fossettes lui creusaient les joues, et ses cheveux noirs ondulés retombaient sur le col de sa chemise.

— On a de la compagnie pour déjeuner, Pickles.

Pickles grommela de nouveau, rota et retourna le lard dans la poêle.

— Y en a même pas assez pour deux. Remue-toi les fesses ! Ouvre une boîte de haricots.

— La neige ne va pas tarder, jeta Willa en se dirigeant vers la radio.

— Bah, on est tranquilles encore pour un bout de temps !

Elle se retourna et affronta la mine renfrognée de Pickles.

— Je ne crois pas. On commence à rassembler le bétail aujourd'hui.

Elle attendit, ne le quittant pas des yeux. Il avait horreur de se laisser commander par une femme et ne se privait pas de le montrer.

— C'est ton troupeau, maugréa-t-il en mettant le lard grillé sur une assiette.

— En effet, et une bête a été massacrée à quatre cents mètres d'ici en allant vers l'est.

— Massacrée ? questionna Jim en tendant à Pickles une boîte de haricots ouverte. Par un couguar ?

— Ça m'étonnerait. À moins qu'ils ne se servent de couteaux à présent. Quelqu'un a éventré et lacéré la pauvre bête puis l'a abandonnée.

— Pfff ! fit Pickles en s'approchant. Tu dis des conneries, Willa. Les couguars nous ont déjà tué deux bêtes. Jim et moi on a suivi une piste pas plus tard qu'hier. Il a dû revenir et faire son affaire à une autre bête, c'est tout.

— Je sais faire la différence entre des griffes ou des crocs et un couteau. Va voir toi-même. Tout droit vers l'est, à quatre cents mètres.

— Un peu, que je vais aller voir !

Pickles mit sa veste et s'en alla en claquant la porte et en maudissant les bonnes femmes.

— Tu es certaine que ce n'était pas un couguar ? demanda Jim dès que Pickles fut sorti.

— Certaine. Donne-moi du café, s'il te plaît. Je vais appeler le ranch par radio. Je veux prévenir Ham que nous ramenons les troupeaux.

— Il y a les gars de McKinnon dans le coin, mais...

— Non, Jim, dit-elle en prenant une chaise. Pas un des cow-boys que je connais ne ferait une chose pareille.

Elle appela le ranch, et attendit quelques instants que la liaison s'établisse. Le café et la chaleur du feu de cheminée eurent raison du froid qui la transperçait. Elle donna des ordres et avait déjà avalé sa deuxième tasse de café quand elle en eut terminé avec le ranch des McKinnon.

Pickles revint comme une furie.

— L'espèce d'enfant de salaud ! s'exclama-t-il.

Ce serait sans doute la seule excuse qu'elle obtiendrait. Elle alla au réchaud et se remplit une assiette de haricots.

— Je suis montée avec McKinnon ; il va suivre les traces. Nous, on va aider ses gars à rassembler son bétail et on le redescendra avec le nôtre. Vous avez aperçu du monde dans le coin ? Des campeurs, des chasseurs, des touristes ?

— On a vu les restes d'un feu de camp, hier, en cherchant le couguar, dit Jim. Il devait bien dater de deux ou trois jours.

— Il y avait des canettes de bière partout, marmonna Pickles qui mangeait debout. On devrait les descendre rien que pour leur apprendre les bonnes manières à ces pieds-tendres.

— Tu es certain que la bête n'a pas été abattue d'un coup de fusil ? demanda Jim en regardant Pickles. Les gosses de la ville sont capables de tirer sur tout ce qui bouge.

— Ouais. C'est pas un touriste qui a fait ça, dit Pickles en avalant une grande cuillerée de haricots. Je suis sûr que c'est des petits merdeux d'adolescents drogués jusqu'aux oreilles.

— Peut-être. En tout cas, si c'est le cas, Ben les retrouvera facilement, dit Willa.

Mais elle n'était pas d'accord avec Pickles ; aucun adolescent n'aurait pu faire une chose pareille ; il fallait des années de haine accumulées pour déchaîner une telle violence.

Jim repoussait d'un air songeur ses haricots tout autour de son assiette.

— On est au courant de ce qui s'est passé au ranch, commença-t-il en se raclant la gorge. On a eu Ham à la radio la nuit dernière, et il a pensé qu'il pouvait nous dire, euh… où ça en était.

Elle écarta son assiette et se leva.

— Alors je vais vous dire où on en est, dit-elle d'une voix calme. Le ranch continue comme avant. Jack Mercy est dans sa tombe et c'est moi qui commande. Désormais, c'est à moi que vous obéirez.

Jim échangea un coup d'œil avec Pickles et se gratta la joue.

— Bien sûr, Willa. On se demandait juste comment ça allait se passer avec tes sœurs.

— Elles m'obéissent aussi. Vous avez fini de manger ? Alors en selle !

— Bon sang de bonnes femmes ! grommela Pickles quand la porte fut refermée. Toutes les mêmes ! Toujours en train de tout régenter.

— C'est parce que tu ne rencontres jamais celles qu'il faut, dit Jim en enfilant sa veste. En tout cas, celle-là, c'est vraiment le patron.

— Pour l'instant !

— Possible, mais aujourd'hui c'est elle qui commande, déclara-t-il en sortant des gants de sa poche. C'est comme ça et pas autrement.

4

Pour affronter sa mère, Tess prit une double dose d'aspirine, à titre préventif. « Affronter » n'était peut-être pas le mot approprié ; elle la subissait plus qu'elle ne lui tenait tête, mais qu'importait le terme puisque de toute façon elle aurait mal au crâne.

Elle choisit de lui rendre visite en milieu de matinée, seul moment de la journée où elle était certaine de la trouver dans sa résidence de Bel Air. Louella sortait toujours vers midi pour aller chez le coiffeur, la manucure, l'esthéticienne ou dévaliser les magasins. Vers seize heures, elle se rendait à sa boîte de nuit, le Louella's, plaisantait avec la barmaid ou faisait hurler de rire les serveuses en leur racontant sa vie et ses amours du temps où elle était danseuse à Las Vegas.

Tess s'était fait une règle de ne pas mettre les pieds au Louella's, mais ne pouvait malheureusement pas éviter le domicile de sa mère.

Le charmant petit bâtiment blanc de style hispano-californien au toit de tuiles rouges et aux arbustes élégants aurait pu, aurait dû, n'être qu'une adorable maison, mais c'était sans compter avec les goûts de Louella Mercy. « Donnez-lui Buckingham Palace, disait souvent Tess, elle vous en fera un bungalow rococo. »

En arrivant dans le jardin, elle s'efforça d'ignorer ce que Louella appelait son « exposition d'art champêtre » : le jockey grandeur nature au sourire béat, les lions de plâtre rugissants, la sphère d'un bleu brillant posée sur un piédestal de béton, et, couronnant le tout, la fontaine représentant une jeune fille au visage serein versant de l'eau dans la gueule ouverte d'une carpe qui n'en revenait pas encore d'être prise pour un seau.

Une quantité de fleurs de toutes les variétés envahissaient entièrement l'espace, formant un assemblage de couleurs criardes qui aurait même choqué l'œil d'un daltonien.

Tess appuya sur la sonnerie qui égrena les premières mesures d'un french-cancan endiablé.

Louella vint ouvrir. Tess fut aussitôt happée par deux bras soyeux et enveloppée d'un parfum lourd mêlé à l'odeur sucrée des cosmétiques. Sa mère ne passait jamais le seuil de sa chambre sans être parfaitement maquillée.

Louella était une grande femme aux charmes généreux et aux longues jambes. La couleur naturelle de ses cheveux s'était métamorphosée en un blond platine aussi peu discret que son rire. Elle arborait une mise en plis volumineuse et impeccablement laquée, à faire pâlir d'envie Nancy Reagan. Malgré les couches de poudre et de fard, elle restait étonnamment belle. Son visage reflétait sa force de caractère.

Comme toujours devant sa mère, Tess était assaillie d'émotions contradictoires. Elle l'embrassa en souriant mais ne parvint pas à dissimuler son exaspération lorsque les deux loulous de Poméranie, que Louella adorait, se mirent à pousser des jappements à crever les tympans.

— Alors, on est rentrée de la cambrousse ?

L'accent texan de Louella évoquait la sonorité des cordes d'un banjo. Elle embrassa Tess et effaça la trace de rouge sur la joue de sa fille.

— Tu vas me raconter tout ça. J'espère que la vieille crapule a eu un bel enterrement ?

— C'était... intéressant.

— Je m'en doute. Viens, on va se faire un café. C'est le jour de congé de Carmelo, il faut qu'on se débrouille toutes seules.

— Je m'en occupe.

Ouf ! Elle préférait de beaucoup faire elle-même le café qu'affronter le bel homme de ménage de Louella. Mieux valait ne pas trop penser aux services peu ménagers qui faisaient aussi partie de ses attributions.

Elle traversa le salon et entra dans la cuisine immaculée. Pas une miette ne traînait. Il fallait admettre que Carmelo, quelles que soient ses autres fonctions, était aussi méticuleux qu'une nonne.

— Il doit bien y avoir un gâteau quelque part, dit Louella, j'ai une faim de loup.

Les chiens dans les jambes, elle ouvrit placards et réfrigérateur. En cinq minutes, elle réussit à transformer la cuisine en un véritable capharnaüm.

Mais à quoi bon s'irriter ? Là où passait Louella, l'ordre ne survivait pas.

— Tu as rencontré la petite famille ?

— Tu veux dire mes demi-sœurs ? Oui, j'ai fait leur connaissance.

Tess regarda d'un air inquiet le gâteau que sa mère avait enfin trouvé. Avec un grand couteau à découper elle trancha quatre énormes parts. Sur l'assiette ornée de roses géantes qu'elle tendit à Tess, il y avait au bas mot dix mille milliards de calories.

— Et alors, comment sont-elles ? demanda Louella en déposant une assiette par terre.

Les chiens engouffrèrent le gâteau et reprirent leur concert.

— La fille de l'épouse numéro deux est plutôt nerveuse.

— C'est celle avec l'ex-mari qui aime cogner, commenta Louella en se hissant sur le tabouret de bar. Pauvre petite ! L'une de mes filles a eu ce genre de problèmes ; son mari la battait comme plâtre et on a réussi à l'envoyer dans un refuge pour femmes battues. Elle est à Seattle maintenant. Je reçois une carte postale de temps en temps.

Tess laissa échapper un marmonnement qui pouvait passer pour une marque d'intérêt. Celles que sa mère appelait « ses filles » allaient de la serveuse à la barmaid en passant par les strip-teaseuses et la femme de ménage. Louella les embrassait à tout bout de champ, leur prêtait de l'argent, leur donnait des conseils.

— Et l'autre, comment est-elle ? demanda-t-elle en attaquant avec enthousiasme sa part de gâteau.

— Ah ! celle-là, c'est une vraie cow-girl. Une dure à cuire aux bottes crottées. Elle mène son troupeau à la baguette, au propre comme au figuré.

Elle se tut un instant tandis qu'elle servait le café.

— Elle ne nous a pas caché qu'elle n'avait aucune envie de nous voir, reprit-elle en picorant son gâteau. Elle a un demi-frère aussi.

— Oui, je le savais. J'ai connu Mary Wolfchild, enfin je l'avais aperçue là-bas. C'était une très belle femme et son petit garçon était adorable. Un visage d'ange.

— Il a grandi mais il a toujours son visage d'ange. Il vit au ranch, et je crois qu'il s'occupe des chevaux.

— Son père était cow-boy, si je me souviens bien.

Elle extirpa de la poche de son déshabillé un paquet de cigarettes extra-longues.

— Et Bess, qu'est-ce qu'elle devient ?

Elle souffla un long nuage de fumée et éclata d'un rire gaillard.

— Une sacrée femme ! J'avais intérêt à me tenir à carreau avec elle. Ça, il faut reconnaître qu'elle savait tenir une maison, et elle ne se laissait pas marcher sur les pieds par Jack.

— D'après ce que j'ai vu, elle n'a pas changé.

— Foutue maison ! Foutu ranch ! Foutue région ! Je ne regrette pas de n'y avoir passé qu'un hiver. On avait de la neige jusqu'au menton.

— Pourquoi l'as-tu épousé ?

Louella la regarda en haussant un sourcil.

— Je ne t'ai jamais posé la question avant, expliqua Tess, mal à l'aise, mais maintenant j'aimerais savoir pourquoi.

— La réponse est simple, dit-elle en mettant une tonne de sucre dans son café. C'était l'homme le plus séduisant que j'avais jamais rencontré. Si tu avais vu ses yeux ! On aurait dit qu'ils te transperçaient, et cette façon qu'il avait de pencher la tête en souriant d'un air entendu...

Oui, Louella se souvenait parfaitement de leur première rencontre. Jack Mercy était entré dans le cabaret de sa démarche fière tandis qu'elle dansait sur scène vêtue de quelques plumes et d'une coiffe pesant dix kilos. Il s'était planté devant la scène et l'avait regardée tout en tirant sur son cigare. Il l'avait attendue à la fin du spectacle et sans se poser de questions elle l'avait suivi, passant le reste de la nuit à boire et à jouer de casino en casino.

Quarante-huit heures plus tard, dans une de ces petites chapelles où l'on pratiquait les mariages à la chaîne, ils s'étaient passé la bague au doigt.

Pas vraiment surprenant que l'alliance ne soit restée à son annulaire qu'à peine deux ans !

— Le problème c'est que nous ne nous connaissions pas, reconnut-elle en écrasant sa cigarette dans l'assiette. Tant que nous étions à Las Vegas, au lit et au casino, tout allait bien. Seulement voilà, je n'étais pas faite pour vivre dans un ranch perdu du Montana. Remarque, j'aurais peut-être dû faire un effort, après tout je l'aimais.

— Tu l'aimais ! s'exclama Tess en manquant s'étrangler avec un morceau de gâteau.

— Pendant un temps, oui. Mais il aurait fallu avoir une case en moins pour rester amoureuse de Jack Mercy. Pourtant je reconnais que je l'ai aimé, et je ne le regrette pas, parce que je t'ai eue, ainsi qu'un bon paquet de fric. Si Jack Mercy n'était pas entré ce soir-là dans le cabaret, je n'aurais ni ma fille ni ma boîte, et je l'en remercie.

— Comment peux-tu remercier l'homme qui t'a fichue dehors avec sa propre fille ? Il s'est débarrassé de toi pour cent mille dollars, c'est minable !

— C'était une belle somme à l'époque ! Et je n'ai pas perdu au change, crois-moi.

— Tu sais combien vaut le ranch ? Vingt millions de dollars. Tu vas toujours me dire que tu ne t'es pas fait rouler ?

— Le ranch était à lui, ma chérie, moi je n'y ai fait qu'un bref séjour.

— Assez long pour avoir une fille et te faire jeter dehors.

— C'est moi qui ai voulu un enfant.

La colère de Tess s'évanouit, mais le sentiment d'injustice lui dévorait toujours le cœur.

— Maman, tu avais droit à plus que cela. Et moi aussi !

— Peut-être que oui, peut-être que non, en tout cas c'est l'accord que nous avions passé à l'époque.

Louella alluma une nouvelle cigarette et décida de reporter son rendez-vous chez l'esthéticienne. Elle avait trouvé plus intéressant pour occuper son après-midi.

— De l'eau a coulé sous les ponts, mon cœur. Jack s'est marié trois fois, il a eu trois filles, c'est comme ça. Alors, qu'est-ce qu'il t'a laissé ?

— Un gros pépin !

Tess prit la cigarette des mains de sa mère et avala une petite bouffée. Elle ne fumait pas mais il valait mieux un peu de nicotine plutôt que les milliers de calories qui la narguaient encore sur son assiette.

— Il m'a laissé un tiers du ranch.

— Un tiers ! Mais, bon sang de bois, c'est une fortune, ma chérie !

Louella bondit de son tabouret. Malgré sa forte corpulence, on sentait encore l'ancienne danseuse qui se mouvait avec grâce. Elle se précipita sur sa fille et lui écrasa les côtes en la pressant sur son cœur.

— Champagne pour tout le monde ! proclama-t-elle. Carmelo a bien dû en cacher une bouteille quelque part.

— Attends, maman, dit Tess en tirant sur le déshabillé de sa mère qui avait déjà le nez dans le réfrigérateur. Ce n'est pas si simple !

— Ma fille est millionnaire ! La reine de l'élevage ! s'écria-t-elle en faisant sauter le bouchon. Bingo !

— Attends, maman ! Je dois habiter là-bas pendant un an. Nous devons vivre toutes les trois au ranch pendant un an, sinon nous n'aurons rien.

Louella, après avoir bu une gorgée, se passa la langue sur les lèvres.

— Tu dois vivre un an dans le Montana ? Au ranch ? Avec les vaches ? Toi, avec des vaches !

— Oui, moi et les deux autres.

Louella, la bouteille toujours à la main, s'appuya au comptoir et partit d'un rire tonitruant.

— Dire que même au fond de son trou, Jack réussit à me faire rire !

— Ravie de voir que ça t'amuse autant, lança Tess d'une voix coupante. Tu pourras rire tout ton saoul pendant que je regarderai l'herbe pousser chez les péquenauds.

D'un geste élégant, Louella versa le champagne dans les tasses à café.

— Mais, ma chérie, tu n'as qu'à rester ici et cracher sur le fric de ton père.

— Quoi, laisser tomber les millions ! Jamais !

Louella retrouva son sérieux et observa sa fille, ce mystère qu'elle avait mis au monde. Si belle, si réfléchie, si sûre d'elle.

— Tu ne veux pas ?... Non, évidemment. Tu ressembles trop à ton père pour faire une chose pareille. Alors, tu tiendras le temps qu'il faudra.

Tess en retirerait peut-être d'autres bénéfices, se dit sagement sa mère. De deux choses l'une, ou cette année lui adoucirait le caractère, ou elle aiguiserait son mordant. Elle lui tendit une des deux tasses.

— Quand pars-tu ?

— Demain matin à la première heure, répondit-elle avec un long soupir. Il faut que j'aille m'acheter des bottes !

— À ta santé, ma chérie !

Tess accepta le toast et eut un petit sourire.

— Au fond, une année, c'est vite passé...

Tandis que Tess buvait du champagne dans la cuisine de sa mère, Lily, au bord d'une pâture, admirait les chevaux. Elle n'avait jamais rien vu de plus beau que leurs crinières agitées par le vent sur fond de montagnes bleues et blanches.

Pour la première fois depuis des mois elle avait dormi d'une traite, sans somnifères et sans cauchemars, rassurée par la quiétude des lieux.

Tout était calme. Un moteur de tracteur ronronnait au loin. Ce matin, elle avait entendu Willa et un ouvrier discuter ensemble, mais elle ne s'était pas approchée, ne voulant pas les interrompre. Elle aimait rester avec les chevaux, car elle ne dérangeait personne et elle était seule.

Depuis trois jours, on la laissait libre d'aller et venir à sa guise. Les ouvriers la saluaient simplement d'un doigt sur le chapeau lorsqu'elle les croisait. Sans doute faisaient-ils des commentaires derrière son dos, mais elle s'en moquait.

L'air était doux, presque sucré. Tout était beau ici : l'eau du torrent qui dévalait sur les rochers, l'éclat d'une aile d'oiseau dans la forêt, les daims qui traversaient la route en bondissant.

Vivre dans un tel paradis pendant un an, quel rêve !

Adam, seau à la main, l'observait sans bouger. Il savait qu'elle venait ici chaque jour. Il l'avait vue errer dans la maison, la grange, les paddocks, et finalement jeter son dévolu sur cette prairie. Comme d'habitude, elle se tenait immobile près de la barrière.

Il avait patienté, sachant qu'une guérison nécessitait une certaine solitude. Mais il savait aussi qu'elle avait besoin d'un ami. Il s'avança vers elle, prenant soin de faire suffisamment de bruit pour ne pas la surprendre. Elle se retourna, hésita et finalement sourit.

— Je peux rester, je ne dérange pas ? demanda-t-elle.

— Mais bien entendu, Lily. Vous ne dérangez personne.

Il fut heureux de constater que sa compagnie ne semblait pas lui faire peur.

— J'adore regarder les chevaux, dit-elle.

— Vous pouvez les regarder de plus près si vous voulez, répondit-il en lui tendant le seau d'avoine. Remuez-le, vous allez voir.

Elle obéit et, amusée, remarqua que plusieurs paires d'oreilles se dressaient. Puis les chevaux se rassemblèrent près de la clôture. Sans même réfléchir, elle prit une poignée d'avoine qu'elle tendit à une jolie jument baie.

— Vous vous êtes déjà occupée de chevaux ?

Aussitôt elle retira sa main d'un air coupable.

— Oh, excusez-moi, j'aurais dû vous demander la permission.

— Mais non, allez-y.

Son sourire s'était envolé. Quel idiot il faisait ! Par sa faute, l'éclat bleu-gris de ses iris qui ressemblaient à l'eau d'un lac au coucher du soleil avait disparu.

— Viens, Molly, dit-il.

Aussitôt la jument trottina vers la barrière. Adam la fit sortir et lui passa une bride autour du cou.

Lily essuya ses mains poussiéreuses sur son jean et s'approcha timidement.

— Elle s'appelle Molly ?

— Oui, répondit-il en gardant les yeux sur la jument pour laisser le temps à Lily de retrouver un peu d'assurance.

— Elle est belle.

— C'est un bon cheval de selle. Elle est gentille, un peu capricieuse parfois, mais elle progresse, hein, ma belle ? Selle américaine ou anglaise, Lily ?

— Pardon ?

— Vous avez dû apprendre avec une selle anglaise, déclara-t-il gentiment tout en mettant une couverture sur le dos de Molly. Nat a des selles anglaises ; on pourra lui en emprunter une si vous voulez.

— Je ne comprends pas...

— Vous voulez monter à cheval, non ?

Il posa une ancienne selle de Willa sur la jument.

— Je me suis dit qu'on pourrait aller dans la montagne, peut-être qu'on verra des élans.

— Je ne suis pas montée à cheval depuis longtemps.

— Ça ne s'oublie pas, déclara Adam en la jaugeant d'un coup d'œil pour ajuster les étriers à la longueur de ses jambes. Une fois que vous connaîtrez les environs, vous pourrez vous promener toute seule.

Il vit qu'elle regardait en direction du ranch comme si elle évaluait la distance à parcourir pour s'enfuir.

— Vous n'avez rien à craindre de moi, Lily.

Non, bien sûr, mais ça n'empêchait pas la peur de lui nouer l'estomac. Combien de fois avait-elle cru ce que lui disait Jesse ? Mais c'était fini à présent. Elle devait enterrer cet épisode. Il ne tenait qu'à elle de commencer une nouvelle vie.

— Oui, j'aimerais bien faire une promenade à cheval. Vous êtes certain que ça ne vous dérange pas ?

— Mais non, au contraire.

Il s'approcha d'elle et s'arrêta avant qu'elle ne s'effraie de nouveau.

— Vous savez, Lily, il ne faut pas avoir peur de Willa. Elle a bon cœur et elle est généreuse. C'est un moment difficile à passer, pour elle aussi.

— Je la comprends, répondit-elle en caressant sans même s'en rendre compte l'encolure de la jument. Et elle est encore plus contrariée depuis qu'elle a découvert cette pauvre vache. Je ne conçois pas comment on peut commettre un crime pareil. Elle est folle de rage et puis elle a tellement de travail, alors que moi... je suis là à ne rien faire.

— Vous voulez travailler ?

Elle se sentait protégée par la jument et se permit un sourire.

— Oui, mais pas châtrer des veaux. Je les ai entendus ce matin, dit-elle en frissonnant. Je n'ai pas pu avaler mon petit déjeuner.

— On s'y habitue vite.

— Je ne crois pas, soupira-t-elle, remarquant à peine combien la main d'Adam était près de la sienne sur l'encolure de Molly. Willa est tellement à l'aise, sûre d'elle. J'envie son assurance. Moi, je ne suis qu'un fardeau de plus pour elle, c'est pour cela que je n'ai pas eu le courage de lui demander si je pouvais me rendre utile.

— Willa n'est pas méchante, dit-il en lui effleurant les doigts.

Lily mit sa main hors de portée et il continua à caresser la jument tout en poursuivant comme si de rien n'était.

— Vous pouvez m'aider, si vous voulez... avec les chevaux.

— Vous voulez que je vous aide à vous occuper des chevaux ?

— Il y a beaucoup de travail, surtout à l'approche de l'hiver. Réfléchissez.

Il n'en dit pas plus, sourit, et croisa les mains pour lui faire la courte échelle.

— Allez, grimpez ! Faites le tour du corral pour vous habituer pendant que je selle mon cheval.

Elle était sidérée.

— Mais vous ne me connaissez pas !

— On fera connaissance, dit-il, les mains toujours jointes, en la regardant d'un air serein. Faites-moi confiance, je veux simplement vous aider à monter en selle, pas me mêler de votre vie.

S'en voulant d'être aussi transparente, elle saisit le pommeau et plaça son pied dans les mains offertes. Puis elle tourna vers lui son visage marqué et le regarda de ses grands yeux sérieux.

— Adam, ma vie, il vaut mieux ne pas en parler.

Il ajusta les étriers, laissant la main sur sa cheville pour qu'elle s'accoutume à son contact.

— Nous en parlerons, si. Mais aujourd'hui, contentons-nous d'une promenade dans les montagnes.

La garce ! Se laisser tripoter par un métèque ! Cette morveuse avait cru se débarrasser de Jesse Cooke ! Hop ! on s'enfuit, on lui met les flics aux trousses... Eh bien non, il l'avait retrouvée ! Et elle allait le payer cher !

Jesse bouillait de colère en les observant à la jumelle. Avait-il déjà sauté Lily ? Fumier ! Il lui réglerait son compte à lui aussi. Lily était la femme de Jesse Cooke, et si cette traînée l'avait oublié, il allait bientôt lui rafraîchir la mémoire.

Quelle idiote ! Elle avait cru le semer. Le jour où Jesse Cooke se ferait rouler par une bonne femme n'était pas pour demain.

Certain qu'elle ne manquerait pas de tenir informée sa maman chérie, il s'était installé près de la jolie maison de sa mère en Virginie et tous les matins, il avait subtilisé le courrier.

Tout vient à point à qui sait attendre ! La lettre de Lily était arrivée comme prévu. Il était retourné à son motel et l'avait ouverte à la vapeur. Pas fou, Jesse Cooke ! Il l'avait lue et avait appris où Lily se rendait et pourquoi.

On s'en allait toucher son héritage sans même prévenir son petit mari... Pas gentil, ça ! Jesse Cooke aurait sa part.

Après avoir remis la lettre dans la boîte il s'en était allé dans le Montana. Il était même arrivé deux jours avant son idiote de femme. C'était largement suffisant pour qu'un homme comme lui repère les environs et réussisse à se faire embaucher à Three Rocks.

Un boulot minable de mécanicien. Il s'y connaissait en moteurs et il y avait toujours une camionnette à réparer, et lorsqu'il n'y en avait pas on l'envoyait vérifier les clôtures de jour comme de nuit. Finalement, ce n'était pas plus mal, ça tombait même bien. Avec son quatre-quatre, il allait où il voulait sans attirer l'attention et pouvait ainsi surveiller tout ce qui se passait.

Jesse caressa la moustache qu'il avait laissée pousser et qu'il avait teinte, comme ses cheveux, en châtain clair. Juste une précaution, un déguisement provisoire au cas où Lily parlerait de lui ; on s'attendrait à voir un homme avec les cheveux blonds coupés en brosse.

Mais le jeu en valait la chandelle. Une fois qu'il aurait récupéré Lily, il lui montrerait qui commandait. En attendant ce jour béni, pas question de s'éloigner. Il la gardait à l'œil.

— Profites-en ! murmura-t-il, les yeux plissés derrière ses jumelles tandis que la monture de Lily suivait le cheval d'Adam. J'aurai bientôt ma revanche.

La nuit était presque tombée lorsque Willa regagna la maison. Décorner et châtrer le bétail était un très sale boulot, ennuyeux, en plus. Elle travaillait d'arrache-pied et ne voulait pas s'arrêter. Il fallait que ses ouvriers sachent qu'elle était capable d'assumer toutes les tâches. Changer de patron, ce n'était jamais facile, même dans les meilleures circonstances, ce qui était loin d'être le cas. En plus, aujourd'hui, un troupeau d'élans avait renversé une clôture et effrayé le bétail, et elle avait dû aider ses gars à les chasser et à réparer la casse.

Maintenant la journée était terminée ; les employés du ranch étaient rentrés pour dîner et jouer aux cartes dans le bungalow et elle n'aspirait qu'à prendre un bain chaud et à manger.

Elle accueillit froidement Ben.

— Qu'est-ce que tu fiches là ?

— Je me suis dit qu'une bière fraîche me ferait du bien.

— Ce n'est pas un saloon, ici ! répliqua-t-elle en se dirigeant néanmoins vers le petit réfrigérateur derrière le bar. Dépêche-toi, je n'ai pas encore dîné.

— Moi non plus, répondit-il en prenant la bouteille qu'elle lui tendait. Je suppose que tu n'as pas l'intention de m'inviter.

— Je ne suis pas d'humeur sociable.

— Je ne t'ai jamais vue d'humeur sociable.

Il but une longue gorgée.

— Comme on ne s'est pas revus depuis l'autre jour dans la montagne, je voulais te dire que je n'avais rien trouvé. Le type qui a fait ça s'est évaporé dans la nature.

Elle prit aussi une bière. Épuisée, elle se laissa tomber près de Ben sur le canapé.

— Pickles pense que ce sont des mômes, drogués ou cinglés, dit-elle.

— Et toi ?

— Je ne crois pas. Pourtant c'est la seule explication plausible.

— Hum... ça ne sert à rien de ressasser tout ça. Le bétail est en sûreté à présent. Ta sœur est revenue de Los Angeles ?

Willa se massait la nuque pour se détendre et s'arrêta net.

— Tu es bien curieux de ce qui se passe au ranch Mercy, McKinnon.

— N'oublie pas que cela fait partie de mes attributions.

Il ne se lassait pas de le lui rappeler, ni de la regarder. Des mèches s'échappaient de sa tresse et ses jambes bottées étaient allongées près des siennes.

— Alors, reprit-il, tu as eu de ses nouvelles ?

— Elle rentre demain. Bien ; maintenant que tu es renseigné, tu pourrais...

— Tu me présenteras ? interrompit-il en jouant avec la natte de Willa. Peut-être que je vais avoir le béguin et comme ça tu ne m'auras plus dans les pattes.

Elle lui tapa sur la main, ce qui ne l'empêcha pas de continuer.

— Tu crois donc que toutes les femmes sont à tes genoux.

— Toutes sauf une, mon cœur ! Mais ça ne saurait tarder. J'y travaille, j'y travaille...

Il caressa du bout du doigt la joue de Willa.

— Au fait, continua-t-il, et l'autre ?

— Quoi, l'autre ?

Elle aurait bien aimé s'écarter un peu de Ben mais ne voulait pas perdre la face.

— L'autre sœur.

— Elle est là. Je ne sais pas où.

— Intéressant, fit-il en souriant. On dirait que je te mets mal à l'aise, Willa.

— Mais pour qui te prends-tu ?

Elle s'apprêtait à se lever mais il l'arrêta d'une main sur l'épaule.

— Tiens, tiens, murmura-t-il, la sentant trembler sous ses doigts. Approche un peu...

Elle serra sa bouteille de bière en s'efforçant de calmer sa respiration. Il avait l'air si arrogant, si sûr de lui. Persuadé qu'elle lui tomberait dans les bras.

— Plus près ? roucoula-t-elle. Et pour quoi faire ?

— Tu sais bien pour quoi faire...

Il prit Willa par les épaules et l'attira à lui. Il aurait dû prévoir la suite s'il avait eu la moindre parcelle de bon sens, mais la voix de la jeune femme s'était faite si séduisante que le désir l'aveuglait. Il n'était plus qu'à deux centimètres de sa bouche lorsqu'elle lui renversa sa bière sur la tête.

— Faire ça ! Tu n'es qu'un idiot, Ben, dit-elle, ravie de son effet, en reposant la bouteille vide sur la table. Depuis que je suis née, je suis entourée de cow-boys, alors si tu t'imagines que je ne sais pas me défendre !

Il passa lentement la main dans ses cheveux mouillés.

— C'est une façon de voir les choses, admit-il.

Puis il se retourna brusquement et la plaqua sur le divan.

Même un serpent siffle avant d'attaquer, songea-t-elle, furieuse de s'y être laissé prendre. Elle était coincée sous lui, immobilisée par son corps musclé, piégée par ses yeux durs.

— Et ça, tu l'avais vu venir ? lança-t-il, moqueur, en lui bloquant les poignets au-dessus de la tête.

Elle avait rougi, remarqua-t-il, mais pas seulement de colère.

— Tu as peur que je t'embrasse ? Tu as peur d'aimer ça ?

Le cœur de Willa battait à cent à l'heure. Il lui semblait qu'elle sentait déjà la bouche de Ben sur la sienne.

— Quand j'aurai envie que tu poses tes sales lèvres sur les miennes, je te le dirai.

— Dis-moi plutôt que tu n'en as pas envie. Allez, dis-le !

Il sourit. Il était tout près. Il lui prit doucement le menton.

— Dis-moi que tu ne veux pas que je goûte tes lèvres ? Dis-le.

Elle en fut incapable. Ç'aurait été un mensonge. Ça ne l'aurait pas gênée de mentir, mais sa gorge était sèche. Alors elle choisit une autre solution et frappa d'un coup sec avec le genou.

Elle eut la satisfaction de le voir pâlir avant de s'effondrer sur elle.

— Pousse-toi, espèce d'idiot ! Tu m'empêches de respirer.

Elle attrapa une poignée de cheveux qu'elle tira violemment. Il hurla. Elle réussit à se dégager mais il ne la lâcha pas. Ils roulèrent tous deux par terre. Une douleur vive la transperça lorsque son coude heurta le coin de la table. Alors la colère décupla ses forces. Un objet tomba et se brisa sur le sol tandis qu'ils luttaient comme des forcenés.

Quelle diablesse ! Elle ne plaisantait pas. Elle venait de lui planter les dents dans l'épaule. Il poussa un cri. Elle allait lui arracher un morceau de chair s'il ne l'arrêtait pas ! Il parvint à lui saisir la mâchoire et serra. Dieu merci, elle relâcha son emprise. Elle rua et ils firent un roulé-boulé. Bottes fouettant l'air et parfois l'adversaire, ils frappaient des coudes et s'empoignaient. Willa, étouffée par le fou rire, se laissa retomber par terre. Elle riait sans pouvoir s'arrêter, à en perdre le souffle.

Ne voulant pas la lâcher, il souffla pour dégager les cheveux qui lui tombaient dans les yeux, s'estimant heureux qu'elle n'ait pas réussi à lui arracher la mèche.

— Ce n'est pas drôle, Willa. Tu m'as mordu !

— Je sais.

Elle se passa la langue sur les dents.

— Je crois que j'ai un morceau de ta chemise coincé entre les dents. Lâche-moi, Ben.

— Pour que tu me mordes de nouveau ? Pas question ! Tu te bats comme une fille.

— Et alors ? Ça marche, non ?

Le rire s'étrangla dans la gorge de Ben. Les seins de Willa étaient pressés contre son torse et ses jambes mêlées aux siennes.

— Ça marche même un peu trop bien.

Le changement d'humeur de Ben n'avait pas échappé à Willa. La panique n'effaçait pas son envie de céder. Sa bouche n'était plus qu'à quelques centimètres. Elle se sentit défaillir.

— Non !

— Pourquoi pas ? Ça ne peut pas faire de mal.

— Je n'ai pas envie que tu m'embrasses !

— Menteuse, dit-il en haussant un sourcil et en souriant.

— Oui, murmura-t-elle.

Les lèvres de Ben effleuraient les siennes lorsqu'un cri déchira le silence.

5

En entendant le hurlement, Willa se figea et Ben roula sur le côté pour se relever d'un bond. Elle se précipita derrière lui. Les cris résonnaient encore lorsqu'il ouvrit la porte d'entrée.

Ils s'arrêtèrent net en découvrant la petite boule ensanglantée sur le perron et Ben prit Lily dans ses bras. Il tâcha de la réconforter tout en lui maintenant le visage contre son épaule pour l'empêcher de voir l'horrible spectacle. Jetant un coup d'œil à Willa, il vit que, bien que choquée, elle ne craquait pas. Lily était fragile, Willa, elle, serait toujours solide comme un roc.

— Emmène-la à l'intérieur, dit-il.

— Ça doit être un des chats de la grange.

« Devait être », pensa-t-elle, avant que quelqu'un ne le massacre et ne le mutile pour le laisser comme un trophée sanglant devant la porte.

— Fais-la rentrer, insista-t-il.

Les cris avaient ameuté tout le monde. Adam arriva le premier et vit Lily pleurer dans les bras de Ben.

En un bond, il fut en haut des marches et mit la main sur le bras de la jeune femme qui sursauta.

— Ça va aller, Lily, fit-il d'une voix apaisante.

— Adam, j'ai vu...

— Je sais. Viens, maintenant.

Il l'écarta doucement de Ben et la mena jusqu'à la porte.

— Willa va s'occuper de toi, murmura-t-il encore.

— Attends, je dois... protesta Willa.

— Prends soin de ta sœur, l'interrompit Adam.

— Allez, viens t'asseoir à l'intérieur, grommela Willa.

Puis elle claqua la porte derrière elles, laissant les hommes sur le porche.

Jim Brewster se passa la main sur le menton.

— Pauvre bête ; il a eu son compte, on dirait.

Adam se retourna et observa les hommes tour à tour. Jim était pâle, Ham avait l'air très tendu, Pickles regardait la scène, un fusil à la main. Il y avait aussi Billy Vincent, dix-huit ans à peine, les yeux écarquillés, et Wood Book qui tiraillait sa barbe noire.

— Où est la tête ? demanda Wood calmement en se rapprochant. Je ne la vois pas.

Wood s'occupait de la partie agricole du ranch et sa femme Nell faisait la cuisine pour les employés. C'était un homme droit, aussi solide que le rocher de Gibraltar.

— Celui qui a fait ça doit aimer les trophées, dit Adam.

Les hommes restèrent silencieux, sauf Billy qui ne put s'empêcher de parler, comme d'habitude.

— J'ai jamais vu un truc pareil ! Pauvre matou. Qui a pu...

— Ferme-la, Billy ! lança Ham d'un air las.

Il soupira et prit son paquet de tabac.

— Allez, les gars, on rentre. On n'a plus rien à faire ici.

— Ça m'a coupé l'appétit, grommela Jim.

— C'est pas bien beau à voir, déclara Ham en se tournant vers Ben et Adam. Possible que ce soit un gosse qui ait fait ça. Mais à mon avis, faut être sacrément vicieux. Les garçons de Wood sont des durs mais pas des vicieux. Je vais quand même aller leur dire un mot.

— Ham, est-ce que tu sais où étaient tes gars ?

Ham jeta un coup d'œil à Ben à travers la fumée de sa cigarette.

— Comme d'habitude... ils se préparaient pour le dîner. Je ne suis pas tout le temps derrière leur dos. Et puis ils ne s'amuseraient pas à découper un chat en morceaux.

— Ça a dû se passer il n'y a pas très longtemps, dit Ben, parce que je suis là depuis une heure et qu'il n'y avait rien devant la porte à mon arrivée.

— Je vais voir les gosses de Wood, dit Ham.

Il écrasa son mégot en jetant un dernier regard sur le porche et s'éloigna dans l'obscurité.

— Cela fait le deuxième animal qu'on te massacre en une semaine, Adam, remarqua Ben.

Adam s'accroupit et posa un doigt sur la fourrure ensanglantée.

— Il s'appelait Mike, il était vieux et presque aveugle. Il aurait dû mourir de vieillesse.

— Je suis désolé.

Lui aussi aimait les animaux.

— Je crois que nous avons un gros problème sur les bras, reprit-il.

— Oui. Ce n'est pas les gosses de Wood qui ont fait ça. Ils ne sont pas méchants, et puis ils n'auraient pas pu tuer le bœuf, l'autre jour.

— Non, évidemment. Tu connais bien tes gars ?

Adam releva les yeux.

— Je m'occupe des chevaux, pas des hommes. Mais je les connais. Cela fait des années qu'ils sont au ranch, sauf Billy, qui a été embauché l'été dernier. Tu devrais demander à Willa, elle est plus au courant que moi.

Il baissa de nouveau les yeux sur le petit tas de fourrure.

— J'aurais préféré que Lily ne voie pas ça.

— Oui, soupira Ben en se demandant si elle avait manqué de peu l'auteur de la boucherie. Viens, on va l'enterrer.

Pendant ce temps-là, Willa faisait les cent pas dans le salon. Que faire avec une femme tremblante blottie dans un coin du canapé ? Elle n'en savait fichtrement rien. Bon sang, pourquoi Adam lui avait-il collé Lily dans les pattes ?

Elle lui avait donné du whisky. Cela aurait dû suffire ! Elle lui avait même tapoté la tête pour la calmer. Mais non, Lily tremblait toujours.

— Je suis désolée, parvint-elle enfin à dire.

Elle prit une profonde inspiration et se força à continuer.

— Je suis désolée, je n'aurais pas dû crier comme ça. Mais je n'avais jamais vu une chose aussi horrible. Je...

— Bois ! Ça te fera du bien ! interrompit Willa sèchement.

Lily sembla se recroqueviller sur elle-même mais, obéissante, porta le verre à ses lèvres. Willa s'en voulait de la rudoyer mais elle ne savait pas comment s'y prendre. Elle se passa la main sur le visage.

— Je suppose qu'en voyant ça, tout le monde aurait eu la même réaction. Je ne t'en veux pas.

Lily avait le whisky en horreur. C'était la boisson favorite de Jesse dont la mauvaise humeur était inversement proportionnelle au niveau de la bouteille. Pour ne pas contrarier Willa, elle fit semblant de boire.

— C'était un chat, n'est-ce pas ? dit-elle en s'efforçant de maîtriser les tremblements de sa voix. C'était le tien ?

— Les chats sont à Adam. Les chiens aussi, et les chevaux. Mais c'est moi que l'on visait. C'est devant ma porte qu'on l'a laissé, pas devant celle d'Adam.

— Comme... le bœuf ?

Willa s'arrêta net de faire les cent pas et la regarda.

— Oui.

— Voilà du thé bien fort, annonça Bess en posant un plateau sur la table. Willa, enfin, on ne donne pas du whisky à quelqu'un qui a eu un choc ! Ça va la rendre malade. Buvez un peu de thé, mon chou, et reposez-vous. Ça va passer.

Elle prit gentiment le verre des mains de Lily et lui tendit une tasse.

— Arrête de marcher cinq minutes, Willa. Assieds-toi !

— Occupe-toi d'elle, je sors.

— Le jour où elle m'écoutera... marmonna Bess en jetant un regard noir vers Willa qui s'en allait déjà.

— Il faut la comprendre, elle est inquiète.

— Ce n'est pas une raison.

Lily but une gorgée et apprécia la chaleur de la boisson bien forte.

— C'est difficile pour elle, c'est son ranch.

— Le vôtre aussi.

— Non, répondit Lily en avalant une nouvelle gorgée. Le ranch est à elle.

Le chat n'était plus sur la galerie, mais le plancher était maculé de sang. Willa rentra prendre un seau d'eau savonneuse et une brosse. Bess l'aurait nettoyé, mais elle préférait le faire elle-même plutôt que de lui imposer pareille corvée.

À quatre pattes, éclairée par la faible lumière du porche, elle effaça les traces de violences. La mort faisait partie de la nature, il y avait longtemps qu'elle l'avait appris et accepté. C'était ainsi. Tout ce qui vivait devait mourir.

La violence ne lui était pas non plus étrangère. Elle avait tué des animaux et les avait dépecés de ses propres mains. Son père lui avait ordonné de chasser, l'avait obligée à regarder les bêtes s'effondrer dans leur sang. Et malgré toute sa répugnance, elle pouvait comprendre pourquoi. Mais ça, c'était de la cruauté pure, ça n'avait rien à voir avec les lois de la nature.

Elle frotta jusqu'à ce que la dernière trace ait disparu, puis elle s'assit sur ses talons et contempla le ciel. La traînée blanche d'une étoile filante traversa la nuit et disparut dans l'oubli. Non loin, une chouette ulula ; elle chassait, et ses proies devaient se précipiter à l'abri. Ce soir, c'était la lune du chasseur, pleine et brillante. Ce soir, la mort frapperait dans la forêt, dans les montagnes, dans la prairie. C'était ainsi, elle le savait. Alors pourquoi cette envie de pleurer ?

Elle entendit un bruit de pas et se calma aussitôt. Elle était déjà debout lorsque Adam et Ben la rejoignirent.

— Je l'aurais fait, Willa, ce n'était pas la peine, dit Adam en lui prenant le seau des mains.

— Trop tard. Je suis désolée pour le chat, fit-elle en lui posant la main sur le bras.

— Il aimait dormir au soleil sur une pierre à l'entrée de la grange. On l'a enterré là.

Il jeta un coup d'œil vers la maison.

— Comment va Lily ?

— Bess est avec elle. Elle la console mieux que moi.

— Je vais vider le seau et j'irai la voir après.

Elle le prit brièvement dans ses bras et dit quelques mots dans leur langue maternelle.

Cela le fit sourire. Elle utilisait rarement la langue des Blackfeet, seulement dans les moments importants. Il s'écarta et la laissa seule avec Ben.

— Ça s'est passé pendant que nous étions à l'intérieur, déclara celui-ci.

« En train de nous bagarrer comme des imbéciles », songea-t-il.

— Ham est allé interroger les gosses de Wood, annonça-t-il.

— Joe et Peter ? C'est ridicule ! Ces mômes sont de vraies terreurs et font les quatre cents coups mais jamais ils ne tortureraient un vieux chat.

Il passa un doigt sur la cicatrice de son menton.

— Tu as remarqué aussi ?

— Je ne suis pas aveugle. J'ai bien vu qu'on l'avait lacéré, et j'ai vu les brûlures aussi ; une cigarette sans doute. Ce n'est pas les gosses de Wood. Adam leur a donné deux chatons au printemps dernier, ils les adorent.

— Est-ce qu'Adam s'est disputé avec quelqu'un récemment ?

Elle évita son regard.

— Ce n'est pas à Adam qu'on en veut. C'est à moi.

Elle avait raison, bien sûr.

— Quelqu'un a des raisons de t'en vouloir ?

— À part toi ?

Il eut un léger sourire et grimpa une marche pour être à sa hauteur.

— Ça ne compte pas ça ! Tu m'as toujours envoyé paître depuis que tu es née. Sérieusement, tu ne vois pas qui pourrait t'en vouloir ?

Il lui enlaça les doigts. Étonnée, elle regarda leurs mains jointes.

— Non. Pickles et Wood n'apprécient pas vraiment que ce soit moi qui les commande à présent, surtout Pickles, parce que je suis une femme, mais ils n'ont rien contre moi à part ça.

— Pickles était là-haut, l'autre jour. Tu crois qu'il aurait pu faire ça pour t'effrayer ? Pour te prouver que tu n'es qu'une faible femme ?

— Est-ce que j'ai l'air d'avoir peur ? lança-t-elle fièrement.

— Ça serait peut-être préférable. Est-ce que tu crois que c'est lui ?

— Il y a deux heures, j'aurais dit non, maintenant...

C'était cela le plus horrible, ne plus savoir en qui l'on pouvait avoir confiance.

— Mais je ne crois pas, reprit-elle. Il a un caractère de cochon, mais il ne tuerait pas sans raison.

— À mon avis, ça n'a pas été fait sans raison. À nous de découvrir laquelle.

— Nous ?

— Tes terres sont à côté des miennes, et pour l'année qui vient, tu es sous ma responsabilité. C'est comme ça et je suppose qu'on va s'y faire, toi et moi.

Elle essaya de se dégager mais il resserra son étreinte.

— Méfie-toi des coquards, Ben !

— Je prends le risque.

Au cas où, il lui saisit l'autre main et la garda serrée dans la sienne.

— L'année qui vient va être intéressante, continua-t-il. J'en suis persuadé. Cela doit bien faire vingt ans qu'on ne s'était pas bagarrés tous les deux. Tu as pris des muscles.

— On peut dire que tu sais parler aux femmes ! Un vrai poète ! Mon cœur s'affole.

— Je tâterais bien pour vérifier, mais tu essaierais de me flanquer une gifle.

Elle sourit mais ne bougea pas, sachant qu'il était plus fort qu'elle.

— Bien vu, je ne te raterais pas. Maintenant, laisse-moi, je suis fatiguée et j'ai faim.

Il glissa les mains le long de ses poignets et fut étonné de sentir son pouls battre si vite. Rien dans ses yeux sombres et calmes ne laissait deviner le tumulte qui l'agitait. Willa Mercy était décidément surprenante.

— Tu ne m'embrasses pas pour me dire bonsoir ?

— Attention, ça risque de te dégoûter de toutes tes petites amies.

— J'accepte de prendre le risque.

Pourtant il s'écarta. Le moment n'était pas encore venu.

— À bientôt, lança-t-il.

— Oui, à bientôt.

Elle enfonça les mains dans les poches de son jean en le regardant grimper dans son pick-up. Son cœur battait beaucoup trop fort. Elle attendit que les feux arrière disparaissent sur la route poussiéreuse, puis se retourna vers la maison illuminée. Elle rêvait d'un bain chaud, de dîner et d'une bonne nuit de sommeil, mais cela attendrait : le ranch lui appartenait et il fallait qu'elle parle à ses hommes.

Elle s'était toujours fait un devoir de ne pas aller dans le bungalow, estimant qu'il était important de respecter l'intimité des ouvriers. Le bâtiment recouvert de bardeaux était leur domaine. Là, ils dormaient, prenaient leurs repas, lisaient, jouaient aux cartes, se disputaient, regardaient la télévision et se plaignaient du patron.

Nell préparait les plats dans la petite maison qu'elle partageait avec son mari et ses deux fils, et les apportait ensuite au bungalow. Elle ne les servait pas et l'un d'eux était de corvée de vaisselle et de nettoyage chaque semaine. Ainsi, ils mangeaient comme ils le désiraient. S'ils voulaient dîner dans leurs vêtements sales ou sans chaussettes, ça les regardait. Après tout, ils étaient chez eux.

Elle frappa et attendit qu'on l'invite à entrer. Ils étaient tous là, sauf Wood, chez lui avec sa famille. Ham, adossé à sa chaise, était assis en bout de table. Visiblement, il avait fini son repas ; Billy et Jim, eux, s'empiffraient de poulet et de pommes de terre. Pickles buvait une bière et la regarda d'un air narquois.

— Désolée de vous déranger.

— On a pratiquement fini, répondit Ham. Allez, Billy, ça suffit, si tu manges plus tu vas éclater. Tu veux du café, Willa ?

— Pas de refus.

Elle alla au réchaud et se versa une tasse. Le problème était délicat ; il lui fallait parler sans détour mais ménager leur susceptibilité. Elle sirota une gorgée du liquide amer.

— Je ne vois pas qui a pu découper ce pauvre chat, dit-elle.

Elle s'arrêta un instant, but une nouvelle gorgée et demanda :

— Est-ce que l'un de vous a une idée ?

Ham se leva et se servit de café.

— J'ai vu les gosses de Wood. Nell m'a dit qu'ils étaient restés à la maison toute la soirée. J'ai demandé à voir leurs couteaux : ils étaient propres. Le plus jeune, Peter, s'est mis à pleurer quand il a su que le chat était mort. Il est si grand qu'on oublie qu'il n'a que huit ans.

— J'ai déjà entendu parler de gosses qui faisaient des saloperies comme ça, grommela Pickles, le nez dans sa bouteille de bière. De la graine d'assassins tout juste bons pour la chaise électrique.

Willa lui jeta un coup d'œil furieux. On pouvait compter sur Pickles pour noircir le tableau.

— Je ne crois pas que les enfants de Wood fassent partie de cette catégorie.

— C'est peut-être McKinnon, suggéra Billy en posant les assiettes sales dans l'évier.

Il ne désirait qu'une chose : attirer l'attention de Willa.

— Il était là tout à l'heure. Et dans la montagne, ses hommes n'étaient pas loin quand le bœuf s'est fait charcuter.

— Tu ferais mieux d'y réfléchir à deux fois avant de l'ouvrir, espèce de couillon, lança Ham calmement. McKinnon n'est pas du genre à découper un chat.

Avec Ham, n'importe qui en dessous de la trentaine avait de grandes chances d'être traité d'« espèce de couillon ». Mais il fallait avouer que Billy, avec ses grands yeux écarquillés et ses affabulations, méritait l'insulte plus souvent qu'à son tour.

— Ouais, mais en tout cas il était là, répéta-t-il d'un air obstiné.

— Il était là, approuva-t-elle. Avec moi. C'est moi qui l'ai fait entrer, et il n'y avait rien devant la porte.

— Du temps du patron, un truc comme ça ne serait jamais arrivé ! lança Pickles en se remettant aussitôt à téter sa bière.

— T'exagères, Pickles, dit Jim, mal à l'aise. C'est quand même pas la faute de Willa, ce qui arrive.

— Moi, je constate, c'est tout.

— Il a raison, dit Willa. Rien de tout ça n'arrivait avant, mais maintenant le patron est mort et c'est moi qui commande. Et quand j'aurai trouvé le coupable, je m'en chargerai personnellement.

Elle posa sa tasse sur la table.

— Si vous avez remarqué quelque chose ou quelqu'un de suspect, vous savez où me trouver.

Quand la porte se fut refermée sur elle, Ham donna un coup de pied à la chaise de Pickles qui faillit tomber à la renverse.

— Tu ne peux pas t'empêcher de dire des conneries, hein ? Tu sais bien qu'elle a toujours fait pour le mieux.

— Mouais, n'empêche, c'est qu'une femme ! On peut pas leur faire confiance, et encore moins compter sur elles. Comment tu peux savoir si après les bêtes, ça ne va pas être un homme qui va y passer ? Tu crois que c'est elle qui va l'empêcher ? Ça m'étonnerait !

Content de son effet, il avala une lampée de bière.

Billy le regarda d'un air inquiet.

— Tu crois qu'on va s'attaquer à nous ? Qu'on va nous faire la peau ?

— La ferme ! s'exclama Ham en posant violemment sa tasse sur la table. Pickles veut monter tout le monde contre elle parce qu'il ne supporte pas d'être commandé par une femme. Ce n'est pas la même chose de s'attaquer à des bêtes ou à des humains.

Jim n'avait plus faim et repoussa son assiette.

— Ham a raison, mais il vaut mieux être prudent. Surtout qu'il y a deux femmes de plus au ranch... On devrait peut-être les protéger.

— Bonne idée, moi je protège Willa ! dit Billy, enthousiaste.

— Toi, tu te tiens tranquille, répliqua Ham en lui tirant l'oreille. Tu fais ton travail comme d'habitude. Et ça vaut pour tout le monde, compris ?

Il se servit une nouvelle rasade de café.

— Et toi, Pickles, si tu n'as rien de plus malin à dire, tu la boucles. Ça aussi, ça vaut pour tout le monde !

— En tout cas, moi, dit Pickles entre ses dents, je ne me sépare pas de mon fusil et je garde mon couteau dans ma botte. Et s'il y a un truc qui cloche dans le coin, j'en fais mon affaire, c'est moi qui vous le dis.

Il prit sa bière et sortit sur la galerie.

Willa se réveilla en sursaut. Elle était en sueur, son cœur battait à se rompre et le cri qu'elle avait poussé dans son sommeil résonnait encore à ses oreilles. Elle étouffait et repoussa les draps. Tremblante, elle s'assit au milieu du lit. Le clair de lune baignait la pièce d'une froide clarté et le vent faisait vibrer par intermittence les vitres de la grande fenêtre.

Elle ne parvenait pas à se rappeler clairement les images qui avaient hanté son sommeil. Il ne lui restait que des visions de sang, de couteaux, une sensation de peur panique, un chat décapité la poursuivant. La tête sur les genoux, elle se mit à rire mais son hilarité ressemblait fort à des sanglots.

Enfin, elle parvint à se calmer et se leva. Ses jambes faillirent se dérober sous elle mais elle se força à aller dans la salle de bains. Elle alluma, baissa la tête au-dessus du lavabo et s'aspergea d'eau glacée. Le froid la calma. Puis elle s'observa dans le miroir.

Elle n'avait pas changé. Mais pourquoi aurait-elle changé ? Ce n'était qu'un horrible cauchemar. Après tout, il était normal qu'elle soit ébranlée par tous ces événements. Le poids des soucis pesait comme une chape de plomb sur ses épaules, et elle était seule à les assumer.

C'étaient ses sœurs, son ranch et, malgré les calamités qui s'abattaient sur elle, elle devait faire face. De même qu'elle devait maîtriser les drôles de sensations qu'elle éprouvait depuis quelque temps. Elle n'était pas d'humeur, et n'avait pas le temps de jouer à flirter avec Ben McKinnon.

En plus il ne cherchait qu'à la provoquer. Elle repoussa les cheveux mouillés de ses joues humides et se versa un verre d'eau fraîche. Il ne s'était jamais intéressé à elle au-delà de la simple provocation. Elle but, reposa le verre sur la tablette, et esquissa un sourire.

Pourquoi ne pas l'embrasser, après tout ? Succomber à la tentation pour mieux s'en débarrasser. Elle dormirait peut-être mieux après...

Il fallait qu'elle se repose à présent ; elle regagna son lit. Mais pourrait-elle éviter les cauchemars de sang et de corps mutilés ? Elle frissonna, respira à fond, et se glissa sous les draps. Il fallait penser à autre chose... Au printemps qui était si loin, aux fleurs sauvages égayant les prairies, à la brise tiède courant à travers les montagnes.

Enfin elle s'endormit et rêva de sang, de mort et de terreur.

6

Journal de Tess Mercy

Après deux jours passés au ranch, j'ai la certitude que je hais le Montana. Je hais les vaches, les chevaux, et par-dessus tout les poules. Bess Pringle —

la despote maigrichonne qui dirige la maison dans laquelle je suis prisonnière — m'a collée de corvée de poulailler. C'est hier soir après dîner qu'elle m'a informée de ma nouvelle promotion. Un dîner, précisons-le, de rôti d'ours. Apparemment, Pocahontas est allée en montagne tirer le grizzly. Il faut admettre que c'était délicieux. En fait c'était très bon, jusqu'à ce que je découvre l'origine de ce que j'étais en train de déguster. Je dois signaler que, contrairement à l'idée répandue, le grizzly n'a pas le moins du monde le goût de poulet.

Que pourrais-je dire d'autre sur Bess ? Étant donné sa façon de me regarder d'un œil torve, je devrais avoir de quoi épiloguer. Non, sérieusement, c'est une excellente cuisinière. J'ai intérêt à faire attention ou sinon je vais retrouver le style boudin de mon adolescence !

Il y a eu de l'agitation au ranch pendant ma brève incursion dans la civilisation : apparemment quelqu'un a égorgé une vache dans ce qu'ils appellent les hauts plateaux. Lorsque j'ai fait remarquer que c'était finalement ce à quoi les vaches étaient destinées, Calamity Jane m'a fusillée du regard, et quel regard ! Elle a vraiment du charme, dommage qu'elle ressemble autant à une cheftaine sur le sentier de la guerre ! Je crois que je l'aimerais bien, sinon.

Mais je m'égare.

La vache, ou le bœuf, bref le bovin, n'a pas seulement été abattu mais mutilé, d'où l'émoi des troupes. De plus, la nuit précédant mon retour, un des chats a été décapité et laissé sur le porche devant la maison. C'est la pauvre Lily qui l'a trouvé.

Je me demande si c'est un événement courant par ici.

Question : dois-je fermer ma porte à double tour chaque soir ?

En tout cas, la reine des cow-girls a l'air soucieuse. En d'autres circonstances, cela me réconforterait un peu, car elle me tape vraiment sur les nerfs, mais comme je suis obligée d'habiter ici pendant de longs mois (et c'est peu dire), je ne me sens pas très rassurée.

Lily passe beaucoup de temps avec Adam et les chevaux. Les bleus disparaissent de son visage mais elle est toujours aussi inquiète. Je suis persuadée qu'elle ne s'est même pas rendu compte que le bon sauvage est amoureux d'elle. Ils sont assez amusants à observer, tous les deux. C'est plus fort que moi, mais Lily m'est sympathique. Elle paraît tellement désarmée, perdue. Et puis après tout, nous sommes dans la même galère.

Un petit tour d'horizon sur les autres personnages du film, à présent.

Ham est parfait. On n'aurait pu trouver mieux pour jouer le rôle : jambes arquées, barbe grise, œil vif et mains calleuses. Il me salue toujours d'un doigt sur le bord de son Stetson délavé, et parle peu.

Pickles (j'ignore si c'est son vrai nom), l'air bourru et aigri. Ressemble à un gros ressort monté sur des bottes à bouts pointus. Il n'a pratiquement plus un poil sur la tête, ce qu'il compense par une énorme moustache rousse. Il râle tout le temps, mais je l'ai vu s'y prendre avec le bétail : il connaît son affaire.

La famille Book : Nell fait la cuisine pour les ouvriers et a un visage doux et avenant. Bess et elle s'entendent très bien pour commérer et font ce que les femmes sont censées faire dans un ranch (mais qu'on ne me demande pas de quoi il s'agit !). Son mari s'appelle Wood, le diminutif de Woodrow. Il a une très jolie barbe noire, un gentil sourire et est fort aimable. Il m'appelle « m'dame », et m'a conseillé très poliment de me procurer un chapeau digne de ce nom pour me protéger du soleil. Ils ont deux garçons, d'à peu près dix et huit ans, qui passent leur temps à courir et à se donner des peignées. Des gosses adorables. Je les ai observés tandis qu'ils jouaient à un concours de crachats derrière une grange et j'avoue qu'ils sont vraiment très doués.

Jim Brewster, lui, est un de ces gars bien de chez nous. Le genre grand mince (un peu comme moi) qui connaît son boulot. Il est très séduisant, surtout en jean, et a toujours une petite bosse dans sa poche arrière, sans doute un truc dégoûtant comme du tabac à priser. Il m'a jeté quelques regards entendus et fait des clins d'œil, mais jusqu'à maintenant j'ai résisté.

Billy est le plus jeune de la troupe. Il a à peine l'air d'avoir l'âge de conduire, et regarde notre cow-girl favorite avec des yeux de chiot énamouré. Il est extrêmement bavard et tous ceux qui se trouvent à portée de voix lui ordonnent régulièrement de la fermer. Il le prend bien, mais obéit rarement. Je me sentirais presque la fibre maternelle avec lui...

Je n'ai pas revu le cow-boy avocat depuis mon retour et je n'ai toujours pas rencontré l'infâme Ben McKinnon qui semble être la bête noire de Willa. Rien que pour cela, je sens que je l'aime déjà. Il faut absolument que j'amadoue Bess pour lui soutirer tous les ragots sur les McKinnon.

Mais trêve de bavardage, le poulailler m'attend.

Tess n'avait jamais craint de se réveiller de bonne heure. Quoi qu'il arrive elle se levait toujours à six heures du matin. Une heure de gymnastique, parfois un petit déjeuner d'affaires, puis travail sans interruption jusqu'à quatorze heures. Ensuite, piscine, éventuellement une réunion et parfois un petit tour dans les magasins. Qu'elle ait un amant ou pas, elle menait sa vie comme elle l'entendait.

Au ranch, elle se levait aussi aux aurores mais c'était pour aller nourrir d'horribles volatiles. Le poulailler était grand et plutôt propre, mais aux yeux inexpérimentés de Tess, les cinquante poules dont le ranch s'enorgueillissait n'étaient rien d'autre que de dangereux rapaces bruyants et malodorants.

Suivant les instructions de Bess, elle leur jeta du grain et changea l'eau des abreuvoirs, puis, essuyant ses mains poussiéreuses sur son jean, elle s'adressa avec diplomatie à la première poule du perchoir :

— Bon, je suis là pour ramasser les œufs et je suis sûre que tu es en train d'en couver un... alors excuse-moi de te déranger mais le devoir m'appelle...

Elle approcha la main avec précaution, ne quittant pas la poule des yeux. Les négociations furent interrompues par un méchant coup de bec qui la fit reculer.

— Très bien ma belle. Tu veux la bagarre ? Tu vas l'avoir...

Ce fut une bataille terrible. Les plumes volèrent, les coups plurent. Caquètements et cris se déchaînèrent lorsque tous les volatiles accoururent à la rescousse. Enfin Tess parvint à saisir un joli petit œuf encore tiède et se jeta hors de la mêlée, écarlate et à bout de souffle.

— Intéressante, votre méthode !

Surprise, Tess laissa tomber l'œuf qui s'écrasa sur le ciment.

— Oh, non ! Tout ça pour rien !

Le vacarme à l'intérieur du poulailler avait éveillé la curiosité de Nat qui, rendant visite à Willa, s'était arrêté au passage. La branche californienne de la famille, vêtue d'un jean de grand couturier et de bottes flambant neuves, se battait avec les poules. Il ne regrettait pas le détour.

— Désolé de vous avoir fait peur. Œuf à la coque pour le petit déjeuner ?

— Certainement pas ! répondit-elle en repoussant ses cheveux. Vous cherchez Willa ?

— Oui. Oh ! vous vous êtes blessée à la main.

— Je sais, répliqua-t-elle sèchement en suçant la blessure. C'est cet oiseau vicieux et sans cervelle qui m'a attaquée.

— Parce que vous ne vous y prenez pas bien.

Il lui offrit son bandana pour se panser la main et se dirigea vers un perchoir. Il glissa la main sous une poule et en ressortit un œuf. Le volatile n'agita pas une plume.

— Il faut y aller directement, sans avoir peur, avec douceur mais fermeté.

— C'est mon premier jour, dit-elle en tendant le panier et en le suivant tandis qu'il continuait à ramasser les œufs. D'ordinaire, mes contacts avec les poulets se limitent au rayon surgelés du supermarché. Je suppose que vous élevez des volailles, vous aussi ?

— Non, plus maintenant.

— Des vaches ?

— Non.

— Quoi, alors ? Des moutons ? Je croyais que c'était risqué ; j'ai vu plein de films de cow-boys où il était question de bagarres terribles entre éleveurs.

— Pas des moutons, non plus, répondit-il en posant un œuf dans le panier. Simplement des chevaux. Vous montez à cheval, mademoiselle Mercy ?

— Non, mais je crois que je devrais m'y mettre. Au moins ça m'occuperait.

— Adam pourra vous apprendre, ou même moi si vous le désirez.

— Vraiment ? dit-elle d'un air aguicheur. Et que me vaut la faveur d'un tel honneur, monsieur Torrence ?

Elle sentait bon, un parfum un peu entêtant, dangereux et très féminin. Il déposa un œuf dans le panier.

— Appelez-moi Nat. Disons que c'est pour entretenir des relations de bon voisinage.

— Je vois, répondit-elle d'une voix charmeuse, les yeux voilés par ses cils longs et épais. Nous sommes voisins, alors, Nat ?

— Oui. Ma propriété est à l'est du ranch Mercy. Pour quelqu'un qui s'est battu avec les poulets, vous sentez très bon, mademoiselle.

— Appelez-moi Tess. Me feriez-vous des avances, Nat ?

— Je ne fais que répondre aux vôtres, répliqua-t-il en souriant.

— Ne faites pas attention, c'est une seconde nature chez moi.

— Si vous voulez mon avis...

— Et un avocat n'en manque pas...

— En effet. Je vous conseille de faire attention. Les gens d'ici n'ont pas l'habitude de rencontrer des femmes comme vous, aussi... élégantes.

Elle n'était pas certaine que ce soit un compliment mais elle lui laissa le bénéfice du doute.

— Et vous, êtes-vous habitué aux femmes élégantes ?

— Pas vraiment, répondit-il en la dévisageant de ses yeux bleus impassibles. Mais je sais les reconnaître, et si vous n'y prenez pas garde, en moins d'une semaine tous les gars du ranch s'entre-tueront.

Ça, c'était un compliment !

— Au moins, cela aura le mérite d'animer un peu les soirées.

— D'après ce que j'ai entendu, ces derniers temps, elles ont été plutôt agitées.

— Ne m'en parlez pas ! Je suis ravie d'avoir manqué ça.

Il était arrivé au dernier perchoir.

— Ah ! je crois que c'est fini pour aujourd'hui.

Elle regarda le contenu du panier.

— Il y en a beaucoup ! C'est dégoûtant, ils sont tout sales !

Elle se promit de ne plus jamais manger d'omelette.

— Ça se lave ! lança-t-il en lui prenant le panier des mains et en se dirigeant vers la sortie. Vous commencez à vous habituer au Montana ?

— Je fais de mon mieux, mais ce n'est pas vraiment mon milieu ni mon environnement habituels.

— Les gens de votre milieu, comme vous dites, aiment beaucoup venir dans la région.

Il baissa la tête pour passer la porte du poulailler.

— Il est vrai qu'ils ne restent généralement pas longtemps, poursuivit-il. Ils viennent les poches bourrées de dollars, achètent des terres, font bâtir des maisons qui coûtent les yeux de la tête en s'imaginant qu'ils vont élever des buffles, sauver les mustangs ou Dieu sait quel autre animal.

— Vous n'aimez pas les Californiens ?

— Les Californiens n'ont rien à faire chez nous, un point c'est tout. D'ailleurs, ils ne restent pas très longtemps. Vous partirez, vous aussi, dès que l'année sera écoulée.

— Ça, oui ! Gardez vos alpages, moi j'ai Beverly Hills.

— Et la pollution, les glissements de terrain et les tremblements de terre.

— Arrêtez ! Vous me donnez le mal du pays.

Elle sourit à cette caricature d'homme de l'Ouest, né et élevé dans ses montagnes, personnage simple et droit avec un penchant pour la bière fraîche et les femmes effacées. Bref, le genre de type qui embrasse son cheval à la fin des mauvais westerns ! Oui, mais quel beau gosse !

— Et pourquoi avoir étudié le droit, Nat ? On a fait un procès à votre cheval ?

— Pas récemment, non, répondit-il en ralentissant pour ajuster son pas à celui de Tess. Ça m'intéressait de connaître de près les rouages de la mécanique judiciaire, et puis ça m'aide à faire tourner le ranch. Il faut beaucoup de temps et d'argent pour entretenir un bon élevage de chevaux et se bâtir une solide réputation.

— Alors vous n'avez fait du droit que pour boucler les fins de mois ? Où êtes-vous allé ? À l'université du Montana ? Il y a bien une université dans le Montana, quand même.

Le ton sarcastique de Tess n'avait pas échappé à Nat. Il lui jeta un regard en coulisse.

— Je crois oui, mais moi je suis allé à l'université de Yale.

Elle s'arrêta net, et le sourire méprisant fit place à l'étonnement. Il était déjà à plusieurs mètres devant elle et elle dut courir pour le rattraper.

— À Yale ? Vous avez fait vos études là-bas et vous êtes revenu dans ce trou jouer à l'avocat pour les cow-boys et les garçons de ferme ?

— Détrompez-vous, je ne joue pas.

Il toucha le bord de son Stetson du bout du doigt avant de s'éloigner vers le corral. Fascinée, elle coinça sous son bras le panier qu'il venait de lui tendre et s'élança à sa suite.

— Nat, attendez !

Elle s'arrêta. L'agitation régnait dans l'enclos. Willa et deux hommes étaient accroupis au-dessus d'un veau et faisaient des choses que n'appréciait guère le bovin. Étaient-ils en train de le marquer ? Ce pourrait être intéressant de voir comment ils s'y prenaient, et puis elle souhaitait prolonger sa discussion avec Nat et ne voulait pas le laisser filer.

Panier au bras, elle entra résolument dans le corral. Discrètement, elle s'approcha et se pencha au-dessus de Willa pour observer de plus près la scène.

Lorsqu'elle vit Jim Brewster châtrer le veau, le noir se fit devant ses yeux et elle s'évanouit sans un mot. Ce fut le bruit des œufs qui s'écrasaient au sol qui alerta Willa.

— Qu'est-ce qui se passe encore ! demanda-t-elle en se retournant.

— Elle est tombée dans les pommes, déclara Jim.

— Je le vois bien, répondit-elle sèchement. Occupe-toi du veau.

Elle se redressa, mais Nat avait déjà pris Tess dans ses bras.

— Elle doit peser son poids, celle-là ! lança-t-elle, moqueuse.

— Ce n'est pas vraiment une plume, répondit-il en souriant. Ta sœur pèse juste ce qu'il faut.

— Elle a cassé tous les œufs, cette gourde ! Bess va avoir une attaque.

L'air excédé, elle se retourna vers Jim et Pickles.

— Continuez sans moi, je l'accompagne. Comme si je n'avais rien de mieux à faire que de faire respirer des sels à une idiote qui ne connaît rien à la campagne.

— Ne sois pas trop dure avec elle, Willa, dit Nat en souriant. Elle n'est pas dans son milieu, ici.

— J'aimerais bien qu'elle y retourne et qu'elle disparaisse du mien. Je deviens cinglée entre celle-ci qui s'évanouit et l'autre qui se promène sans oser me regarder, comme si elle avait peur que je lui colle une balle entre les yeux.

— Tu es une femme intimidante, Willa.

Tess s'agita dans ses bras.

— On dirait qu'elle reprend connaissance.

— Jette-la où tu veux, dit Willa en ouvrant la porte de la maison. Je vais chercher de l'eau.

Tess était un fardeau bien agréable. Elle n'avait rien des Californiennes qui s'affament pour rester minces comme un fil. C'était une femme voluptueuse aux rondeurs parfaites. Ses paupières se soulevèrent tandis qu'il l'emmenait vers le canapé. Des yeux bleu pervenche se fixèrent sur lui d'un air absent.

— Que... parvint-elle à murmurer.

— Ce n'est rien. Juste une petite syncope.

Il fallut un moment pour que l'information parvienne à son cerveau embrumé.

— Quoi ? Je me suis évanouie, moi ! C'est ridicule.

— Vous êtes tombée très élégamment.

Pas la peine de lui dire qu'elle s'était effondrée comme une masse.

— Vous ne vous êtes pas fait mal à la tête, au moins ?

— La tête ? répéta-t-elle, abasourdie en se tâtant le crâne avec précaution. Non, je ne crois pas.

Et d'un seul coup, la mémoire lui revint.

— Ô mon Dieu ! Le pauvre petit veau ! Pourquoi riez-vous ?

— J'imagine ce que vous devez éprouver. On ne doit pas voir souvent ce genre de spectacle à Beverly Hills.

— Le bétail couche dans les quatre-étoiles, chez nous.

— Ah, je vois que ça commence à aller mieux.

Suffisamment en tout cas pour qu'elle s'aperçoive qu'elle était blottie dans ses bras comme un bébé.

— Pourquoi me portez-vous ?

— Cela ne me paraissait pas très gentil de vous tirer par les cheveux. Mais on dirait que vos couleurs reviennent !

— Tu ne l'as pas encore posée ? demanda Willa en ouvrant la porte à la volée, un verre d'eau à la main.

— J'aime bien la porter. Elle sent rudement bon, dit-il d'un air moqueur.

Willa ne put s'empêcher de rire.

— Arrête de jouer à la poupée, Nat. Je n'ai pas de temps à perdre.

— Dis donc, Willa, je peux la garder ? Je me sens un peu seul au ranch.

— Vous n'êtes pas drôles, tous les deux ! jeta Tess en s'efforçant de se dégager des bras de Nat. Lâchez-moi, espèce de grande perche !

— À vos ordres.

Il la laissa tomber de toute sa hauteur sur le canapé. Elle rebondit et parvint à se redresser. Tout en maugréant, elle se passa la main dans les cheveux pour retrouver un peu de dignité.

— Tiens, bois, dit sèchement Willa en lui fourrant le verre dans les mains. À l'avenir, évite de te promener près des corrals.

— Ne t'inquiète pas, on ne me verra plus là-bas, répliqua-t-elle furieuse de sa faiblesse. Ce que vous faites à ces pauvres animaux est scandaleux, barbare, cruel. Mutiler un animal sans défense devrait être interdit, c'est criminel ! Oh, et vous, arrêtez de me regarder avec ce sourire idiot. Ça ne vous ferait sans doute pas rire si l'on vous châtrait avec un sécateur !

Malgré lui son sourire se figea, et il se racla la gorge.

— En effet, je ne crois pas que j'aimerais.

— Ici on ne châtre pas les hommes tant qu'on n'a pas fini de s'en servir, lança Willa. Écoute-moi bien, Hollywood, le sevrage et la castration des veaux sont l'ordinaire du ranch. Que crois-tu qu'il se passerait si on laissait tous les veaux devenir des taureaux ?

— Des orgies toutes les nuits, enchaîna Nat sur un ton ironique.

Les deux femmes le foudroyèrent du regard.

— Je n'ai pas le temps de t'expliquer les mystères de la nature, continua Willa. Fais-toi une raison et n'approche plus du corral jusqu'à ce qu'on ait fini. Bess te trouvera de quoi t'occuper à l'intérieur.

— Super !

— Tu n'es bonne à rien, tu n'es même pas fichue de ramasser des œufs sans les casser.

Avant que Tess ne puisse protester, elle s'adressa à Nat.

— Tu voulais me voir ?

— Oui. Je voulais savoir si tout allait bien, j'ai entendu parler des ennuis que tu as eus.

Willa prit le verre d'eau des mains de Tess, le vida d'un trait et le reposa sur la table.

— Ça va à peu près, dit-elle en repoussant son chapeau en arrière. Il n'y a pas grand-chose à faire. Les hommes restent sur leurs gardes. Tu n'as jamais entendu parler de trucs comme ça avant ?

— Jamais. Mais si je peux t'aider, n'hésite pas.

— Merci, dit Willa en lui serrant la main tandis que Tess observait la scène d'un air pensif. Tu as préparé ce que je t'avais demandé ?

Elle faisait allusion à son testament qui désignait Adam comme son légataire universel. Nat devait aussi avoir établi un document selon lequel elle léguait à son frère, au bout d'un an, la maison dans laquelle il vivait, des chevaux et la moitié de la part d'intérêts de Willa dans l'exploitation du ranch.

— Les papiers seront prêts à la fin de la semaine.

— Merci, dit-elle en lâchant la main de Nat et en rabaissant son chapeau. Tu peux rester à discuter avec elle si tu as du temps à perdre.

Elle adressa un sourire moqueur à Tess.

— Il faut que j'y aille, Hollywood, la castration n'attend pas, jeta-t-elle en sortant.

Tess, bras croisés, s'efforçait sans grand succès de contenir sa mauvaise humeur.

— Quelle peste ! Si elle continue comme ça, je la détesterai pour de bon.

— C'est parce que vous ne la connaissez pas.

— Oh que si, je la connais ! Elle est aimable comme une porte de prison, grossière, désagréable, et elle ne peut pas s'empêcher de commander. Ça me suffit ! Je n'ai rien fait pour mériter ça. Ce n'est pas moi qui ai demandé à être coincée dans ce trou ni à la subir.

— Elle ne vous a pas choisie non plus.

Nat, assis sur l'accoudoir d'un fauteuil, se roulait tranquillement une cigarette. Il avait un peu de temps devant lui et se dit que c'était le moment de mettre un certain nombre de choses au point.

— Écoutez, Tess, comment réagiriez-vous si vous découvriez que l'on va vous prendre votre maison ? Non seulement votre maison, mais votre vie, et tout ce que vous aimez ?

Il craqua une allumette et la regarda amicalement tout en allumant sa cigarette.

— Pour la garder, il vous faudra dépendre d'étrangères, à qui les deux tiers de vos biens reviendront. De plus, toutes les responsabilités vous incombent parce qu'elles ne connaissent rien au travail du ranch. Tout ce qu'elles ont à faire, c'est attendre un an, pour finir par toucher autant d'argent que vous, qui aurez trimé, transpiré et supporté tous les ennuis. Vous comprenez ?

Tess voulut protester mais se tut, bien obligée d'admettre que l'explication apportait un autre éclairage à la situation.

— Je n'y suis pour rien, répondit-elle simplement.

— En effet, et elle non plus.

Il se tourna et contempla le portrait de Jack Mercy au-dessus de la cheminée.

— Et vous n'avez pas été obligée de vivre avec lui, vous.

— Vous l'avez...

Elle s'interrompit et se sermonna. Non, elle ne demanderait pas. Elle ne voulait pas le savoir.

— ... connu ? acheva Nat à sa place en exhalant un petit nuage de fumée bleue. Oui, il était dur, égoïste, intransigeant. Il savait s'occuper d'un ranch mieux que quiconque, mais il était incapable d'élever un enfant. Il ne lui a jamais donné le moindre signe d'affection. Quoi qu'elle fasse, elle n'était jamais assez intelligente, rapide ou efficace. Jamais, vous m'entendez !

Tess refusait de se sentir coupable.

— Elle n'avait qu'à partir.

— Oui, mais elle aimait le ranch et elle aimait Jack Mercy. Vous n'avez pas à faire le deuil de votre père, Tess, parce qu'il y a des années déjà que vous l'avez fait, mais Willa, elle, a du chagrin, et peu importe que Jack ne mérite pas qu'on le pleure. Il ne désirait pas plus sa naissance que la vôtre ou celle de Lily, mais malheureusement pour elle, Willa n'a pas eu de mère pour la protéger.

Il avait réussi ; elle commençait à se sentir coupable ; enfin, un petit peu.

— Je suis navrée d'apprendre tout cela, mais je n'y peux rien.

Il tira une longue bouffée de sa cigarette puis l'écrasa lentement tout en se levant. Son regard était froid, détaché. Tess eut soudain l'impression d'avoir l'avocat en face d'elle.

— Oh si, vous y pouvez beaucoup. Et si vous ne le comprenez pas, cela veut dire que vous ressemblez beaucoup trop à Jack Mercy. Excusez-moi, mais il faut que je m'en aille, à présent.

Il toucha le bord de son chapeau et sortit.

À quelques kilomètres de là, à Three Rocks, Jesse Cooke sifflotait tout en changeant d'une main experte les bougies d'une vieille camionnette Ford. Il se sentait en pleine forme. La discussion au petit déjeuner sur les animaux mutilés du ranch Mercy l'avait ragaillardi. Et dire que c'était Lily qui avait trouvé le chat ! Ça n'aurait pas pu mieux tomber. Si seulement il avait pu voir ça ! Legs Monroe lui avait raconté que la jeune femme à l'œil au beurre noir avait hurlé de terreur. Bien fait pour elle !

Il s'aperçut qu'il sifflait un air de country. Pourtant, Dieu sait qu'il détestait ces chansons imbéciles où les bonnes femmes pleurnichaient sur leurs maris, et les bonshommes geignaient comme des mauviettes. Mais il était bien obligé de s'y faire, tous ses camarades de travail écoutaient sans cesse ces rengaines. Bof, ce n'était pas si grave. Il commençait à s'habituer au Montana et se disait qu'il pourrait peut-être s'y installer.

C'était un pays pour les hommes, les vrais. Les hommes qui savent se faire obéir et visser leurs femmes. Une fois qu'il aurait maté Lily, ils s'installeraient ici. Lily allait être riche. Rien que d'y penser, ça le mettait d'humeur joyeuse. Il recommença à siffloter de plus belle en tapant du pied pour battre la mesure. Cette imbécile allait hériter du tiers d'un des ranchs les plus importants du Montana. Cela représentait une fortune.

Il lui suffisait d'être patient. Ce serait ça le plus difficile, songea-t-il en se frottant le menton d'une main noire de cambouis. Si jamais Lily s'apercevait qu'il était là, elle s'enfuirait. Pas question de la laisser échapper avant qu'elle ne touche le pactole. Il serait prudent. Ce n'était pas compliqué de devenir copain avec un ou deux des ouvriers du ranch Mercy, quelques bières, des parties de cartes, et il pourrait leur soutirer toutes les informations dont il avait besoin. Il pouvait aller au ranch voisin aussi souvent qu'il le voulait tant qu'il ne se faisait pas voir par Lily.

Il n'était pas inquiet : la femme qui doublerait Jesse Cooke, ancien G.I., n'était pas encore née.

7

Willa aurait donné cher pour un instant de répit.

La journée avait été éprouvante. Un des tracteurs était tombé en panne et elle avait dû envoyer Billy en ville chercher les pièces pour le réparer. Un troupeau de daims avait détruit une partie de la clôture au nord-ouest de la propriété et il allait falloir récupérer le bétail qui s'était sauvé. Bess avait un rhume, Tess, pour la troisième fois de la semaine, avait cassé presque tous les œufs, et Lily la petite souris était de corvée de cuisine en attendant que Bess se rétablisse. Pour couronner le tout, Jim et Pickles se chamaillaient.

— Moi, je ne suis pas d'accord ! grommela Pickles en refermant sa pince à décorner. Un mec qui gagne au poker ne se retire pas du jeu comme ça. C'est chez les truands qu'on ne laisse pas aux autres la chance de se refaire.

D'un mouvement de poignet, il ôta les cornes de l'animal que Jim et Willa retenaient. Un beuglement de surprise indignée retentit.

— Quand on n'a pas les moyens de perdre, on ne joue pas, répliqua Jim.

— On a bien le droit d'essayer de regagner le pognon qu'on a perdu.

— Tu peux toujours essayer mais ne te plains pas. À chacun sa tactique, hein, Willa, que j'ai raison ?

Elle était en train d'administrer une injection, plongeant la seringue sous l'épiderme épais de la bête. Bien qu'il fît plus frais, elle transpirait à grosses gouttes.

— Je refuse de me mêler de vos histoires. Au travail !

Pickles, sourcils froncés et moustache tremblante, se redressa.

— Entre Jim et l'autre tricheur de Three Rocks, j'ai bien perdu 200 dollars.

— Un tricheur, tu parles ! ironisa Jim, plus pour contrarier Pickles que pour défendre son nouvel ami. Il joue mieux que toi, c'est tout. Tu ne serais même pas capable de bluffer un canasson. Tu lui en veux parce que en plus il a réparé le pick-up d'Ham avant toi et que maintenant il tourne au petit poil.

— Je n'ai pas besoin qu'un merdeux de Three Rocks vienne réparer les camions à ma place, surtout s'il me pique mon argent aux cartes. J'allais le réparer, je vois pas ce qui pressait !

— Ça fait une semaine que tu dis ça !

Furieux, Pickles jeta la pince par terre.

— Si je dis que je vais le faire, c'est que je vais le faire. Je n'ai pas besoin qu'on vienne fourrer le nez dans mes affaires. Ça fera dix-huit ans en mai prochain que je travaille au ranch et ce n'est pas un petit merdeux né de la dernière pluie qui va m'apprendre mon métier.

— C'est moi que tu traites de petit merdeux ? jeta Jim qui se leva brusquement. Si tu me cherches, tu vas me trouver !

— Ça suffit, vous deux ! lança Willa en s'interposant.

Leurs poings serrés menaçants ne l'effrayaient pas et elle les repoussa chacun d'un côté en les défiant du regard.

— Vous n'êtes que deux idiots. Vous feriez mieux de travailler ! On n'a pas de temps à perdre.

— Je fais mon travail, répliqua Pickles, dents serrées. Je n'ai besoin ni de toi ni de lui pour me donner des conseils.

— Eh bien, c'est parfait. Pour le combat de coqs vous attendrez d'être au bungalow. On a trois cents bêtes à décorner, ce n'est pas le moment de s'engueuler. Quand tu te seras calmé, tu iras réparer les clôtures.

— Ham n'a pas besoin de moi, et je sais ce que j'ai à faire.

Willa fit un pas vers lui.

— Tu obéis sans discuter, sinon tu fais ta valise, compris ?

Le visage de Pickles s'empourpra de colère et d'humiliation à l'idée d'être soumis à l'autorité d'une femme deux fois plus jeune que lui.

— Tu crois que tu peux me virer comme ça ?

— Bien sûr, et tu le sais parfaitement, répliqua-t-elle en montrant la barrière du menton. Allez, dépêche-toi, tu m'empêches de finir mon boulot.

Ils s'affrontèrent du regard pendant dix longues secondes puis Pickles cracha par terre et se dirigea lentement vers la barrière de l'enclos. À côté de Willa, Jim se racla la gorge.

— Il est têtu comme une bourrique mais c'est un sacré cow-boy, dit-il. Ce serait dommage de le perdre.

— Il n'est pas question de le perdre.

Empêchant sa main de trembler, elle s'accroupit pour remplir sa seringue.

— Il va se calmer, continua-t-elle. Il n'en a pas vraiment contre toi. C'est juste qu'il est mal luné.

— Chez lui c'est chronique.

Jim approcha la victime suivante de la pince à décorner.

— C'est un peu vrai, reconnut-elle. Combien as-tu gagné la nuit dernière ?

— 70 dollars. Je vais m'acheter des bottes en peau de serpent.

— Frimeur !

— J'aime être chic pour les dames, plaisanta-t-il en lui faisant un clin d'œil. Quand est-ce que tu viens danser avec moi, Willa ?

La vieille blague les fit sourire. Tout le monde savait que Willa Mercy ne dansait jamais.

— Compte là-dessus répondit-elle. Méfie-toi, peut-être que tu vas tout reperdre ce soir. Comment est le nouveau gars de Three Rocks ?

— Sympa.

— Il vous a donné des nouvelles du ranch ?

— Il s'intéressait plutôt à ce qui se passe chez nous. Il a quand même raconté que John Conner s'était fait larguer par sa petite amie et qu'il avait pris une cuite carabinée.

Ils travaillèrent en silence pendant vingt bonnes minutes, ne communiquant que par grognements et signes, puis firent une pause pour se désaltérer.

— Tu sais, Willa, Pickles ne voulait pas te blesser, mais le vieux lui manque. Il l'admirait beaucoup.

Elle s'efforça d'ignorer la peine qui lui vrillait le cœur. Au loin, sur la route, elle aperçut un nuage de poussière. Billy revenait avec les pièces. Elle allait s'expliquer avec Pickles ; en le caressant dans le sens du poil, elle parviendrait à l'amadouer, et puis elle lui donnerait le tracteur à réparer.

— Je sais, Jim. Va déjeuner, c'est l'heure.

— Enfin, ma phrase favorite !

Elle emporta son sandwich au rosbif qu'elle mangea tout en conduisant le pick-up sur le chemin poussiéreux et creusé d'ornières. La piste traversait les pâturages, grimpait des vallons et des collines. Un paysage d'automne d'une beauté à couper le souffle, mais l'hiver n'était pas loin. Elle ouvrit la vitre pour goûter la fraîcheur du vent et entendit le cri aigu et lancinant d'une alouette des champs. Pourquoi le chant familier qui d'habitude la rassurait la laissait-elle indifférente, aujourd'hui ?

Au passage, elle regardait machinalement les clôtures pour vérifier leur état. Le bétail paissait tranquillement et de temps à autre une vache levait la tête, posant un œil vide sur le véhicule et sa conductrice.

Le ciel se couvrait à l'ouest ; avant la nuit, il y aurait de la neige en altitude et de la pluie dans la vallée. Un peu d'eau ne ferait pas de mal, mais ce dont la terre avait besoin c'était d'une pluie constante qui pénétrerait l'humus en profondeur ; malheureusement, ce serait encore une de ces averses violentes qui détruisaient les récoltes.

Était-ce l'électricité dans l'air qui la rendait inquiète, se demanda-t-elle en jetant un coup d'œil dans le rétroviseur pour la quatrième fois, ou était-ce parce qu'elle n'avait toujours pas vu signe de vie de ses ouvriers ?

Pas de pick-up, pas de bruit de marteau, pas âme qui vive à l'horizon. Rien que le ruban clair du chemin qui traversait les terres et les montagnes.

Elle se sentait isolée et ne comprenait pas son malaise. Elle adorait se promener seule d'habitude, mais aujourd'hui l'angoisse lui nouait l'estomac. Elle chercha à tâtons derrière son siège, trouva son fusil et s'arrêta pour scruter l'horizon.

C'était risqué, il le savait, mais c'était plus fort que lui. Maintenant qu'il y avait goûté il ne pouvait plus s'arrêter. Il avait bien choisi le lieu et le moment. Une tempête allait bientôt éclater et les autres avaient fini de réparer cette partie de la clôture. Ils avaient déjà dû regagner le ranch pour manger.

Il n'avait guère de temps devant lui, mais ça lui suffisait. Il avait arrêté son choix sur un bouvillon bien gras qui se serait vendu un très bon prix sur le marché. Dès qu'il en aurait terminé, ni vu ni connu, il retournerait au ranch.

La première fois, il avait failli être malade en voyant le sang. Il n'avait jamais planté son couteau dans quelque chose d'aussi vivant, d'aussi gros. Il avait été surpris, étonné de sentir le pouls battre et la vie s'évanouir comme un mouvement d'horloge qui s'arrêtait.

Le bouvillon ne résista pas : attiré par le grain, il se laissa attacher et emmener. Il allait faire cela en plein milieu de la route qui menait au ranch. Tôt ou tard quelqu'un passerait et... surprise ! Les oiseaux voleraient en cercle au-dessus de la dépouille, attirés par l'odeur de la mort. Les loups viendraient peut-être aussi.

Il regarda en souriant l'animal manger le grain dans le seau et caressa le flanc noir et luisant. Il s'assura que sa cape imperméable le protégeait bien, puis il plongea d'un coup sec le couteau dans la gorge du bouvillon. Il s'améliorait de jour en jour. Ravi de voir le sang couler, il éclata de rire.

— Dodo, l'enfant do, chantonna-t-il, tandis que l'animal s'effondrait dans la poussière.

Ensuite il passa à sa distraction favorite.

Pickles s'adonnait à son occupation préférée : il ruminait sa rancœur. Tout en conduisant, il imaginait à voix haute ce qu'il dirait à Willa et à Jim.

Comme si Willa pouvait se permettre de le renvoyer !

C'était Jack Mercy qui l'avait engagé et seul Jack Mercy pouvait lui donner son congé. Jack étant mort — paix à son âme —, personne ne pouvait rien contre Pickles.

Et s'il lui flanquait sa démission ? Il avait un petit magot à la banque de Bozeman. Avec les intérêts, il aurait de quoi s'acheter un ranch.

Elle verrait bien si elle pouvait s'en sortir sans lui ! Elle ne tiendrait même pas l'hiver. Oubliant provisoirement qu'il était censé être fâché avec Jim, il se dit qu'il pourrait lui proposer de venir travailler pour lui. Jim était courageux, bon cowboy, même si la plupart du temps ce n'était qu'un petit morveux.

Ouais, c'était une bonne idée. Il pourrait acheter des terres plus au nord, élever des herefords. Pourquoi ne pas embaucher Billy aussi ? Ça lui apprendrait, à cette gamine, qu'il valait mieux ne pas se frotter à Pickles. Pas question d'élever des poulets, des cochons ou des chevaux. Les chevaux, ça ne valait pas les bœufs. Jack n'aurait jamais dû en élever. C'était bien la seule erreur que Jack ait jamais commise. Quel gâchis d'avoir laissé l'Indien faire son élevage sur de bonnes prairies grasses ! Il n'avait rien contre Adam Wolfchild, qui ne s'occupait pas des affaires des autres et avait quelques bonnes montures, mais c'était pour le principe. Willa était têtue comme une mule, et elle et son frère s'épauleraient pour diriger Mercy... et ruiner le ranch en un rien de temps !

Fichues bonnes femmes qui ne savaient pas rester à leur place dans la cuisine, et qui s'imaginaient pouvoir commander des cow-boys. Le virer, lui ! Il renifla bruyamment et prit l'embranchement de gauche pour rejoindre Ham et Wood.

L'orage n'allait pas tarder à éclater. Il aperçut le pick-up garé au milieu de la route. En panne, sans doute. Pickles sourit ; pas de problème, il avait toujours sa boîte à outils avec lui. Il allait leur montrer à tous qu'il s'y connaissait mieux en moteurs que n'importe quel mécano de la région.

Il s'arrêta. Pouces dans les poches de son jean, il s'approcha d'un pas nonchalant.

— Des ennuis ? commença-t-il à demander, mais il s'interrompit brusquement.

Un bœuf, complètement éventré, baignait dans une mare de sang.

— Encore un ! s'exclama-t-il en s'approchant de l'homme accroupi. C'est incroyable. Ça vient de se passer, on dirait.

Puis il vit le couteau, la lame dégoulinante de sang et les yeux de l'homme.

— Toi ! C'est toi qui as fait ça ! Mais pourquoi ?

— Parce que, répondit-il en remarquant le regard de Pickles évaluant la distance qui le séparait de sa camionnette. Parce que j'aime ça.

114

À regret, il enfonça le couteau dans le ventre mou de Pickles.

— C'est la première fois que je tue un homme, dit-il en remontant la lame vers le haut d'une main ferme. C'est intéressant.

Oui, vraiment intéressant. Fasciné, il regardait les yeux de sa victime exprimer la stupeur puis la douleur et enfin devenir vitreux. L'homme avait complètement oublié le bouvillon. Un être humain était un gibier beaucoup plus digne de lui. Il retira la lame qui fit un bruit de succion. Une vache, c'était bête, et un chat, même intelligent, n'égalerait jamais un homme.

Il recula d'un pas et réfléchit. Il fallait célébrer l'événement. Il fallait que tout le monde en parle et s'en souvienne pendant très très longtemps.

Il éclata soudain de rire. Il venait de trouver comment laisser sa marque.

Il s'essuya la main sur sa cape en plastique et se mit au travail avec entrain.

Lorsque Willa aperçut un cavalier galoper dans sa prairie, elle s'arrêta. Elle reconnut le cheval noir de Ben, flanqué de Charlie. Elle se sentit soulagée. Elle n'avait pas envie de le voir mais elle était si nerveuse qu'elle aurait été contente même si le diable en personne était apparu.

Guidant son cheval d'une main sûre, Ben sauta la barrière avec une précision parfaite.

— On s'est trompé de chemin, McKinnon ?

— Non.

Il s'approcha de la camionnette et Charlie, en guise de salut, leva la patte sur la roue avant.

— Tu as réparé ta clôture ? demanda-t-il. Zack a vu ce matin de son zinc qu'un bon morceau était défoncé. Les daims n'arrêtent pas cette année.

— Je suis au courant. Je pense que Ham a fini de la réparer. J'allais les rejoindre.

Il sauta de selle et se pencha à la vitre.

— C'est un sandwich, ça ?

— On dirait, oui, répondit-elle en regardant la fin de son déjeuner qu'elle avait posée sur le tableau de bord.

— Tu n'en veux plus ?

En soupirant, elle le lui tendit.

— Tu me poursuis pour que je t'offre à déjeuner, maintenant ?

— Non, ça c'est juste un petit plus. Je vais envoyer des bêtes dans le Colorado pour finir de les engraisser et je me suis dit que ça t'intéresserait peut-être de m'en prendre deux cents têtes.

Elle le regarda en plissant les yeux.

— O.K., combien ?

— Attends, on pourrait discuter de ça amicalement autour d'un verre ce soir. Je n'ai toujours pas rencontré ta sœur aînée.

Il se pencha et caressa une mèche de cheveux qui s'était échappée de la tresse de Willa. Elle passa en première sans lâcher le pied de la pédale d'embrayage.

— Tess n'est pas ton genre, mais viens quand même si tu y tiens... après dîner.

— J'amène ma bouteille aussi ?

Elle se contenta de sourire et accéléra. Ben remonta en selle et la rejoignit aussitôt. Ce n'était qu'une fausse sortie car elle roulait lentement pour qu'il puisse la suivre.

— Adam sera là ? demanda Ben en élevant la voix pour couvrir le bruit du moteur. Tu pourrais lui dire que j'aimerais lui acheter deux poneys ?

— Demande-lui toi-même !

Pour l'irriter, elle accéléra, l'enveloppant d'un nuage de poussière. À l'embranchement elle s'engagea à gauche et fut déçue de le voir prendre à droite.

Une nostalgie l'envahit au souvenir de leur dernière bataille. Était-ce pour qu'il se batte avec elle qu'elle aimait le mettre en colère ? Elle avait beaucoup songé à leur bagarre de l'autre fois et à la manière dont le corps de Ben avait pesé sur le sien. D'habitude, elle ne pensait guère aux hommes, enfin pas de cette façon, mais avec Ben c'était différent. Entre adultes on ne se battait pas comme des écoliers, tout de même ! Elle était devenue complètement folle !

Et pourquoi ne pas se laisser séduire, tout bêtement ? Juste pour voir. Ben serait sans doute un très bon mentor en ce domaine.

Peut-être s'amuserait-elle à le pousser à l'embrasser ce soir... à moins qu'il ne se laisse distraire par les formes très féminines de Tess. À cette idée, elle fit rugir le moteur puis freina brusquement en apercevant le pick-up de Pickles au détour d'un virage.

— Le voilà enfin ! Maintenant il s'agit de jouer serré.

Elle sortit et observa les alentours. Elle ne le vit nulle part. Pourquoi s'était-il garé en plein milieu du chemin ?

— Il a dû aller bouder dans un coin, se dit-elle à voix basse en s'approchant de la cabine de la camionnette pour klaxonner.

C'est alors qu'elle le vit avec le bouvillon. Ils baignaient tous deux dans leur sang devant le véhicule. Comment se faisait-il qu'elle n'ait rien senti ? L'atmosphère était lourde de l'odeur écœurante de sang et de mort. Elle eut un haut-le-cœur et se précipita pour vomir sur le bas-côté.

L'estomac, secoué de spasmes, elle réussit à se redresser. Puis elle retourna à la camionnette et écrasa de toutes ses forces le klaxon. Elle continua d'appuyer dessus, la tête contre la portière, essayant de se calmer.

Au bout de longues minutes, elle relâcha le klaxon puis cracha, pour se débarrasser de l'horrible goût qui envahissait sa bouche. Elle était glacée et il lui sembla qu'elle allait s'évanouir. Elle se mordit les lèvres, incapable de bouger puis, dos à la portière, elle baissa la tête, se massa les tempes, et ferma les yeux. Elle ne les ouvrit même pas lorsqu'elle entendit le martèlement de sabots et les aboiements de Charlie.

— Willa ! s'écria Ben en sautant de selle, fusil à l'épaule.

Elle releva la tête et se précipita dans ses bras. Il n'aurait pas été plus inquiet si un coyote l'avait attaqué.

— Ben, ô mon Dieu, Ben !

Elle se serra contre lui.

— Calme-toi, ma chérie. Que se passe-t-il ?

— C'est affreux. Là, devant, Ben. Tout ce sang.

— Chut... assieds-toi. Je vais voir.

Il l'aida à s'asseoir sur le plateau du pick-up. Elle posa le front sur ses genoux et se mit à trembler.

— Ne bouge pas, Willa, je reviens.

Charlie grondait sourdement. Ben était sûr que Willa avait encore trouvé un animal éventré, un bœuf ou un des chiens du ranch. Il s'approcha du camion. Le spectacle qu'il découvrit l'arrêta net. S'il ne reconnut pas tout de suite Pickles, il reconnut les bottes, la moustache et le chapeau ensanglanté posé près du corps. La nausée et la rage l'étouffèrent presque.

Celui qui avait fait cela était un fou dangereux.

Il ordonna sèchement à Charlie de se taire. Dès qu'il entendit les pas derrière lui, il se retourna et étendit le bras pour empêcher Willa d'approcher.

— Non, Willa ! Tu ne peux rien faire pour lui et je ne veux pas que tu voies ça de nouveau.

— Je me sens mieux. C'était un de mes hommes et je veux le voir. On l'a scalpé, Ben. Pourquoi avoir fait ça ? Pourquoi l'avoir tué et massacré ainsi ?

— Chut, Willa !

Il la fit reculer et la saisit par les épaules.

— Retourne dans ton pick-up et préviens la police par radio.

Elle acquiesça mais ne bougea pas. Il l'enlaça et caressa sa tête appuyée contre sa poitrine.

— Tiens bon, ma chérie !

— C'est ma faute. C'est moi qui l'ai envoyé ici. Il m'énervait et j'ai menacé de le renvoyer s'il ne m'obéissait pas. C'est ma faute, Ben.

S'il ne l'arrêtait pas, elle allait craquer. Il pressa ses lèvres contre ses cheveux et murmura doucement :

— Tu sais bien que tu n'y es pour rien. Calme-toi.

— Il faut le couvrir, dit-elle d'une voix blanche.

— Je m'en occupe. Retourne dans ta voiture, ordonna-t-il en lui caressant la joue.

Il aurait aimé par ce simple geste redonner un peu de couleurs à son visage livide. Après avoir attendu qu'elle grimpe dans le pick-up, il prit une couverture pleine de taches de graisse dans la camionnette de Pickles. Il faudrait bien que cela suffise.

8

De la fenêtre de la cuisine, Lily regardait le soleil se coucher derrière les montagnes. La nuit tombait plus tôt maintenant que novembre approchait.

L'obscurité l'effrayait toujours et c'était avec impatience qu'elle attendait l'aube. Il y avait tant de choses à faire au ranch ; il lui semblait que les heures s'écoulaient trop rapidement. Elle était heureuse de pouvoir se rendre utile, de faire partie d'un tout. En si peu de temps, l'horizon sans fin, les cimes majestueuses, l'océan de verdure lui étaient devenus aussi nécessaires que l'air qu'elle respirait. Sa vie était dorénavant rythmée par le bruit des chevaux, du bétail et des hommes.

Elle adorait sa jolie chambre, son intimité, l'immense maison aux parquets cirés. Tous les soirs, elle pouvait lire si elle le désirait, écouter de la musique, ou regarder la télévision. Ici, elle occupait ses soirées comme elle l'entendait, et personne ne la critiquait ou ne la brutalisait.

Adam était un ange de patience. Lorsqu'il guidait sa main sur la patte d'un cheval pour lui apprendre à diagnostiquer les blessures, il était attentif et délicat. Il lui avait montré comment se servir d'une étrille, soigner un sabot fendu, nourrir une jument pleine. Quand il l'avait surprise alors qu'elle donnait en cachette une pomme à un yearling, il avait souri. Avec lui, elle se sentait bien. Peut-être elle aussi avait-elle droit au bonheur.

Mais tout cela n'allait pas durer. Elle frémit en songeant à l'homme qui avait été tué. L'horreur s'était introduite dans cet univers si merveilleux. La vie qui venait de s'éteindre brusquement mettait aussi en péril son avenir.

Elle eut honte, en de pareilles circonstances, de songer d'abord à son propre bonheur. Il est vrai qu'elle n'avait pas connu le pauvre homme ; habituée à se protéger des autres, elle avait soigneusement évité les employés du ranch. Pourtant la victime avait fait partie de ce nouveau monde qu'elle aimait, et elle aurait dû le pleurer.

— Quel cirque ! s'exclama Tess, faisant brusquement irruption dans la cuisine.

Lily sursauta en serrant convulsivement le torchon qu'elle avait à la main.

— Euh, j'ai fait du café... Où en sont-ils ?

— Willa est toujours avec les flics. Ils ont l'air tout droit sortis d'un western. Je ne m'en suis pas mêlée et je ne sais pas ce qui se passe exactement. Il n'y a rien de plus fort que du café dans cette cuisine ?

Elle se mit à ouvrir et à refermer les portes de tous les placards.

— Je... je crois qu'il y a du vin, mais ce n'est pas le moment de déranger Willa pour lui demander la permission d'en déboucher une bouteille.

Tess la considéra avec des yeux ronds et ouvrit en grand le réfrigérateur.

— Ce chardonnay, de médiocre qualité, certes, mais qui néanmoins fera l'affaire, est autant à nous qu'à elle. Tu as un tire-bouchon ?

— Oui, j'en ai vu un.

Elle se força à poser son torchon — elle briquait la cuisine depuis l'arrivée des policiers — et ouvrit un tiroir pour en sortir le tire-bouchon qu'elle tendit à Tess.

— J'ai fait de la soupe, si ça te dit, hasarda-t-elle en montrant le faitout sur la cuisinière. Bess a encore un peu de fièvre mais elle a réussi à en avaler un bol. La pauvre, j'espère qu'elle se sentira mieux d'ici demain.

Tess alla prendre des verres à vin et les remplit.

— Assieds-toi. J'ai à te parler.

— Peut-être que je ferais mieux de ne pas boire d'alcool.

— Viens là, insista Tess en se glissant sur le banc devant la table de la cuisine.

Obéissante, Lily s'assit en face d'elle et croisa les mains sur la table. Tess poussa un des verres vers elle.

— Un de ces jours, dit-elle, il faudra bien qu'on se raconte nos vies, mais ce n'est pas vraiment le moment. C'est une sale histoire qui nous arrive.

Elle alluma une cigarette d'une main tremblante et Lily se leva automatiquement pour lui donner un cendrier.

— Oui... Pauvre homme. Je le connaissais ?

— Tu as bien dû voir Pickles ; celui qui était presque chauve avec une énorme moustache et un gros ventre.

— Ah, oui, en effet, dit-elle faiblement. Il a été poignardé, c'est ça ?

— Pire que cela, je crois, mais je n'en sais pas vraiment plus, sauf que c'est Willa qui l'a trouvé sur une des routes du ranch.

— Quelle horreur !

Tess approuva en faisant la grimace.

— Bah, elle s'en remettra. On les élève à la dure dans le coin.

Elle n'éprouvait pas une grande tendresse pour sa petite sœur mais elle n'aurait pas souhaité pareille expérience à son pire ennemi. Dès la première gorgée, elle décida que le vin était moins mauvais qu'elle ne l'avait cru.

— Que vas-tu faire, Lily, tu restes ou tu pars ?

Plus pour s'occuper les mains que parce qu'elle en avait envie, Lily prit son verre.

— Je ne sais pas vraiment où aller. Et toi, tu retournes en Californie ?

Tess regarda d'un air songeur la femme assise en face d'elle. Étrange ; Lily la craintive ne s'était donc pas précipitée sur le téléphone pour réserver un billet d'avion et prendre la poudre d'escampette ?

— Tu sais, à Los Angeles, des gens sont assassinés tous les jours. Des gosses sont tués pour avoir tagué sur le territoire de bandes rivales ; à chaque coin de rue, des règlements de comptes entre dealers, des gens poignardés, criblés de balles, matraqués, des vols à tout bout de champ. Bon sang, ce que j'aime cette ville !

Devant l'expression horrifiée de Lily, Tess sourit.

— Ne t'affole pas. Ce que je voulais dire, c'est qu'ici, il n'y a eu qu'un meurtre, ce qui n'est pas si terrible après tout. En tout cas, ça ne va pas m'empêcher de rester pour toucher mon dû.

Lily avala une gorgée de vin puis demanda :

— Tu ne pars pas, alors ?

— Non, puisque toi non plus.

Lily poussa un soupir de soulagement tout en ayant honte de sa réaction. Elle regarda Tess de ses grands yeux bleus que l'inquiétude assombrissait en permanence.

— J'étais certaine que tu t'en irais et que je devrais partir aussi... C'est atroce, le pauvre homme est mort et la seule chose qui me tourmente, c'est mon petit confort.

— Rien de plus normal, assura Tess, lui prenant la main pour la tranquilliser. Tu ne le connaissais pas, après tout. Ne te culpabilise pas. C'est un gros magot qui nous attend, et ce serait de la bêtise de le laisser échapper.

Lily baissa les yeux sur leurs deux mains jointes. Celle de Tess était ravissante, avec ses doigts longs sur lesquels brillaient de nombreuses bagues.

— Je n'ai rien fait pour mériter cet argent. Et toi non plus.

Tess retira sa main et saisit son verre.

— Peut-être, mais c'est notre héritage, il nous revient. Nous n'avons rien fait pour mériter d'être rejetées.

À cet instant, Willa entra dans la cuisine et s'arrêta net en voyant les deux femmes assises à la table. Elle était pâle et fébrile. Elle avait dû raconter encore et encore la découverte du cadavre, et n'en pouvait plus. Enfonçant les mains dans ses poches pour cacher le tremblement qui les agitait, elle s'approcha.

— J'étais persuadée que vous seriez en train de faire vos valises, lança-t-elle en prenant le verre de Tess qui ne broncha pas.

Elle le vida d'un trait et le reposa sur la table.

— Après en avoir longuement délibéré, annonça Tess, nous avons décidé de rester.

— Tiens ?

La nouvelle la prenait au dépourvu. Quelques gorgées de vin ne suffiraient pas. Elle alla chercher un verre, mais s'arrêta devant le placard sans l'ouvrir. Profondément ébranlée, elle resta un moment immobile. Elle avait inconsciemment pensé que les deux femmes dont son avenir dépendait allaient l'abandonner. Bizarrement, au lieu d'être rassurée, l'angoisse resurgissait.

Essayant de se maîtriser, elle appuya le front contre le bois lisse et ferma les yeux.

Pickles ! Pourrait-elle jamais oublier l'image de son pauvre corps dépecé ? Le sang, tellement de sang, brillant sous le soleil, et ses yeux qui la fixaient, emplis d'une horreur indicible.

Lily s'approcha d'elle et lui posa timidement la main sur l'épaule. Aussitôt Willa se raidit.

— J'ai fait de la soupe, tu devrais en manger un peu.

— Je ne pourrais rien avaler.

La sollicitude de Lily la déstabilisait. Elle s'écarta brusquement et alla se verser un verre de vin.

— Incroyable, murmura Tess, fascinée, en la regardant l'avaler d'un trait comme si c'était de l'eau. Combien peux-tu en boire comme ça sans t'écrouler ?

— Ça dépend des circonstances.

La porte de la cuisine s'ouvrit et Willa se figea en voyant Ben entrer.

Elle avait honte de s'être réfugiée dans ses bras, de l'avoir laissé faire le sale boulot. Sa faiblesse l'écœurait.

— Mesdames, fit-il, prenant le verre des mains de Willa pour le remplir. Je porte un toast à la fin d'une journée éprouvante.

— À la vôtre, dit Tess, levant à son tour son verre, tout en étudiant le nouvel arrivant. Ben McKinnon, je présume ? Tess Mercy.

— Enchanté. Je regrette de faire votre connaissance en de pareilles circonstances.

Il se tourna vers Willa et lui caressa la joue.

— Va te reposer.

— Il faut que j'aille voir les gars.

— Non, tu as besoin d'aller au lit et de ne plus penser à tout ça.

— Je ne peux pas me le permettre.

— Bien sûr que si.

Il la sentait trembler des pieds à la tête. Elle luttait pour ne pas s'effondrer, mais Dieu sait combien de temps elle résisterait !

— Willa, continua-t-il, tu es épuisée. Adam a emmené les policiers au bungalow pour qu'ils interrogent tes hommes. Tu ne peux rien faire de plus pour l'instant. Va dormir.

— Je dois...

— Qui dirigera le ranch demain et les jours suivants si tu tombes malade ? Si tu ne montes pas immédiatement te coucher, je t'y emmène de force, compris ?

Les larmes menaçaient de couler, sa gorge était serrée. Trop fière pour pleurer devant lui, elle écarta la main de Ben et sortit sans un mot.

— Très impressionnant ! lança Tess quand la porte se fut refermée. J'étais persuadée qu'elle ne laissait jamais personne lui donner d'ordres.

— C'est généralement vrai, mais ce soir, elle est à bout. Elle savait qu'elle risquait de craquer devant nous. Et cela, elle voulait l'éviter à tout prix. Peu de gens auraient pu encaisser ce qu'elle a vécu aujourd'hui sans s'effondrer.

Il s'en voulait d'avoir dû la rudoyer, mais, comme d'habitude, elle ne lui avait pas laissé le choix.

— Peut-être qu'on ne devrait pas la laisser seule, intervint Lily. Je la rejoindrais bien, mais... Je crains de la contrarier.

— Il vaut mieux qu'elle soit seule, répondit Ben, touché. On ne peut pas dire qu'il s'agisse pour vous d'un séjour de rêve dans un ranch modèle, mais permettez-moi tout de même de vous souhaiter la bienvenue dans le Montana.

— Oh, c'est tellement beau, ici ! s'exclama Lily qui se mit aussitôt à rougir, embarrassée par son aveu. Euh... voulez-vous dîner ? J'ai fait de la soupe et il y a de quoi confectionner des sandwichs.

— Mmm, si c'est votre soupe qui sent aussi bon, alors c'est avec grand plaisir.

— Tess, tu en veux aussi ?

— Pourquoi pas ?

Puisque Lily semblait désireuse de faire le service, Tess ne la contraria pas et resta assise.

— Que dit la police ? demanda-t-elle. Est-ce qu'on soupçonne quelqu'un du ranch ?

Ben prit place en face d'elle.

— Je ne sais pas, mais je suppose qu'ils vont commencer l'enquête par là. Le crime a été commis sur une route privée. Cela dit, ça ne prouve rien. N'importe qui, à cheval ou en jeep, peut accéder au ranch. Ce n'est pas loin non plus de Three

Rocks. Après tout, j'étais là, moi aussi. Bien sûr, je ne suis pas coupable, mais rien ne prouve que je dis vrai. L'assassin aurait pu venir aussi de chez Nat ou bien des hauts plateaux.

Tess remplit son verre.

— Ça ne limite pas beaucoup le nombre de suspects.

— En effet, n'importe qui connaissant les montagnes et la région peut se cacher pendant des mois, aller et venir sans être pris.

— Merci de nous rassurer, fit-elle en jetant un coup d'œil à Lily qui déposait les bols fumants sur la table. Toujours agréable d'entendre ça, hein Lily ?

— Je préfère savoir à quoi m'en tenir, répondit celle-ci en s'asseyant à côté de Tess. On se protège mieux lorsque l'on connaît le danger.

— Vous avez raison. Et je crois qu'à partir de maintenant, vous feriez bien de ne pas vous promener toutes seules.

— Pas de problème, déclara Tess, les randonnées, ce n'est pas mon truc. Lily ne craint rien, elle est toujours avec Adam. Au fait, il n'est pas suspect, au moins ?

Malgré son ton désinvolte, elle n'était pas très rassurée et dut se forcer à avaler sa soupe.

— Je ne sais pas ce que pense la police, mais je peux vous affirmer qu'Adam Wolfchild est incapable d'éventrer ou de scalper un homme.

La cuillère de Tess heurta bruyamment son bol.

— Je suis navré, jamais je n'aurais dû vous dire ça ! Je pensais que vous étiez au courant des détails.

— Non, nous ne savions rien, dit Tess, abandonnant sa soupe pour prendre son verre de vin.

— Et dire que c'est Willa qui l'a trouvé... Quelle horreur ! murmura Lily.

Oui, songea Ben. L'horrible vision les hanterait tous deux jusqu'à la fin de leurs jours.

— Je vous conseille d'être très prudentes.

— Ne vous en faites pas pour nous ! Mais, et elle ? fit Tess en montrant du pouce le plafond. Vous ne pourrez jamais l'obliger à rester enfermée, à moins de l'enchaîner.

— Adam la surveillera, et moi aussi. Ce sera un plaisir de venir souvent goûter à votre délicieuse cuisine.

Les deux femmes sursautèrent lorsque la porte du dehors s'ouvrit, laissant entrer la fraîcheur de la nuit.

— Ça y est, dit Adam, ils sont partis.

— Bienvenue ! lança Tess. Au menu de ce soir, soupe et vin.

Le regard sérieux d'Adam croisa le sien puis il se tourna vers Lily.

— Non merci, je vais prendre du café. Assieds-toi, dit-il doucement à Lily qui déjà se précipitait pour le servir. Je suis simplement passé voir comment allait Willa.

— Ben a réussi à l'obliger à aller se coucher, répondit aussitôt Lily. Elle avait besoin de se reposer. Je peux te réchauffer de la soupe, si tu veux. Il faut que tu manges quelque chose de chaud. Il y en a plein, je t'assure.

— Je m'en occupe, assieds-toi.

— Il y a du pain aussi, si tu veux. J'ai oublié de le mettre sur la table. Je vais...

— Assieds-toi, Lily, insista-t-il en remplissant deux bols de soupe. Il faut que tu manges, toi aussi. Je sais où est le pain.

Il posa les bols sur la table et elle le regarda, sidérée, se déplacer dans la cuisine comme s'il était dans son élément. Aucun des hommes qu'elle avait connus n'aurait daigné mettre le couvert. Elle

128

jeta un coup d'œil à Ben, sûre de lire le mépris sur son visage, mais celui-ci avalait sa soupe comme s'il n'y avait rien d'anormal à ce qu'un homme fasse le service.

— Tu veux que je reste ? demanda Ben à Adam, je pourrais te donner un coup de main pendant un jour ou deux.

— Non, ce n'est pas la peine. On va y arriver.

Il s'assit en face de Lily et la regarda dans les yeux.

— Ça va ?

Elle acquiesça, prit sa cuillère et essaya de manger.

— Pickles n'avait pas de famille, continua Adam, à part une sœur, paraît-il, dans le Wyoming. On va essayer de la retrouver pour la prévenir. Dès que la police le permettra, on s'occupera de l'enterrement.

— Nat pourrait s'en charger, répondit Ben en se coupant un morceau de pain. Demande à Willa de lui en parler.

— Oui, tu as raison. Tu sais, sans toi, je ne sais pas comment elle aurait tenu le coup.

Ben, mal à l'aise, se souvint de la manière dont Willa s'était blottie contre lui, et de l'émotion qui l'avait envahi, comme si ses bras n'attendaient qu'elle.

— Un autre aurait fait pareil. Tu verras, quand elle ira mieux, elle regrettera que ce soit moi qui aie été là.

— Tu te trompes. Elle te sera reconnaissante, comme je le suis, mon frère.

Il posa la main sur la table. Sur sa paume apparaissait une fine cicatrice blanche entre la ligne de cœur et la ligne de tête.

Ben connaissait bien la cicatrice similaire à la sienne. Le bord de la rivière, le soleil couchant, la cérémonie solennelle où deux jeunes garçons avaient échangé leur sang lui vinrent aussitôt à la mémoire.

Émue malgré elle, Tess poussa Lily pour se lever du banc.

— Eh bien, messieurs, je vous laisse à vos rituels secrets typiquement masculins. Moi, je monte. Il faut que j'aille me vernir les ongles des pieds, obligation typiquement féminine qui ne souffre aucun retard.

Ben sourit. Il trouvait Tess décidément très sympathique.

— Je parie que vos pieds sont ravissants.

— Faux ! Ils sont horribles, affirma-t-elle en lui rendant son sourire. En tout cas, je suis de l'avis d'Adam, je suis contente que vous ayez été avec Willa aujourd'hui. Bonne nuit.

— Je vais monter aussi, dit Lily en se levant pour desservir le bol à moitié plein de Tess.

— Non, reste, dit Adam en la retenant par la main. Tu n'as pas fini de dîner.

— Vous avez à discuter, je finirai de manger dans ma chambre.

Ben comprit qu'il était de trop.

— Il ne faut pas vous sauver à cause de moi, Lily. D'ailleurs il faut que je rentre. Merci pour la soupe.

Il se leva et s'approcha pour lui dire au revoir. Instinctivement Lily s'écarta. Ben fit comme s'il ne s'était rendu compte de rien et recula.

— Mangez pendant que c'est chaud, dit-il gentiment. Je passerai demain, Adam.

— D'accord, bonne nuit.

Adam, qui avait gardé la main de Lily dans la sienne, la força à se rasseoir. Il prit son autre main et attendit qu'elle relève les yeux vers lui.

— Ne crains rien, Lily, je te protège, personne ne te fera de mal.

— Je suis une vraie peureuse.

Elle fit mine de vouloir dégager ses mains mais il tint bon.

— Tu es venue dans un endroit qui t'était totalement étranger et tu es restée. Cela montre au contraire que tu es courageuse.

— Je suis venue pour me cacher. Tu ne me connais pas, Adam.

— Cela ne dépend que de toi.

Il se mit à caresser du bout du pouce la marque bleutée sous l'œil de Lily. Elle se tint parfaitement immobile, ne le quittant pas des yeux tandis que le doigt descendait le long de sa joue.

— Je veux être ton ami, Lily.

— Pourquoi ?

La gentillesse qu'elle lut dans ses yeux l'émut.

— Parce que tu aimes les chevaux et que tu donnes en douce des restes à mes chiens, dit-il en souriant à la jeune femme rouge de confusion. Et aussi parce que tu fais de la très bonne soupe. Mange à présent, sinon ça va être froid.

Obéissante, elle prit sa cuillère.

À l'étage, un livre à la main, une bouteille d'eau minérale dans l'autre, Tess se dirigeait vers sa chambre. Elle avait décidé de lire jusqu'à ce que le sommeil la gagne, un sommeil qu'elle espérait tranquille et sans cauchemars.

Pour une fois, elle se serait bien passée de son imagination trop fertile ! Bien sûr, c'était grâce à cela qu'elle se faisait un nom dans le cinéma, mais en l'occurrence, c'était plutôt un désavantage. Le peu de détails que Ben leur avait fournis lui suffisait à se représenter clairement les scènes les plus atroces.

Pourvu que le livre de poche dont la couverture promettait aventures et passions parvienne à lui changer les idées !

En passant devant la porte de la chambre à coucher de Willa elle l'entendit pleurer. Zut ! Elle aurait dû emprunter l'autre escalier. Les sanglots déchirants qui lui parvenaient l'émouvaient malgré elle. Elle hésita. Quand une femme forte comme Willa pleurait, les larmes longtemps refoulées semblaient provenir du plus profond de l'être. Elle leva la main pour frapper à la porte mais suspendit son geste en murmurant un juron. Si elles avaient été de parfaites inconnues, elle n'aurait sans doute pas hésité à entrer ; s'il n'y avait pas eu le fantôme de leur père entre elles, des rancœurs enfouies, elle aurait pu ouvrir la porte et offrir son réconfort. Mais Willa n'apprécierait certainement pas sa sollicitude... pas de complicité entre elles, pas de tendresse comme entre des sœurs ordinaires.

Triste constat ! À regret, elle regagna sa chambre dont elle ferma la porte à double tour. Comment avait-elle pu envisager de dormir d'un sommeil paisible ?

Au milieu de la nuit, un vent menaçant se leva ; la pluie se mit à tomber en rafales violentes. Allongé dans l'obscurité, l'assassin souriait, repassant dans sa tête chaque seconde du meurtre.

Un curieux frisson d'excitation le parcourut. C'était comme si un autre l'avait habité. Sa vision était devenue incroyablement claire, ses nerfs d'acier. Il s'était transformé en surhomme.

Jamais il n'aurait cru avoir ce pouvoir. Jamais il n'aurait cru que ce serait si fort.

Pauvre vieux Pickles ! Un fou rire le prit. Pour l'étouffer, il pressa la main sur ses lèvres. Il riait comme un gamin qui aurait fait une mauvaise blague. Il n'avait rien contre le vieux grincheux, mais il s'était pointé au mauvais moment. « Nécessité fait loi », aurait dit sa pauvre petite maman. Même enfermée chez les fous, elle avait toujours un proverbe à sortir de derrière les fagots.

Retrouvant son sérieux, il poussa un soupir. Il repensa au couteau qui avait pénétré les couches de graisse de Pickles, un peu comme s'il avait embroché un oreiller. Il sourit. Le bruit de succion lorsqu'il avait retiré la lame lui avait rappelé celui d'un suçon. C'était encore meilleur que de marquer les filles qui passaient dans ses bras !

Le fin du fin avait été de retirer le peu de cheveux qui restaient au vieux. Ce n'était pas terrible comme trophée, mais quel pied !

Et le sang...

Il avait saigné comme un porc ! Si seulement il avait pu s'attarder un peu, prendre son temps, effectuer une petite danse pour célébrer l'événement. La prochaine fois, se promit-il.

Car il y aurait une prochaine fois, bien sûr. Il étouffa un nouveau gloussement. Il en avait assez des animaux, les humains étaient bien plus intéressants. Mais prudence... Il ne fallait pas gâcher le plaisir en se précipitant.

Il choisirait avec soin la prochaine victime. Une femme, peut-être. Oui. Il l'emmènerait là où il avait caché ses trophées, sous les arbres. Il déchirerait ses vêtements tandis qu'elle le supplierait de l'épargner. Ensuite, il la violerait.

Il eut une érection et se fit plaisir tout en se représentant la scène. Ce serait encore mieux s'il prenait son temps. Il jouerait avec sa proie. Il imagina avec délices les yeux remplis de terreur de la femme, tandis qu'il lui expliquerait dans les moindres détails ce qui l'attendait.

Oui, ce serait encore meilleur comme ça. Il fallait qu'elle sache.

Il ne restait plus qu'à la trouver, mais rien ne pressait. Il avait tout son temps.

DEUXIÈME PARTIE

L'HIVER

Ceux qui ont subi les hivers de ce pays savent qu'ils sont rudes et violents...

William BRADFORD

9

Meurtre ou pas, le travail devait continuer. Les hommes étaient inquiets, mais accomplissaient leurs tâches comme à l'accoutumée. Maintenant que Pickles n'était plus là, Willa devait mettre les bouchées doubles : réparer les clôtures, travailler aux champs, décorner les bouvillons, et tenir à jour la comptabilité.

Le temps avait changé. La fraîcheur annonçait la proximité de l'hiver. Chaque matin, la gelée recouvrait l'herbe des pâturages.

Lorsque Willa n'était pas à cheval ou dans un pick-up, elle se trouvait dans l'avion avec Jim. Elle avait envisagé d'apprendre à piloter, mais avait renoncé après avoir découvert que le ciel n'était pas son élément. Elle détestait le bruit effroyable du moteur, et les trous d'air lui donnaient mal au cœur. Son père avait beaucoup aimé survoler la propriété dans le petit Cessna.

Maintenant il n'y avait plus que Jim qui pouvait piloter l'appareil, et il jouait un peu trop les acrobates à son goût. Peut-être devrait-elle quand même se décider à apprendre à voler un jour. Un ranch de cette taille avait besoin d'au moins deux pilotes, et, avec un peu de chance, en étant aux commandes elle ne serait plus malade.

L'avion s'inclina et Willa eut un haut-le-cœur.

— Vu d'ici, c'est beau comme une carte postale ! lança Jim. Tiens, on dirait qu'il y a encore une clôture de cassée.

Il fit perdre de l'altitude à l'appareil pour examiner de plus près les dégâts. Willa serra les dents, notant au passage leur position.

— Il va falloir changer les vaches de pâturage avant qu'elles ne bouffent le dernier brin d'herbe.

L'avion s'inclina brusquement.

— Bon sang, tu ne peux pas voler droit, comme tout le monde !

— Désolé.

Il réprima un rire en lui jetant un coup d'œil en coin. Lorsqu'il vit l'étrange couleur de son visage, il redressa l'appareil en douceur.

— Tu n'aurais pas dû venir, Willa. Ou tu aurais dû prendre des cachets contre le mal de l'air.

— J'en ai pris.

Elle se força à respirer calmement.

— Tu veux qu'on rentre ?

— Non, ça va aller. On continue.

Elle baissa les yeux vers le sol et aperçut la route sur laquelle elle avait trouvé Pickles. La police avait emporté le corps et aussi la carcasse du bouvillon. Ils avaient fouillé chaque pouce de terrain à la recherche d'indices. La pluie avait maintenant nettoyé le sang, pourtant, elle crut deviner des taches plus sombres sur la terre du chemin.

Jim regardait fixement l'horizon.

— La police est revenue hier soir, dit-il au bout d'un moment.

— Je sais.

— Ils n'ont rien trouvé. Ça va faire une semaine, et toujours rien.

La colère qu'elle perçut dans sa voix l'aida à chasser les images qui la hantaient. Elle le regarda.

— Ce n'est pas comme dans les feuilletons, Jim. Il se peut qu'on ne trouve jamais le coupable.

— Je n'arrive pas à oublier que j'avais gagné contre lui au poker la veille. Bon sang, je regrette de lui avoir pris son fric. Je sais que ça ne change rien, mais je ne peux pas m'empêcher de m'en vouloir.

Elle se pencha pour lui poser la main sur l'épaule.

— Et moi je donnerais cher pour ne pas l'avoir envoyé balader. Très cher.

— Ce n'était qu'un vieux grincheux, un râleur de première. Pauvre vieux ! On a entendu dire qu'il allait être enterré au cimetière de Mercy.

— Oui. Nat n'a pas retrouvé sa sœur, ni aucun de ses proches.

— C'est bien de faire ça, Willa : de l'enterrer à Mercy avec ta famille.

Il s'éclaircit la gorge et continua :

— Les gars et moi, on s'est dit qu'on pourrait porter le cercueil et payer la pierre tombale. C'est Ham qui a eu l'idée, mais on est tous d'accord, si tu acceptes.

Il rougit légèrement.

— On fera comme vous le souhaitez, dit-elle, détournant la tête pour regarder par le hublot. J'en ai vu assez pour aujourd'hui. On redescend.

En arrivant dans la cour du ranch, Willa remarqua immédiatement les pick-up de Nat et de Ben. Elle se gara devant la petite maison blanche d'Adam, voulant avoir un peu de temps à elle avant d'affronter ses visiteurs. Elle ne se sentait pas très solide sur ses jambes, et elle avait encore mal au cœur. Un mal de crâne tenace lui vrillait les tempes.

Elle ouvrit la barrière du jardin et s'accroupit pour caresser Chili. Ravi de la compagnie, il roula sur le dos pour se laisser gratter le ventre.

— Alors, mon gros, encore en train de te la couler douce ? Tu vas devenir comme une baleine si tu continues comme ça.

Il approuva en frappant le sol de la queue. Willa sourit et vit déboucher du coin de la maison un chien au pelage tacheté. Oreilles dressées et queue en étendard, Fouinard vint se glisser sous son bras.

— Oh, toi, je sens que tu as encore fait des bêtises. Je sais que tu as l'œil sur le poulailler.

Les deux chiens se mirent à jouer et Willa se redressa. Elle se sentait mieux. Sans doute était-ce dû à la magie du jardin d'Adam où les fleurs s'obstinaient à fleurir malgré le froid et où les animaux passaient leur temps à folâtrer.

— Tu as fini de perdre ton temps avec ces bons à rien ?

En se retournant, elle vit Ham accoudé à la barrière, une cigarette collée au coin des lèvres. Sa veste était boutonnée jusqu'au col et il portait des gants. Il paraissait plus sensible au froid ces derniers temps.

— Tu es enfin sorti de ta boîte à sardines volante ?

En soixante-cinq ans, Ham n'avait jamais mis les pieds dans un avion, et il en tirait une grande fierté.

— On dirait. Il faut transférer les bêtes qui sont dans les pâturages du sud, et il y a encore une clôture à réparer. Je veux que ça soit fait aujourd'hui.

— Je vais envoyer Billy. Rapide comme il est, ça devrait pas lui prendre plus de temps qu'à un bataillon de manchots. Jim ira réparer la clôture. Wood est occupé dans les champs et il n'a pas le temps de souffler. Et moi il faut que je fasse expédier le bétail chez l'engraisseur.

— Est-ce que ça veut dire que nous sommes à court de main-d'œuvre ?

Il aspira une bouffée, rejeta la fumée en prenant son temps sans la quitter des yeux.

— J'allais t'en parler justement. Un gars de plus ne serait pas de trop, deux, même. Mais à mon avis, il faut attendre le printemps pour embaucher.

Il rejeta d'une pichenette son mégot qui menaçait de lui brûler les lèvres et le regarda tomber.

— Pickles était un emmerdeur, reprit-il, mais c'était un sacré cow-boy et un bon mécanicien quand il voulait.

— Jim m'a dit que les gars et toi vous vouliez payer la pierre tombale.

— C'est normal. Ça fait presque vingt ans que Pickles et moi on travaillait ensemble.

Il lui jeta un coup d'œil puis se remit à contempler l'horizon.

— Ça ne sert à rien de te ronger les sangs, continua-t-il. Ce n'est pas ta faute, ce qui est arrivé.

— C'est moi qui l'ai envoyé là-bas.

— C'est des conneries et tu le sais bien ! Tu as beau être têtue comme une bourrique, tu n'es pas idiote.

Elle esquissa un pauvre sourire.

— Non, mais je n'arrive pas à oublier.

— C'est normal, répondit-il en tirant sur le bord de son chapeau pour se protéger du soleil. Si c'était moi qui l'avais trouvé, je réagirais comme toi. Il faut attendre que ça passe. Et travailler comme une mule ne te fera pas oublier plus vite.

— Il nous manque deux personnes...

— Willa, interrompit-il en hochant la tête, tu ne dors pas assez et tu ne manges pas assez. Bess est d'aplomb maintenant et je sais tout ce qui se passe à la maison. Bon sang, elle parle tellement qu'elle rendrait sourd un lapin. Remarque, je n'ai pas besoin qu'elle me rebatte les oreilles pour voir dans quel état tu es.

— Il y a tellement à faire...

— Je sais, mais tu n'as pas besoin de t'occuper de tout. J'étais ici bien avant que tu naisses et si tu ne me crois pas capable de faire mon boulot, ce n'est pas deux, mais trois gars que tu devras embaucher au printemps.

— Tu sais bien que je te fais confiance ! Ce n'est pas juste de dire ça, Ham.

Content de lui, il hocha la tête. Oui, il la connaissait bien, sa Willa. Il lisait en elle comme dans un livre.

Et bon sang, ce qu'il l'aimait.

— Réfléchis cinq minutes, dit-il en prenant une cigarette qu'il s'était roulée le matin. On peut tenir l'hiver avec l'équipe qu'on a. Le plus vieux des garçons de Wood, celui qui va sur ses douze ans, est fort comme un bœuf, et le dernier fera un sacré bon fermier. D'après Wood, son truc c'est plus la terre que les chevaux, et ce n'est pas un feignant.

— Très bien, tu as autre chose à me dire ?

Il resta silencieux un moment. Mais après tout, puisqu'elle l'écoutait, autant continuer.

— Ouais. Tu ferais bien de dire à ta sœur, celle qui a les cheveux courts, de s'acheter un jean qui ne la moule pas comme si elle était toute nue. À chaque fois que Billy la voit, il a la langue qui pend jusqu'à terre. Il va se faire mal un de ces jours.

Elle éclata de rire.

— Et pas toi, peut-être ?

— Oh, moi... je me rince l'œil, mais je suis bien trop vieux pour prendre un coup de sang. L'autre se débrouille bien à cheval.

Il décolla sa cigarette de ses lèvres.

— Tiens, regarde.

Sur la route, Willa vit des cavaliers se diriger vers l'est. Elle reconnut Adam sans chapeau sur son cheval pie, flanqué de ses deux sœurs. Lily avait fière allure sur la jument balzane ; les mouvements de son corps suivaient en cadence ceux de sa monture. Tess, elle, tressautait sur la selle d'un alezan, s'agrippant de toutes ses forces au pommeau. Ses talons, pressés contre les flancs, étaient beaucoup trop hauts et, à intervalles irréguliers, elle rebondissait brutalement sur la selle. Ça devait lui faire un mal de chien !

Amusée, Willa s'appuya sur la barrière.

— Ça dure depuis combien de temps ?

— Deux jours, je crois bien. Holà ! fit-il en regardant Tess qui venait de glisser sur le côté et qui se redressait tant bien que mal. Elle s'est mis en tête de faire du cheval et Adam lui apprend. Mais je ne suis pas sûr qu'il y parviendra. Selle donc Lune et va les rejoindre.

— Ils n'ont pas besoin de moi.

— Je le sais bien, mais une bonne balade te ferait du bien. Il n'y a que ça qui te change les idées.

— Oui, peut-être plus tard.

Il avait raison. Ce serait bon de galoper, de sentir le vent lui caresser le visage et effacer ses soucis. Elle regarda encore un moment les trois cavaliers, enviant la camaraderie qui semblait les unir.

— Plus tard, répéta-t-elle en grimpant dans son pick-up.

Willa entra dans la cuisine et ne fut pas surprise d'y trouver Ben et Nat en train de savourer des steaks. Elle n'avait pas faim mais elle savait que

Bess la surveillait. Avant de se faire rappeler à l'ordre, elle se servit et les rejoignit à table.

— Ce n'est pas trop tôt ! lança Bess. Heureusement qu'on ne t'a pas attendue.

— Ça n'a même pas eu le temps de refroidir, marmonna Willa en mâchonnant sa première bouchée. Ne me dis pas que je t'ai manquée, tu as assez d'invités à ta table !

Bess déposa sans douceur une chope de café devant Willa.

— Tu es aussi mal élevée qu'un garçon de ferme. Mais j'ai trop de travail pour perdre mon temps à t'apprendre les bonnes manières.

Bougonne, elle disparut dans l'arrière-cuisine, torchon à la main. Nat repoussa son assiette vide et prit son café.

— Cela fait plus d'une demi-heure qu'elle te guette. Elle se fait du souci pour toi.

— Je ne vois pas pourquoi.

— Tant que tu te baladeras seule, elle s'inquiétera, lança Ben.

Willa lui jeta un coup d'œil.

— Il faudra que ça lui passe. Le sel, s'il te plaît.

Il le déposa brutalement devant elle. De l'autre côté de la table, Nat se massait la nuque.

— Maintenant que tu es rentrée, on va pouvoir travailler, dit-il. J'ai des papiers à te montrer.

— Très bien, on verra ça plus tard. Et toi, Ben, qu'est-ce que tu fabriques ici ?

— Je suis venu voir Adam pour les chevaux. On avait des affaires à régler. Et je me suis dit qu'en traînant un peu, vous alliez bien m'inviter à dîner. Je dois superviser le ranch, après tout.

— C'est moi qui ai demandé à Ben de rester, déclara Nat avant que Willa ne réponde à la provocation. J'ai téléphoné à la police ce matin. Nous pourrons reprendre le corps demain. J'ai apporté les papiers qui concernent l'enterrement et l'état des finances de Pickles. Il avait un livret de caisse d'épargne et un compte-chèques. Ça ne monte guère à plus de 3 500 dollars. Ce qui correspond en gros à ce qu'il lui restait à payer pour son pick-up.

— Peu importe l'argent, répondit-elle, certaine de ne plus pouvoir avaler une bouchée à présent. J'aimerais que tu règles les détails juridiques, je paierai la facture.

— D'accord, répondit-il, prenant un bloc-notes dans son attaché-case. Et pour ses effets personnels ? Il n'a pas de famille, pas d'héritiers et il n'a pas laissé de testament.

— Il ne doit pas y avoir grand-chose, dit-elle d'une voix triste, à part ses vêtements, sa selle, ses outils. Je donnerai tout ça aux gars, si tu n'y vois pas d'inconvénient.

Il posa la main sur celle de Willa.

— Bonne idée. Si tu as un problème, n'hésite pas à m'appeler.

— Merci, Nat.

— C'est tout naturel, dit-il en s'extirpant du banc. Si ça ne t'ennuie pas, je vais t'emprunter un cheval pour rejoindre Adam.

— Allez, avoue que ce n'est pas avec Adam mais avec une des cavalières que tu veux te balader, lança Ben d'un ton narquois.

Nat se contenta de sourire et prit son Stetson accroché à une patère près de la porte.

— Remercie Bess de ma part pour le repas. À bientôt.

Willa le regarda sortir en fronçant les sourcils.

— Quelle cavalière ?

— Ta sœur aînée a un parfum irrésistible.

Elle se leva et prit son assiette qu'elle déposa dans l'évier.

— Hollywood ? Non, je ne te crois pas. Nat n'est pas fou, tout de même !

— Eh ! il suffit parfois d'un parfum pour perdre la raison. Tu n'as rien mangé, Willa.

— Je n'ai pas faim, répondit-elle en restant appuyée au comptoir. Et toi, les parfums, ça te plaît ?

— Ça peut, oui. Bien sûr, un bon parfum de savon et de cuir peut aussi me faire perdre la tête. Tout dépend de la femme qui le porte.

Il but une gorgée de café sans la quitter des yeux.

— Mais je ne t'apprends rien... ajouta-t-il.

— Dans un ranch, on a le choix entre les effluves de bouse ou de crottin !

— En tout cas, ça ne doit pas gêner Billy ; dès que tu t'approches, la fumée lui sort des narines.

Elle esquissa un sourire.

— Il n'a que dix-huit ans. Il manque s'évanouir dès qu'il voit une fille. Ça lui passera.

— Espérons que non.

— Vous, les hommes, il n'y a qu'une seule chose qui vous guide dans la vie, ce n'est pas lassant à la fin ?

— C'est une lutte de tous les instants. Viens donc t'asseoir et bois ton café, il va refroidir.

— J'ai du travail.

— C'est ce que tu répètes à chaque fois que je suis là, dit-il en se levant pour lui apporter sa tasse. Tu travailles trop et tu ne manges pas assez, Willa. Si tu continues comme ça, tu vas craquer.

Il lui prit le menton et la scruta. Elle secoua la tête pour se dégager, luttant contre la chaleur qui gagnait son visage. Il ne la laissa pas partir si facilement.

— Tu prends un peu trop de libertés, McKinnon.

Il dessina de l'index le contour de sa bouche, la fixant comme s'il avait envie de mordre les lèvres si désirables.

— J'ai remarqué que tu étais bizarre avec moi ces derniers temps, alors que d'habitude tu n'es que de mauvaise humeur.

— Pas du tout.

— Vraiment ?

Il lui coupait toute retraite, la retenant prisonnière contre son corps.

— Tu veux que je te dise une chose, Willa ?

— Ça ne m'intéresse pas.

Ayant retenu la leçon, Ben s'assura que les genoux de Willa étaient immobilisés et prit dans ses mains les cheveux qu'elle avait laissés dénoués aujourd'hui.

— Tu sens bon le cuir et le savon. Et puis tu as de beaux cheveux, doux comme de la soie, longs et épais.

Il approcha un peu son visage, et aussitôt Willa recula le sien.

— Ton cœur bat vite, et sur ton cou, je vois une petite veine qui se gonfle si fort qu'on dirait qu'elle va éclater.

Évidemment, s'il l'étouffait en se serrant contre elle !

— Ça suffit, Ben, tu te moques de moi ! protesta-t-elle d'une voix qu'elle eut bien du mal à garder calme.

— Mais non, je te fais la cour.

Sa voix était douce comme du miel. Elle frissonna.

— C'est cela qui t'effraie, continua-t-il. Tu en as envie et tu as peur de ne pas pouvoir résister.

— Lâche-moi ! s'écria-t-elle, essayant de le repousser.

— Non, cette fois tu ne t'en tireras pas comme ça.

Que lui arrivait-il ? Pourquoi cette langueur dans tous ses membres ?

— Tu m'as dit il n'y a pas si longtemps que tu ne voulais pas plus de moi que je ne voulais de toi, parvint-elle à articuler. À quoi ça sert de prétendre le contraire, juste pour m'ennuyer ?

— J'avais tort. J'aurais dû dire que nous nous désirions autant l'un que l'autre. Mais cela te fait peur.

— Pas du tout !

Les réactions sensuelles qu'il provoquait en elle la paniquaient. Il n'y était pour rien, bien sûr. Ce devait être la fatigue. Il plongea ses yeux verts dans les siens.

— Alors si tu n'as pas peur, prouve-le-moi, maintenant.

Répondant au défi, elle prit la tête de Ben entre ses mains et le força à l'embrasser. Il avait la bouche des McKinnon, les mêmes lèvres pleines et fermes que Zack, mais la comparaison s'arrêtait là. Rien à voir avec les baisers d'adolescents qu'elle avait échangés avec son amourette de jeunesse. L'homme qui l'embrassait semblait la dévorer. Sa langue était chaude, impatiente, experte. Elle sentait le bord du comptoir lui blesser le dos mais se moquait de la douleur. Elle agrippa plus fort les cheveux de Ben. Plus rien n'existait que le goût de ce baiser. L'univers n'était plus que sensations, désir. Elle s'abandonna sans pouvoir résister.

Il l'avait d'abord sentie se raidir sous l'assaut. Il s'était attendu à de la froideur ou à de la chaleur et il trouva les deux. Il y avait si longtemps qu'il désirait embrasser ses lèvres.

Suffoqué par la violence de ses sensations, il se redressa et contempla les immenses yeux noirs voilés par l'émotion. Puis il reprit sa bouche avidement. Elle gémit et il pressa la main sur son cou doré pour sentir la vibration sous ses doigts. Il brûlait de l'embrasser là où le pouls battait mais il ne pouvait se résoudre à abandonner ses lèvres. Elle s'accrochait à lui et ses hanches se mouvaient au rythme de leur baiser.

Sous sa main, il sentit les seins fermes, mais il voulait plus. Il écarta la chemise de flanelle pour trouver sa peau nue.

Lorsque la main dure et calleuse l'étreignit, il sembla à Willa que ses jambes se dérobaient sous elle. Du bout du pouce, il caressait la pointe de son sein, et elle se força à ne pas crier de plaisir en sentant une chaleur proche de la douleur envahir son corps. Elle se laissa aller totalement dans les bras de Ben qui la retint fermement.

Ben fut bouleversé de sentir un tel abandon.

— J'ai envie de toi, murmura-t-il sans cesser de la caresser, mais je ne crois pas que l'endroit soit bien choisi : Bess ne serait pas très contente de nous trouver par terre dans sa cuisine.

— Lâche-moi, je ne peux plus respirer.

— On respirera plus tard. Viens chez moi, Willa. Je veux te faire l'amour.

— Non !

Elle le repoussa, parvint à se dégager et se réfugia près de la table. Il fallait qu'elle reprenne ses esprits, et vite.

Il s'approcha d'elle.

— Non !

La peur panique qu'il perçut dans sa voix l'arrêta. Dos au comptoir, il ne la quittait pas des yeux.

— Très bien, je n'insiste pas, mais ça ne changera rien, Willa... Moi non plus, je ne sais plus où j'en suis.

— Il n'y a que moi qui manque à ton tableau de chasse, c'est ça ?

— Je n'ai pas dû coucher avec plus d'une dizaine de filles, tu sais.

— Je suis sûre que tu te dis que ça va être facile avec moi puisque je n'ai jamais fait...

— Fait quoi ? demanda-t-il, interloqué.

— Tu sais très bien de quoi je parle.

— Jamais ?

Il enfonça les mains dans ses poches.

— Vraiment jamais ? Mais je croyais que toi et Zack...

Willa le fusilla du regard. S'il éclatait de rire, elle le tuerait.

— Il t'a fait croire des choses ?

— Non, mais... j'imaginais naturellement que... toi et lui, vous... Enfin, Willa, tu es une grande fille, c'est normal que j'aie cru que...

— Que je couchais avec n'importe qui ?

— Non, ce n'est pas ça.

Pour une fois, Ben ne trouvait plus ses mots.

— Tu es belle et...

Il lui sembla que sa langue était en plomb. Willa paraissait prête à bondir sur lui au moindre mot.

— Je croyais juste que... que tu avais plus d'expérience.

— Eh bien, tu t'es trompé, dit-elle d'un ton où la gêne perçait sous la colère. Je ne suis pas pressée.

Il ne pouvait pas la quitter des yeux. Elle était tellement adorable, ébouriffée et rose de colère ; ses lèvres étaient encore gonflées du baiser qu'ils venaient d'échanger.

— Tu as raison de prendre ton temps. Je n'aurais pas insisté si j'avais su... Enfin, je m'y serais pris différemment. Ça fait longtemps que j'ai envie de toi, tu sais.

— Pourquoi ?

— Je n'en sais rien. C'est comme ça, c'est tout. Et maintenant que j'y ai goûté, ça risque d'être encore pire. Tu es très attirante, Willa, et je dois avouer que pour une néophyte tu te débrouilles rudement bien.

— Tu n'es pas le premier que j'embrasse et tu ne seras pas le dernier.

Il alla décrocher sa veste et son chapeau.

— N'hésite pas à t'entraîner avec moi dès que tu en auras envie. Les amis, c'est fait pour ça !

— Je sais me maîtriser.

— Tu as de la chance... fit-il en enfonçant son Stetson sur sa tête. Moi, je crois que ça va me poser quelques petits problèmes.

Il ouvrit la porte et lui jeta un dernier regard malicieux.

— Tu as des lèvres... extraordinaires, Willa, extraordinaires.

Il referma la porte et, songeur, contourna la maison pour reprendre son pick-up. Dire qu'il avait cru que ça leur ferait du bien ! Bon sang, jamais il n'aurait pensé que ça serait aussi intense. Il se massa la nuque en soupirant. Il était amoureux, très amoureux. Son innocence l'effrayait. L'excitait aussi.

Jusqu'alors il n'avait recherché que des femmes averties et des relations éphémères. Tout était clair dès le départ, et ainsi personne ne souffrait ni ne se sentait floué.

Il grimpa derrière le volant et jeta un dernier coup d'œil vers la maison avant de démarrer. Avec Willa, ce ne serait pas si simple, mais il savait avec certitude qu'il voulait être son premier amant.

10

Le mois de novembre n'était pas encore terminé que déjà les rigueurs de l'hiver s'abattaient sur la vallée. Très vite, une abondante couche de neige recouvrit les pâturages et menaça de renverser les clôtures.

Des hordes de skieurs envahirent Big Sky et les stations des environs. Le soir, les vacanciers s'imbibaient de cognac au coin de la cheminée. Tess se serait bien jointe à eux pour un jour ou deux. Le ski ne la tentait nullement, mais le reste du programme lui convenait parfaitement. S'il fallait s'attacher deux planches de bois aux pieds et faire quelques chutes pour retrouver la civilisation, elle n'hésiterait pas, non, pas une seconde.

Elle téléphonait sans arrêt à son agent littéraire qui restait son seul lien avec son ancienne existence. Son scénario avançait bien et elle continuait à décrire les détails de sa vie quotidienne au ranch dans son journal intime.

Enfin, si on pouvait appeler cela une vie !

Elle avait toujours la responsabilité du poulailler et n'était pas mécontente d'elle-même, car elle parvenait maintenant à extraire les œufs sans que les volatiles ne bronchent.

Chaque soir, elle nageait dans la piscine couverte. Les baies vitrées incurvées donnaient au sud, et il fallait bien admettre qu'il était fort agréable de se prélasser dans la vapeur d'un lac privé tout en contemplant la neige au-dehors.

Pourtant le matin lorsqu'elle se levait et qu'elle regardait de sa fenêtre l'étouffante blancheur du paysage, son cœur se serrait en pensant aux palmiers et aux petits déjeuners aux terrasses des cafés.

Entêtée, elle s'obstinait à faire du cheval tous les jours. Ses muscles étaient moins tétanisés lorsqu'elle descendait de selle ; à force de pratique, elle s'endurcissait et éprouvait même de l'affection pour Mazie, la jument placide que lui avait assignée Adam. Toutefois, galoper dans le vent et le froid n'était pas vraiment sa distraction favorite.

— Bon sang de bon soir, c'est pire que de respirer de la glace pilée ! Comment peut-on supporter un pareil climat !

Tess, engoncée dans une énorme veste en peau de mouton, commençait à regretter de ne pas avoir mis deux paires de collants.

— Adam dit que c'est la seule façon d'apprécier le printemps. C'est si beau, toute cette neige, et les forêts de pins, le ciel si bleu. Ça n'a rien à voir avec la neige qu'on a en ville.

— Je n'ai pas vraiment de point de comparaison, mais je reconnais que ce n'est pas mal.

Tout en se dirigeant vers l'écurie, Tess frappait ses mains l'une contre l'autre pour se réchauffer. Au moins la cour du ranch avait été dégagée. Les sentiers menant aux corrals et aux divers bâtiments avaient été nettoyés, de même que les routes autour du ranch.

Son souffle formait en permanence un nuage de buée et elle eut de nouveau envie de se plaindre. Lily avait raison, c'était beau, mais quelle beauté glacée ! Le ciel était d'un bleu franc si dur qu'il semblait sur le point de se fissurer, et les contours des montagnes étaient si précis qu'on aurait cru un tableau. De temps à autre des bourrasques soulevaient un fin voile de neige scintillante.

Palmiers, plages aux eaux tièdes et farniente semblaient à des années-lumière.

— Qu'est-ce qu'elle fabrique aujourd'hui ? demanda Tess au bout d'un moment en chaussant une paire de lunettes de soleil.

— Willa ? Elle est partie de bonne heure dans un camion.

— Seule ?

— Oui, comme d'habitude.

Tess enfonça les mains dans les poches de sa veste en hochant la tête.

— Elle prend trop de risques. Elle oublie qu'elle n'est pas invincible. Si jamais l'assassin de ce pauvre type est encore dans le coin...

— Tu crois qu'il est resté ? La police n'a rien trouvé. Ça devait être quelqu'un qui campait dans la montagne. Avec ce froid il ne doit plus être là, et puis cela fait des semaines que...

— Oui, tu as raison, interrompit Tess pour ne pas l'effrayer. Personne ne pourrait camper par un temps pareil. Je trouve que Willa est trop casse-cou, c'est tout.

Elle plissa les yeux pour mieux distinguer un véhicule qui arrivait.

— Tiens, quand on parle du loup... observat-elle.

— Si tu ne t'obstinais pas à la provoquer, peut-être que...

— Je n'y peux rien, c'est ma nature.

Elle arbora un grand sourire car le véhicule s'arrêtait à leurs côtés.

— Alors, Willa, on a été faire un petit tour du propriétaire ?

— Tu es encore là ? Je croyais que tu serais déjà à Big Sky en train de faire de la luge ou de draguer les mecs.

— J'y songe sérieusement.

154

— Si vous avez l'intention de vous promener avec Adam, dit Willa en s'adressant à Lily, allez-y vite et ne restez pas trop longtemps. Il va neiger. Vous lui direz que j'ai aperçu un troupeau de daims en allant vers le nord-est. À peu près à deux kilomètres d'ici.

— Comme cela doit être joli ! s'écria Lily. J'ai mon appareil photo. Tu viens avec nous ?

— Non, j'ai du travail et Nat doit venir tout à l'heure.

— Nat ? fit Tess, tâchant de dissimuler son intérêt. Vers quelle heure ?

Willa fit vrombir le moteur.

— Plus tard.

Elle voyait parfaitement le manège de Tess, et n'avait aucune intention de lui faciliter la tâche. Pauvre Nat, si ce piranha d'Hollywood lui mettait le grappin dessus, il n'en ferait qu'une bouchée.

Et s'il avait envie de se laisser dévorer ? Les hommes ne résistaient jamais à la tentation. Attrapant son thermos, elle sortit du pick-up. Oui, Tess était belle et désirable, se dit-elle avec une pointe de jalousie. Sûre d'elle aussi, jamais en peine de repartie. Elle ne doutait pas de son charme et savait jouer de sa féminité et de son pouvoir sur les hommes.

Lui ressemblerait-elle si elle avait eu une mère ? Si elle avait été élevée dans un milieu différent, si elle avait entendu des femmes parler mise en plis, robes, vernis à ongles ou parfum ?

Quelle horreur !

Elle rentra et arracha ses gros gants de cuir. Les frivolités et les futilités l'ennuyaient. Pourtant c'était cela aussi être une femme ! Bon sang, ce qu'elle aurait aimé savoir faire des manières... surtout quand Ben était près d'elle.

Elle se débarrassa en hâte de sa veste et de son Stetson et monta quatre à quatre à l'étage. Elle n'avait encore rien changé au bureau. C'était toujours le domaine de Jack Mercy, de ses animaux empaillés et de ses carafes à whisky. Immanquablement, son estomac se nouait lorsqu'elle pénétrait dans la pièce et qu'elle s'asseyait derrière le bureau de son père.

Chagrin ou peur ? Elle l'ignorait. Mais dans cette atmosphère resurgissaient des souvenirs déplaisants, douloureux.

Elle venait rarement ici du vivant de Jack Mercy. S'il l'envoyait chercher et lui ordonnait de s'asseoir en face de lui, c'était pour la critiquer ou pour lui égrener le chapelet de corvées qu'elle aurait à effectuer.

Elle le revoyait comme si c'était hier, assis à la place qu'elle occupait maintenant, un cigare coincé entre l'index et le majeur, et, lorsque la journée de travail était terminée, un verre de whisky posé sur le sous-main.

« Ma pauvre petite, disait-il, l'appelant rarement par son prénom. Tu es nulle » ou : « Tu ferais bien de te remplumer, tu es maigre comme un clou », ou : « Il serait temps que tu te trouves un mari, ma petite, et que tu fasses des enfants. Les femmes ne sont bonnes qu'à ça ! »

Se pouvait-il vraiment que pas un mot d'amour n'ait franchi ses lèvres ? Elle se massa les tempes. Comme elle aurait aimé pouvoir se rappeler une fois, rien qu'une fois où il aurait souri, lui aurait dit combien il était fier d'elle, de son travail...

Mais non, elle avait beau fouiller dans sa mémoire, elle ne trouvait aucun souvenir agréable. Les sourires et les mots aimables ne faisaient pas partie de la panoplie de Jack Mercy.

Que dirait-il aujourd'hui s'il la voyait, s'il savait ce qui s'était passé au ranch ces derniers mois, ce qui était arrivé à l'un de ses employés ?

Probablement : « Tu es une incapable ! »

Elle resta un long moment la tête appuyée sur les mains. Bien sûr, ce n'était pas sa faute si Pickles s'était fait assassiner, mais comment ne pas se sentir responsable ?

Assez ressassé ! Elle ouvrit un tiroir pour en sortir les registres d'étable. Elle voulait tout revérifier, le nombre exact de têtes, leur poids, la rotation des troupeaux, les engrais, le grain. Il fallait que tout soit parfait lorsque Nat viendrait les contrôler tout à l'heure.

Ravalant son amertume, elle se mit au travail.

À quelque deux kilomètres de là, Lily prenait en photo le troupeau de daims que leur avait signalé Willa. Ils étaient comiques dans leurs manteaux d'hiver à longs poils, avec leurs yeux endormis. Comme d'habitude, les photos seraient sans doute floues car elle n'avait pas hérité du talent de sa mère, mais elle s'en moquait. Sourire aux lèvres, elle laissa retomber l'appareil autour de son cou.

— On a le temps, ne t'inquiète pas, répondit Adam en étudiant les nuages avant de se tourner vers Tess. Tu montes bien maintenant, tu as vite appris.

— Bien obligée ! répliqua-t-elle, fière malgré tout du compliment. Les courbatures des premiers jours étaient trop insupportables, et puis j'ai besoin d'exercice.

— Non, c'est parce que tu aimes ça.

— D'accord, j'aime ça, mais si le thermomètre baisse encore, je ne tiendrai jamais jusqu'au printemps.

— Il va faire plus froid, mais tu t'habitueras.

Il se pencha pour caresser l'encolure de sa monture et déclara avec un demi-sourire :

— Bientôt, tu ne pourras plus t'en passer, et les jours où tu ne seras pas à cheval, tu seras en manque.

— Chaque jour qui passe sans une promenade sur Sunset Boulevard, je souffre aussi. Pourtant, je me fais une raison !

Il rit.

— Lorsque tu retrouveras Sunset Boulevard, tu penseras aux montagnes et au ciel d'ici, alors tu reviendras.

Étonnée, elle repoussa ses lunettes de soleil sur le bout de son nez pour mieux l'observer.

— C'est quoi, ça ? Sagesse indienne ou prémonition ?

— Non. Psychologie élémentaire. Je peux t'emprunter ton appareil, Lily ? J'aimerais vous prendre en photo toutes les deux.

— Bonne idée. Tu es d'accord, Tess ?

— Moi, je ne refuse jamais de me faire photographier.

Contournant la monture d'Adam, elle alla se placer à droite de Lily. Son cheval lui obéissait sagement. Adam avait raison : elle devenait bonne cavalière.

— Je suis prête, tu peux y aller ! annonça-t-elle.

— Vous êtes très jolies toutes les deux ! Vous vous ressemblez beaucoup : même forme de visage, même couleur de peau et aussi même façon de vous tenir en selle.

Automatiquement, Tess se raidit. Si elle éprouvait un semblant d'affection pour Lily, elle était encore loin de l'aimer comme une sœur.

— Passe-moi l'appareil, je vais vous prendre tous les deux, ça fera une belle photo : la belle de Virginie et le bon Indien.

Elle regretta aussitôt ses paroles.

— Excusez-moi, je ne voulais pas vous vexer, mais j'ai toujours tendance à voir les autres comme des personnages de roman.

— Il n'y a pas de mal, répondit Adam en lui donnant l'appareil.

Il aimait bien Tess, sa détermination, son honnêteté. Mais cela ne lui plairait sûrement pas s'il lui disait que c'était aussi les deux qualités qu'il préférait chez Willa.

— Et toi, reprit-il, quel rôle te donnerais-tu ?

— Celui de l'écervelée ! C'est pour cela que mes scénarios se vendent bien ; je fais dans la comédie légère, moi. Souriez !

— Moi, j'aime tes films, affirma chaudement Lily lorsque Tess baissa l'appareil. On s'amuse bien en les regardant.

— J'espère qu'on s'amuse ! On ne peut pas dire que j'écrive pour les intellectuels.

— Tu es injuste envers toi-même et ton public, dit Adam d'un ton absent, l'œil fixé sur l'horizon.

— Peut-être, mais... Regardez là-bas ! Quelque chose a bougé dans les arbres !

— Oui, j'ai vu, fit-il, posant la main comme si de rien n'était sur la crosse de son fusil.

— Ça ne peut pas être un ours, ils hibernent en ce moment !

Tess se mordit les lèvres, essayant de refouler l'image d'un homme armé d'un couteau.

— Parfois, ils se réveillent, remarqua Adam. Retournez à la maison, moi je jette un coup d'œil.

— Tu ne vas pas y aller tout seul ! protesta Lily en retenant le cheval d'Adam par les rênes.

Surprise, la bête hennit et tapa du sabot.

— C'est dangereux, continua-t-elle. C'est peut-être...

— Rien du tout, dit-il tranquillement en caressant l'encolure de son cheval pour le calmer. Mais je préfère aller jeter un coup d'œil.

Quelques petits flocons voletaient autour d'eux.

— Lily a raison, reconnut Tess d'un ton inquiet, les yeux fixés sur les arbres. En plus il commence à neiger, on ferait mieux de rentrer tous les trois.

— Il faut quand même que j'aille voir, fit-il en s'adressant à Lily, mais il n'y a pas de raison de s'inquiéter. Rentrez. Je vous rattraperai. Vous connaissez le chemin.

— Oui, mais...

— S'il te plaît, Lily, fais-le pour moi. Je n'en ai pas pour longtemps.

Incapable de désobéir, Lily fit faire demi-tour à sa jument.

— Restez ensemble, ordonna-t-il à Tess avant de s'élancer vers les arbres.

Les deux jeunes femmes s'éloignèrent à contre-cœur.

— Ce doit être un écureuil ou un élan ou une bête quelconque, dit Tess en s'efforçant de ne pas claquer des dents.

— Et si ce n'était pas ça ? jeta Lily d'une voix coupante. La police s'est peut-être trompée. Si l'assassin était encore là !

Elle s'arrêta brusquement.

— On ne peut pas laisser Adam tout seul !

— Il a un fusil.

— Je ne veux pas l'abandonner !

Angoissée mais déterminée, elle fit demi-tour et partit au galop.

— Hé ! Non, Lily ! Oh, bon sang !... Une scène toute trouvée pour un prochain scénario, grommela-t-elle.

Elle s'élança à sa poursuite.

— S'il nous tire dessus par accident, cria-t-elle, on aura l'air fin !

Lily se contenta de hausser les épaules et, quittant la route, s'engagea vers les montagnes sur les traces d'Adam.

— Tu sauras retrouver ton chemin, plus tard ? demanda-t-elle.

— Euh, je pense, oui. Mais c'est idiot de...

La détonation déchira l'air et résonna comme un coup de tonnerre. Tess se cramponna de toutes ses forces à sa monture affolée, tandis que Lily s'enfonçait sous les arbres en galopant.

Nat n'arriva pas seul au ranch, Ben le suivait, accompagné de sa belle-sœur et de sa nièce. Shelly était à peine entrée dans la maison qu'elle se mit aussitôt à bavarder tout en débarrassant le bébé de la couverture qui l'entourait.

— J'aurais dû téléphoner, mais quand Ben m'a dit qu'il venait, j'ai fourré Abigail sous mon bras et je suis montée dans le pick-up sans même lui demander son avis. Je mourais d'envie d'avoir un peu de compagnie. Je sais que tu as du travail mais j'irai voir Bess pendant que vous discutez. Ça ne te dérange pas ?

— Bien sûr que non, au contraire, ça me fait plaisir.

Le bébé gigotait sur le canapé. Shelly ôta son chapeau et se passa la main dans ses cheveux blonds coupés court. De petite taille, elle avait un visage fin qu'éclairaient des yeux couleur de brume.

— Ben n'a même pas eu le temps de dire ouf, mais je te jure que je ne vous dérangerai pas.

— Je suis ravie de vous voir, toi et le bébé. Cela fait des semaines que je ne l'avais pas vue ; elle a grandi !

Willa, se laissant aller, prit Abigail dans les bras et la leva en l'air.

— Hein, tu as grandi, mon bébé ! Oh, mais elle a les yeux verts, maintenant.

— Les yeux des McKinnon, approuva Shelly. Elle aurait au moins pu avoir le bon goût de me ressembler un peu ! Après tout, c'est moi qui l'ai trimbalée dans mon ventre pendant neuf mois. Mais non, elle a tout de son père.

— Tu exagères, elle a tes oreilles.

— Tu crois ? demanda Shelly, toute contente. Tu sais, elle dort toute la nuit, maintenant. C'est incroyable, quand on pense qu'elle a à peine cinq mois. Bon, j'arrête de parler de ma fille, j'ai promis de ne pas vous déranger. Zack dit que je suis bavarde comme une pie.

— Il ne s'est pas entendu ! s'exclama Ben en riant. Ça m'étonne qu'avec vous deux pour parents, Abigail ne soit pas née en parlant.

Il s'approcha et caressa la joue de la petite fille.

— C'est un beau bébé !

— Oui, et elle a bon caractère, ce qui prouve qu'elle ne ressemble pas aux McKinnon.

À regret, Willa rendit Abigail à Shelly.

— Bess est dans la cuisine. Ça lui fera plaisir de vous voir, toutes les deux.

— J'espère que tu auras le temps de venir à la maison, dit Shelly en posant la main sur le bras de Willa.

— Je viendrai bientôt. Peut-être arriveras-tu à convaincre Bess de te faire goûter la tarte qu'elle a préparée pour le dîner. Bien, on y va, les papiers sont là-haut, dans mon bureau, ajouta-t-elle en se tournant vers Nat et Ben.

— Ce n'est qu'une formalité, tu sais, Willa, intervint Nat. Juste pour montrer que l'on respecte les termes du testament.

— Oui, oui, bien sûr, rétorqua-t-elle en s'engageant dans l'escalier.

Mais malgré son apparente indifférence, elle était tendue.

— Tes sœurs ne sont pas là ?

— Elles sont parties faire une balade à cheval avec Adam, répondit-elle en s'installant derrière le bureau. Elles ne vont pas tarder à rentrer. Hollywood a du jus de navet dans les veines, elle ne peut pas rester dehors plus d'une heure ou deux.

Nat s'assit et étira les jambes.

— À ce que je vois, vous vous entendez toujours aussi bien toutes les deux.

— On s'arrange pour ne pas se rencontrer, riposta-t-elle en lui tendant un registre. Jusqu'ici ça s'est bien passé.

— L'hiver va être long, remarqua Ben en s'asseyant au coin du bureau. Faites la paix ou réglez ça tout de suite par un duel.

— La deuxième solution ne serait pas juste. Hollywood est incapable de faire la différence entre une Winchester et une sarbacane.

— Il faut que je lui apprenne, alors, commenta Nat en observant les chiffres. Rien de spécial, tout va bien ?

— Oui, relativement bien.

Trop nerveuse pour rester assise, Willa repoussa le fauteuil.

— Les gars pensent que celui qui a tué Pickles s'est enfui depuis longtemps. Et la police dit la même chose. Pas de traces, pas d'armes, pas de mobile.

— Et toi, qu'en penses-tu ? demanda Ben.

Leurs regards se croisèrent.

— Je veux le croire aussi. Je n'ai pas le choix. Cela fait trois semaines maintenant.

— Ce qui ne veut pas dire qu'il ne faut pas faire attention, murmura-t-il.

— Je suis très prudente... et dans tous les domaines.

— Eh bien, pour moi, tout a l'air en ordre, déclara Nat en passant le registre à Ben. Tout bien considéré, l'année a été bonne.

— J'espère que la prochaine sera meilleure, dit Willa.

Elle hésita, s'éclaircit la gorge, puis continua :

— Je vais supprimer les engrais chimiques. Mon père et moi, nous n'étions pas d'accord là-dessus, mais désormais je vais faire de l'agriculture et de l'élevage biologiques.

Étonné, Ben lui jeta un coup d'œil. Jamais il n'aurait cru qu'elle aurait le cran de changer quoi que ce soit à l'exploitation du ranch.

— Cela fait presque cinq ans qu'on s'y est mis à Three Rocks et on a de très bons résultats.

— Je sais. Nous allons aussi accélérer la rotation des troupeaux. Nous ne laisserons pas le bétail plus de trois semaines par pâture.

Elle marchait de long en large et ne remarqua pas le regard perçant de Ben qui l'observait.

— De gros animaux, ça ne m'intéresse pas, je veux de la qualité. Nous avons pas mal d'ennuis au moment du vêlage parce que les veaux sont disproportionnés. Il est probable qu'au début, les bénéfices seront moindres, mais je pense qu'à long terme nous y gagnerons.

Elle ouvrit le thermos posé sur le bureau et se versa un café.

— J'ai discuté avec Wood. Il a des idées que mon père n'appréciait pas beaucoup en matière de cultures. Je lui fais confiance. Si ça ne marche pas, tant pis, mais nous pouvons nous permettre de prendre des risques pendant un an ou deux. Il veut aussi construire un silo. Nous allons faire fermenter nous-mêmes notre luzerne.

Les changements allaient en faire jaser plus d'un, pensa Willa. Elle voulait aussi qu'Adam développe l'élevage de chevaux. Mercy ne serait plus un ranch traditionnel, comme il l'était depuis des générations. Mais c'était justement pour l'avenir de l'exploitation, qu'elle faisait tout cela.

— Alors ? demanda-t-elle. Avez-vous des objections ?

— Non, je n'en ai pas, dit Nat en se levant. Mais je ne suis pas un éleveur de vaches. Je vous laisse en discuter, moi je descends à la cuisine voir s'il n'y a pas un morceau de tarte qui traîne.

Elle attendit d'être seule avec Ben pour répéter sa question.

— Alors, qu'en penses-tu ?

Il trempa les lèvres dans la tasse de Willa.

— Pouah ! fit-il en recrachant. C'est froid ! Comment peux-tu boire ça, c'est infect !

— Je ne parlais pas du café.

Il était toujours assis au coin du bureau et leva les yeux vers elle.

— D'où te viennent toutes ces idées ?

— J'ai une tête et je sais m'en servir !

— C'est vrai, mais jamais jusqu'alors tu n'avais émis le désir de changer quoi que ce soit.

— Ce n'était pas la peine. Ce que je disais ne l'intéressait pas. J'ai beaucoup réfléchi. Je ne suis pas allée à la fac, comme toi, mais je ne suis pas complètement idiote.

— Je n'ai jamais pensé que tu l'étais, et je ne savais pas que tu aurais aimé aller à l'université.

— Peu importe, dit-elle en soupirant.

Elle se posta devant la fenêtre, mains dans les poches. La tempête allait bientôt se lever. Les jolis petits flocons qui tombaient à présent n'étaient que des signes avant-coureurs.

— Ce qui compte, continua-t-elle, c'est aujourd'hui, demain et l'année qui vient. Préparer l'hiver, prévoir les mois qui vont suivre. C'est ce que je fais, c'est tout.

Elle se raidit en sentant les mains de Ben se poser sur ses épaules.

— Pas de panique, je ne vais pas te manger, fit-il en l'obligeant à se retourner. Je trouve tu te débrouilles très bien.

Elle se sentit soudain plus légère. Pourquoi l'opinion de Ben était-elle si importante ?

— J'espère que tu as raison. J'ai déjà eu des coups de fil de rapaces.

— Des promoteurs ?

— Des fumiers ! Ils sont prêts à me promettre monts et merveilles pour que je leur vende mes terres. Tout ça pour construire un village de vacances ou des ranchs en carton-pâte pour cow-boys du dimanche. Ils peuvent toujours attendre ! Jamais ils n'obtiendront la moindre parcelle tant que je serai en vie.

Il se mit à lui masser les épaules.

— Tu les as envoyés balader, si je comprends bien.

— L'un d'eux m'a téléphoné la semaine dernière. Je lui ai dit que si jamais il mettait un pied ici, je le faisais bouffer par les coyotes. Je ne crois pas qu'il s'y risquera.

Elle eut un petit sourire en coin.

— Tu as eu raison, approuva-t-il.

— Et mes deux invitées ? Je ne pense pas qu'elles se soient encore rendu compte de l'argent que tout ça représente. Tôt ou tard, elles s'en apercevront, lorsque ces rapaces leur proposeront une fortune pour racheter leurs parts du ranch. Et elles en possèdent les deux tiers...

— Le testament prévoit qu'elles ne peuvent pas vendre avant dix ans.

— Dix ans seront vite passés. Et puis je ne pourrai même pas racheter leurs parts dans un an. J'ai retourné le problème dans tous les sens, il n'y a pas de solution. Tout l'argent est investi dans le bétail, les terres. Quoi que je fasse, elles auront deux tiers et moi un seul.

— Ça ne sert à rien de te ronger les sangs, tu ne peux rien y faire pour le moment.

Il lui caressa les cheveux en silence pendant un instant.

— Tu as besoin de te changer les idées, Willa. N'aie pas peur. Tu sais, j'ai beaucoup réfléchi depuis la dernière fois.

Il se pencha et lui effleura les lèvres.

— Tu vois ? Ça ne fait pas mal.

Elle sentit le sang affluer à son visage.

— Arrête ! J'ai trop de travail pour perdre mon temps à ces bêtises !

— Au contraire, ma chérie, répondit-il doucement en lui effleurant les lèvres de nouveau. Tu en as besoin. Et je te parie que ça nous fera le plus grand bien à tous les deux. Je sens d'ailleurs que ça commence déjà à me faire du bien, murmura-t-il.

Les lèvres de Ben se posèrent passionnément sur celles de Willa, et elle oublia sa peur, son inquiétude, sa fatigue. C'était si bon de se serrer contre lui et de s'abandonner à ses caresses. Pourtant, il fallait résister. Mais cette lutte contre son désir devenait de plus en plus difficile.

Elle le repoussa à contrecœur.

— Préviens-moi quand tu seras prête souffla-t-il. En attendant, je crois qu'il serait plus prudent de rejoindre les autres.

Du coin de l'œil, il aperçut les cavaliers qui arrivaient sous la neige. La main sur l'épaule de Willa, il s'approcha de la fenêtre.

— Adam et tes sœurs sont de retour.

En jetant un coup d'œil dehors, elle comprit immédiatement que quelque chose leur était arrivé.

Adam aidait Lily à descendre de selle en la tenant contre lui.

Willa et Ben se précipitèrent pour les accueillir.

Tess entra la première. Ses joues étaient rosies par le froid, mais ses lèvres étaient blêmes et ses yeux pleins de larmes.

— C'était une biche, dit-elle en hoquetant. La maman d'un petit faon.

Nat, qui venait de déboucher du couloir, lui entoura les épaules avec sollicitude.

— Venez vous asseoir.

— Lily, va avec eux, dit Adam.

Elle garda la main d'Adam dans la sienne et secoua la tête.

— Non, ça va. Je vais faire du thé. Ça nous fera du bien de boire quelque chose de chaud.

— Que s'est-il passé, Adam ? demanda Willa dès qu'elle fut partie dans la cuisine. Tu as tiré un daim ?

— Non, mais quelqu'un d'autre l'a fait, répondit-il, la voix pleine de colère. La pauvre bête a été massacrée. On l'a tuée pour le plaisir. Les loups étaient dessus, j'ai tiré pour les éloigner. Je n'ai pas eu le temps de voir s'il y avait des traces dans la neige, car j'ai dû raccompagner Lily et Tess.

— J'y vais, dit Willa.

Mais avant même qu'elle ait pu faire un pas, Adam l'arrêta.

— Ce n'est pas la peine. Il ne doit plus rester grand-chose maintenant et j'en ai vu assez. Elle a été abattue d'une balle dans la tête, éventrée et dépecée. Sa queue a été coupée, sans doute en guise de trophée, encore une fois.

— Comme les autres, alors ?

— Apparemment.

— Tu ne crois pas qu'on pourrait encore suivre les traces ? demanda Ben.

— Ça date d'un jour au moins et avec la neige... Si je n'avais pas dû revenir, j'aurais peut-être trouvé des indices. Mais je n'ai pas voulu les laisser rentrer seules.

— On va tout de même aller voir, dit Ben en décrochant son chapeau. Willa, demande à Nat de ramener Shelly.

— Je vais avec vous.

— Ça ne sert à rien et tu le sais bien, répondit-il en la prenant par les épaules.

— Je viens quand même, attendez-moi, je vais chercher ma veste.

11

La neige continua de tomber sans répit en bourrasques violentes. À la nuit, on ne voyait qu'un rideau épais de flocons, mur blanc cotonneux qui séparait la maison du reste du monde.

Lily, dévorée d'inquiétude, se tenait devant la baie vitrée, s'obstinant à scruter la lumineuse obscurité. Malgré la chaleur du feu de bûches dans la cheminée, elle se sentait frigorifiée.

— Assieds-toi, bon sang ! jeta Tess.

— Tu ne trouves pas qu'ils sont partis depuis longtemps ?

Exactement une heure et trente-huit minutes, songea Tess.

— Ça paraît toujours plus long quand on attend.

— Un peu de thé ? Celui-ci doit être froid.

Lily se précipita pour prendre le plateau.

— Tu ne peux pas t'arrêter cinq minutes ? s'écria Tess en se relevant brusquement. Arrête de t'occuper de tout. Tu n'es pas la bonne. Assieds-toi, bon sang !

Lily la regarda, interloquée.

— Excuse-moi, soupira Tess. Je ne sais pas ce qui m'a pris. C'est sans doute parce que je n'ai jamais rien vécu d'aussi éprouvant. Jamais.

— Ne t'excuse pas. Je sais, c'est horrible.

Elles s'assirent, chacune à une extrémité du canapé, et restèrent muettes. Le vent cognait violemment contre les vitres, gémissait dans le conduit de cheminée. Soudain, Tess émit un petit rire nerveux.

— Quelle galère ! Mais où sommes-nous tombées ?

— Tu as peur ?

— Un peu, que j'ai peur ! Pas toi ?

Lily réfléchit quelques secondes.

— Non, je ne crois pas. Je ne comprends pas, mais je n'ai pas peur. C'est étrange, je me sens triste. Inquiète, aussi.

Elle tourna de nouveau les yeux vers la fenêtre comme si elle voyait Adam, Willa et Ben perdus dans la tourmente.

Tess se leva brusquement. Elle avait les nerfs à fleur de peau et se mit à faire les cent pas. Le craquement sec d'une bûche la fit sursauter et elle poussa un juron.

— Ils s'en sortiront, dit-elle pour se rassurer. Ils sont du pays. Ils savent ce qu'ils font...

Enfin, c'était à espérer !

— Et moi, continua-t-elle, j'ai peur parce que je ne sais pas du tout ce que je dois faire. Pourtant, d'habitude je n'ai aucun mal à prendre des décisions. C'est une de mes principales qualités. Prévoir, planifier, exécuter... pas de problème. Mais ici, je ne sais plus... Toi, tu as l'air de te débrouiller parfaitement bien... avec tes plateaux de thé, tes bols de soupe et tes feux de cheminée.

Lily hocha la tête et se força à détourner les yeux de la fenêtre.

— Ça me vient naturellement.

— Peut-être que c'est toi qui as raison, répondit pensivement Tess.

Soudain, elle fronça les sourcils en apercevant des phares percer le rideau de neige.

— Voilà une voiture !

Après une hésitation, elle repoussa ses craintes et alla ouvrir la porte d'entrée. Quelques secondes plus tard, Nat apparut, couvert de neige.

— Rentrez vite ! ordonna-t-il en la poussant à l'intérieur. Ils sont revenus ?

— Non, pas encore. Qu'est-ce que vous faites ici ?

Il enleva son chapeau et le frappa contre sa cuisse pour en faire tomber la neige.

— Sale temps. J'ai réussi à reconduire Shelly et le bébé mais j'ai eu du mal à revenir. Ça fait deux heures qu'ils sont partis. Je leur donne encore un quart d'heure et je vais les chercher.

— Vous allez ressortir ! Par ce temps ? Vous êtes fou !

Nat lui tapota l'épaule d'un air absent. Si c'était pour la rassurer, c'était raté.

— Vous avez du café ? Ça me ferait du bien. Je vais emporter un thermos aussi.

— Vous ne sortirez pas d'ici ! lança-t-elle en lui barrant le passage. Personne ne sortira d'ici par ce temps !

Il sourit, ému par son geste, et lui caressa la joue.

— Vous vous faites du souci pour moi ?

Du souci ? Elle était terrifiée, oui !

— L'hypothermie, les orteils et les doigts gelés, mourir de froid, ça ne vous dit rien, tout ça ? Je me ferais du souci pour n'importe quel abruti qui sortirait par une pareille tempête.

— Trois de mes amis sont dehors, répondit-il avec un calme inébranlable. Ça serait gentil de me donner du café, Tess. Chaud de préférence.

Avant qu'elle n'ait le temps de répliquer, il leva la main pour la faire taire et tendit l'oreille.

— Ça y est, les voilà !

— Je n'entends rien.

— Mais si.

Il enfonça son Stetson et partit aussitôt à leur rencontre.

Nat avait l'ouïe aussi fine qu'un chat : Tess ne les entendit qu'au moment où ils poussaient la porte. Une rafale de vent et de neige s'engouffra dans le hall lorsqu'ils entrèrent. Ils allèrent se réchauffer au salon et burent le café chaud que Bess apporta à peine cinq secondes plus tard.

Adam s'était assis en tailleur devant la cheminée tandis que Ben avait pris place dans un fauteuil confortable.

— Il y avait trop de neige. On a réussi à aller là-bas, mais impossible de trouver des traces. Tout était recouvert.

— Vous avez vu la biche ? demanda Tess, assise sur l'accoudoir du canapé.

Willa jeta un rapide coup d'œil aux deux hommes. Pas la peine de dire que les loups étaient revenus.

— Oui. J'en parlerai aux gars demain matin. Ils ont assez de boulot pour le moment.

— Comment cela ? demanda Tess.

— Ils sont en train de regrouper le bétail pour le mettre à l'abri. Je vais d'ailleurs rejoindre Ham tout de suite.

— Quoi ! s'écria Tess, persuadée d'être la seule à n'avoir pas perdu la raison. Tu vas ressortir par ce temps, pour des vaches !

— Il le faut, sinon elles mourront.

Ce fut le signal du départ et Tess, incrédule, les vit enfiler leurs vestes et retourner dans la tourmente.

— Pour des vaches, murmura-t-elle en saisissant son verre de cognac. Juste pour un tas de grosses vaches !

— Ils auront faim quand ils rentreront, dit Lily, rassurée à présent. Je vais aider Bess à préparer le dîner.

Bon, elle avait deux possibilités : se mettre en colère ou se faire une raison. Elle choisit la seconde solution, pensant que c'était meilleur pour sa santé, et se leva, sans oublier son verre.

— Attends-moi, Lily ! Il fait aussi mauvais dans l'Est ?

— Il y a de la neige en Virginie, mais je n'ai jamais vu de tempête aussi violente. Et surtout, il n'y a pas un tel vent. Je ne me vois vraiment pas travailler dehors par un temps pareil. Nat va sans doute passer la nuit ici. Je vais demander à Bess s'il faut préparer une chambre.

En entrant dans la cuisine, elles trouvèrent Bess au fourneau devant une énorme marmite fumante qui sentait délicieusement bon.

— Du ragoût, annonça-t-elle en tapant la cuillère sur le bord du faitout. Il y en a pour un régiment. Il faut que ça mijote une bonne heure encore.

— Ils sont ressortis, annonça Lily en se dirigeant tout naturellement vers le placard pour y prendre un tablier.

— Il faut bien, répondit Bess en reniflant au passage le verre de Tess. Vous voulez vous rendre utile pendant que je fais une tarte aux pommes ?

— Pas particulièrement.

— Les paniers à bois sont à moitié vides et ce n'est pas le moment de demander aux gars de les remplir. Ils ont autre chose à faire.

— Vous croyez que je vais aller dehors chercher des bûches !

— Si l'électricité est coupée, vous serez bien contente d'avoir les fesses au chaud.

— L'électricité coupée ! s'exclama Tess, livide à l'idée de passer la nuit dans le froid et le noir.

— Nous avons un générateur, expliqua Bess en commençant à peler les pommes, mais on ne va pas l'utiliser pour chauffer les chambres alors qu'il y a suffisamment de bois. Si vous voulez avoir chaud, il faut travailler. Donnez-lui un coup de main, Lily. Il y a une corde tendue de la porte jusqu'au tas de bois, vous n'avez qu'à la suivre. Avec la neige qu'il y a, vous ne pourrez pas vous servir de la brouette, vous serez obligées de porter le bois. Couvrez-vous bien et prenez une torche.

— D'accord, dit Lily.

Voyant le visage déconfit de Tess, elle ajouta :

— Si tu veux, j'y vais toute seule. Reste ici, tu monteras les bûches dans les chambres.

Tess fut tentée d'accepter, mais la moue de mépris de Bess eut raison de son hésitation.

— Pas question, on y va toutes les deux.

— Prenez des gants de travail dans la buanderie, une fois que vous serez prêtes, pas vos gants de demoiselle !

— Du bois ! maugréa Tess en ouvrant la penderie du hall. Je suis sûre qu'il y en a assez pour tenir une semaine. Elle fait ça rien que pour m'embêter.

— Non, elle ne nous le demanderait pas si ce n'était pas nécessaire.

Tess enfila son manteau et haussa les épaules.

— Tu parles ! fit-elle en s'asseyant sur les marches pour mettre ses snow-boots. Si je n'avais pas été là, elle t'aurait laissée tranquille. Vous semblez bien vous entendre, toutes les deux.

Lily noua une écharpe de laine autour de son cou avant de boutonner son manteau.

— Je l'adore. Elle est vraiment gentille avec moi. Elle le serait aussi avec toi, si tu...

— Continue, continue, dit Tess en s'enfonçant un bonnet de ski jusqu'aux sourcils. Si je quoi ?

— Euh, tu es trop coupante, trop brusque avec elle.

— Ce n'est pas ma faute, elle me donne toujours des corvées impossibles, et après elle raconte partout que je ne fais jamais rien comme il faut ! Tu vas voir, je vais avoir des engelures à tous les doigts et elle va encore prétendre que je l'ai fait exprès !

Furieuse, elle traversa la cuisine sans un mot et alla dans la buanderie chercher une paire de gants de cuir épais beaucoup trop grands pour elle.

— Prête ? demanda-t-elle à Lily qui, lampe de poche à la main, s'apprêtait à la suivre.

Dès que Tess ouvrit la porte, un vent glacé leur fouetta le visage. Hésitantes, elles se regardèrent un instant, puis Lily fit le premier pas dans la tempête.

Elles s'accrochaient à la corde et progressaient avec peine, tête baissée, s'enfonçant jusqu'aux genoux dans la neige molle. La lueur de la torche tressautait dans l'obscurité. Elles ne virent le tas de bois qu'en le heurtant.

Tess prit la torche et tendit les bras pour que Lily y empile les bûches. Jambes écartées, elle résistait de son mieux pour ne pas perdre l'équilibre ; elle avait affreusement envie de se gratter le nez.

— Je ne vois pas pourquoi on dit que l'enfer est une fournaise, l'enfer, c'est l'hiver dans le Montana ! hurla-t-elle pour se faire entendre.

Avec un petit sourire, Lily commença à se charger de bûches.

— Quand on sera bien au chaud à l'intérieur, avec une bonne flambée, on regardera par la fenêtre et on trouvera ça beau.

Elles repartirent en direction de la maison pour déposer leur premier chargement.

— Il fait meilleur ici, non ? lança Tess, une fois qu'elles eurent les mains vides.

Lily jeta un regard plein d'envie vers la cuisine.

— Plutôt, oui.

— Bon, on y retourne ! conclut Tess avec un soupir.

Elles firent trois fois l'aller et retour. Tess commençait presque à y prendre goût, jusqu'au moment où elle perdit l'équilibre et tomba de tout son long dans une congère de près d'un mètre de haut. La torche s'enfonça dans la neige comme une cuillère dans du porridge.

— Ça va ? Tu ne t'es pas fait mal ?

Lily se précipita pour l'aider mais perdit l'équilibre à son tour ; elle essaya de se rattraper et finalement tomba brutalement sur les fesses. Abasourdie, elle resta immobile, enfoncée dans la neige jusqu'à la taille, pendant que Tess roulait sur le côté en recrachant de la neige.

— Cochonnerie de pays ! jura-t-elle en tentant de se redresser.

Lily éclata de rire.

— Je ne vois pas ce qu'il y a de drôle ! continua Tess. On va geler sur place et on ne nous retrouvera qu'au printemps. Tu as l'air d'une andouille, comme ça !

Elle éclata de rire à son tour. Lily ressemblait à une petite reine enfoncée dans un immense trône de neige.

— Tu ne t'es pas regardée ! répliqua Lily. On dirait que tu as une barbe !

Résignée, Tess se passa la main sur le menton puis, prenant mine de rien une petite poignée de neige la jeta au visage de Lily. Il ne leur en fallut pas plus. Ignorant le froid, elles entamèrent une bataille de boules de neige. Elles riaient aux larmes, hurlaient, trébuchaient ; c'était à celle qui viserait, jetterait, esquiverait le plus vite. Elles étaient si proches l'une de l'autre qu'elles ne pouvaient pas se manquer, seule comptait la rapidité. Une boule de neige tomba pour la énième fois dans le cou de Tess. Elle ne perdait rien pour attendre ! Tess attrapa Lily à bras-le-corps. Elles roulèrent ensemble, riant comme des folles. Au bout d'un moment, elles se redressèrent pour reprendre leur souffle.

— Quand j'étais petite, dit Lily en s'allongeant, bras et jambes étendus, on faisait des anges de neige, comme ça. Une fois, il a tellement neigé qu'on n'a pas pu aller à l'école pendant deux jours. On a construit un fort. Ma mère a pris des photos, je m'en souviens encore.

Tess plissa les yeux, essayant d'apercevoir le ciel au travers des flocons épais.

— La seule et unique fois où j'ai fait du ski, j'ai décidé que je n'aimais pas la neige. Mais en fait ce n'est pas si mal.

Elle se mit à imiter les mouvements de Lily.

— C'est beau ! J'ai froid ! cria Lily.

— Je te paierai un café-cognac.

— Ça marche !

Toujours souriante, Lily se rassit. Soudain, elle voulut crier mais pas un son ne sortit de sa gorge. Elle agrippa la main de Tess tandis que l'ombre menaçante se rapprochait.

— Alors, on fait des culbutes ?

Tess tourna brusquement la tête, son cœur se mit à marteler ses côtes. Elles étaient seules, trop loin de la maison pour que l'on puisse entendre leurs cris. L'image de la biche ensanglantée lui revint en mémoire, la paralysant d'effroi.

Où était la torche ? Elle tâtonna dans la neige autour d'elle, mais en vain. Il en avait une, lui, suffisamment puissante pour l'aveugler.

— Vous ne devriez pas rester dehors dans le noir, dit la voix tandis que le faisceau lumineux s'avançait vers elle.

Une décharge d'adrénaline la galvanisa soudain. Elle bondit, saisit une bûche sur le tas de bois et la brandit comme une massue.

— Restez où vous êtes ! ordonna-t-elle d'une voix ferme malgré sa terreur. Lily, relève-toi, vite !

— Hé, faut pas avoir peur ! dit l'homme en baissant sa torche. C'est moi, Wood, mademoiselle Tess. On vient de rentrer avec Billy, et ma femme m'a envoyé pour voir si vous aviez besoin d'un coup de main.

Wood... Elle ne reconnaissait pas sa voix. Son ton n'était pas menaçant, mais elles étaient seules, sans défense, et l'obscurité l'empêchait de voir son visage. « Ne fais confiance à personne », se dit-elle

en resserrant les doigts autour de son arme impro-
visée.

— Nous n'avons pas besoin d'aide. Lily, va dire
à Bess que Wood est là. Dépêche-toi.

Lily réagit enfin et se précipita vers la maison.

— Ce n'est pas la peine de déranger Bess, fit-il
en dirigeant le faisceau vers le tas de bois. Ma
femme m'attend pour la soupe, mais je vais vous
aider à rentrer quelques bûches. Avec la tempête,
l'électricité risque bientôt d'être coupée.

Elle était seule avec Wood à présent. Pourvu que
Lily ait averti Bess ! Une sueur froide coulait le
long de son dos.

— Nous en avons rentré suffisamment.

— Y en a jamais de trop.

Il lui tendit sa torche et elle fit un bond en
arrière, croyant que c'était un couteau.

— Vous voulez bien tenir ça ? demanda-t-il gentiment.

Résistant à l'envie de s'enfuir, elle fit un pas et
prit la lampe. Wood se penchait sur le tas de bois
lorsque Lily réapparut.

— Bess a préparé du café, annonça-t-elle, si ça
vous dit, Wood.

— C'est bien aimable, fit-il en continuant à
empiler les bûches sous son bras, mais je le boirai
à la maison. Rentrez, et gardez la torche, je n'en
ai pas besoin.

— Viens, Tess, dit Lily, prenant le bras de sa
sœur. Merci, Wood.

— Pas de quoi, marmonna-t-il.

Une fois à l'intérieur, Lily toute tremblante se
jeta au cou de Tess.

— Quelle peur il m'a faite ! Tu as été rudement
courageuse !

— Oh non ! J'ai eu la frousse de ma vie.

Tess se mit à secouer Lily comme un prunier.

— On est complètement inconscientes... jouer dehors dans le noir comme des gamines après tout ce qui s'est passé ! C'est de la folie ! N'importe qui pourrait être l'assassin. Il faut qu'on arrive à se mettre ça dans le crâne. Tu m'entends, Lily ? ça peut être n'importe qui !

— Pas Adam. Il en serait incapable, et puis il était avec nous lorsque...

Tess faillit la contredire puis renonça. À quoi bon lui expliquer qu'Adam aurait très bien pu sortir à l'aube, tuer la biche et les guider ensuite vers le lieu de son forfait ? Elle se débarrassa de son manteau.

— Lily, puisque nous avons décidé de rester, nous avons intérêt à être prudentes. Tu as sans doute raison, ça paraît impossible qu'Adam soit coupable, ou Ben, ou Nat, mais, qu'on le veuille ou non, il y a un assassin dans les parages.

— C'est drôle, pourtant je me sens en sécurité ici, dit Lily. C'est la première fois de ma vie que ça m'arrive.

— Lily, dit Tess en lui posant la main sur l'épaule, il va falloir rester sur nos gardes. Nous sommes ici à cause de l'héritage mais nous risquons gros aussi. Il faut se serrer les coudes. Si je remarque quelque chose de bizarre, je t'en parle tout de suite, et il faut que tu fasses de même. D'accord ?

— Oui, je te le dirai... et à Willa aussi. Il n'y a pas de raison. Elle a autant à perdre que nous. Je ne veux pas la tenir à l'écart.

Tess haussa les épaules.

— Très bien, comme tu voudras. Bon, allons boire ce café avant qu'il ne refroidisse.

Elles burent du café et attendirent. Puis elles mangèrent le ragoût et attendirent encore.

Le vent fouettait les vitres, les bûches craquaient dans la cheminée, la vieille horloge à balancier égrenait les heures.

Minuit avait déjà sonné lorsque Willa revint, seule.

Tess, qui arpentait le salon de long en large, s'arrêta. Willa était pâle d'épuisement, ses grands yeux sombres brûlaient de fatigue. Elle se dirigea vers la cheminée, laissant sur son passage une traînée de neige fondue, sans se préoccuper des parquets cirés et des jolis tapis.

— Où sont les autres ? demanda Tess.

— Ils sont repartis. Ils ont de quoi faire chez eux.

Tess aurait été rassurée par la présence protectrice de Nat et de Ben, mais elle commençait à s'habituer aux déceptions que lui réservait la vie au ranch. Elle alla remplir un grand verre de whisky qu'elle apporta à Willa.

— Alors, vous avez bordé les vaches ?

Sans prendre la peine de répondre, Willa avala d'un trait la moitié du verre et frissonna de la tête aux pieds.

— Je vais te faire couler un bain, annonça Lily du seuil du salon.

Pas certaine de bien avoir entendu, Willa se retourna vers elle.

— Quoi ?

— Je vais te faire couler un bain. Tu es complètement frigorifiée et épuisée. Tu dois mourir de faim. Il y a du ragoût au chaud. Tess, tu veux bien lui en donner une assiette ?

Willa, amusée, regarda la porte se refermer sur Lily.

— Tu as entendu ? Elle va me faire couler un bain !

— Une nounou de première classe. En tout cas, ce ne sera pas du luxe. Tu sens mauvais.

Willa renifla et haussa les épaules.

— Tu dois avoir raison, approuva-t-elle en posant le whisky sans le finir. Mais je suis trop fatiguée pour avaler quoi que ce soit.

— Tu n'as qu'à manger en prenant ton bain.

— Quoi ! Manger dans le bain !

— Pourquoi pas.

— Oui, après tout, pourquoi pas, fit-elle en sortant.

Willa, nue, contemplait la baignoire fumante emplie de mousse. Un bain moussant ! À quand remontait la dernière fois où elle s'était autorisé pareil luxe ? Elle ne s'en souvenait pas ; la grande baignoire écarlate avait été une des extravagances de son père et elle l'utilisait rarement, ou seulement lors de ses absences.

Maintenant il n'était plus là. Il était parti pour de bon.

Elle enjamba le bord et retint sa respiration au contact de l'eau brûlante sur sa peau glacée. Le premier choc passé, elle s'enfonça avec délices jusqu'au menton.

La fatigue commença à se dissiper sous l'action bienfaisante du bain. Après des heures de travail harassant, le bétail avait été enfin rassemblé. Bien sûr, ils avaient perdu quelques têtes, c'était inévitable. En tout cas ils avaient fait de leur mieux.

Elle renversa la tête en arrière, la nuque douloureuse, et ferma les yeux. Ses idées se brouillaient, elle était trop épuisée pour parvenir à se concentrer. Il fallait pourtant bien penser à ce qu'il faudrait faire demain matin. Bah, ce n'était pas son premier blizzard et ce ne serait pas le dernier, son instinct la guiderait, comme d'habitude.

Mais face à la folie meurtrière, que pourrait-elle ?

— Si tu t'endors, tu vas te noyer, lança Tess du seuil de la salle de bains.

Willa se redressa brusquement, la mine renfrognée. Elle n'était pas particulièrement pudique mais n'appréciait guère l'intrusion, même si celle-ci s'accompagnait d'un délicieux fumet de ragoût.

— On ne t'a jamais appris à frapper avant d'entrer ?

— La porte était ouverte, m'dame ! répondit Tess, amusée par sa nouvelle fonction de servante.

Elle déposa le plateau sur le large bord de la baignoire.

— Il faut que je te parle.

Willa soupira, se redressa et attaqua avec enthousiasme son dîner tandis que de petites bulles de savon se dissolvaient sur sa poitrine.

— J'écoute.

Tess s'assit sur le rebord. Quelle salle de bains ! Somptueuse. Un vrai rêve de star. Carrelage blanc, rubis et saphir, débauche de cuivre et de pots en cristal. Dans la spacieuse cabine de douche aux parois vitrées, elle aperçut une demi-douzaine de jets placés à des hauteurs et selon des angles différents, et la baignoire dans laquelle trempait Willa était suffisamment grande pour y organiser une petite orgie. Elle trempa négligemment un doigt dans la mousse puis le huma.

— Hmm... de la violette, commenta-t-elle. Tout à fait Lily, ça.

— C'est du bain moussant que tu veux me parler ? demanda Willa la bouche pleine.

Bon sang, ce qu'elle avait faim ! Il lui semblait qu'elle n'arriverait jamais à se rassasier.

— Non, c'est du sérieux ; les futilités, ce sera pour plus tard.

Lily apparut dans l'encadrement de la porte.

— J'ai apporté ton peignoir, dit-elle en prenant soin de détourner poliment les yeux. Je l'accroche derrière la porte ?

— Entre, assieds-toi. Tess veut discuter.

Lily hésita, gênée.

— Allez, ne fais pas ta sainte nitouche, on a toutes des seins !

— Ne t'inquiète pas Lily, fit Tess, il te faudrait une loupe pour voir ceux de Willa ! Parle-lui, toi. Après tout, c'est toi qui voulais la mettre au courant.

— De quoi ? demanda Willa en plongeant la cuillère dans son bol.

— Eh bien, disons que Lily et moi, nous nous faisons un peu de mouron. C'est bien cela, Lily ?

Rougissante, Lily, abaissa le couvercle des toilettes pour s'asseoir.

— Euh, oui.

Willa eut soudain la chair de poule.

— Vous avez décidé de partir ?

— Nous ne sommes pas des lâches, quand même, ni des idiotes. Nous avons toutes les trois intérêt à tenir jusqu'à la fin du délai mais le mieux serait que l'on y parvienne saines et sauves. Or, il y a visiblement dans ce ranch quelqu'un qui aime jouer du couteau. La question est donc de savoir comment on s'organise.

— J'ai confiance en mes gars, répliqua Willa.

— Oui, mais pas nous. Et je pense que tu devrais nous parler un peu d'eux. Il faut que l'on sache qui est qui. Même si c'est tentant, on ne peut pas rester collées les unes aux autres vingt-quatre heures sur vingt-quatre pendant les neuf ou dix mois qui nous restent.

— Tu as raison.

— Quoi ! s'étonna Tess. Ce jour est à marquer d'une pierre blanche. Tu es témoin, Lily : Willa Mercy est de mon avis.

— Ce qui n'empêche pas que tu m'énerves toujours autant. Mais tu as raison, nous devons nous serrer les coudes si nous voulons nous en sortir. Jusqu'à ce qu'on ait découvert qui a tué Pickles, plus question de vous balader seules.

— Je peux me défendre, répliqua Tess, j'ai suivi des cours d'autodéfense.

Willa poussa une exclamation de dérision.

— Je ne vois pas ce qu'il y a de si drôle. Je suis sûre que je te fais mordre la poussière avant que tu aies le temps de dire ouf ! En tout cas, Lily et moi, on ne va pas jouer les sœurs siamoises jusqu'à la saint-glinglin.

— Moi, je ne crains rien, dit Lily, je suis avec Adam et les chevaux presque toute la journée.

Willa acquiesça et se replongea dans son océan de bulles.

— Vous pouvez compter sur Adam, Bess et Ham.

— Pourquoi Ham ? demanda Tess.

— Parce qu'il m'a élevée. Cela dit, vu le temps qui est prévu pour ces prochains jours, vous allez être obligées de rester à la maison.

— Et toi ? demanda Lily.

— Ne t'inquiète pas pour moi.

Elle retint son souffle, ferma les yeux et s'immergea complètement. Elle reparut au bout de quelques secondes, se sentant presque revivre.

— Je n'ai pas eu là chance de suivre des cours pour apprendre à me défendre comme Hollywood, mais je connais mes employés et la région. Si jamais l'une de vous a peur, elle peut toujours prendre un cheval et venir travailler avec moi.

Maintenant, à moins que vous n'envisagiez de me laver le dos, j'aimerais que vous me laissiez seule.

Tess allait sortir mais se ravisa et fit demi-tour pour prendre le plateau.

— La bravade n'est peut-être pas une parade efficace contre un couteau, tu sais.

— Une Winchester, si.

Satisfaite de sa réplique, Willa attrapa le savon.

Willa dormit mal cette nuit-là. La fatigue ne parvenait pas à éloigner les cauchemars. Elle se tournait et se retournait, luttant contre l'insomnie tandis que des visions de sang la hantaient.

Lorsque la faible lueur de l'aube hivernale perça au travers de l'épais rideau de neige, elle se recroquevilla sous les couvertures. Si seulement elle avait eu quelqu'un contre qui se blottir !

12

Journal de Tess

Je commence à apprécier la neige ou alors j'ai le cerveau qui ramollit ! Chaque matin quand je regarde par la fenêtre de ma chambre, elle est là, blanche et brillante, sur des kilomètres et des kilomètres. Je ne peux pas dire que j'adore le froid, ou le vent, mais la neige, surtout quand je suis au chaud, a un charme certain. Cela signifie peut-être que j'ai moins peur.

Dans une semaine, c'est Noël, et rien n'est venu interrompre notre train-train. Pas d'assassinat ni d'animaux massacrés, rien que le calme assommant des journées enneigées. Peut-être que la police avait raison après tout, et que le pauvre type a été tué par un randonneur dément. C'est à espérer en tout cas !

Lily nous fait un délire de Noël aigu. Elle est attendrissante, on dirait une enfant. Elle prend des airs de conspiratrice et monte en douce des sacs dans sa chambre. Ensuite, elle passe des heures à emballer ses cadeaux ou à faire des gâteaux avec Bess. Des gâteaux si délicieux que j'ai été obligée d'augmenter de quinze minutes ma séance de gymnastique matinale.

Faute de mieux, nous sommes allées à Billings, pour faire nos achats de Noël. Je n'ai pas eu de difficulté à trouver un cadeau pour Lily : une broche représentant un cheval dressé sur les pattes arrière. Après réflexion, j'ai finalement décidé de faire un cadeau à Bess la revêche, et j'ai choisi un livre de recettes de cuisine. Lily a trouvé que c'était une très bonne idée, donc tout va bien. En ce qui concerne la cow-girl, c'est une autre paire de manches. Je n'arrive toujours pas à la cerner, celle-là.

Est-elle courageuse ou simplement idiote ?

Elle sort tous les matins à l'aube, s'en va seule la plupart du temps, travaille comme une brute, discute le bout de gras tous les soirs avec les ouvriers dans le bungalow et lorsque enfin elle se décide à rentrer, c'est pour passer la moitié de la nuit plongée dans les livres de comptes, à moins qu'elle n'écrive à ses vaches !

Malgré tout, je ne peux m'empêcher de l'admirer et je ne suis pas certaine d'aimer cela. Je lui ai acheté un pull-over en cachemire. Je me demande bien pourquoi, puisqu'elle ne met jamais rien d'autre que des chemises en flanelle ! Elle le portera sans doute sur son Thermolactyl et ira châtrer les veaux avec. Tant pis pour elle !

Pour Adam, qui bizarrement m'émeut comme un frère, j'ai trouvé une très jolie petite aquarelle : un paysage de montagnes qui m'a fait penser à lui.

Après un long débat intérieur, j'ai finalement décidé d'offrir aussi un petit cadeau à Ben et à Nat qui sont souvent au ranch. J'ai choisi une vidéo du western La Rivière rouge *pour Ben ; j'espère qu'il appréciera la plaisanterie ! Quant à Nat, j'ai mené mon enquête et j'ai découvert qu'il avait un faible pour la poésie. Il aura donc un recueil des poèmes de Keats. Pourvu qu'il aime !*

Entre les achats, les délicieuses odeurs de cuisine et la décoration, je commence aussi à ressentir les effets de la fièvre de Noël. J'ai envoyé une tonne de cadeaux à maman. Avec elle, ce n'est pas la qualité mais la quantité qui compte. Et je sais qu'elle sera ravie de passer des heures à ouvrir les paquets.

Le pire, c'est qu'elle me manque !

Malgré toutes ces activités, je ne tiens pas en place. Je profite donc des longues soirées d'hiver — il fait nuit noire avant cinq heures — pour commencer à écrire un livre. Juste pour le plaisir.

Et à ce propos, puisque tout est calme de nouveau, je vais prendre une des jeeps, pardon un des pick-up, pour donner son cadeau à Nat. Ham m'a indiqué le chemin. Cela fait des semaines que j'attends une invitation, qu'il fasse le premier pas, mais j'ai bien l'impression que si je ne précipite pas le mouvement, je risque d'attendre longtemps.

Je ne sais pas encore comment je vais m'y prendre avec lui. Je pense que je vais faire ça au feeling, comme d'habitude. Avec subtilité, bien sûr, mais efficacité.

— Alors, on sort ? demanda Willa à Tess qui descendait sans bruit l'escalier.

— Oui, et toi ?

— Moi, je viens de rentrer, répondit-elle en fronçant les sourcils. Tout le monde ne peut pas se permettre de passer des heures à se pomponner devant un miroir... Mais tu es en robe, à ce que je vois !

Tess baissa les yeux sur la robe en laine bleue toute simple qui lui arrivait au-dessus des genoux.

— On dirait, oui. Excuse-moi, je suis pressée, je n'ai pas le temps de parler chiffons, j'ai un cadeau à aller porter. Tu n'as pas oublié que c'était Noël, n'est-ce pas ? Même avec ton emploi du temps chargé, tu as bien dû en entendre parler ?

— Oui, vaguement. On peut savoir pour qui est le cadeau ?

— Nat, répondit-elle en enfilant son manteau. J'espère qu'il aura de quoi arroser cela.

— J'aurais dû m'en douter, marmonna Willa. Tu vas te casser une jambe avec tes talons aiguilles.

— J'ai un excellent sens de l'équilibre. Surtout ne m'attends pas, petite sœur !

Willa regarda Tess se diriger d'une démarche chaloupée vers le pick-up.

— J'espère que Nat a un bon sens de l'équilibre, lui aussi, murmura-t-elle.

Elle referma la porte et alla dans le salon. Allongée de tout son long sur le canapé, elle contempla le sapin de Noël devant la fenêtre, puis enfouit brusquement la tête dans les coussins.

Depuis toujours elle détestait Noël. Sa mère était morte en décembre ; elle ne s'en souvenait pas, bien sûr, mais cela avait toujours entaché de tristesse les vacances d'hiver. Bess avait fait de son mieux pour l'aider à oublier en la comblant de gâteaux, de cadeaux et en décorant l'arbre de Noël mais elle n'avait jamais connu les fêtes de famille où tout le monde chantait autour du piano, où l'on ouvrait tous ensemble les cadeaux le matin de Noël au pied du sapin.

Adam et elle avaient toujours échangé leurs présents la veille de Noël, une fois que son père, ivre mort, était au lit.

Il y avait toujours eu des cadeaux sous le sapin pour Willa. Bess n'avait cessé d'affirmer que c'était Jack qui les avait achetés. Lorsqu'elle avait eu seize ans, elle avait décidé de ne plus les ouvrir. Bess s'était entêtée, puis avait cessé à son tour de faire semblant.

Les matins de Noël, c'était gueule de bois et humeur massacrante.

Oui, il y avait bien longtemps qu'elle n'attendait plus Noël avec impatience.

Elle était épuisée. L'hiver était venu trop tôt et trop brutalement. Ils avaient perdu beaucoup de bétail, plus que ce qu'elle escomptait, et Wood avait peur que le blé d'hiver n'ait pas été récolté à temps. Les cours du marché avaient baissé. Il n'y avait pas encore de quoi s'affoler, mais c'était tout de même inquiétant. Et elle s'attendait tous les jours à trouver un animal mort ou un cadavre sur le paillasson.

Personne à qui se confier. Elle devait garder ses soucis pour elle. Elle ne voulait pas effrayer Lily et Tess, mais ne pouvait pas se permettre de relâcher sa vigilance et faisait en sorte qu'elles soient toujours sous sa surveillance ou celle de Ham ou d'Adam lorsqu'elles sortaient.

Et voilà que Tess était partie seule. Elle n'avait pas eu la force ou la sagesse de la retenir.

Il fallait prévenir Nat.

Lève-toi ! Téléphone-lui ! Il ira à sa rencontre.

Mais elle ne bougea pas ; ses jambes refusaient de lui obéir. Elle ne voulait pas s'asseoir. Surtout, ne pas voir le sapin, les guirlandes clignotantes, et la pile de cadeaux au pied de l'arbre.

— Tu serais mieux au lit pour dormir.

Il ne manquait plus que Ben !

— Je ne dors pas. Je me repose. Va-t'en !

— À chaque fois que j'arrive, tu me dis toujours de m'en aller ! C'est lassant à la fin, soupira-t-il en s'asseyant près d'elle. Tu travailles trop, Willa !

Il se baissa et l'obligea à le regarder. Les larmes qui tombèrent sur sa main le firent sursauter comme si elles étaient brûlantes.

— Mais tu pleures !

Elle se détourna, humiliée.

— Non ! Je suis fatiguée, c'est tout. Va-t'en ! Fiche-moi la paix ! Je suis crevée.

Ben la prit dans ses bras et la serra contre lui comme une enfant.

— Que se passe-t-il, ma chérie ?

— Rien, je suis juste... commença-t-elle en appuyant la tête sur son épaule. Je ne sais pas... je ne pleure pas, d'abord !

— Bien sûr que non. Reste là, on est bien comme ça, non ?

— Je déteste Noël.

— Mais non, répondit-il en posant les lèvres sur ses cheveux. C'est parce que tu es épuisée. Tu sais ce que tu devrais faire ? Vous devriez partir quelques jours, toutes les trois, dans une station thermale. Tu te ferais dorloter, masser, tu prendrais des bains de boue...

— Pfff ! C'est tout à fait mon genre, ça ! Échanger des potins avec de la boue jusqu'au menton !

— Allons-y ensemble, alors. On aurait une chambre avec une immense baignoire à remous, un lit en forme de cœur avec des miroirs au plafond. Comme ça, tu pourrais nous observer en train de faire l'amour. Tu apprendrais plus vite.

— Je ne suis pas pressée.

— Moi, je le suis, murmura-t-il en pressant ses lèvres contre les siennes.

À quoi bon résister ? C'était exactement ce dont elle avait besoin : le réconfort, la chaleur d'un homme expérimenté. Elle enlaça Ben et les souvenirs douloureux s'évanouirent. Voilà son refuge, elle ne désirait rien d'autre.

Elle vibrait entre ses bras, et il sentit la douceur de son abandon. Malgré le désir qui le submergeait, il se força à se maîtriser. Il détacha ses lèvres des siennes. Elle protesta. Les sens de Ben faillirent l'emporter sur la raison mais il résista et la serra contre lui, pressant doucement son visage sur son épaule.

— Ne bouge pas, murmura-t-il.

Elle sentait le cœur de Ben battre fort sous sa main.

— Je me sens bien avec toi, Ben. Je ne comprends pas pourquoi, mais c'est comme ça...

Il sourit.

— Tu vois, ce n'est pas si terrible.

— C'est vrai.

Blottie contre lui, elle regardait les lumières du sapin clignoter et la neige tomber silencieusement.

— Tess est partie chez Nat, dit-elle soudain.

— Tu es inquiète ?

— Pas pour Nat, c'est un grand garçon.

Elle fit mine de vouloir se redresser, puis s'abandonna de nouveau entre ses bras.

— Tu te fais du souci pour Tess ? demanda-t-il.

— Un peu, oui. Les dernières semaines ont été calmes mais... je ne peux tout de même pas la surveiller jour et nuit !

— Non, certainement pas.

— Elle se croit invulnérable, avec ses cours d'autodéfense et ses tenues de mannequin. Elle n'a aucune conscience du danger. Qu'est-ce qu'elle fera si le pick-up tombe en panne, ou s'il verse dans le fossé ? Ou si... celui qui a tué Pickles rôde encore dans le coin ?

— Ne t'inquiète pas. Tu l'as dit toi-même, cela fait des semaines qu'il ne s'est rien passé.

— Alors pourquoi viens-tu ici presque tous les jours, en prétextant n'importe quelle excuse ?

— J'ai toujours de bonnes raisons. Et ma principale raison, c'est toi. Toi d'abord, et le ranch ensuite.

Il lui déposa un petit baiser ferme sur les lèvres.

— Je vais aller faire un tour jusque chez Nat pour vérifier si elle est bien arrivée.

— Je ne te demande pas de résoudre mes problèmes.

— Non, mais peut-être qu'un jour tu condescendras enfin à le faire. Va au lit, maintenant. Tu as besoin d'une bonne nuit de sommeil. Je m'occupe de ta sœur.

Il se leva avant d'ajouter :

— Tu sais, Willa, ce n'est pas une honte d'avoir besoin des autres.

Songeuse, elle le regarda s'en aller.

Tess trouva très amusant de conduire dans la campagne obscure. La neige tombait à petits flocons légers et elle avait mis le volume de la radio à fond. Par un miracle extraordinaire, elle avait réussi à trouver une station de rock pur et dur. Elle hurlait à tue-tête en compagnie de Rod Stewart lorsqu'elle aperçut les lumières du ranch.

Charmant et champêtre, décida-t-elle. Le petit chemin parfaitement dégagé, seulement recouvert d'un mince tapis de neige, les granges et les écuries pimpantes, les barrières de bois entourant les corrals, les silhouettes sombres des arbres... on ne pouvait rêver tableau plus idyllique !

Au détour d'un virage elle vit la maison. Charmante, elle aussi, elle était sans prétention, construction rectangulaire à un seul étage entourée d'une galerie couverte. Les volets blancs se détachaient sur le bois sombre des murs, et de la fumée s'échappait des deux cheminées. Simple et de bon goût, pas de faux-semblants ni de luxe tapageur ici. Cela ressemblait bien au maître des lieux.

Un sourire aux lèvres, elle prit sac et cadeau et sortit de la camionnette, pour se trouver nez à nez avec un chat sauvage. Se retenant de hurler, elle recula précipitamment contre la cabine. L'animal la fixait méchamment. Il lui fallut quelques secondes pour réaliser que ce n'était qu'une peau de bête posée sur la balustrade.

Soulagée mais mal à l'aise, elle grimpa les marches en évitant de regarder la bête.

Quel drôle de mélange ! Comment pouvait-on laisser traîner une peau de chat sauvage sous le porche de sa maison et être amateur de poésie ?

Bon sang, quel pays !

Au moment où elle s'apprêtait à frapper, la porte s'ouvrit. Elle était dans un tel état de nerfs qu'elle étouffa un petit cri. Une femme brune la fixait d'un air sévère. Presque aussi large que haute, elle portait un épais manteau noir recouvert de plusieurs châles. De ses cheveux serrés dans un foulard s'échappaient quelques mèches.

— Vous désirez, *señorita* ?

Fascinée par le contraste entre la voix chaude et sensuelle et le visage ridé de la petite femme, Tess imagina aussitôt le parti qu'elle pourrait tirer d'un tel personnage dans un de ses scénarios.

— Bonsoir. Tess Mercy.

194

— Ah, *señorita* Mercy ! fit la femme, ouvrant grande la porte.

— J'aimerais voir Nat, s'il est là.

— Il est dans son bureau, je vais vous conduire.

— Vous partiez, je ne veux pas vous retarder, je trouverai bien, *señora*...

— Cruz, répondit-elle, en prenant après un instant d'hésitation la main que lui tendait Tess. Monsieur Nat sera content de vous voir.

— Vraiment ? Je lui ai apporté un petit cadeau. Une surprise.

— C'est très gentil. Vous le trouverez dans la troisième pièce à gauche. Bonne soirée, *señorita* Mercy.

Le léger sourire de la *señora* Cruz prouvait que le but de la visite de Tess n'avait aucun mystère pour elle.

— Bonsoir, *señora* Cruz.

Une fois la porte refermée, Tess regarda autour d'elle, fort satisfaite. Elle était seule dans la grande entrée. Des tapis aux motifs géométriques recouvraient le parquet sombre, sur les murs couleur ivoire étaient accrochés de jolis dessins à l'encre de Chine, et dans des vases de cuivre on avait disposé des fleurs séchées — sans doute l'œuvre de la *señora* Cruz.

Dans le salon brûlait un feu. Des chandeliers en étain étaient posés sur le manteau de la cheminée, ainsi qu'une étrange collection de presse-papiers. Les fauteuils étaient profonds et confortables. Un décor très masculin où les couleurs sombres contrastaient avec les murs clairs et les tapis aux tons vifs. Tess apprécia la décoration : simple, et pourtant très agréable à l'œil.

En approchant du bureau, elle entendit un concerto de Mozart.

Il était là. James Stewart dans toute sa splendeur ! Grand échalas séduisant, installé dans un fauteuil de cuir derrière un bureau en chêne. La lampe de bureau éclairait la main qui écrivait sur un bloc-notes. Il avait les sourcils froncés, la cravate défaite, et son épaisse chevelure dorée était ébouriffée.

« Eh bien, eh bien, Tess, on a le cœur qui s'emballe ! » Amusée par sa réaction, elle le contempla quelques secondes encore en silence. Elle était heureuse de pouvoir le surprendre en plein travail sans qu'il se sache observé.

La pièce était remplie de livres, et une tasse de café était posée sur le bureau.

« Allons-y, se dit-elle. Ton compte est bon, Nat. »

— Bonsoir, monsieur l'Avocat, lança-t-elle du seuil en souriant.

Nat redressa la tête, surpris. Il sentit le sang affluer brusquement à son cœur en la voyant. Les cheveux de Tess et son manteau étaient recouverts d'un léger voile de neige. Son cœur se mit à battre encore plus fort lorsqu'il vit son sourire prédateur, mais il n'en montra rien et se laissa aller contre le dossier de son fauteuil, comme s'il était parfaitement à l'aise.

— Bonsoir, mademoiselle Mercy, quelle charmante surprise !

— N'est-ce pas. J'espère que je ne vous dérange pas.

— Non, pas du tout.

Il avait d'ailleurs déjà totalement oublié ce qu'il était en train de faire.

Elle s'approcha lentement du bureau, et l'image du chat sauvage lui revint à l'esprit. Comme les félins, elle comptait bien jouer avec sa proie avant de la dévorer.

Nat ne savait plus où il en était. Devait-il se lever, lui offrir un verre, rester assis ? À la façon dont elle le regardait, ils auraient aussi bien pu passer directement au lit.

— La *señora* Cruz m'a ouvert. C'est la femme de ménage ?

— Ma nounou plutôt. Maria et son mari Miguel s'occupent de tout ici. Que me vaut l'honneur de votre visite, Tess ? Avez-vous besoin des conseils de l'avocat ou est-ce à titre amical ?

— Amical, très amical, répondit-elle en ôtant son manteau sans lâcher Nat des yeux.

Il cilla légèrement. Bien, il appréciait la robe ! Elle jeta son manteau sur le dossier d'une chaise et se percha sur le coin du bureau, laissant le tissu lui découvrir la jambe à mi-cuisse.

Depuis le début, il appréciait ses jambes, mais jusqu'alors il ne les avait vues que dissimulées sous un jean ou d'épais collants de laine. À les découvrir ainsi, gainées de soie, il restait sans voix.

— À vrai dire, continua-t-elle, j'avais besoin de prendre l'air. Une petite crise de claustrophobie.

— Hum, je vois... Que puis-je vous offrir à boire ?

Elle croisa lentement les jambes et se passa la langue sur les lèvres avant de répondre.

— Que me proposez-vous ?

— Euh... fit-il, incapable de prononcer un mot tant sa gorge était sèche.

De mieux en mieux, se dit-elle en se levant du bureau.

— Je vais me servir toute seule, ne vous en faites pas.

Elle alla au bar et arrêta son choix sur un vermouth.

— Je vous en sers un aussi ?

— Oui, merci. Je n'ai pas eu le temps d'aller au ranch ces deux derniers jours, comment ça va là-bas ?

Elle remplit deux verres et revint s'asseoir sur le bureau, près de Nat cette fois.

— C'est calme, dirons-nous.

Tess se baissa légèrement et heurta le verre de Nat pour trinquer.

— Joyeux Noël !

Elle avala une gorgée.

— J'ai quelque chose pour vous.

Elle prit le paquet qu'elle avait déposé sur le bureau et le lui tendit.

— Pour moi ? demanda-t-il en attrapant du bout des doigts le cadeau, comme s'il avait peur qu'il lui explose au visage.

— Joyeux Noël, Nat. Pour vous remercier de votre amitié et de vos conseils. Vous l'ouvrez maintenant ou vous préférez attendre le matin de Noël ? Je peux revenir, vous savez.

— Non, non, je l'ouvre tout de suite. J'adore les cadeaux.

Il déchira le papier. Lorsqu'il découvrit le livre, il se sentit à la fois légèrement gêné d'avoir été percé à jour et ému.

— J'adore Keats, murmura-t-il.

— C'est ce que j'ai cru comprendre. Vous penserez à moi en le lisant.

Il releva les yeux sur elle.

— Je n'ai pas besoin de ça pour penser à vous.

— Vraiment ? fit-elle en se penchant et en saisissant sa cravate. Et que pensez-vous de moi ?

— Je crois que vous essayez de me séduire.

— Quelle intelligence et quel à-propos, dit-elle en riant et en se laissant glisser sur ses genoux. Mais vous avez parfaitement raison.

Elle l'attira à elle et plaqua ses lèvres sur les siennes.

De même que sa maison, que sa personnalité, le désir de Nat paraissait simple, direct, sans prétention. Ses mains se posèrent aussitôt sur ses seins et lorsqu'elle changea de position et s'assit à califourchon sur lui, il enserra fermement ses fesses.

Elle lui avait déjà ôté sa cravate et s'attaquait à sa chemise avant même qu'il ait pu reprendre son souffle.

— Je serais devenue folle si j'avais dû attendre encore une semaine avant de sentir tes mains sur mon corps, chuchota-t-elle en le mordillant dans le cou près de l'épaule. Je préfère devenir folle en les sentant sur moi.

Il n'avait toujours pas réussi à reprendre son souffle, mais ne perdait pas son temps. Il remonta la robe sur les hanches fines et découvrit avec délices la peau nue sous le porte-jarretelles en dentelle.

— Nous ne... pouvons pas... pas ici... bégaya-t-il, ne sachant où donner des mains. Montons... Viens...

— Ici, souffla-t-elle en rejetant la tête en arrière tandis que Nat couvrait sa gorge de baisers.

Il avait une bouche merveilleuse. Elle s'en était doutée dès qu'elle l'avait vu.

— Je te veux tout de suite, ici.

Elle entreprit de défaire la ceinture de Nat tandis qu'il se débattait avec la fermeture Éclair de sa robe. Très vite il parvint à la faire glisser le long de ses épaules et découvrit ses magnifiques seins ronds et généreux débordant d'un soutien-gorge Balconnet. Il les couvrit de baisers et repoussa le tissu gênant avec les dents.

Ce fut un choc. Elle s'était toujours considérée comme une personne extrêmement sensuelle, mais il lui sembla perdre la raison lorsque les lèvres de Nat la firent basculer dans l'extase. Fermant les yeux, elle plongea tout entière dans la jouissance de ce premier et délicieux orgasme.

— Encore ! supplia-t-elle.

Il l'embrassa passionnément. Elle était divine, merveilleuse, étonnante.

— Tess, allons dans ma chambre, murmura-t-il. Je n'ai pas l'habitude de faire l'amour dans mon bureau. Je n'ai pas ce qu'il faut ici.

— Moi si, dit-elle, essayant de recouvrer ses esprits.

Que lui arrivait-il ? Elle tremblait comme une midinette. Elle se pencha en arrière, cherchant à tâtons son sac sur le bureau. Il en profita pour saisir de nouveau entre ses lèvres le bout de son sein. Surprise, elle fit tomber par terre un certain nombre d'objets et parvint à attraper le sac malgré le plaisir qui la transperçait. Le souffle court, elle l'ouvrit et le renversa près d'elle. Une avalanche de préservatifs s'en échappa. Il écarquilla les yeux : il y en avait une bonne douzaine.

— Je ne sais pas si je dois être flatté ou effrayé.

Elle éclata de rire.

— Prends-le comme un défi.

— Bonne réponse.

Il s'apprêtait à en attraper un mais elle lui retint la main.

— Non, laisse-moi faire.

Sans le quitter des yeux, elle déchira l'enveloppe. Le concerto de Mozart emplissait toujours la pièce avec grâce et dignité tandis qu'elle libérait Nat de son pantalon. Elle émit un gémissement de plaisir gourmand et lentement, délicieusement, le protégea.

Nat eut peur que ses poumons n'explosent, il enfonça les doigts dans les accoudoirs du fauteuil.

Elle avait les mains les plus expertes, les plus délicates qu'il eût jamais connues.

Elle se dressa au-dessus de lui, le regard brillant de désir. Il lui saisit les hanches et ils restèrent tous deux un moment immobiles et tremblants.

— Je pense à ça depuis la première fois où je t'ai vu, dit-elle.

— Moi aussi, murmura-t-il.

— Pourquoi avons-nous attendu aussi longtemps ?

— Je me le demande !

Ce fut comme un signal. Le fixant, elle descendit sur lui, le laissant la pénétrer. Un grand frisson la parcourut, elle gémit sourdement et ferma les paupières. Jouissant du plaisir de le sentir en elle, pendant quelques secondes elle ne bougea pas un muscle. Puis elle se mit à remuer les hanches lascivement, d'abord doucement puis de plus en plus vite, de plus en plus fort. Les mains crispées sur sa taille, il l'accompagna dans l'extase.

Plus tard, Tess langoureusement blottie contre lui protesta légèrement lorsqu'il se pencha pour attraper le téléphone et composer un numéro.

— Willa ? C'est Nat. Tess est là... oui. Elle va passer la nuit ici.

Il tourna la tête, mordilla son épaule nue et s'aperçut qu'il ne lui avait même pas ôté complètement sa robe. Ils avaient tout le temps, à présent.

— Non, reprit-il se souvenant qu'il était au téléphone, elle va bien, très bien, même. Elle rentrera demain matin. Au revoir.

— C'est très gentil de ta part d'avoir appelé, murmura Tess en caressant la peau nue de Nat sous sa chemise ouverte.

— Elle se serait inquiétée.

Il remonta la robe froissée autour de sa taille et la fit passer par-dessus sa tête. À présent, elle n'était plus vêtue que d'un porte-jarretelles en dentelle, de bas, de talons aiguilles très sexy et affichait un petit sourire satisfait.

— Comment te sens-tu ? demanda-t-il.

— Merveilleusement bien, répondit-elle en repoussant ses cheveux en arrière puis en l'enlaçant. Et toi ?

Il glissa les mains sous ses fesses, se leva en la soulevant et l'allongea sur le bureau.

— J'ai beaucoup de chance, répondit-il, et ce n'est que le début.

Haussant les sourcils, elle eut un sourire entendu tout en jetant au loin le bloc-notes qui la gênait.

— J'espère bien.

Il fit glisser ses mains sur la peau nue. Que c'était bon de la sentir trembler sous ses caresses...

13

La veille du nouvel an, la température se radoucit. Par un caprice météorologique mystérieux, le soleil se mit à briller, et le ciel devint d'un bleu éclatant.

Willa, vêtue d'un blouson de jean, réparait les clôtures en sifflotant. Çà et là, des trouées de brun et d'herbe brûlée apparaissaient au milieu des prairies blanches, mais les congères le long des routes du ranch étaient toujours aussi hautes.

La joie de vivre de Lily semblait déteindre sur Willa. La fièvre de Noël qui n'avait toujours pas quitté la jeune femme devait être contagieuse. Sinon pourquoi aurait-elle satisfait sa timide requête en la laissant organiser une réception pour le nouvel an ?

Il y aurait beaucoup de monde... et puis, il allait falloir s'habiller, faire la conversation. Avec tous les soucis qu'elle avait, l'idée aurait dû lui faire horreur et pourtant, elle était bien obligée d'admettre qu'elle attendait la soirée avec impatience.

En ce moment même, dans la cuisine, Lily, Bess et Nell s'affairaient à préparer le festin. La maison avait été nettoyée de fond en comble. Willa avait reçu l'ordre d'apparaître, changée, pour huit heures précises. Et pour une fois, elle avait l'intention d'obéir. Pour Lily.

Au fil des semaines, sans qu'elle s'en rende compte, elle s'était mise à aimer l'étrangère qu'était sa sœur.

Mais comment aurait-il pu en être autrement ? se demanda-t-elle en montant en selle. Lily était douce, gentille, patiente, vulnérable. Malgré toute la distance qu'elle avait voulu garder, elles étaient devenues très proches et il lui était difficile à présent d'imaginer la vie au ranch sans elle.

Lily aimait ramasser des branchages et les mettre dans de vieilles bouteilles pour décorer la maison. Willa était bien obligée de reconnaître qu'elle aimait les étranges bouquets qui rendaient la froide demeure plus humaine. Lily avait ressorti des buffets de vieilles coupes et des corbeilles d'osier qu'elle remplissait de fruits et de pommes de pin. Elle avait aussi réquisitionné des plantes du jardin d'hiver pour les disposer partout dans la maison.

Et puisque personne ne semblait se plaindre de ces transformations, elle avait continué. Les chandeliers avaient quitté les tiroirs, et s'étaient vu orner de bougies odorantes qu'elle allumait chaque soir. La maison désormais sentait bon la vanille, la cannelle ou Dieu sait quel autre parfum.

C'était très agréable et très accueillant.

Adam était amoureux d'elle. Il paraissait un peu inquiet de la fragilité de Lily, mais il n'était pas difficile de voir qu'il l'aimait. Willa ne pensait pas que Lily s'était rendu compte de la profondeur et de la sincérité des sentiments d'Adam ; elle devait s'imaginer qu'il l'aimait bien parce qu'il était gentil.

Willa mit pied à terre. Un pan de grillage béait et devait être remis en place.

Tout en réparant, elle pensa à Tess. Elle n'aimait toujours pas Miss Hollywood, mais ne la trouvait cependant plus aussi exaspérante. Il faut dire qu'elle se tenait à l'écart, s'enfermant pendant des heures pour écrire ou téléphoner à son agent. Elle s'acquittait des corvées qu'on lui donnait, pas de gaieté de cœur, certes, et pas toujours très bien, mais elle n'y mettait pas de mauvaise volonté.

Willa savait parfaitement ce qui se passait entre Tess et Nat mais préférait ne pas s'appesantir. Leur histoire ne marcherait jamais. Dès que l'année serait écoulée, Tess prendrait le premier avion pour Los Angeles et oublierait Nat aussitôt.

Pourvu qu'il ne se fasse pas d'illusions !

Et toi, songea-t-elle, où en es-tu ? Appuyée à un poteau, elle contemplait les montagnes. C'était là-haut qu'était la paix. Comme elle aurait aimé galoper dans la neige, entendre la musique de l'eau forçant la glace pour s'écouler sur les rochers et sentir l'odeur enivrante de la terre !

Oublier les responsabilités. Pour un jour seulement. Plus d'ouvriers à diriger, plus de clôtures à réparer, plus de bétail à nourrir. Juste une journée à regarder défiler les nuages.

Elle s'approcha de Lune, effleura en soupirant la crosse de son fusil et remonta en selle.

Lorsqu'elle entendit le cavalier qui venait vers elle, elle espéra voir Ben accompagné de Charlie. Elle reconnut Adam et se sentit honteuse d'être déçue.

— Je ne te vois pas beaucoup faire du cheval tout seul ces temps-ci, lança-t-elle.

Il tira sur les rênes pour se mettre à sa hauteur et regarda le ciel en respirant à pleins poumons.

— Quelle belle journée ! Lily prépare la fête et elle a embauché Tess.

— C'est pour cela que tu te rabats sur moi, alors ?

Elle vit sa mine déconfite et éclata de rire.

— Je blaguais, Adam. Je suis bien contente que tu les surveilles.

— Lily semble avoir effacé de sa mémoire les souvenirs douloureux de son passé. Je ne sais pas si c'est très sain mais en tout cas, ça a l'air de la rassurer.

— Elle est heureuse ici. Grâce à toi.

Willa l'avait toujours compris.

— Elle a besoin de temps pour me faire confiance, pour comprendre que je peux l'aimer sans lui faire de mal.

— Est-ce qu'elle t'a parlé de son ex-mari ?

Adam haussa les épaules.

— Elle ne m'a pas dit grand-chose. Elle était enseignante lorsqu'elle l'a connu et ils se sont mariés très vite, ce qui était une erreur. Elle n'a rien dit de plus, mais je sais qu'elle a toujours peur. Si je fais un geste trop brusque, elle bondit comme un oiseau blessé. Ça me brise le cœur de la sentir si effrayée.

— Elle a changé depuis son arrivée. Grâce à toi, elle sourit plus, elle parle plus.

— Tu l'aimes, maintenant ?

— Oui, un peu.

— Et Tess ?

— Mettons que je la tolère.

— C'est une femme forte, intelligente et déterminée. Vous vous ressemblez, toutes les deux.

— Ne m'insulte pas, s'il te plaît.

— C'est pourtant vrai. Elle affronte les événements et se débrouille pour que ça marche. Elle n'a sans doute pas ton sens du devoir et son cœur est plus dur que le tien, mais elle te ressemble. Je l'aime beaucoup.

— Vraiment ?

— Oui. Lorsque j'ai commencé à lui apprendre à monter à cheval, elle est tombée plusieurs fois. Elle se relevait, ôtait la poussière de son jean et remontait aussitôt en selle. Elle est courageuse. Têtue, aussi. Elle nous faisait rire, Lily et moi. Et tu sais...

— Quoi donc ? demanda-t-elle en rapprochant sa monture de celle d'Adam.

— Elle aime les chevaux. Elle ne le sait pas encore, ou n'est pas encore prête à l'admettre, mais j'en suis certain. Ça se voit à la façon dont elle les caresse, leur parle.

Willa fit une moue dubitative.

— Les juments vont bientôt pouliner, on va voir si elle les aime autant que ça !

— Tu verras. Tu sais qu'elle t'admire ?

— Laisse-moi rire !

— Moi je le vois bien.

Il ferma un œil, évaluant la distance qui les séparait de la maison.

— On fait la course jusqu'à l'écurie ?

— Je te parie que je gagne.

Elle donna un coup de talon dans les flancs de Lune qui s'élança au grand galop.

Le vent lui avait fouetté la figure et elle se sentait en pleine forme en rentrant à la maison. Personne ne battait jamais Adam à la course, pourtant il s'en était fallu d'un cheveu. Mais en voyant Tess descendre l'escalier et venir à sa rencontre, sa bonne humeur s'envola.

— Pas trop tôt ! lança Tess. Dépêche-toi de monter, Calamity Jane, on fait la fête ce soir et tu sens le cheval !

— Pfff ! J'ai deux bonnes heures devant moi.

— Je ne sais pas si ce sera suffisant pour te rendre présentable. Allez, hop, sous la douche !

Par pur esprit de contradiction, Willa la rembarra.

— Je n'ai pas que ça à faire ! J'ai encore du travail.

— Oh non ! protesta Lily derrière elle. Il est déjà six heures !

— Et alors, il n'y a pas le feu à la prairie !

— Détrompe-toi ma jolie ! fit Tess, la prenant par le bras et l'entraînant vers l'escalier.

— Hé ! Lâche-moi !

— Aide-moi, Lily ! On ne sera pas trop de deux.

Lily n'hésita qu'une seconde et attrapa le bras de Willa.

— Ça va être agréable de voir du monde. Ça va te faire du bien de te changer les idées. Tess et moi nous voulons que tu t'amuses.

— Alors, ôtez vos sales pattes de là !

Elle réussit à se débarrasser de Lily, mais Tess, malgré ses protestations, ne lâcha pas prise et réussit à la tirer jusqu'à sa chambre.

Willa s'arrêta net en voyant la robe posée sur le lit, et se dégagea brusquement.

— Qu'est-ce que c'est que ça ?

— J'ai fouillé dans ton placard et tu n'as pas une seule robe présentable.

— Quoi ! Tu as fouillé dans mes affaires !

— Il n'y a pas de quoi s'offusquer.

Lily s'interposa timidement :

— Bess a modifié une des robes de Tess pour toi.

Méprisante, Willa toisa Tess.

— Elle a dû être obligée de la rétrécir de moitié !

— En effet, répliqua Tess, surtout la poitrine. Heureusement que Bess est fine couturière. La robe arrangera un peu tes œufs sur le plat !

— Tess, tais-toi ! protesta Lily, écartant sa sœur aînée. Regarde comme le tissu est joli ! Je suis sûre que tu seras divine, ce bleu t'ira très bien. C'est très gentil de la part de Tess de te la donner.

— Bof, je ne l'ai jamais vraiment aimée, lança Tess d'un ton léger. Je l'avais achetée sur un coup de tête.

Lily ferma les yeux avec un soupir. Si seulement, elles pouvaient arrêter cinq minutes de se chamailler !

— Willa, je te suis reconnaissante de m'avoir laissée organiser cette fête, la maison est sens dessus dessous depuis deux jours et je sais que tu n'aimes pas cela.

— Bon, ça va, dit Willa en se passant la main dans les cheveux. Fichez le camp, maintenant ! Je n'ai pas besoin de vous pour me doucher et enfiler ce machin rafistolé.

Considérant cela comme une victoire, Tess s'empressa de pousser Lily hors de la pièce.

— Et n'oublie pas de te laver les cheveux, Calamity !

— Foutez-moi le camp !

Ridicule ! Elle allait geler toute la soirée avec cette robe qui la couvrait à peine.

Debout devant le miroir, elle tira sur l'ourlet. Le

tissu ne s'allongea que de quelques millimètres. Horreur ! Le décolleté plongeait maintenant dangereusement. Il fallait choisir : les seins ou les fesses. Au moins, elle avait des manches, même si celles-ci laissaient ses épaules à moitié nues. Là non plus, malgré tous ses efforts, elle ne parvint pas à les remonter.

La robe, en tissu fin et doux, la moulait comme une seconde peau. Abandonnant la partie, elle s'assit sur le lit pour enfiler ses talons aiguilles. Lorsqu'elle se releva, la robe semblait s'être raccourcie de plusieurs centimètres.

Elle tira de nouveau sur l'ourlet, mais rien n'y fit.

Bon, puisqu'elle sortait le grand jeu, pourquoi ne pas se maquiller ?

Après une brève séance, elle se contempla de nouveau. Ce n'était pas si mal finalement. La robe était d'un joli bleu électrique. Le décolleté plongeant et moulant dissimulait à peine sa poitrine peu opulente, mais il fallait reconnaître que ses épaules n'étaient pas mal du tout. En tout cas ses jambes étaient longues et musclées et les collants foncés, qu'elle avait eu bien du mal à enfiler, cachaient ses bleus.

Pas question de s'embêter pour la coiffure ! Les mises en plis et autres tralalas ne lui allaient pas. Elle laissa donc ses longs cheveux défaits. Au moins, cela lui réchaufferait le dos !

Au dernier moment, elle se souvint des boucles d'oreilles, délicats pendentifs en forme d'étoiles, qu'Adam lui avait offertes pour Noël.

Si elle parvenait à rester debout toute la soirée — puisqu'il était hors de question de songer à s'asseoir dans cet accoutrement —, tout irait bien.

— Tu es superbe ! s'écria Lily lorsque Willa descendit. Superbe ! Tess, viens voir. Willa est magnifique.

Tess, vêtue d'une robe noire, apparut.

— Pas mal, grommela-t-elle, se gardant bien de montrer qu'elle était éblouie par la transformation. Une touche de maquillage et ce sera très bien.

— Mais je suis déjà maquillée !

— Bon sang, ce qu'il ne faut pas entendre ! Tu as des yeux de déesse et tu ne sais même pas les mettre en valeur. Suis-moi !

— Certainement pas. Je ne veux pas me mettre trop de cochonneries sur la figure.

Tess l'entraîna dans l'escalier.

— Je n'utilise que de la cochonnerie de première classe, mon chou ! Attends-nous, Lily.

— D'accord, ne traînez pas trop.

Lily rayonnait. Comme elles s'amusaient ensemble ! Elles se disputaient comme de vraies sœurs maintenant, échangeaient leurs vêtements, leur maquillage, et se préparaient ensemble à faire la fête.

Quel bonheur d'être ici ! Elle esquissa un pas de danse et se figea en voyant Adam qui l'observait depuis l'entrée.

— Oh ! Je ne t'avais pas entendu.

— Je suis entré par la porte de derrière.

Il aurait voulu pouvoir la contempler pendant des heures. Elle ressemblait à une fée aux cheveux d'acajou, vêtue de sa robe blanche vaporeuse.

— Tu es très belle, Lily.

— Merci.

Oui, elle se sentait presque jolie ce soir, mais lui était tellement parfait qu'elle doutait de sa réalité. Durant les dernières semaines, elle avait rêvé des centaines de fois de le toucher. Pas seulement de lui effleurer la main, ou l'épaule, mais de se blottir dans ses bras. S'il s'en doutait, il se moquerait sûrement d'elle.

— Je suis heureuse de te voir, dit-elle d'un ton précipité. Tess a emmené Willa pour des petites retouches de dernière minute et les invités vont arriver. Je ne suis pas très douée dans le rôle d'hôtesse, je ne sais jamais quoi dire.

Instinctivement elle se recula lorsqu'il s'avança, puis s'obligea à rester immobile. Il lui caressa la joue et le cœur de Lily fit un bond.

— Ne t'inquiète pas, tout ira bien. D'ailleurs, quand ils te verront ils seront éblouis. Comme moi.

— Oh, je...

Elle s'interrompit, troublée, puis reprit :

— Il faut que... j'aille aider Bess à la cuisine.

Sans la quitter des yeux, il lui prit tendrement la main.

— Elle n'a pas besoin de toi. Viens, on va s'occuper de la musique. On pourrait même danser un peu avant l'arrivée des invités.

— Je n'ai pas dansé depuis une éternité.

Il l'entraîna dans le salon.

— Ce soir, tu danses !

Ils eurent à peine le temps de sélectionner quelques morceaux que déjà apparaissaient les phares des premières voitures.

— Promets-moi de danser avec moi à minuit, demanda-t-il en lui enlaçant les doigts.

— Bien sûr, mais tu ne vas pas me quitter tout de suite ! Reste avec moi, s'il te plaît.

— Aussi longtemps que tu voudras.

Tess et Willa arrivaient en se chamaillant. Adam siffla pour exprimer son admiration. Tess approuva d'un clin d'œil et Willa se renfrogna.

— Que quelqu'un me verse un whisky ! Tout de suite ! aboya Willa en allant ouvrir la porte pour accueillir les invités.

Au bout d'une heure, dans la maison pleine de monde, rires et parfums se mêlaient dans une atmosphère survoltée.

Willa détestait toutes les fêtes, surtout le réveillon. L'odeur du champagne l'écœurait et les potins et les discussions politiques vaseuses l'épuisaient. Elle fulminait dans un coin lorsque Bethanne Mosebly vint la rejoindre pour la cuisiner.

— Le pauvre John Barker ! Quelle horreur ! s'exclama-t-elle, le nez dans sa coupe de champagne. Ça a dû être terrible ! Il a souffert ?

Bethanne la regardait avec avidité et il fallut quelques secondes à Willa pour réaliser que John Barker et Pickles ne faisaient qu'un.

— Le sujet est trop pénible, excusez-moi, je dois...

Bethanne lui agrippa le bras pour la retenir.

— D'après ce qu'on m'a dit, il a été coupé en morceaux. Et scalpé aussi...

Willa réprima un frisson. Il lui sembla que les longs doigts qui l'enserraient étaient les griffes d'un vautour. L'excitation de Bethanne la révulsait.

— Si j'avais pensé à filmer la scène, maugréa Willa, je vous aurais passé la vidéo.

Mais Bethanne était bien trop curieuse pour se laisser décontenancer par le sarcasme. Elle s'approcha encore, soufflant une haleine aigre de champagne.

— Il paraît qu'on ne connaît pas le coupable ; ça pourrait être n'importe qui. En venant, je disais à Bob dans la voiture que vous deviez avoir peur. Vous n'êtes pas en sécurité, même dans votre lit ! Vous risquez de vous faire assassiner à tout moment.

— Merci de vous inquiéter pour nous. Oh ! mais votre verre est vide, Bethanne, vite, allez le remplir.

Elle en profita pour s'esquiver. De l'air, il lui fallait de l'air ! Comment pouvait-on respirer au milieu de cette foule ? Elle se fraya un passage jusqu'au hall d'entrée, ouvrit la porte et se trouva nez à nez avec Ben.

Il la regarda, bouche bée, tandis qu'elle le repoussait pour aller s'appuyer à la balustrade de la galerie. Il faisait froid et elle avait la chair de poule, mais au moins, ici, l'air était pur.

Il posa les mains sur ses épaules et lui fit faire demi-tour.

— La fête est à l'intérieur, grommela-t-elle.

— Je voulais m'assurer que je n'avais pas rêvé.

Qu'elle était belle ! La peau nue et fraîche trembla légèrement sous ses doigts. Les grands yeux noirs paraissaient encore plus sombres et immenses que d'ordinaire. Le bleu de sa robe brillait sous la lueur des étoiles et le tissu qui moulait chaque courbe de son corps couvrait à peine ses longues cuisses fuselées.

— Tu me donnes envie de te croquer. Mais tu vas geler si tu ne rentres pas immédiatement.

Il s'approcha et ouvrit son manteau pour la prendre contre lui dans la chaleur de ses bras. C'était bon de sentir son corps musclé pressé contre le sien.

— Lâche-moi, protesta-t-elle. Je suis sortie pour avoir la paix cinq minutes.

— Il fallait mettre ton manteau, dit-il en humant l'air. Hum, tu sens bon.

Malgré elle, elle commençait à apprécier la chaleur protectrice de Ben.

— C'est cette idiote de Tess qui m'a aspergée de parfum et qui m'a tartiné la figure.

— Elle a fait du bon travail, dit-il en la regardant avec un grand sourire.

— Je ne comprends pas pourquoi les hommes aiment les femmes qui se barbouillent de crème et de machins.

— Nous sommes faibles, Willa. Faibles, idiots, et nous adorons nous laisser mener par le bout du nez. Tu veux essayer ?

Il se pencha et frotta son nez contre le sien.

— Arrête, McKinnon, dit-elle en riant.

Elle le tenait enlacé à la taille et se sentait maintenant d'humeur joyeuse.

— Tu es en retard, reprit-elle, tes parents sont arrivés depuis longtemps. Zack et Shelly sont là aussi. J'ai cru que tu ne viendrais plus.

— J'ai été retenu, répondit-il en l'embrassant. Je t'ai manqué ?

— Non.

— Menteuse.

Peut-être parce qu'il avait l'air trop sûr de lui, elle tourna les yeux vers la fenêtre et regarda ses invités danser.

— Je déteste les fêtes ! Tout le monde jacasse. Je n'en vois vraiment pas l'intérêt !

— C'est l'occasion de discuter entre amis, de s'habiller bien, de boire à l'œil, de reluquer les autres... D'ailleurs, j'ai bien l'intention de passer la soirée à te contempler, à moins que tu ne préfères aller tout de suite dans la grange pour que je te débarrasse de ta jolie robe.

Plutôt tentée, elle haussa un sourcil.

— La grange ?

— On peut aller dans ma voiture, mais ce n'est pas très confortable.

— Pourquoi est-ce que les hommes ne pensent qu'à ça ?

— Parce qu'il n'y a qu'un pas entre la pensée et l'action. Tu es toute nue sous ta robe ?

— Oui, j'ai même dû m'enduire de graisse à traire pour l'enfiler !

Il éclata de rire.

— N'en parlons plus, fit-il. On rentre ?

Il s'écarta et le froid la saisit brusquement. Elle se précipita vers la porte mais s'arrêta soudain, l'air préoccupé.

— Ben, pourquoi parles-tu tout le temps de me déshabiller ces derniers temps ?

— Ça n'a rien de nouveau.

Il ouvrit lui-même la porte et la poussa doucement à l'intérieur. Il fit comme chez lui, enleva son manteau et l'accrocha au portemanteau. À l'inverse de Willa, il adorait les fêtes, le bruit, la foule, l'agitation.

Tous les invités saluaient Ben au passage, ou l'arrêtaient pour échanger quelques mots tandis qu'il tenait fermement Willa par le bras pour l'empêcher de s'échapper.

Il ne la lâcherait pas tant que les choses ne seraient pas claires pour tout le monde, en particulier quelques blancs-becs à qui elle plaisait un peu trop. Le début d'une nouvelle année était l'occasion rêvée pour dévoiler ses intentions.

— Tu me lâches ? maugréa-t-elle.

— Non, je m'accroche, il faudra que tu t'y fasses.

— Ce que tu peux être collant !

Elle continua à marmonner et à jurer entre ses dents tandis qu'il l'entraînait dans la grande pièce.

Les invités s'étaient écartés pour laisser la place aux danseurs. Au passage, Ben prit une bière et regarda, amusé, ses parents exécuter un pas de deux très compliqué.

— Ça fait plaisir à voir...

— Quoi ? demanda Willa.

— Ils n'ont pas de secret l'un pour l'autre et ils s'aiment. Et regarde aussi ces deux-là.

Il désigna du menton Tess et Nat qui dansaient enlacés, pratiquement immobiles au bord de la piste, un sourire béat aux lèvres.

— Ils ne se connaissent pas encore bien, mais il n'est pas difficile de voir qu'ils ont beaucoup de plaisir à se découvrir.

— Tu es trop romantique ; pour elle ce n'est qu'un jouet.

— Il n'a pas l'air de s'en plaindre, non ? fit-il en riant et en posant sa bière. Viens danser !

Horrifiée, elle se recula, essayant de résister, mais ses talons aiguilles la trahirent. Il lui enlaça la taille et lui posa la main sur l'épaule.

— Non, je ne veux pas. Je ne sais pas.

— Eh bien, je vais t'apprendre !

— Je ne danse jamais. Tout le monde sait bien que je ne danse pas.

Il prit sa main et la posa sur son épaule, restant sourd à ses protestations.

— Laisse-toi guider, Willa.

Il l'entraîna et elle dut se résoudre à le suivre. Elle se sentait maladroite et le point de mire de tous les regards. Cela devait se voir, qu'elle était raide comme un piquet.

— Détends-toi, murmura-t-il. Ce n'est pas une honte, tu sais. Regarde Lily, elle est transformée avec ses joues roses et ses cheveux décoiffés. Brewster est fier comme un mustang de danser le pas de deux avec elle.

— Elle a l'air contente.

— Jim Brewster aura le béguin pour elle avant la fin du morceau, après il ira en inviter une autre et il tombera de nouveau amoureux. C'est ça la danse : tu tiens une femme dans les bras, tu sens son corps, son parfum...

— Et tu passes à la suivante !

— Parfois oui, parfois non. Regarde-moi, Willa.

Elle eut à peine le temps de voir la lueur qui embrasait ses yeux, que déjà ses lèvres se posaient sur les siennes. Il l'embrassa doucement et passionnément. Il sembla à Willa qu'elle se dédoublait : son corps continuait à se mouvoir au rythme rapide de la danse alors que son esprit s'alanguissait. La tête lui tournait, son cœur menaçait de lâcher... Ben releva la tête.

— Pourquoi m'as-tu embrassée ? balbutia-t-elle.

— Pour que tous les hommes qui te convoitent sachent que tu es à moi. Je t'ai marquée.

La réaction ne se fit pas attendre. Sur le visage de Willa se peignit d'abord la stupeur, puis la colère. Ses joues s'empourprèrent, ses yeux s'assombrirent, mais il ne lui laissa pas le temps de dire un mot et l'embrassa de nouveau.

— Il va falloir t'y faire, dit-il au bout d'un moment. Je vais te chercher à boire.

À son retour, la colère de Willa se serait sans doute atténuée. Avec un peu de chance, elle ne lui jetterait pas le verre à la figure.

Willa songeait plutôt à lui lacérer le visage, mais Shelly interrompit ses projets et l'entraîna dans un recoin tranquille tout en parlant.

— Je ne savais pas que toi et Ben... Il sait bien garder les secrets, celui-là ! Ça fait longtemps que vous êtes ensemble, tous les deux ? Raconte-moi !

— Il n'y a rien entre nous ! Ce salaud prétend que je lui appartiens, qu'il m'a marquée comme du bétail.

Shelly fit entendre un soupir d'envie.

— Tu en as de la chance ! Zack ne m'a jamais dit un truc pareil.

— Ce qui explique pourquoi il est toujours en vie.

— Au contraire ! J'aimerais bien qu'il me dise des choses comme ça.

Elle éclata de rire en voyant l'air abasourdi de Willa.

— Sans rire, reprit-elle. J'aime quand il joue au macho, à petites doses, bien sûr. Par exemple, j'adore quand Zack me fait son numéro de monsieur muscles.

Willa la regarda, dubitative.

— Tu as trop bu.

— Pas du tout, je ne suis pas saoule et je ne plaisante pas. Je peux te dire que j'adore...

— Pas moi, je n'aime pas les types arrogants.

— J'ai bien vu ! Tu avais l'air de détester ça, et en plus ça a duré des heures, ma pauvre !

Willa chercha en vain une réponse intelligente. « La ferme, Shelly ! » fut ce qu'elle trouva de mieux.

— La cow-girl a quelque chose qui la chiffonne, on dirait, commenta Tess.

— Ben adore la provoquer, répondit Nat.

— Je crois qu'il aimerait surtout la mettre dans son lit.

— Sans doute. En parlant de ça, d'ailleurs...

Il se pencha et lui fit une suggestion dans le creux de l'oreille.

— Monsieur l'Avocat, vous savez parler aux femmes.

— On s'en va, ni vu ni connu, et on va fêter la nouvelle année chez moi en tête à tête. Personne ne s'en apercevra.

— Hmm, fit-elle en se serrant contre lui, c'est trop loin chez toi. On va dans ma chambre. On se retrouve là-haut dans cinq minutes.

Il écarquilla les yeux.

— Avec toute cette foule dans la maison ?

— J'ai un bon verrou à ma porte. À gauche en haut des marches, puis tout de suite à droite, c'est la troisième porte. Je t'attendrai.

Elle lui effleura la joue du bout des doigts.

— Tess, attends...

Mais elle était déjà partie en lui lançant une dernière œillade aguicheuse. Il se racla la gorge. Il lui faudrait beaucoup de self-control pour ne pas la suivre immédiatement.

Depuis que Tess avait pénétré dans son bureau bien décidée à ne faire qu'une bouchée de lui, il avait perdu la raison. Il était amoureux fou. Même si pour elle ce n'était qu'une aventure, il savait qu'ils étaient faits l'un pour l'autre. Qu'elle le veuille ou non !

Discrètement, il subtilisa une bouteille de champagne et deux coupes et réussit à atteindre l'escalier sans encombre.

— Une petite soirée privée ? demanda Ben en surgissant derrière lui.

Son éclat de rire fit rougir Nat.

— Tu embrasseras Tess de ma part pour lui souhaiter la bonne année.

— Occupe-toi plutôt de Willa !

— C'est ce que je fais.

Après le départ de Nat, Ben prit son temps. Son but était surtout d'avoir Willa entre ses bras à minuit. En attendant, il lui laisserait la bride sur le cou.

Juste avant les douze coups, il s'approcha d'elle.

— Il ne reste plus qu'une minute. J'ai toujours tendance à considérer les derniers instants qui séparent les deux années comme un moment hors du temps.

Elle l'écoutait en fronçant les sourcils et il en profita pour l'enlacer.

— Le temps n'existe plus. Si nous étions seuls, nous pourrions nous aimer sur un nuage et ces soixante secondes dureraient une éternité. Mais ce ne serait pas réel : c'est pour cela que je vais attendre la nouvelle année. Mets tes bras autour de mon cou. Ça ne compte pas encore. Dans quelques secondes...

Elle n'entendait plus que la musique de sa voix qui l'hypnotisait. Le bruit des rires et des voix qui décomptaient bruyamment la dernière minute s'était effacé. Comme dans un rêve, elle lui obéit et noua les bras autour de son cou.

— Dis-moi que tu as envie de moi, murmura-t-il.

— J'ai envie mais...

— Pas de mais qui tienne. Souviens-toi, le temps n'existe plus. Tu peux dire ce que tu veux, ça ne t'engage à rien.

Il glissa la main sous ses cheveux pour caresser son dos nu.

— Embrasse-moi, Willa. Ce n'est pas réel, pas encore. Embrasse-moi. Toi, pour une fois, embrasse-moi.

Sans le quitter des yeux, elle approcha lentement ses lèvres. Lorsqu'elle sentit la chaleur de sa bouche, elle frissonna et s'abandonna à ces quelques secondes hors du temps, oubliant tout sauf ce baiser qu'elle désirait de toute son âme.

Très loin, elle entendit des hourras, on les bousculait dans la hâte de se souhaiter la bonne année.

— Ce n'est pas un rêve, dit-elle gravement.

Ses yeux brillaient d'étonnement et de peur. Il lui prit la main et l'embrassa sur la paume. Puis il la tint serrée par la taille tout contre lui.

— La nouvelle année commence, ma chérie. Regarde, ils sont beaux.

Adam se tenait contre Lily, ses mains encadrant le fin visage de la jeune femme. Leurs regards étaient soudés l'un à l'autre. Les lèvres de Lily tremblaient légèrement tandis qu'Adam les effleurait d'un baiser léger comme une caresse.

Willa ne comprenait pas les sentiments qui la submergeaient. C'était trop d'émotions, trop de sensations nouvelles.

— Adam est amoureux, murmura-t-elle. Je ne sais pas ce qui se passe. Plus rien n'est comme avant. Tout est devenu si compliqué.

— Ils sont heureux, quoi de plus simple ?

— Non... il y a quelque chose qui ne va pas. Tu ne sens pas ? C'est étrange.

Elle se mit à trembler. Des ondes glacées, maléfiques, les environnaient.

— Ben, je sens comme...

Un cri déchira le joyeux brouhaha.

14

Il n'y avait presque pas de sang. Plus tard, la police en conclut que la victime avait été tuée ailleurs et transportée au ranch. Personne ne la connaissait. Hormis un bleu sous l'œil droit, son visage n'était pas abîmé. Elle n'avait plus de cheveux ; sa peau présentait une coloration légèrement bleutée ; elle était nue et son corps était lacéré ; des marques qui ressemblaient à des hachures sur un dessin.

Willa détourna les yeux, horrifiée. Au bas des marches, Billy essayait de calmer Mary Ann Walker qui venait de découvrir le cadavre. Willa les fit rentrer, ainsi que les gens agglutinés sous le porche qui commentaient la scène.

Il lui fallait agir et ne plus penser au cadavre, mais quoi qu'elle fasse cette image reviendrait la hanter plus tard.

Adam lui posa la main sur le bras.

— Bess vient de prévenir la police. Je reste dehors avec Ben pour les attendre. Ça va aller ?

— Oui, murmura-t-elle, voyant avec soulagement Nat apparaître dans l'escalier. Va rejoindre Ben.

Puis elle se tourna vers Nat.

— S'il te plaît, va dehors. Il y a encore eu un... un meurtre.

Dans le salon, Stu McKinnon avait éteint la musique et de sa grosse voix rassurait les invités. Willa le laissa faire, et contempla d'un air hébété le portrait de son père. Les yeux bleu d'acier la fixaient d'un air railleur. La critique était presque audible.

Pieds nus, la fermeture Éclair de sa robe à moitié remontée, Tess apparut au bas des marches tandis que Lily arrivait en hâte du couloir.

— Que se passe-t-il ? demanda Tess, j'ai entendu crier.

— Il y a encore eu un meurtre ! s'écria Lily en lui saisissant la main. C'est une femme. Elle est là, juste devant la porte.

— Ô mon Dieu ! murmura Tess. L'année commence bien ! Bon, allons voir si nous pouvons aider Willa.

Elles la rejoignirent dans le salon et se serrèrent instinctivement autour d'elle.

— Je ne la connais pas, dit Willa au bout d'un moment. Je ne l'ai jamais vue de ma vie.

— N'y pense plus, murmura Tess en lui tenant la main. N'y pense plus. On s'en sortira, tu vas voir.

Willa s'était endormie devant la cheminée, sans même s'en rendre compte. Beaucoup plus tard, alors que l'aube se levait déjà, elle sentit une main sur son épaule. Elle sursauta et s'écarta de Ben qui voulait la prendre dans ses bras pour la soulever.

— Je t'emmène au lit.

— Non, je ne veux pas.

Elle se leva sans son aide et vacilla. La tête lui tournait, son corps était engourdi, mais son cœur battait vite. Encore sous le choc, elle regarda autour d'elle et vit les restes de la fête : verres et assiettes sales, petits-fours rassis, cendriers débordant de mégots.

— Tous les invités sont rentrés chez eux, déclara Ben, et la police vient de partir il y a cinq minutes.

— Mais je croyais qu'ils voulaient encore me voir ?

On lui avait demandé d'attendre pour l'interroger une nouvelle fois. Il aurait fallu retourner sur la galerie et expliquer pour la centième fois comment elle s'était précipitée dehors et avait trouvé deux jeunes gens terrifiés devant une femme morte à la peau bleutée.

Elle pressa les doigts contre ses tempes. Très loin, la voix de Ben bourdonnait.

— Quoi ?

— Je leur ai dit que tu les verrais plus tard.

— Ah oui... Est-ce qu'il y a du café ?

Il l'avait longuement observée tandis qu'elle dormait, blottie au creux du fauteuil. Sa pâleur contrastait avec les grands cernes sous ses yeux. Elle était épuisée et ne tenait debout que par un suprême effort de volonté.

— Au lit, dit-il en la soulevant.

Cette fois, elle ne se débattit pas et lui passa les bras autour du cou.

— Je ne peux pas, j'ai... des choses à faire... Où sont mes sœurs ?

Un pied sur une marche, Ben marqua un temps d'arrêt. Pour la première fois, il l'entendait décerner ce titre à Tess et à Lily.

— Tess est allée se coucher il y a une heure, et Lily est avec Adam. Ham peut assurer le travail tout seul aujourd'hui. Toi, il faut que tu dormes.

Il la déposa sur le lit et elle ne protesta pas.

— Toutes ces questions... la police... Tous les invités ont été interrogés un par un dans la bibliothèque...

Elle leva les yeux. Le regard vert de Ben était impénétrable. Il lui ôta ses chaussures, hésita un instant puis la retourna pour descendre la fermeture Éclair de sa robe.

— Quelqu'un l'a identifiée ? demanda-t-elle.

— Non. La police va chercher si elle est dans le fichier des personnes disparues.

— Il n'y avait presque pas de sang, murmura-t-elle sans protester tandis qu'il lui ôtait sa robe. Pas comme les autres fois. Elle avait l'air d'un mannequin. Tu crois que l'assassin la connaissait ?

— Je ne sais pas, ma chérie, répondit-il doucement en l'aidant à se glisser sous les draps et en la bordant comme un enfant. N'y pense plus. Il faut dormir à présent.

Il s'assit sur le bord du lit et lui caressa les cheveux.

— Il dit que c'est ma faute, chuchota-t-elle.

— Qui donc ?

— Mon père. C'est ce qu'il me disait toujours, et cela continue.

Ben posa la main sur sa joue.

— Il avait tort.

Au bout de quelques minutes, la respiration de la jeune femme se fit régulière et il se leva. Nat l'observait du seuil de la chambre.

— Elle dort ?

— Oui, elle vient juste de s'endormir, dit-il en déposant sa robe sur le dossier d'une chaise. Mais la connaissant comme je la connais, ça ne va pas durer longtemps.

— J'ai obligé Tess à prendre un somnifère.

Ils se rendirent dans le bureau de Willa et fermèrent la porte.

— Il est encore tôt, dit Nat, mais il me faut un whisky.

— Je t'accompagne. Trois doigts, s'il te plaît. Elle n'était pas de la région.

— Qu'est-ce qui te fait dire ça ? demanda Nat qui supposait la même chose mais qui voulait entendre l'avis de Ben sur la question.

Ben but une gorgée et apprécia la brûlure de l'alcool.

— À cause du vernis violet sur ses ongles, des tatouages sur la fesse et sur l'épaule. Les filles ne font pas ça dans la région. En plus, elle avait trois petits anneaux à chaque oreille. Pour moi, elle venait de la ville.

Nat but une longue gorgée.

— Elle n'avait pas l'air d'avoir plus de seize ans. Une fugueuse sans doute. Pauvre gosse, elle a dû être prise en stop ou se faire ramasser sur le trottoir à Billings ou à Ennis. En tout cas, le salaud qui l'a embarquée l'a gardée séquestrée un moment.

— Qu'est-ce qui te fait dire ça ? demanda Ben.

— Les flics ont repéré des marques sur ses poignets et ses chevilles, ce qui prouve qu'elle a été attachée. D'après eux, mais il faut attendre les résultats du labo, elle a été violée, et elle était morte depuis au moins vingt-quatre heures.

Un dégoût mêlé de colère submergea Ben.

— Pourquoi l'avoir laissée ici ?

— Quelqu'un veut se venger du ranch.

— Ou de l'un des habitants de cette maison. Toute cette folie macabre a commencé après la mort de Jack, après l'arrivée de Tess et de Lily. Peut-être faut-il chercher si on leur en veut.

— Je vais en parler à Tess quand elle se réveillera. Nous savons déjà que Lily était mariée à un type qui la battait.

Ben hocha la tête tout en caressant la cicatrice qui barrait son menton.

— Il y a quand même un pas entre battre sa femme et découper les gens en morceaux.

— Peut-être pas. Je me sentirai plus tranquille lorsque nous aurons localisé l'ex.

— Il faut prévenir les flics, engager un détective privé.

— Tu as raison. Tu connais l'ancien nom de Lily ?

— Non, mais Adam doit le savoir, suggéra Ben en finissant d'un trait son whisky. Allons le voir tout de suite.

Ils le trouvèrent dans les écuries en train d'examiner une jument pleine.

— Elle va bientôt mettre bas, dit-il en se redressant. Encore un jour ou deux.

Il lui donna une dernière caresse et sortit du box.

— Comment va Willa ? reprit-il.

— Elle dort, répondit Ben. Pour l'instant.

Adam soupira et se dirigea vers la réserve de foin ; sa démarche, habituellement souple, était raide.

— Lily est sur mon divan. Elle a voulu m'aider à nourrir les bêtes mais elle s'est endormie pendant que je me changeais. Heureusement que ni elle ni Tess n'ont vu la pauvre petite. J'aurais préféré que Willa ne la voie pas non plus.

Ben se mit à garnir le râtelier d'avoine fraîche.

— Elle s'en remettra. Qu'est-ce que tu sais de l'ancien mari de Lily ?

— Pas grand-chose, reconnut Adam tout en continuant à travailler, aussi peu étonné par la question que par l'aide impromptue des deux hommes. Il s'appelle Jesse Cooke. Elle l'a rencontré quand elle enseignait, ils se sont mariés deux mois plus tard. Elle l'a quitté pour la première fois un an après. Elle ne m'a rien dit d'autre et je n'ai pas voulu lui en demander davantage.

— Est-ce qu'elle sait où il est ? demanda Nat qui, sans se préoccuper de salir son plus beau costume, remplissait une mangeoire.

— Elle pense qu'il se trouve encore dans l'Est.

Ils travaillèrent en silence pendant quelques minutes. Trois hommes habitués à la routine, aux odeurs, aux animaux. Les rayons du soleil matinal pénétraient par la porte ouverte et l'air était chargé de petites particules de poussière brillantes. Les chevaux mangeaient tranquillement. De temps à autre, l'un d'eux manifestait son contentement en hennissant.

Dans le poulailler un coq chanta, et ce fut le signal. On entendit les bottes des ouvriers qui partaient travailler marteler la terre gelée. La radio resta muette ce matin-là, et pas une voix ne rompit le silence hivernal. Des regards furent sans doute lancés vers la maison et le porche, mais il n'y eut pas un commentaire.

Un moteur démarra, un pick-up partit. Le silence retomba, dernier visiteur d'une fête qui avait mal tourné.

— Peut-être qu'il va falloir que tu interroges Lily plus avant, déclara Ben. Son mari pourrait être dangereux.

— Oui, j'y ai pensé, mais je veux qu'elle se repose avant de lui parler. Elle devrait être en sécurité ici !

Il rejeta violemment la pelle à grain, laissant éclater sa colère. Sa gorge était serrée. Ah ! S'il pouvait cogner sur quelque chose ! Il se retourna vers Ben et Nat, poings serrés. Dans ses yeux noirs brûlait la rage.

— Ce n'était qu'une enfant ! s'écria-t-il, une enfant... Il était tout près de nous... Est-ce qu'il était dehors à nous épier ou bien même à l'intérieur du ranch ? Est-ce que ce salaud a touché Lily, a dansé avec elle ? Et si elle était sortie prendre l'air... ?

Il s'arrêta un instant et contempla ses mains, puis il releva la tête et les regarda tour à tour.

— Je pourrais le tuer, ce ne serait pas difficile... pas difficile du tout.

— Adam ?

La voix de Lily n'avait été qu'un murmure. Les mains crispées sur ses bras croisés, elle approcha. Elle avait tout entendu.

— Tu devrais dormir, dit-il, faisant un effort pour dominer sa colère. Rentre te coucher, on a presque terminé.

— Il faut que je te parle.

Elle se tourna vers Ben et Nat.

— Excusez-moi, mais je veux le voir seul.

— Rentrez ensemble, fit Nat. Ben et moi nous allons terminer ça.

— Tu as froid, constata Adam, s'approchant d'elle mais en prenant garde de ne pas la toucher. Tu n'aurais pas dû sortir. Viens, allons boire un café.

Ils sortirent de l'écurie et suivirent la barrière du corral pour rejoindre la maison d'Adam. Machinalement, il ôta la boue de ses bottes avant d'entrer.

La cuisine accueillante sentait bon le café frais. Il alluma, inondant la pièce d'une lumière trop violente.

— Assieds-toi, dit-elle. Je te sers.

— Non, répliqua-t-il en lui barrant le passage sans la toucher. Toi, tu t'assieds.

— Tu m'en veux, fit-elle d'une voix tremblante.

Pourquoi la colère d'un homme, même de celui-ci, la mettait-elle toujours dans cet état de terreur panique ?

— Je... suis désolée, balbutia-t-elle.

— Désolée ? interrompit-il d'une voix dure, incapable de se calmer. Ça ne sert à rien !

— J'aurais dû t'expliquer.

— Tu ne me dois pas d'explications.

Il ouvrit le placard d'un geste sec qui fit cogner la porte contre le mur et du coin de l'œil il vit Lily sursauter. Restant face aux tasses alignées devant lui sur l'étagère, il respira à fond et continua plus posément :

— N'aie pas peur de moi, Lily. N'aie pas peur, je me trancherais les mains plutôt que de te frapper.

— Je sais, murmura-t-elle en refoulant ses larmes. Je le sais dans mon cœur, mais c'est ma tête qui ne l'accepte pas.

Elle fit le tour de la table en bois sur laquelle était posé un saladier blanc empli de pommes.

— Je te dois des explications, Adam, parce que tu es mon ami. Depuis mon arrivée, tu m'as toujours aidée.

Il se tourna pour la regarder dans les yeux.

— Tu ne me dois rien.

— Tu me désirais... j'ai cru que tu étais... comme tous les autres. Mais tu ne m'as jamais touchée, ou culpabilisée, comme les autres. Tu ne peux pas savoir comme on souffre quand on se donne à quelqu'un simplement pour avoir la paix. C'est dégradant, humiliant. Oui, j'ai beaucoup de choses à te dire...

Elle se passa les mains dans les cheveux et, ne supportant pas d'affronter son regard, détourna les yeux.

— Que veux-tu pour le petit déjeuner ?

— Assieds-toi, Lily !

— Non, ce sera plus facile pour moi si je m'occupe les mains pendant que je te parle. Je ne crois pas que j'y arriverai sinon.

— Il y a du bacon et des œufs dans le frigo, dit-il en s'installant à table.

Elle poussa un long soupir, lui servit une tasse de café, puis ouvrit le réfrigérateur.

— Bon... je t'ai déjà un peu raconté... Je n'ai jamais été créative ni intelligente comme ma mère. Elle est formidable, elle déborde d'énergie, de force... Je n'ai compris qu'à douze ans combien elle avait souffert avec mon père. J'ai surpris une conversation entre elle et une de ses amies. Elle pleurait. Elle venait de faire la connaissance de mon beau-père et elle avait peur de ses sentiments à son égard. Elle disait qu'elle préférait être seule plutôt que de se sentir de nouveau vulnérable avec un homme. Elle racontait comment mon père l'avait jetée dehors et combien elle l'aimait. Il l'avait rejetée parce qu'elle n'avait pas été capable de lui donner un fils.

Adam resta silencieux, tandis qu'elle mettait le bacon à griller dans une poêle.

230

— J'ai compris que c'était ma faute, si elle avait tant souffert. Si j'avais été un garçon...

— Tu sais bien que c'était à cause de Jack Mercy.

— Au fond de mon cœur, je le savais, répondit-elle avec un sourire tremblant. Mais ma tête, elle, ne l'entendait pas ainsi. En tout cas, je n'ai jamais oublié cette scène. Heureusement, maman a tout de même épousé mon beau-père deux ans plus tard. Ils sont très heureux ensemble. C'est un homme merveilleux. Il a toujours été sévère avec moi... jamais injuste, mais un peu distant. C'était ma mère qu'il aimait et il a dû me prendre avec. Il me donnait tout le nécessaire, sauf l'affection d'un père pour sa fille. J'étais déjà trop âgée sans doute.

— Mais ça te manquait beaucoup ?

— Oh oui, beaucoup ! dit-elle en cassant des œufs dans un bol. J'ai réussi à comprendre tout cela en faisant une thérapie. Je n'ai jamais eu de relation chaleureuse, affectueuse, avec un homme. J'étais timide, horriblement timide. À l'école, avec les garçons, je ne flirtais pas. J'étais très sérieuse en classe. Trop sérieuse. Je me suis réfugiée dans les études. J'aimais bien les enfants, c'est pour cela que je me suis dirigée vers l'enseignement. J'avais vingt-deux ans lorsque j'ai rencontré Jesse, cela faisait un mois que j'habitais seule dans mon premier appartement. Je me souviens, c'était dans un café près de chez moi. Il était séduisant, gentil, il s'intéressait à moi, j'étais complètement sous le charme.

Elle coupa de la ciboulette, mit une pincée de poivre et de sel puis continua à remuer les œufs brouillés d'un geste régulier.

— Il me faisait la cour. C'était nouveau pour moi. Nous sommes allés au cinéma le soir même de notre rencontre. Il m'appelait tous les jours après la classe, il m'apportait des fleurs ou des petits cadeaux. Il était mécanicien et il a réparé ma vieille guimbarde.

— Tu étais amoureuse de lui, conclut Adam.

— Oh oui, folle amoureuse. Tellement aveuglée par mon amour que je n'ai pas su voir qui était Jesse ; je n'osais pas gratter la surface. Plus tard, j'ai commencé à déceler ses mensonges. À propos de sa famille, de son passé, de son travail. Sa mère le battait quand il était petit, elle buvait et se droguait. Lui aussi, d'ailleurs, mais je ne l'ai pas su avant notre mariage. La première fois qu'il m'a battue...

Elle s'interrompit un court instant et se racla la gorge. Pendant quelques secondes, il n'y eut plus que le bruit du bacon qui grésillait dans la poêle.

— C'était un mois après notre mariage. Une de mes collègues fêtait son anniversaire, et nous devions aller dans une boîte. Un de ces endroits sordides où des hommes dansent et des femmes leur glissent des billets dans le string. C'était pour s'amuser et ça n'avait pas l'air de déranger Jesse. Mais les choses se sont gâtées quand j'ai voulu sortir. Il a commencé à critiquer ma robe, mon maquillage, ma coiffure. J'ai d'abord ri, croyant qu'il plaisantait. Et puis, il a attrapé mon sac, l'a vidé par terre, a pris mon permis de conduire et l'a déchiré. J'étais choquée, en colère. J'ai essayé de le lui arracher des mains mais il m'a fait tomber et il s'est mis à me battre, à hurler, à m'insulter. Puis il a déchiré ma robe et m'a violée.

Elle mit les œufs brouillés à cuire sans le regarder.

— Après il a pleuré, comme un enfant. Il ne pouvait plus s'arrêter de sangloter... Jesse avait été militaire, il en était très fier. Il cultivait une image d'homme fort, volontaire. Moi aussi je le voyais de cette façon et ç'a été terrible de le voir pleurer...

Adam songea que la force n'avait rien à voir avec l'uniforme ni les biceps, mais Lily avait dû le comprendre depuis longtemps.

— J'étais bouleversée, et en même temps j'avais l'impression que les rôles étaient inversés parce qu'il me demandait de lui pardonner. Il m'a suppliée. Il m'a dit que ça l'avait rendu fou de jalousie d'imaginer que d'autres hommes puissent me regarder, que c'était parce qu'il avait été traumatisé dans son enfance, lorsque sa mère avait quitté son père pour partir avec un autre. Auparavant il m'avait raconté qu'elle était morte. Tout était mensonge avec lui, mais je l'ai cru et je lui ai pardonné.

Cet aveu lui coûtait terriblement mais elle voulait tout lui dire. Elle continua son récit d'une voix hachée.

— Je lui ai pardonné parce que ça me donnait le sentiment d'être forte à mon tour, je me disais que s'il avait perdu tout contrôle, c'était parce qu'il m'aimait. C'était le piège, le cycle infernal. Il a recommencé à peine deux mois plus tard, je ne sais plus pourquoi. Je ne me doutais pas que nous étions entrés dans une logique redoutable qui ne pouvait plus s'arrêter, et que j'y avais ma part de responsabilité. Il s'est mis à boire, puis il a perdu son travail et il a continué à me battre...

Elle alla prendre le pain dans le réfrigérateur.

— Lily...

Elle fit comme si elle ne l'avait pas entendu et poursuivit :

— Il me disait que s'il me battait c'était ma faute, et je l'ai cru. Je n'étais pas assez intelligente, pas assez sexy, je parlais trop, je prenais les choses trop au sérieux... Ça a duré un an et il m'a envoyée deux fois à l'hôpital. J'ai menti aux médecins et j'ai prétendu que j'étais tombée. Et puis un jour, je me suis regardée dans un miroir, et j'ai vu ce que mes collègues voyaient quand elles essayaient de me parler, de m'aider : les bleus sur mon visage, le regard d'animal traqué, les joues creuses. C'est alors que j'ai décidé de partir... Je ne m'en souviens pas bien... Je crois que je n'ai rien emporté avec moi. Je suis allée me réfugier chez ma mère. Toutes les femmes battues font ça, paraît-il !... J'avais peur parce qu'il m'avait dit qu'il me tuerait si je partais, qu'il me retrouverait n'importe où. Mais c'était devenu une question de vie ou de mort : si je restais un jour de plus avec lui, j'y laissais ma peau.

Elle mit les œufs, le bacon et les toasts sur un plat qu'elle déposa sur la table.

— Il est venu me chercher chez maman, continua-t-elle en regardant Adam dans les yeux pour la première fois depuis qu'elle avait commencé son récit. Un jour, je suis sortie, et quand je suis rentrée, il était là. Il m'attendait. Il m'a mise de force dans sa voiture, il m'a battue, insultée. J'étais à moitié inconsciente et puis il s'est calmé et a commencé à m'expliquer, comme il le faisait toujours, pourquoi j'avais tort, pourquoi il devait me battre, qu'il fallait que j'apprenne à me comporter en bonne épouse. J'étais terrifiée. Son calme était effrayant. Et je savais parfaitement ce qui allait suivre.

Elle soupira puis se redressa, refusant de laisser la peur l'envahir de nouveau.

— Il a dû ralentir à cause d'un embouteillage, alors j'ai sauté, sans réfléchir. La voiture roulait, mais je ne suis pas tombée. C'est un miracle. Je suis allée tout de suite porter plainte. C'est à partir de là qu'a commencé l'errance... mais il me retrouvait toujours. La dernière fois, c'était avant que je vienne ici. J'ai cru qu'il allait me tuer, mais un voisin qui m'avait entendue crier a enfoncé la porte et Jesse s'est enfui.

Elle s'assit, mains croisées sur la table.

— Alors j'ai fui de nouveau : je pensais qu'il ne pourrait pas me retrouver ici. Je dis rarement à ma mère où je suis parce que j'ai peur qu'il n'arrive à la faire parler. J'ai pourtant dû lui apprendre la mort de mon père. Je lui téléphone régulièrement par précaution pour m'assurer que Jesse n'a pas retrouvé ma trace. Ce matin, je l'ai appelée avant de venir te rejoindre à l'écurie, et elle m'a dit qu'elle n'avait pas entendu parler de lui depuis longtemps.

Elle s'arrêta un instant.

— Je sais que Ben, Nat et toi vous allez parler à la police de tout cela, et je répondrai à toutes leurs questions. Mais à part moi, il n'a jamais fait de mal à personne, et il n'utilisait jamais d'armes. Ses poings lui suffisaient. À mon avis, s'il savait où je suis, il serait déjà venu me chercher.

— Il ne te battra plus, assura Adam en repoussant son assiette pour lui prendre les mains. Je te promets que quoi qu'il arrive, il ne te touchera plus.

— Si c'est lui qui a fait ça... alors c'est ma faute. C'est à cause de moi que deux personnes sont mortes.

— Non, c'est faux.

— Si c'est lui, continua-t-elle calmement, je dois affronter la vérité. Je me suis cachée ici, je vous ai utilisés, toi, Willa et les autres, et j'ai fait comme si de rien n'était. Ce n'est plus possible. Je ne peux plus me mentir. J'ai appris en thérapie qu'il fallait toujours regarder la vérité en face. Je n'ai pas beaucoup de courage, en tout cas pas autant que Willa ou Tess. J'avais peur de te parler et maintenant je me dis que j'aurais dû le faire depuis long-temps. Il faut encore que tu saches une chose...

— Tu ne m'as pas tout dit ?

— Il ne s'agit plus de Jesse mais de quelque chose d'encore plus difficile.

— Tu peux tout me dire, Lily.

— Malgré tout ce qui s'est passé cette nuit, je ne pense qu'à une seule chose.

Elle eut un petit rire gêné et retira ses mains des siennes.

— Tu devrais manger, ça va être froid.

Dérouté, il hésita, puis, obéissant, prit sa four-chette.

— De quoi s'agit-il ? demanda-t-il.

— Eh bien, ce que je t'ai dit tout à l'heure. Je croyais que tu me désirais, que... comme tous les hommes, tu ne résistais pas à l'envie d'une femme.

Il rit et elle leva les yeux, rougissante.

— C'est ce que je croyais, continua-t-elle sur un ton défensif. Et tu n'as jamais rien fait pour me détromper, jusqu'à hier soir, quand tu as pris mon visage entre tes mains et que tu m'as regardée. Tu m'as embrassée et plus rien d'autre n'a compté. Après, tout a dérapé, mais pendant un instant ç'a été merveilleux.

Elle se leva brusquement et alla à la cuisinière.

— Je sais bien que c'était la nouvelle année et que tout le monde s'embrasse à minuit, mais...

— Je t'aime, Lily...

Elle sursauta. Ces mots faisaient naître l'espoir dans son cœur. Elle s'y accrocha, voulant se per-suader qu'elle avait bien entendu et se retourna. Il se tenait debout devant elle et la fixait intensé-ment. Le pâle soleil d'hiver brillait sur ses longs cheveux noirs.

— Je t'aime depuis la première fois que je t'ai vue. C'est toi que j'attends depuis toujours. Et te voilà.

Elle prit la main qu'il lui offrait et se laissa attirer dans ses bras.

— Je ne me sens bien qu'avec toi.

— Moi aussi, Lily. Cette maison est la tienne, chuchota-t-il en enfouissant son visage dans les boucles auburn.

Elle effleura des lèvres le cou d'Adam, goûtant pour la première fois sa saveur.

— Je veux sentir tes mains sur ma peau, Adam. Maintenant.

Il lui effleura les joues, et l'embrassa comme la première fois. Mais cette fois-ci, elle l'enlaça et répondit à son baiser. Il s'écarta et l'interrogea du regard. Le même désir brûlait en eux, et il la conduisit dans la chambre.

Là, il lui caressa doucement les cheveux puis demanda :

— Tu es sûre que ce n'est pas trop tôt ?

— Oui, répondit-elle, frissonnante de désir.

Il se détourna pour fermer les rideaux de toile écrue qui laissèrent filtrer un rectangle de lumière dorée. Dans la chambre régnait à présent une douce pénombre.

C'était tout simple, finalement. Elle s'assit sur le lit et ôta ses bottes. Il vint la rejoindre et l'imita. Puis il se pencha vers elle et l'embrassa tendrement.

— Tu as peur ? demanda-t-il.

La peur était une compagne qu'elle connaissait bien, et elle fut surprise de ne pas la sentir ramper dans ses veines. Elle était inquiète, oui, mais sans peur. Elle se leva et commença à déboutonner son chemisier.

— Je n'ai pas peur, mais je crains de te décevoir.

— La femme que j'aime est avec moi, comment pourrais-je être déçu ?

Leurs regards semblaient soudés l'un à l'autre. Elle ôta son chemisier et le tint serré contre sa poitrine. Elle savait que cette scène resterait à jamais gravée dans sa mémoire, qu'elle se souviendrait de chaque mot, de chaque geste.

Il se leva et s'approcha d'elle. De la main, il effleura la courbe de son épaule, puis il lui fit lâcher le chemisier qui tomba à leurs pieds. Doucement, Adam se mit à caresser la naissance de ses seins.

Paupières closes, elle suivit le cheminement des doigts qui exploraient, goûtaient. Mais elle voulait le sentir, lui aussi. Elle ouvrit les boutons de sa chemise, écarta le tissu et glissa ses mains pâles sur la peau cuivrée du torse si lisse.

— Je veux te sentir tout contre moi, murmurat-il en lui ôtant son soutien-gorge. Je ne te ferai pas de mal, Lily.

Il la serra fort dans ses bras et elle le sentit vibrer contre elle.

— Je sais, murmura-t-elle.

Il embrassa sa gorge avec passion.

Oui, elle en était certaine. Il n'y aurait ni douleur ni gêne dans leurs étreintes. Elle avait confiance. Avec lui, le désir pouvait être plaisir.

Lorsque les mains d'Adam glissèrent jusqu'à la ceinture du jean de Lily, elle trembla. Mais pas de peur. Elle écoutait avec délices les mots d'amour qu'il murmurait tout en la dévêtant.

Il se déshabilla à son tour et le cœur de Lily bondit dans sa poitrine. Il était si beau. Elle aimait ses muscles effilés, ses longs cheveux noirs qui balayaient ses épaules cuivrées. Il la désirait, et voulait qu'elle lui appartienne. Méritait-elle tant de bonheur ?

— Adam... souffla-t-elle tandis qu'ils s'allongeaient tous deux sur le lit.

Le poids du corps qui la pressait contre le matelas la remplit d'extase. Elle l'étreignit et l'attira vers ses lèvres.

— Adam Wolfchild, aime-moi.

— Je t'aime.

Tandis qu'ils fêtaient la vie dans la pénombre d'une chambre, un autre fêtait la mort au grand jour. Seul, au fin fond de la forêt, l'homme contemplait avec jubilation les trophées qu'il avait précieusement rangés dans une boîte en métal. Sa récompense, songeait-il, tout en caressant la longue chevelure blonde de la jeune fille qui n'avait pas eu de chance.

Elle s'appelait Tracy, lui avait-elle dit lorsqu'il s'était arrêté pour la prendre en stop. Elle prétendait avoir dix-huit ans mais elle mentait, cela se voyait. Ses joues étaient rondes comme celles d'une enfant, mais son corps, lorsqu'il l'avait emmenée dans la montagne et l'avait dévêtue, était déjà celui d'une femme.

Cela avait été presque trop facile. Il l'avait trouvée au bord de la route. Elle avait les cheveux blond-roux, teints, bien sûr, mais c'était cela qu'il avait tout de suite remarqué : ses cheveux dorés comme des rayons de soleil. Le vernis de ses ongles était de la même couleur que son sac, d'un violet criard. Quelle coquetterie !

Il l'avait laissée parler. Elle venait de Dodge City, dans le Kansas.

— Ça craint, le Kansas ! avait-elle dit en faisant la grimace.

— Tu vas voir, le Montana c'est d'enfer, avait-il répondu en manquant éclater de rire.

Elle lui avait confié ses projets : elle voulait passer la frontière pour aller travailler au Canada, et se balader un peu. Elle avait envie de voir le monde. Il se souvenait qu'elle avait pris des chewing-gums dans son sac et qu'elle lui en avait offert un. Il avait découvert par la suite quatre jolis petits joints déjà roulés, mais la garce s'était bien gardée de lui en proposer.

Il l'avait proprement assommée d'un crochet au menton et l'avait transportée dans la montagne.

D'abord, il l'avait violée. On est homme avant tout ! Il l'avait attachée bien solidement pour qu'elle ne soit pas tentée de se servir de ses jolis ongles violets. Elle avait hurlé, s'était débattue sur le lit de camp étroit tandis qu'il s'amusait avec elle.

Il avait fumé ses joints, puis avait recommencé. Elle l'avait supplié de la laisser tranquille. Après il l'avait plantée là, toujours nue, sans la détacher.

Il serait bien resté, mais le travail n'attend pas !

Lorsqu'il était revenu, vingt-quatre plus tard, il aurait juré qu'elle était contente de le voir, rien qu'à la manière dont elle pleurait. Alors il avait recommencé et lui avait ordonné de dire qu'elle aimait ça. Elle avait dit tout ce qu'il voulait. Enfin, jusqu'au moment où elle avait vu le couteau.

Il lui avait bien fallu une heure pour nettoyer le sang, mais ça valait le coup. Ouais, et le plus drôle avait été de se débarrasser de Tracy avec ses ongles violets devant la porte du ranch Mercy.

Quel pied !

Il embrassa tendrement les cheveux ensanglantés avant de les ranger avec soin dans la boîte en fer-blanc.

Ils avaient tous la frousse, maintenant, songea-t-il en remettant le précieux trésor dans son trou. Il les tenait.

Lorsqu'il eut reformé le petit tumulus de pierres, il se releva et se tourna face au froid soleil d'hiver. Il se sentait invincible.

15

Jamais Tess n'aurait cru qu'elle passerait une nuit glacée de janvier à aider une jument à mettre bas. C'était pourtant ce qu'elle avait fait deux nuits d'affilée, et elle avait adoré ça. Elle avait assisté à la naissance de deux poulains et avait même participé à l'événement. Expérience qu'elle n'était pas près d'oublier.

— On peut dire que ça change les idées, remarqua-t-elle.

En compagnie d'Adam et de Lily, elle regardait le nouveau-né qui tentait de se relever sur ses pattes flageolantes.

— Tu t'y prends bien avec les chevaux, remarqua Adam.

— Peut-être. En tout cas, ça m'évite de devenir folle. Tout le monde est sur les nerfs. Hier, quand je suis sortie du poulailler, je me suis trouvée nez à nez avec Billy. Je ne sais pas lequel des deux a eu le plus peur.

Lily se frotta les mains pour se réchauffer.

— Cela fait dix jours maintenant. Ça paraît presque irréel. Les policiers ont dit à Willa qu'ils n'avaient toujours rien trouvé.

Adam la prit par les épaules et l'attira contre lui.

— Regarde, fit-il en lui montrant le poulain qui commençait à téter. Ça, c'est réel.

— Mes courbatures aussi, déclara Tess en se massant le bas des reins. Je rentre.

Bonne excuse pour les laisser seuls. Et puis, un bain chaud suivi de quelques heures de sommeil ne lui ferait pas de mal avant d'aller retrouver Nat.

— Merci de ton aide, Tess, lança Adam.

— J'imagine la tête de mes amis s'ils me voyaient !

Elle vissa son chapeau sur sa tête avec un grand éclat de rire, et quitta la douce chaleur de l'écurie pour retrouver le froid coupant de l'hiver.

Et que diraient-ils à son institut de beauté, si elle débarquait, les ongles noirs de crasse, le jean et la chemise maculés de sang, les cheveux en bataille et sans la moindre trace de maquillage ?

M. William s'évanouirait d'horreur sur la moquette rose !

Oui, elle en aurait à raconter, lorsqu'elle rentrerait à Los Angeles ! Elle se voyait déjà régalant ses amis de Beverly Hills de ses aventures. Elle décrirait avec force détails ses chevauchées dans les montagnes, les après-midi à charrier le fumier, à ramasser les œufs, à châtrer les veaux — cette dernière partie demanderait un peu d'improvisation... Et bien sûr, pour pimenter ses exploits, elle n'omettrait pas de dire qu'un tueur fou avait écumé les environs.

Elle eut la chair de poule et serra les pans de sa veste contre elle. Mieux valait ne pas jouer à se faire peur.

Willa se tenait devant la maison. Immobile sur la deuxième marche, elle contemplait les montagnes. Sa noble allure impressionna Tess. Dire que Willa n'avait aucune idée de sa beauté ! Pour elle, il n'existait que le travail, la terre, les animaux.

Tess se préparait déjà à se moquer d'elle lorsqu'elle remarqua le visage décomposé de la jeune femme. Dans son regard voilé se lisaient la culpabilité et le chagrin.

— Que se passe-t-il ?

Willa cligna simplement des paupières, sans bouger, ni même tourner la tête.

— J'ai vu la police.

— Il y a longtemps ?

— Non, le shérif vient de repartir.

Tess grimpa les marches et s'approcha.

— Rentrons.

Willa ne bougea pas, le regard toujours dans le vide. Elle semblait avoir perdu toute volonté.

— Elle a été identifiée. Elle s'appelait Tracy Mannerly. Elle avait seize ans. Elle vivait à Dodge City avec ses parents et ses deux jeunes frères. C'était sa deuxième fugue.

Tess ferma les yeux. Elle ne voulait pas de détails, elle ne voulait rien savoir.

— Rentrons, répéta-t-elle.

— Ils m'ont dit qu'elle était morte depuis au moins douze heures lorsqu'on l'a trouvée. Elle avait été attachée aux poignets et aux chevilles. La corde lui avait brûlé la peau, ce qui prouve qu'elle avait essayé de défaire ses liens.

— Ça suffit !

— Elle a été violée. Plusieurs fois. Et elle... était enceinte de deux mois. Elle venait du Kansas, elle avait seize ans et elle attendait un bébé...

— Arrête ! dit Tess, des larmes plein les yeux.

Elle prit Willa dans ses bras et elles pleurèrent toutes les deux, enlacées, sans presque s'en rendre compte. Dans le ciel, un faucon cria. Des nuages annonciateurs de neige masquaient à présent le soleil. Unies par la peur et le chagrin, elles restèrent un long moment immobiles et silencieuses.

— Qu'allons-nous faire ? murmura Tess.

— Je ne sais pas. Vraiment pas...

Willa s'aperçut qu'elle se serrait contre Tess mais ne se dégagea pas.

— Je suis capable de diriger le ranch même avec cette menace, mais je ne supporte pas d'imaginer cette pauvre fille.

— Il ne faut plus y penser. Nous pouvons chercher à savoir pourquoi l'assassin a déposé son corps ici, mais il ne faut plus penser à elle. Il faut nous protéger. D'ailleurs, il serait temps que Lily et moi nous apprenions à nous servir d'une arme.

Tess s'écarta et essuya ses larmes du revers de la main. Surprise, Willa la considéra un instant en silence. Sous le masque superficiel de la mondaine perçait la vraie personnalité d'Hollywood.

— Tu as raison, dit-elle en remettant son Stetson d'un air décidé. On commence tout de suite.

Sur le terrain de tir improvisé, au-delà de la grange, Lily eut un frisson.

— Tu as froid ? demanda Tess.

— Non, murmura-t-elle en regardant au loin le soleil se refléter sur les chromes d'un véhicule qui sortait du ranch. Rien qu'un mauvais pressentiment.

— Eh bien, c'est rassurant ! Bon, continuons.

Reprenant sa position, Tess visa la boîte de conserve avec son petit Smith & Wesson que Willa appelait un revolver de poche et tira.

— Encore raté ! s'exclama-t-elle.

— Tu pourras toujours t'en servir pour taper sur la tête de ton adversaire, si tu le manques, dit Willa en se plaçant derrière elle pour lui guider le bras. Concentre-toi !

— Mais je me concentre. C'est parce que la balle est trop petite. Si j'avais un gros revolver comme le tien...

— Tu tomberais sur le derrière à chaque fois que tu tirerais ! Tu te serviras d'une arme de jeune fille

244

tant que tu ne sauras pas tirer. Allez, un effort, même Lily touche la cible cinq fois sur dix.

— C'est parce que je ne suis pas encore habituée. Attends un peu.

Elle tira.

— Elle n'est pas passée loin, celle-là !

— Tu parles ! Si tu continues à ce rythme, d'ici un an tu n'arriveras même pas à mettre une balle dans le mur de la grange.

Willa sortit le revolver du holster accroché le long de sa cuisse. Le 45 était une arme redoutable, lourde, mais elle aimait bien s'en servir. Avec à peine un soupçon d'esbroufe, ses six balles firent mouche.

Tess, malgré tout son dédain, ne put s'empêcher d'être admirative.

— Frimeuse, va ! Bon, explique-moi comment tu fais, Calamity.

Tout en souriant, Willa réenfourna son revolver dans le holster.

— Il faut se concentrer, c'est tout. Attends, il y a un truc qui va peut-être marcher. Est-ce que tu détestes quelqu'un ?

— À part toi ?

Willa ne sourcilla pas.

— Quel est le premier type qui t'a plaquée ?

— On ne me plaque pas, moi... Euh, remarque, il y a bien eu Jo Columbo, à l'école primaire. Le petit salopard m'a menée en bateau pendant qu'il draguait ma meilleure amie.

— Imagine que c'est lui. Vise entre les yeux.

Tess respira un grand coup, serra les dents et visa. Son doigt tremblait sur la détente. Elle baissa le bras et éclata de rire.

— Je ne suis même pas capable de descendre un sale morveux.

— Il est vieux maintenant, dit Willa. Je suis certaine qu'il se tord encore de rire quand il repense au boudin qu'il a fait pleurnicher.

— Salaud ! siffla Tess entre ses dents en levant le revolver.

Elle tira.

— Je l'ai eu ! s'écria-t-elle en sautant de joie. Tu as vu, la boîte a bougé !

— Le vent, sans doute, dit Willa en lui enlevant le revolver des mains pour éviter qu'elle ne se tire dans le pied.

— Non, non, je l'ai eu ! J'ai descendu Jo Columbo !

— Une petite égratignure, c'est tout.

— Il est allongé sur le dos et toute sa vie défile devant ses yeux.

— On dirait que ça commence à te plaire, remarqua Lily. Moi, je m'imagine que je suis à un stand de tir dans une fête et que je veux gagner le gros ours en peluche.

Ses sœurs se tournèrent vers elle, médusées. Lily rougit comme une pivoine.

— Je n'y peux rien, il n'y a que comme ça que j'y arrive.

— De quelle couleur, l'ours ? demanda Willa.

— Rose. J'adore les ours en peluche roses. Ce n'est pas la peine de te moquer de moi, Tess. J'ai dû en gagner une bonne douzaine pendant que toi, tu dégommais les mouches.

— Oh, la méchante ! Je crois que nous devrions faire un concours. Pas toi, mademoiselle Je-tire-plus-vite-que-mon-ombre ! Juste la fétichiste des ours en peluche et moi. On va bien voir qui de nous deux est la meilleure.

— Je vous conseille de recharger vos revolvers, dans ce cas, signala Willa en se baissant pour prendre les munitions.

— Quel est l'enjeu ? demanda Tess en remplissant le barillet. Il faut un prix, ça me stimule.

— La perdante fera la lessive pendant une semaine, décida Willa. Ça reposera Bess.

— Oh, mais je ne demanderais pas mieux que de...

— Tais-toi, Lily ! interrompit Willa. Tess, tu es d'accord ?

— Toute la lessive ? Y compris la lingerie fine ?

— Oui, y compris tes dessous de cocotte !

— Pas de soie dans la machine alors. Que ce soit bien clair. À toi l'honneur, Lily.

— Douze coups chacune, annonça Willa, avec une pause pour recharger. Quand tu veux, Lily.

— Je suis prête.

Elle respira à fond, tira et vit tomber par terre quatre des boîtes de conserve.

— Quatre sur six, annonça Willa. Pas mal. Baissez vos armes, mesdames.

Elle remit en place les boîtes sur la barrière.

— Moi aussi je peux le faire. Je vais toutes les descendre. Tu vas voir, Jo Columbo ! Je parie qu'il en est à son deuxième divorce, l'immonde !

Elles furent tout étonnées, et Tess la première, de constater qu'elle avait fait tomber trois boîtes.

— Eh, j'en ai touché une quatrième aussi, j'ai entendu le bruit de la balle dessus.

— C'est vrai, approuva généreusement Lily. Nous sommes à égalité.

— Rechargez ! ordonna Willa qui alla remettre les cibles en place.

Elle aperçut Nat qui venait vers elles et lui fit un grand signe du bras.

— Ne tirez plus, cria-t-il en levant les mains en l'air. Je ne suis pas armé.

— Tu ne veux pas te mettre une pomme sur la tête ? demanda Tess en s'approchant pour l'embrasser.

— Non, pas même pour toi, championne de mon cœur.

— Nous sommes en plein concours de tir, l'informa Willa. À toi, Lily, deuxième manche. Une énorme peluche rose se profile à l'horizon. Tu as bien fait de venir voir ça, Nat.

Elle siffla d'admiration lorsque Lily fit mouche cinq fois.

— Je t'engage pour le grand concours de tir de l'Ouest. Il va falloir la battre, Hollywood.

— Pas de problème.

Ses mains étaient moites. Des effluves d'eau de toilette mêlés à un parfum de cheval lui chatouillaient les narines. Nat la troublait. Elle relâcha les épaules, respira à fond, visa, appuya sur la détente et manqua toutes les boîtes.

— Ce n'est pas ma faute, j'ai été distraite, expliqua-t-elle tandis que Willa levait le bras de Lily en poussant un hourra. Tu m'as déconcentrée, Nat.

— Ma chérie, tu es extraordinaire. Ce n'est pas si facile de manquer six fois sa cible.

Il lui ôta avec précaution le revolver des mains — chargé ou pas, il valait mieux ne pas prendre de risques — et l'embrassa pour la consoler.

— Eh, la lingère ! lança Willa. N'oublie pas de séparer le blanc des couleurs. Et ramasse tes douilles.

— Je t'aiderai à faire la lessive, murmura Lily à Tess en se penchant pour l'aider.

— Pas question, un pari est un pari. Mais la prochaine fois, je te défie au bras de fer.

— Je vais faire des courses à Ennis, dit Nat, les yeux rivés sur les fesses de Tess. Je suis passé voir si vous aviez besoin de quelque chose.

Mon œil ! songea Willa.

— Merci, dit-elle, mais Bess y est allée il y a deux jours. On a tout ce qu'il faut.

— Tu veux que je t'accompagne ? demanda Tess en se redressant.

— Ce n'est pas de refus.

Elle fourra les douilles dans les mains de Willa, sans quitter Nat des yeux, puis le prit par le bras.

— Je vais chercher mon sac. Willa, tu diras à Bess que je ne serai pas là pour dîner.

— Reviens pour la lessive ! cria sa sœur en les regardant s'éloigner bras dessus bras dessous.

Elle jeta un coup d'œil à Lily.

— Nat a l'air complètement mordu. Elle lui a mis le grappin dessus.

— Je trouve qu'ils vont bien ensemble. Ils ont l'air de s'entendre parfaitement. Dès que Nat la voit il sourit jusqu'aux oreilles.

— C'est parce qu'il sait que cinq minutes plus tard, elle lui aura enlevé son pantalon, dit Willa, éclatant de rire devant l'expression choquée de Lily. Grand bien leur fasse ; moi, ce n'est pas mon truc !

— Ça te fait peur ?

Étonnée que Lily lui pose une pareille question, elle resta muette.

— Moi, ça me faisait peur. Avant Jesse, avec lui, après lui. J'avais toujours peur. Je crois que c'est normal d'être timide la première fois... parce qu'on se dit qu'on va peut-être commettre une erreur, qu'on va se ridiculiser.

— C'est pourtant simple ; je ne vois pas ce qu'on pourrait faire de travers.

— Oh, beaucoup de choses. Mais avec Adam, je n'ai plus peur. Parce qu'il m'aime. Non, je n'ai pas peur du tout avec lui.

— Avec Adam, évidemment...

Lily sourit puis reprit son sérieux.

— Nous n'en avons pas encore parlé, mais tu sais que je...

Elle respira à fond, exhalant un petit nuage de buée.

— Tu sais qu'Adam et moi nous sommes amants.

— Vraiment ? fit Willa d'un air ironique. Moi qui m'imaginais que s'il venait te chercher tous les soirs et qu'il te ramenait à l'aube c'était parce que vous partagiez une même passion pour la canasta. Donc vous couchez ensemble... Je suis très choquée, Lily.

— Adam m'avait bien dit que personne ne serait dupe, dit-elle en souriant.

— Pourquoi vouloir le cacher ?

— Il m'a demandé de venir habiter avec lui, mais je ne savais pas comment tu réagirais. C'est ton frère après tout.

— Il est heureux avec toi, c'est tout ce qui compte.

Lily hésita puis tira une chaîne de dessous son chemisier tout en gardant les doigts serrés autour d'un objet qui y était accroché.

— Il m'a offert ça, dit-elle en ouvrant la main.

Willa se rapprocha et contempla la bague au filigrane d'or bordé de brillants.

— C'était à ma mère, murmura Willa, la gorge serrée. Le père d'Adam lui a donné cette bague quand ils se sont mariés. Il t'a demandé de l'épouser, hein ?

— Oui. Je n'ai pas pu lui donner ma réponse tout de suite. J'ai fait un tel gâchis jusqu'à présent. Non, il ne faut plus que je dise ça. Mais tout était si confus avant. Je préférais t'en parler d'abord.

— Cela ne me regarde pas. Vraiment pas. La décision dépend de toi et d'Adam. Je ne te dirai qu'une chose : ça me rend très heureuse. Mets cette bague à ton doigt et va le trouver tout de suite. Non, ne pleure pas. Il va croire que tu es malheureuse.

Elle se pencha et embrassa sa sœur sur la joue.

Essuyant ses yeux, Lily se dépêcha de détacher sa chaîne et glissa la bague à son annulaire.

— Je l'aime comme je n'ai jamais aimé. Oh ! elle me va parfaitement. Adam en était certain.

— Elle te va très bien. Va vite. Va lui dire. Je vais rentrer les armes.

Tess, assise aux côtés de Nat dans la Land Rover, s'étira lascivement.

— Tu m'as l'air bien contente de toi pour une personne qui vient de perdre un concours de tir.

— Oui, je me sens très contente et je ne sais pas pourquoi. C'est bizarre. Un tueur fou se balade en liberté, je n'ai pas vu de manucure depuis deux mois, et je me sens tout excitée à l'idée d'aller faire du shopping dans un trou perdu. On aura tout vu !

— Eh bien, tu aimes tes sœurs ! Vous êtes devenues très proches.

— C'est juste une question de stratégie. Nous tenons à notre peau, et à notre héritage aussi.

— Ce n'est pas tout, je vous ai bien vues.

— Si tu continues, tu vas gâcher ma bonne humeur.

— Les sœurs Mercy s'entendent comme larrons en foire.

— Les sœurs Mercy ! reprit-elle en riant. Oui, ça sonne bien. En tout cas, Willa est moins pénible qu'avant. Elle évolue.

— Et toi ?

— Moi ? Mais je n'ai pas besoin d'évoluer !

Elle lui caressa la cuisse.

— À part que tu es bêcheuse, têtue comme une mule et que tu as un caractère de cochon, tout va bien !

Il retint son souffle lorsque Tess remonta la main audacieusement jusqu'en haut de sa cuisse.

— Avoue que c'est ça qui te séduit !

Elle ôta son manteau.

— Tu as trop chaud ? demanda-t-il, augmentant automatiquement le chauffage.

— Pas encore, mais ça va venir.

Elle enleva son pull.

Surpris, il donna un coup de volant et la voiture fit une embardée.

— Qu'est-ce que tu fais ? Remets-ça tout de suite.

— Oh que non, arrête-toi ! ordonna-t-elle en ôtant son soutien-gorge.

— Nous sommes sur une route. En plein jour.

Elle se baissa et défit la fermeture Éclair du pantalon de Nat.

— Oui, et alors ?

— Tu es folle, n'importe qui peut nous surprendre. Tess ! Arrête ! Tu vas nous tuer.

— C'est toi qui vas t'arrêter ! riposta-t-elle en continuant à le caresser.

Elle n'attendit pas et lui ôta sa chemise sans se soucier des boutons.

— Je te veux maintenant, tout de suite, dit-elle d'une voix rauque.

La voiture fit encore quelques embardées, les roues crissèrent et il parvint à se garer sur le bas-côté sans les mettre dans le fossé. Il tira le frein à main, arracha sa ceinture de sécurité, la renversa sur le siège tout en lui ôtant son pantalon.

— On... va... se faire arrêter, bégaya-t-il.

— Tant pis ! Viens.

— Je...

Il s'interrompit, surpris de la découvrir nue sous son jean.

— Tu devais te geler. Pourquoi n'as-tu pas de caleçon long ?

— Une prémonition.

Elle le désirait. Les hanches cambrées, elle s'offrait à lui. Lorsqu'elle le sentit enfin en elle, elle gémit de plaisir. Pendant quelques instants, il n'y eut plus que le bruit de leurs respirations haletantes et de leurs gémissements. De la buée recouvrait les vitres, les sièges grinçaient. Soudain, ce fut l'orgasme.

— Oh, je crois que je deviens fou ! murmura-t-il après quelques secondes.

Il aurait aimé s'étendre sur elle, mais pas moyen de bouger ! Alors il l'embrassa et essaya de se décoincer de dessous le volant pour se redresser. Elle souleva les paupières et éclata de rire.

— Nat, avocat de mon cœur, respectable et respecté de tout le pays, comment vas-tu justifier les traces de bottes sur le plafond de ta voiture ?

Il leva les yeux et soupira.

— Et comment vais-je expliquer que je n'ai plus un seul bouton à ma chemise ?

— Je t'en achèterai une neuve.

Elle se releva, ramassa son soutien-gorge et se rhabilla.

— Allez, on va faire les courses ! lança-t-elle avec enthousiasme en remettant de l'ordre dans sa coiffure.

16

— Tu as une minute, Willa ?

Elle releva les yeux des papiers étalés sur le bureau.

— Bien sûr, Ham. Un problème ?

— Non, pas vraiment.

Il ôta son Stetson et s'installa dans un fauteuil. L'hiver ne réussissait pas à ses articulations. À moins que ce ne soit l'âge. À chaque saison qui passait, il sentait de plus en plus le poids des ans.

— Je suis allé chez l'engraisseur. Tout se passe bien. J'ai rencontré Radley, de High Springs Ranch.

— Ah oui, ça fait une éternité que je ne l'ai pas vu ! dit-elle en se levant pour remettre une bûche dans la cheminée. Il doit avoir plus de quatre-vingts ans maintenant.

— Quatre-vingt-trois au printemps, d'après ce qu'il m'a dit. Difficile de lui arracher un mot, à celui-là.

Il posa son chapeau sur ses jambes et se mit à tapoter du doigt l'accoudoir du fauteuil.

Cela faisait un drôle d'effet de voir Willa derrière le bureau avec sa tasse de café, au lieu de Jack Mercy et son éternel verre de whisky.

Willa s'efforçait de maîtriser son impatience. Ham prenait son temps et celui des autres lorsqu'il avait quelque chose à dire.

— Et alors, que t'a raconté Radley ?

— Tu sais que son plus jeune fils a déménagé à Scottsdale, en Arizona ? Ça doit bien faire vingt ou vingt-cinq ans. Radley junior...

Selon l'estimation de Willa, il devait avoisiner la soixantaine.

— Oui, fit-elle, espérant accélérer le mouvement.

— Eh bien Heddly, la femme de Radley, celle qui gagne toujours le premier prix à la foire pour ses confitures de pastèque, eh bien il paraît qu'elle a de l'arthrite.

— Oh, la pauvre !

Ce serait une bonne idée, songea-t-elle, de suggérer à Lily de cultiver un potager.

— L'hiver a été dur et ce n'est pas fini, continua Ham. Bientôt, les vaches vont vêler.

— Je sais. Je pense construire une autre étable.

— Pas une mauvaise idée.

Il sortit son tabac et entreprit de rouler une cigarette.

— Radley vend son ranch, dit-il au bout de longues minutes. Il va s'installer chez son fils à Scottsdale.

— Vraiment ? fit Willa, soudain plus attentive car les terres de High Springs étaient excellentes.

— Il a déjà fait affaire avec un promoteur. Ils vont tout démolir pour construire une saloperie de ranch à touristes avec des bisons à la noix.

— Il a déjà vendu ?

— C'est ce qu'il m'a dit. Trois fois plus cher que le prix normal. Tous des gangsters, ces promoteurs !

— Ouais, on n'y peut rien. On n'arrivera jamais à leur faire concurrence.

Elle se tut et réfléchit un instant tout en se massant les yeux.

— Et le matériel et le bétail ? demanda-t-elle soudain.

— J'y viens.

Il tira une bouffée, regarda la fumée grimper au plafond, prenant son temps.

— Il a une moissonneuse-batteuse presque neuve, pas plus de trois ans. Wood serait content de l'avoir. Pour les chevaux, faut voir. Mais il a du joli bétail.

Il s'arrêta, fumant toujours.

— Je lui ai dit que tu lui achèterais deux cent cinquante dollars la tête. Ça a paru lui convenir.

— Combien de bêtes ?

— Deux cents chez l'engraisseur. Que des herefords.

— Parfait. Tu peux conclure l'affaire.

— Autre chose encore...

Il écrasa sa cigarette. Une douce chaleur régnait dans le bureau. Il se carra confortablement au fond du fauteuil, puis continua :

— Il a deux ouvriers. D'abord il y a celui qu'il a embauché l'an dernier, un jeune blanc-bec qui sort de l'université. Un spécialiste en élevage, à ce qu'il paraît. Radley dit qu'il a les dents un peu trop longues mais qu'il est malin. Il en connaît un rayon en hybridation et en transplantation d'embryons. L'autre, Ned Tucker, qui est avec Radley depuis dix ans, est un bon cow-boy et travaille dur.

— Embauche-les. Au même salaire qu'ils avaient à High Springs.

— J'en ai parlé à Radley. L'idée lui plaît. Il aime bien Ned et ça lui ferait plaisir qu'il retrouve une bonne place.

Il s'apprêta à se lever et puis se ravisa.

— Autre chose encore...

— Quoi donc ?

— J'ai l'impression que tu crois que je ne suis plus capable de faire mon boulot.

— Pourquoi dis-tu ça, Ham ? demanda-t-elle, choquée.

— Parce que en plus de ton travail, tu fais la moitié du mien et de celui des autres aussi. Quand tu n'es pas derrière ton bureau, tu répares les clôtures, tu vas dans les pâtures, tu vérifies le matériel, tu soignes les bêtes...

— C'est parce que c'est moi qui dirige maintenant, mais tu sais bien que sans toi, je ne pourrais rien faire.

— Peut-être... mais je me demande aussi ce que tu veux prouver à un homme qui est mort.

— Je ne comprends pas ce que tu veux dire.

— Me raconte pas d'histoires ! Tu crois que je suis aveugle, trop gaga pour m'en apercevoir, peut-être ? Tu crois que tu peux me mentir ? À moi qui t'ai filé des fessées quand tu le méritais, et qui t'ai soignée quand tu te cassais la figure ? Tu es trop grande pour que je te donne une fessée, mais tu vas m'écouter, Willa ! Là où il est, Jack Mercy se contrefiche bien que tu travailles comme une mule.

— C'est mon ranch. Enfin pour un tiers !

Il hocha la tête.

— Oui. Parlons-en, justement ! Il t'a encore rabaissé plus bas que terre, comme il l'a fait toute sa vie. J'admets que j'aime bien les deux autres sauterelles, mais ce n'est pas le problème. S'il a fait ça, c'est pour te montrer que même dans la tombe, il était toujours le patron. En plus, il t'a imposé des étrangers pour te surveiller...

— Je suis d'accord, c'est toi qui aurais dû super-viser le ranch, Ham ! Je n'y avais même pas pensé. J'aurais dû m'apercevoir combien c'était humiliant pour toi.

Pour être humiliant, ça l'était ! mais il y avait des insultes que l'on pouvait surmonter.

— Ce n'est pas le problème, et je ne me sens pas particulièrement atteint. Ça lui ressemble trop.

— Tu as raison.

— Et puis, je n'ai rien contre Ben et Nat, ce sont des gars bien, honnêtes. Et il faudrait avoir une cervelle d'élan pour ne pàs comprendre ce que mijotait le patron en obligeant Ben à traîner par ici. Mais ce n'est pas le problème non plus. Ce que je veux te dire, c'est que tu n'as plus rien à prouver à Jack Mercy. Il serait temps que tu le comprennes.

— Ce n'est pas si simple. C'était mon père après tout.

— Et alors ! On prend bien le sperme d'un taureau pour inséminer une vache. Ça ne veut pas dire que c'est un père pour autant !

Abasourdie, elle le regarda.

— Je ne t'ai jamais entendu parler comme ça de lui. Je croyais que vous étiez amis.

— Je le respectais comme éleveur. Mais pas comme homme.

— Alors pourquoi es-tu resté chez lui si longtemps ?

Il hocha la tête lentement sans la quitter des yeux.

— Cette question ! marmonna-t-il.

« Il est resté pour moi ! Quelle idiote de ne pas y avoir songé. » Trop émue pour affronter son regard, elle se détourna.

— Tu m'as appris à monter à cheval.

— Il fallait bien que quelqu'un s'en charge, dit-il en se raclant la gorge. Tu passais ton temps à grimper sur tous les chevaux quand personne ne te regardait. Tu te serais brisé les abattis, sinon !

— Quand je me suis cassé le bras, à huit ans, c'est toi et Bess qui m'avez emmenée à l'hôpital.

— Bien obligé, elle était dans tous ses états !

Mal à l'aise, il se renfonça dans le fauteuil, tout en tapotant nerveusement l'accoudoir. Si sa femme n'était pas morte deux ans après leur mariage, il aurait peut-être eu des enfants. Grâce à Willa, dont il s'était occupé, il s'était un peu consolé.

— Bon, ça suffit. Ce n'est pas pour parler du passé que je suis là. Je te le répète, Willa, ça ne sert à rien de te tuer au boulot.

— Mais il y a tellement de travail. Et puis je n'arrête pas de revoir l'image de cette fille et de Pickles. Je ne peux pas m'empêcher d'y penser.

— Ce qui est fait est fait. Et ce n'est pas ta faute. Le fumier qui les a tués ne se préoccupait pas de toi, il a fait ça parce que c'est un tueur, c'est tout.

— Je ne veux pas avoir d'autres morts sur la conscience. Je ne le supporterais pas.

— Mais bon Dieu, pourquoi tu ne m'écoutes pas ! s'écria-t-il, furieux. Regarde-moi quand je te parle.

Elle lui obéit.

— Tu n'as pas de mort sur la conscience, tu m'entends ! Tu n'es qu'une idiote si tu crois le contraire. Et tu n'as pas besoin de te crever à la tâche vingt heures par jour. Il serait temps que tu songes à être une femme, à ton âge.

Willa le regarda, bouche bée. Il en fallait beaucoup pour que Ham se mette en colère. Et jamais, au grand jamais, il ne s'était mêlé de sa vie de femme.

— Que veux-tu dire ?

— Depuis combien de temps n'as-tu pas mis de robe et de chaussures à talons ? Je ne te parle pas de ce machin indécent qui te laissait les fesses à l'air le soir du nouvel an.

Elle éclata de rire et s'assit sur le bureau.

Il enfonça son Stetson jusqu'aux sourcils.

— Si j'avais été ton père, je t'aurais ordonné de te changer tout de suite, et crois-moi, tes oreilles l'auraient senti passer ! Enfin, c'est fini, maintenant. Ce que je veux simplement dire, c'est que tu devrais obliger McKinnon à t'emmener au restaurant ou au cinéma ou je ne sais où, au lieu de passer ton temps à traîner dans la boue.

— Eh bien, tu as mis le paquet aujourd'hui ! Et qu'est-ce qui te fait penser que j'ai envie de passer une soirée avec Ben McKinnon ?

— Même un aveugle se serait rendu compte de quelque chose quand vous dansiez. C'est tout ce que j'avais à te dire.

— Tu en es certain ? Pas d'observations sur mon régime, mon hygiène, ma manière de me conduire en société ?

Il réprima un sourire.

— Eh bien, si tu veux savoir, tu ne manges pas assez. Mais tu es propre, ça, on ne peut pas dire. Pour ce qui est de te conduire en société, tu es nulle. Bon, maintenant, il faut que j'aille travailler.

Il se dirigea vers la porte.

— Il paraît que Stu McKinnon est malade, lâcha-t-il avant de sortir.

— Ah bon ? Qu'est-ce qu'il a ?

— Oh, juste la grippe, il ne va pas encore casser sa pipe. Bess a fait une tarte aux patates douces, ça serait gentil si tu lui en apportais une part.

— Comme ça je pourrai m'exercer à être aimable, c'est ça ?

Elle jeta un coup d'œil aux papiers qui l'attendaient sur le bureau, puis considéra l'homme qui lui avait tout appris.

— D'accord, je vais aller le voir.

— Tu es une bonne petite, Willa.

Au volant du pick-up, Willa repassait dans son esprit tout ce que lui avait dit Ham : l'embauche de deux nouveaux ouvriers, deux cents nouvelles têtes de bétail. Et puis il y avait son entêtement à vouloir se prouver qu'elle méritait l'amour et l'estime d'un homme qui s'était moqué d'elle comme de sa première chemise. Plus grave encore, elle n'avait jamais montré sa reconnaissance à celui qui l'avait vraiment aimée.

Avait-elle empiété sur le territoire de Ham ces derniers mois ? Sans doute, mais elle pouvait y remédier. En revanche, malgré ses protestations, elle se sentait responsable des meurtres et ne parvenait pas à gommer la culpabilité qui ne la quittait pas.

Elle avait la chair de poule et remonta le chauffage. La route était dégagée. La neige qui avait été entassée sur les bas-côtés formait un couloir blanc avec pour toile de fond les pics enneigés sur le ciel d'un bleu éclatant.

Et quelque part, malgré le climat inhospitalier, un assassin se terrait.

Les chasseurs racontaient que le gibier était si abondant que les fusils étaient superflus. Les poulains étaient tous nés et le bétail engraissait tranquillement.

La nature suivait son cours tandis que la mort rôdait.

Lily resplendissait de bonheur et préparait son mariage qui aurait lieu au printemps. Tess avait réussi à emmener Nat pour un week-end dans la station la plus snob. Et maintenant, Ham voulait qu'elle mette des escarpins à la place de ses bottes.

Tous ces changements la terrifiaient.

Elle écrasa la pédale de frein : un cerf venait de déboucher devant ses roues. Le pick-up dérapa, glissa sur le côté et finit sa course en travers de la route.

— Tu peux être content de toi, mon beau ! lança-t-elle d'une voix mal assurée à l'animal qui la contemplait d'un air désabusé.

Tête appuyée contre le volant, elle attendit que les battements de son cœur se calment.

Soudain on frappa à la vitre. Elle sursauta. Le visage lui était inconnu. Un visage angélique, entouré de boucles châtaines sous un Stetson marron. Sous la moustache, un sourire. Elle glissa rapidement la main sous le siège pour attraper son fusil.

— Ça va ? demanda l'homme lorsqu'elle descendit la vitre de quelques centimètres. Je vous suivais et je vous ai vue déraper. Vous êtes blessée ?

— Non, ça va. J'ai eu un peu peur, c'est tout. Un moment d'inattention.

— Belle bête, hein ? fit-il.

Le cerf regagna le bas-côté de sa démarche altière et sauta le mur de neige sans effort.

— Je regrette de ne pas avoir ma carabine, continua-t-il. Ses bois auraient fait un joli trophée.

Willa avait toutes les peines du monde à dissimuler sa méfiance.

— Vous êtes sûre que ça va, mademoiselle Mercy ?

— Oui, répondit-elle, les doigts crispés sur le fusil. On se connaît ?

— Non, je ne crois pas. Je me présente, J. C., je travaille à Three Rocks depuis quelques mois.

Elle se détendit légèrement, mais n'ouvrit pas plus grand la vitre.

— Ah ! je vois, l'as du poker !

Il eut un grand sourire.

— Ma réputation me précède. J'avoue que c'est un plaisir de vous soutirer de l'argent par l'intermédiaire de vos gars. Mais vous êtes encore un peu pâle...

Jesse eut envie de la toucher. Elle avait du sang indien, ça se voyait. Ça serait un bon intermède de coucher avec elle, et puis ça ferait les pieds à Lily !

— Une chance que vous ayez de bons réflexes, sinon j'aurais été obligé de vous sortir des congères ! Vous devriez attendre un peu avant de repartir.

— Non, ça va, dit-elle en songeant qu'il avait des yeux magnifiques, mais redoutables. Je vais à Three Rocks, justement. J'ai appris que M. McKinnon n'était pas très en forme.

— Il a la grippe ; il est resté cloué au lit pendant deux jours mais ça va mieux. J'ai entendu dire que vous aviez eu des problèmes au ranch.

Elle eut un mouvement de recul.

— Vous devriez remonter dans votre pick-up, il fait trop froid pour rester dehors.

— Ça fouette les sangs. Comme la vue d'une jolie femme !

Il fit un clin d'œil séducteur et s'éloigna.

— Eh, dites à Jim que je l'attends pour sa revanche.

— Je n'y manquerai pas, merci de vous être arrêté.

— Tout le plaisir est pour moi. À bientôt !

Une fois dans son camion, Jesse éclata de rire. Ainsi, il venait de faire la connaissance de la fameuse Willa. Joli petit lot qui devait avoir le sang plus chaud que sa sœur. Il avait bien envie d'y goûter. D'humeur joyeuse, il fredonna durant le reste du trajet jusqu'à Three Rocks, ne la suivant pas de trop près. Lorsque leurs chemins se séparèrent devant le ranch, il klaxonna et lui fit un signe de la main.

Ce fut Shelly, le bébé dans les bras, qui ouvrit la porte.

— Willa, quelle bonne surprise ! Oh, de la tarte ! Rentre vite, ce genre de chose n'attend pas.

— C'est pour ton beau-père, répondit Willa en tenant le plat hors de portée des mains gourmandes de Shelly. Comment se sent-il ?

— Mieux ; il fait tourner Sarah en bourrique. C'est pour ça que je suis là : je suis venue lui donner un coup de main. Enlève ta veste et viens à la cuisine. En vérité, j'avoue que j'ai peur, toute seule à la maison. Je sais que c'est idiot mais il me semble que quelqu'un m'épie par les fenêtres. Rien que cette semaine, j'ai demandé dix fois à Zack de vérifier si tout était bien fermé. Avant, on ne fermait jamais à clé.

— Je sais, c'est pareil au ranch.

— Tu as eu des nouvelles de la police ?

— Non.

— N'en parlons plus, dit Shelly en baissant la voix comme elles approchaient de la cuisine. Pas la peine d'effrayer Sarah.

Elle ouvrit la porte en criant joyeusement :

— Regardez qui j'ai trouvé !

— Willa ! Comme c'est gentil d'être venue ! Assieds-toi, je viens de faire du café.

Sarah abandonna les pommes de terre qu'elle était en train d'éplucher, s'essuya les mains, et s'approcha de Willa pour l'embrasser.

Embarrassée, Willa se laissa faire, raide comme un piquet. Elle ne savait jamais comment réagir aux démonstrations d'affection.

— Euh, j'ai apporté de la tarte. Pour le malade. C'est Bess qui l'a faite. Aux patates douces.

— Ça le fera peut-être tenir tranquille cinq minutes. Tu remercieras Bess de ma part. Assieds-toi avec nous, prends du gâteau et du café. Tu tombes à pic, on ne savait plus quoi se raconter, Shelly et moi. J'ai l'impression que les hivers deviennent de plus en plus longs.

— Il paraît que Radley va aller s'installer en Arizona.

Sarah dressa aussitôt l'oreille.

— Ah bon ! Je n'étais même pas au courant.

— Il a vendu à des promoteurs. Ils vont construire un ranch pour touristes. Bisons et tout le cinéma.

— Eh bien dis donc ! fit Sarah en sortant le service à café réservé aux invités. Attends un peu que Stu apprenne ça, il va nous en faire une attaque.

— Que j'apprenne quoi ? lança Stu en apparaissant dans une vieille robe de chambre douillette. On a de la visite et personne ne me prévient ! Tiens, de la tarte ! Raison de plus pour m'appeler au lieu de me laisser moisir dans mon lit.

Il donna une petite tape amicale sur la tête de Willa.

— Ça ne risque pas ! répliqua sa femme. Tu n'y es jamais. Assieds-toi, on va manger la tarte que Willa t'a apportée avec le café.

Il tira une chaise et regarda sa belle-fille.

— Tu vas enfin me laisser faire un câlin à ma petite-fille ?

— Pas question. Tant que tu seras contagieux, tu regardes, mais tu ne touches pas.

— Elles en profitent, confia-t-il à Willa. Deux petits éternuements de rien du tout et elles m'attachent au lit en me gavant de médicaments.

— Il avait plus de 39 ! répliqua Sarah en lui servant une part de tarte. Mange et arrête de te plaindre. Les bébés geignent moins que toi quand ils sont malades.

Tout en disant cela, elle lui prit le menton et l'observa.

— Tu as meilleure mine. Tu peux rester un peu à table avec nous, mais après, au lit !

— Tu vois, elle profite de ma faiblesse ! fit-il en agitant sa cuillère.

Son visage s'éclaira lorsque la porte s'ouvrit pour laisser passer Zack.

— Ah, voilà du renfort ! Dépêche-toi mon gars, mais pas touche à ma tarte.

— Tarte à quoi ? Salut, Willa !

Zack McKinnon était mince mais musclé. Il avait hérité des cheveux bouclés de sa mère et de la mâchoire carrée de son père. Ses yeux étaient verts comme ceux de Ben mais plus rêveurs. Dès qu'il eut enlevé veste et chapeau, il embrassa sa femme et prit sa fille dans ses bras.

— Tu t'es essuyé les pieds ? demanda sa mère.

— Oui, m'man. C'est de la tarte aux patates douces ?

— Elle est toute pour moi, répondit Stu d'un air faussement sévère.

La porte s'ouvrit de nouveau, et Stu rapprocha rapidement le plat de son assiette.

— La jument pie m'a l'air sur le point de...

Ben vit Willa et un sourire éclaira lentement son visage.

— Salut, Willa !

— Elle a apporté de la tarte, annonça Zack d'un air gourmand, mais papa ne veut pas partager.

— Tarte à quoi ? demanda Ben en s'asseyant près de Willa et en lui caressant les cheveux.

Elle lui écarta la main.

— Celle que préfère ton père.

— Brave fille, fit Stu.

Il enfourna une grosse bouchée et s'arrêta net en voyant sa femme couper deux autres parts.

— Eh ! protesta-t-il, je croyais que c'était pour le malade.

— Si tu manges tout ça, tu seras vraiment malade ! Donne le bébé à Shelly, Zack, et sers du café à ton frère. Ben, arrête d'embêter Willa !

— Piapiapia, grommela Stu avec un sourire rayonnant lorsque Willa lui offrit sa part de tarte.

— Tu devrais avoir honte, Stuart McKinnon ! protesta Sarah d'un ton moqueur.

— Mais ce n'est pas ma faute, c'est elle qui me l'a donnée. Et comment vont tes jolies sœurs, Willa ?

— Bien. Adam et Lily se sont fiancés. Ils veulent se marier en juin.

— Un mariage ! s'exclama Shelly. Quelle bonne nouvelle !

— Notre petit Adam se marie, soupira Sarah, le regard embué. Tu te souviens, Ben, vous pataugiez tous les deux dans le torrent pour attraper les truites. Vous étiez si mignons !

Elle renifla et s'essuya les yeux.

— J'ai hâte d'y être, dit Shelly. Je me demande quelle robe Lily va choisir. Il faut que je lui donne l'adresse de la boutique à Billings où j'ai acheté la mienne. Si tu voyais leurs robes de demoiselles d'honneur ! Une couleur vive t'irait mieux à toi, Willa.

Willa faillit lâcher sa tasse.

— À moi, pourquoi ?

— Parce que toi et Tess vous allez être ses demoiselles d'honneur, évidemment. Il vous faut des couleurs franches. Bleu, rose fuchsia...

— Rose ?

Au ton désespéré de sa voix, Ben éclata de rire.

— Ne la torture pas, Shelly ! Ne t'inquiète pas, Willa, je te protégerai. Je vais être garçon d'honneur. Adam me l'a demandé ce matin. J'allais annoncer la nouvelle mais tu m'as coupé l'herbe sous le pied.

— J'ai intérêt à donner des conseils à Adam, dit Zack après avoir avalé jusqu'à la dernière miette de sa part. Tu te souviens des costumes de pingouins qu'on avait loués pour mon mariage, Ben ? Je dois encore avoir les marques. J'ai bien cru étouffer avant de pouvoir dire « Oui ».

Il esquiva les coups que lui lançait Shelly.

— Attends ! Je me souviens aussi que ma gorge était serrée d'émotion en voyant la femme sublime qui se dirigeait vers moi au bras de son père. Merveilleuse apparition, la plus belle de la terre.

— Bien dit, mon garçon, commenta Stu. J'aime les mariages, moi, bien que ta mère et moi on ait choisi la manière expéditive : on a fait une fugue.

— Bien obligés, compléta Sarah, sinon mon père t'aurait tiré dessus. Willa, tu demanderas à Lily si elle a besoin d'aide pour les préparatifs. Rien que de penser au mariage, j'ai l'impression que le printemps approche.

— Je n'y manquerai pas, Sarah. Merci pour tout, il faut que je retourne au ranch, maintenant.

— Oh, pas tout de suite ! fit Shelly en lui prenant la main. Tu viens à peine d'arriver. Je vais envoyer Zack à la maison chercher mes catalogues de robes de mariée et l'album de photos. Ça donnera des idées à Lily.

— Je suis sûre qu'elle sera ravie de venir ici les regarder avec toi. Je resterais bien encore un peu, mais il commence à faire sombre.

Et puis elle en avait par-dessus la tête de cette conversation.

— Elle a raison, murmura Sarah en jetant un coup d'œil inquiet par la fenêtre. Il vaut mieux ne pas se promener seule la nuit en ce moment. Tu la raccompagnes, Ben ?

— Oui, déclara-t-il en ignorant les protestations de Willa. Un de tes gars me ramènera ou je t'emprunterai un pick-up.

— Je serai plus tranquille, dit Sarah avant que Willa ne puisse refuser. Après ce qui est arrivé, je préfère que Ben soit avec toi.

— Très bien.

Une fois les adieux faits à la famille McKinnon groupée sur le pas de la porte, Willa grimpa derrière le volant.

— Tu as de la chance, tu sais, dit Willa.

— Pourquoi ?

Elle resta silencieuse jusqu'à ce qu'ils soient arrivés sur la route.

— Toi tu trouves ça normal parce que tu es habitué.

Perplexe, il se tourna vers elle.

— De quoi parles-tu ?

— De ta famille. Quand j'étais assise dans la cuisine — et pourtant ce n'est pas la première fois que j'y viens —, c'est devenu limpide. L'affection, la familiarité, la complicité, les souvenirs. Pour toi, c'est tout naturel.

Elle avait raison. Il n'avait encore jamais vu sa famille sous cet angle.

— Tu as des sœurs, toi aussi. Il y a de la complicité entre vous, ça se voit.

— Un peu, oui, peut-être, mais nous n'avons pas la même histoire, les mêmes souvenirs. Toi, tu commences une anecdote, et Zack la termine. Ta mère rit encore des tours pendables que vous lui jouiez quand vous étiez petits. Ça m'a frappée, aujourd'hui, en vous voyant. Ça devrait toujours être comme ça, les familles.

— Tu as raison.

— Il nous a volé notre enfance. Je commence seulement à comprendre de quoi il nous a dépossédées toutes les trois.

Lorsqu'ils atteignirent les terres du ranch Mercy, Willa s'engagea dans un chemin défoncé par les intempéries. Il ne lui demanda pas où elle allait. Il avait deviné.

Les tombes étaient enfouies sous la neige. Un vrai paysage de carte postale respirant la sérénité.

La pierre tombale de Jack Mercy, plus haute que les autres, se dressait hors de la neige dans un ciel bleu marine.

— Tu veux que je t'accompagne ?

— Non, je préfère y aller seule.

Elle s'enfonça jusqu'aux genoux dans la neige et se fraya un chemin vers la tombe de son père. Le vent était froid et cinglant, des nuées de neige tournoyaient au-dessus des tombes. Elle aperçut un troupeau de daims sur le flanc de la montagne, sentinelles veillant les morts.

La tombe était telle qu'il l'avait désirée et ressemblait à la vie qu'il avait menée : égoïste. Elle aurait dû s'en moquer, à présent qu'il était mort. Mort et enterré comme sa mère qui, elle, avait été bonne et généreuse.

Willa était née de cette union entre la bonté et la cruauté. Mais qui était-elle au fond ? Égoïste souvent, généreuse aussi. Enfin, elle l'espérait. Fière et peu sûre d'elle, intolérante mais compréhensive ; ni bonne ni cruelle, en tout cas, et c'était bien mieux comme ça. Elle les avait aimés tous les deux. La mère qu'elle n'avait jamais connue et le père qu'elle n'avait jamais ému.

— J'aurais tellement voulu que tu sois fier de moi, même si tu ne m'aimais pas. Mais jamais tu ne l'as été. Ham a raison. Tu m'as rabaissée plus bas que terre toute ma vie. Oh, je ne t'en veux pas pour les raclées que tu m'as données, c'était juste pour la forme, tu t'en fichais bien. Mais les humiliations... Tu m'as humiliée trop souvent. Et chaque fois je revenais comme un chien battu, courbant l'échine, attendant la prochaine volée. Si je suis là ce soir, c'est pour te dire que c'est fini... Tu croyais qu'en nous réunissant toutes les trois, nous nous déchirerions. Eh bien, tu t'es trompé : nous garderons le ranch, malgré toi ! Maintenant que nous nous sommes trouvées, nous resterons unies. Nous ne constituons peut-être pas une vraie famille toutes les trois, mais nous n'avons pas encore dit notre dernier mot.

Elle prit le chemin du retour, aussi solennelle qu'à l'allée.

Ben ne l'avait pas quittée des yeux. Lorsqu'elle revint, il nota avec soulagement qu'elle n'avait pas pleuré. Elle souriait même.

— Ça va ?

— Oui, répondit-elle en respirant à fond et en démarrant. Oui, très bien. Au fait, Radley a vendu son ranch. Je vais lui racheter une partie de son matériel et deux cents de ses têtes, et aussi embaucher ses deux gars.

— Bonne idée, répondit-il, dérouté par le brutal changement de sujet.

— Je ne te demande pas ton approbation, je t'informe simplement. Le rapport mensuel sera prêt demain.

Elle bifurqua pour prendre un raccourci enneigé.

— Parfait, fit-il en se grattant l'oreille.

— Laissons tomber le boulot. Pour en revenir à un plan plus personnel, je me demande pourquoi tu ne m'as jamais invitée à dîner au restaurant ou à aller au cinéma, au lieu d'essayer de me trousser à la moindre occasion.

— Pardon ? demanda-t-il, ahuri.

— Tu es toujours dans mes pattes, à me tripoter quand je te laisse faire, à vouloir me mettre dans ton lit, mais jamais tu ne m'as invitée à sortir.

— Tu veux que je t'invite à dîner, à aller au cinéma ?

— Qu'est-ce qu'il y a d'étonnant, tu as honte de moi ?

Elle arrêta le pick-up sans couper le contact et se tourna vers Ben. Il faisait sombre à présent mais elle y voyait assez pour constater qu'il semblait stupéfait.

— Alors, je suis assez bonne pour rouler dans la paille de l'écurie, mais pas assez pour que tu mettes une chemise propre et que tu te fendes de cinquante dollars pour une soirée ?

— Où as-tu été pêcher ça ? C'est idiot ! D'abord, je ne t'ai jamais emmenée dans l'écurie, tu n'es pas encore prête, et deuxièmement, je n'aurais jamais imaginé que tu avais envie d'aller au restaurant avec moi.

— Eh bien, tu avais tort.

Il prit un air penaud. La féminité avait du bon. Ce n'était pas compliqué de retourner McKinnon comme une crêpe.

C'est un piège, songea-t-il comme elle redémarrait. Elle l'appâtait pour mieux le rejeter. Il l'observa attentivement, attendant ce qui allait suivre.

Quelques minutes plus tard, elle se garait devant la maison.

— Tu n'as qu'à repartir avec le pick-up, j'enverrai deux gars le chercher demain matin. Merci de m'avoir raccompagnée.

Il se jeta à l'eau, certain de se faire remettre à sa place.

— Je passe te prendre samedi soir à six heures. Dîner et cinéma, ça te va ?

Elle retint le fou rire qui menaçait d'éclater et acquiesça d'un air sérieux.

— D'accord ; à samedi alors.

Puis elle sortit en lui claquant la portière au nez.

17

L'hiver s'éternisait. Par deux fois les routes menant au ranch furent bloquées par des congères de trois mètres de haut, entassées là au gré d'un vent implacable.

Mais la nature suivait son cours. Dans l'étable, Willa, manches retroussées, transpirait à grosses gouttes en aidant les veaux à venir au monde.

Dans un concert de meuglements, elle enfonça les bras jusqu'aux coudes pour saisir l'animal récalcitrant. Elle tira de toutes ses forces, et réprima un cri de douleur lorsqu'une contraction lui broya les mains. Elle attendit, prit une profonde inspiration et tira une fois de plus. Le veau apparut enfin.

— Ça y est ! s'écria-t-elle, les bras couverts de sang et de liquide amniotique. Allez ma grosse, encore un petit effort... Billy ! Tiens-toi prêt avec la seringue.

Comme un nageur s'apprêtant à plonger, elle remplit ses poumons et rassembla ses forces pour profiter de la contraction suivante. Le veau fut éjecté brusquement, comme un bouchon de champagne.

Les bottes de Willa étaient gluantes, son pantalon en velours épais affreusement taché. Si tout se passait bien, la mère laverait son petit, sinon ce serait le travail de Billy. Ces dernières semaines, elle lui avait appris à faire des piqûres ; maintenant, il pouvait effectuer seul les injections aux nouveau-nés.

— Je te les laisse, Billy, je passe à la suivante, dit-elle en se massant les reins. Ham ?

— J'arrive ! répondit-il, sans quitter des yeux Jim qui aidait un autre veau à naître.

Même en les aidant, on ne savait jamais si tout se passerait bien ; il suffisait que le veau soit trop gros ou malformé et l'on risquait de perdre la mère et le nouveau-né. Willa se souvenait encore de son premier échec, du sang, de la douleur et de son impuissance. Bien sûr, si l'on pensait qu'il risquait d'y avoir des problèmes, on pouvait faire appel au vétérinaire, mais comme le vêlage avait lieu en pleines intempéries, c'était généralement à l'éleveur de se débrouiller.

Anabolisants et hormones de croissance permettaient de produire des veaux plus gros et de gagner plus d'argent, mais le prix à payer était trop élevé. Les vaches étaient désormais incapables de mettre bas sans l'aide des hommes.

Mais tout cela allait changer. Et on verrait qui avait raison. Elle n'avait rien à perdre. Si l'expérience d'un élevage plus naturel se révélait être un échec, elle serait la seule à blâmer.

— Le café est servi ! lança Tess du seuil de l'étable.

Soudain, elle devint livide et s'arrêta net. Sa vision se brouilla. Elle eut soudain l'impression de se trouver dans un abattoir à l'atmosphère viciée par l'odeur de sang, de sueur et de paille souillée. Elle fit demi-tour et s'appuya au chambranle pour respirer à pleins poumons l'air glacé du dehors.

Traîtresse de Bess ! Si elle l'avait envoyée porter le café dans l'étable, c'était en connaissance de cause. Elle se vengerait, plus tard. Mais pour le moment, elle ne devait pas battre en retraite. Ça lui forgerait le caractère. Rassemblant tout son courage, elle rentra de nouveau dans l'étable.

— Le café est servi, répéta-t-elle en regardant, fascinée, Willa extraire un veau du ventre de sa mère. Comment arrives-tu à faire ça ?

— Tout dans les bras ! Tu me sers ? J'ai les mains pleines !

— Oui, je vois.

Tess fit la grimace lorsque le placenta suivit le veau sur le sol de l'étable. Ce n'était pas un spectacle très ragoûtant. D'ailleurs, aucune naissance ne l'était. Pourtant, lorsqu'elle avait vu les juments pouliner, elle avait trouvé la scène presque touchante. Mais ça, c'était obscène, dégoûtant !

Elle proposa une tasse de café à Billy.

— J'en veux bien aussi, lança Jim en lui faisant un clin d'œil. Vous me remplacez cinq minutes ? Ce n'est pas aussi difficile que ça en a l'air.

— Non merci, sans façon.

Avec un sourire, elle lui tendit le café brûlant. Ça ne la gênait plus désormais d'être considérée comme une citadine trop cruche. En fait, dans ce genre de situation, c'était plutôt un avantage.

— Pourquoi est-ce qu'elles n'accouchent pas toutes seules ?

— Les veaux sont trop gros.

— Les juments ont de gros poulains aussi, et nous les avons à peine aidées.

— Les vaches sont bourrées d'hormones. Leurs veaux sont deux fois plus gros qu'elles !

— Et que se passe-t-il si vous n'êtes pas là ?

— Alors, c'est pas de veine ! fit-il en lui rendant la tasse.

Elle prit soin d'ignorer les traces de doigts qui maculaient la porcelaine et ne s'attarda pas sur la signification de la réponse de Jim.

— Je vous laisse le thermos, dit-elle.

— C'est une fille bien, déclara Jim une fois que la porte se fut refermée sur elle.

Willa lui fit un petit sourire et s'arrêta un instant pour se verser un café.

— Ouais, elle n'est pas mal.

— Quand elle est entrée, elle a failli vomir. J'ai cru qu'elle allait se tirer sans demander son reste, mais non.

— Elle pourrait nous filer un coup de main, lança Billy. Je ne la vois pas enfoncer le bras jusqu'au coude dans une vache, mais elle pourrait faire les piqûres.

— Je crois qu'il vaut mieux la laisser à ses poulets, répliqua Willa. Pour le moment en tout cas.

Nat était venu dîner. Un feu brûlait dans la cheminée, et Tess, qui avait retrouvé son aplomb, faisait depuis quelques minutes un récit haut en couleur de la scène à laquelle elle avait assisté.

— Ça beuglait si fort qu'on s'entendait à peine parler, acheva-t-elle.

— J'ai trouvé ça extraordinaire, déclara Lily, sirotant son thé, blottie contre Adam. Je serais bien restée plus longtemps mais je craignais de déranger.

Willa avala une gorgée de café-cognac.

— Au contraire, tu nous aurais donné un coup de main.

— C'est vrai ? Alors je viens demain.

— Tu n'es pas assez costaud pour aider les vaches à vêler, mais tu pourras faire les piqûres. Par contre, je suis prête à parier que Tess, qui est grande et musclée, pourrait sortir un veau sans effort.

— Si elle ne s'évanouit pas avant, intervint Nat.

Tous rirent, sauf Tess. Elle rejeta la tête en arrière d'un air dédaigneux et se passa élégamment la main dans les cheveux.

— J'en suis tout à fait capable, ce n'est qu'une question de volonté.

— Je te parie vingt dollars que tu te dégonfles avant même de commencer.

Zut ! Elle était coincée.

— Pour cinquante dollars, je t'en sors un tout entier.

— Ça marche ! Rendez-vous demain, et le ranch ajoute dix dollars de mieux par veau.

— Pfff ! Dix, c'est mesquin.

— Ça dépend du nombre. Ça te paiera ta prochaine visite chez le coiffeur à Billings.

— Tu peux ajouter aussi une visite chez l'esthéticienne. Entre parenthèses, ça ne te ferait pas de mal non plus. Une séance de manucure aussi, à moins que tu n'aimes avoir les mains comme des râpes.

— Je n'ai pas de temps à perdre dans les salons de beauté !

Tess fit rouler son verre entre ses mains.

— Trouillarde ! Si je sors autant de veaux que toi, le ranch nous paye à toutes les trois un week-end de remise en forme à Big Sky. Qu'est-ce que tu en penses, Lily, c'est une bonne idée, non ?

— Euh, je... bégaya-t-elle, ne voulant pas prendre parti.

— On en profiterait pour faire des achats pour le mariage.

— Oh, oui ! s'écria-t-elle en regardant amoureusement Adam. C'est une très bonne idée.

— Traîtresse, murmura Willa en riant. D'accord, tu as gagné. Mais je te préviens que si tu perds le pari, tu es encore bonne pour une corvée de lessive.

Nat dissimula un sourire et s'absorba dans la contemplation de son verre de cognac pour éviter les foudres de Tess.

— Bon, ce n'est pas tout, il faut que j'aille finir d'entrer les naissances sur le registre, annonça Willa en se levant.

Elle se figea soudain.

Était-ce une ombre qu'elle venait d'apercevoir à la fenêtre ? Un visage ?

Se gardant bien d'en parler aux autres, elle se dirigea vers la porte.

— Si j'étais toi, Tess, lança-t-elle avant de sortir, je ne me coucherais pas trop tard, tu vas avoir besoin de toutes tes forces demain.

— J'imagine déjà tes hurlements quand l'esthéticienne te fera une épilation.

Elle vit avec plaisir le regard affolé que lui jeta Willa en refermant la porte du salon.

— C'est plus fort que moi, reprit-elle, il faut toujours que j'aie le dernier mot.

— Excusez-moi une minute, dit Adam, se levant à son tour.

Il rejoignit Willa qui chargeait un fusil dans la bibliothèque.

— Que se passe-t-il ?

À Adam, elle ne pouvait jamais rien dissimuler.

— J'ai cru voir bouger quelque chose dehors.

— Et tu y allais seule ? dit-il en prenant une arme.

— Pas la peine d'affoler les autres. J'ai sans doute trop d'imagination.

— Tu as beaucoup de qualités mais certainement pas celle-là.

Elle accusa le coup sans broncher. La vérité était parfois douloureuse à entendre.

Ils enfilèrent leurs vestes dans la buanderie. Au moment où Willa allait sortir, Adam la repoussa fermement pour passer le premier.

Jesse, caché dans l'ombre, observait Willa et Adam. Il n'avait qu'une envie : se servir de son arme. Lui, d'abord, il le saignerait. Et ensuite, elle : il l'emmènerait, jouerait un peu avec, et après il la tuerait.

Oui, mais pas maintenant. C'était trop risqué. Ils étaient armés et il y avait du monde à l'intérieur. Il avait eu le temps de les voir, avant qu'ils ne sortent, Lily entre autres, qui riait en se frottant contre son métèque.

Il valait mieux attendre. Attendre le bon moment. Ça ne serait sans doute pas long.

Peut-être que s'ils approchaient de l'étable... Il savait ce qu'ils découvriraient là-bas. Il en venait.

— On fait le tour jusqu'aux fenêtres de devant, murmura Willa. Quand je me suis levée, j'ai cru voir un visage, quelqu'un qui nous regardait, mais ça n'a été qu'un éclair et il faisait trop noir.

Adam acquiesça. Le chemin enneigé était couvert de traces de pas. Cela n'avait rien d'étonnant, avec toute l'activité de ces derniers jours autour de l'étable. En revanche, la neige de la pelouse était pratiquement immaculée ; la surface givrée crissait à chacun de leurs pas.

— C'était peut-être un des gars, remarqua Willa tout en gardant les yeux rivés au sol. Non, c'est idiot, il ne serait pas reparti sans frapper.

— Oui, je ne vois pas l'intérêt de piétiner les plates-bandes pour regarder par la fenêtre.

En disant cela, Adam fit un geste pour lui montrer les traces près de la maison entre les buissons à feuilles persistantes qui fleurissaient à la fin du printemps.

— Je n'ai pas rêvé alors.

D'où il se tenait, Adam voyait parfaitement le salon. Lily riait en buvant son thé, puis elle se leva et offrit du cognac à Nat.

— Ça n'a jamais fait le moindre doute dans mon esprit. Quelqu'un s'intéresse beaucoup à Lily...

— Pourquoi spécialement à elle ?

— Son ex-mari, Jesse Cooke, n'est plus en Virginie.

— Comment le sais-tu ? demanda-t-elle en jetant un coup d'œil autour d'eux.

— Nat a mené son enquête. Il ne va plus à son travail et il a quitté son appartement depuis octobre.

— Tu crois qu'il la cherche ? Tu es bien sûr que Lily n'a dit à personne où elle allait ?

— À part une petite lettre à sa mère, répondit-il en s'éloignant de la maison.

— Lily ne sait pas où il pourrait se cacher ?

— Je ne lui ai même pas dit que je pistais Cooke. Ne lui en parle pas.

— D'accord, mais il faut prévenir Tess. Il vaut mieux que l'on soit plusieurs à être sur nos gardes. Est-ce qu'on sait à quoi il ressemble ?

— Non, mais je vais me renseigner.

— Très bien. En attendant, on ferait mieux de faire le tour du ranch. Je vais par là et...

— On reste ensemble, coupa-t-il en la retenant par le bras. Deux personnes sont déjà mortes. Je ne sais pas s'il s'agit de Cooke mais en tout cas il y a un dingue qui rôde dans le coin. On ne se sépare pas.

Ils firent le tour de la maison à pas feutrés. Le vent sifflait, le ciel était de cristal, les étoiles scintillaient et la lune aux trois quarts pleine éclairait d'une lueur blafarde la neige sous leurs bottes.

Des meuglements percèrent le silence glacé. Bruit sinistre. Bizarre, songea Willa, d'habitude les cris des animaux la réconfortaient. Mais ce soir, ils résonnaient de façon lugubre.

— On dirait qu'il y a de l'agitation, dit-elle en regardant vers l'étable. Allons voir ça de plus près.

Adam, inquiet, songea à ses chevaux dans l'écurie. Il aurait aimé aller y faire un tour mais il ne voulait pas laisser Willa seule.

— Tu entends ? murmura-t-elle.

— Non.

Il se retourna. Ils étaient maintenant dos à dos, surveillant ainsi tout le terrain.

— On aurait dit que quelqu'un sifflait... J'ai dû rêver ! Ce doit être le vent. Par ce froid, ça m'étonnerait que quelqu'un se promène en sifflant. Il faudrait être...

— Dingue...

— Oui. Allons-y, fit-elle, frigorifiée malgré sa veste en mouton.

Elle avait eu l'intention d'aller directement à l'étable mais le troupeau groupé au fin fond du corral attira son attention.

— Ce n'est pas normal, dit-elle. On dirait qu'elles ont peur.

Elle marcha jusqu'à la barrière qu'elle ouvrit.

Au début, elle ne voulut pas le croire et pensa que ce n'était que le reflet de la lune sur la neige. Mais l'odeur lui était trop familière à présent pour qu'elle ait le moindre doute.

— Adam !

Elle mordit son poing serré pour refouler la nausée.

Les veaux avaient été massacrés. Les veaux qu'elle avait mis au monde elle-même ! Impossible à première vue de voir s'il y avait des survivants. À présent, au lieu de se blottir contre leur mère, ils gisaient ventre ouvert. Une horrible mare de sang rouge vif se mêlait à la neige.

C'était lâche, mais elle se détourna du carnage. Elle s'appuya contre la barrière, fusil baissé, et attendit que le malaise se dissipe.

— Pourquoi ? murmura-t-elle. Je ne comprends pas.

— Moi non plus, dit Adam sans cesser de scruter les alentours. Je te ramène à la maison et je m'en occupe.

— Non, je ne te laisse pas. On ne peut pas les enterrer, le sol est trop dur, il va falloir les brûler. Il faut vite les éloigner des autres bêtes.

— Nat et moi on peut s'en charger.

Mais ça ne servait à rien d'insister.

— OK, on le fait ensemble. Mais ça t'ennuierait de rentrer un moment pendant que je vais voir s'il n'est rien arrivé aux chevaux ?

— Tu as raison ! Je n'y avais même pas pensé. Vite ! Allons-y.

Ils coururent ensemble vers l'écurie. La peur l'étourdissait. Elle était certaine qu'en ouvrant la porte elle serait de nouveau confrontée à l'horrible odeur de mort, mais ce fut l'odeur de foin, de cheval et de cuir qui les accueillit.

Par précaution, ils vérifièrent tout de même chaque box, puis le corral derrière l'écurie et laissèrent toutes les lumières allumées derrière eux.

Adam alla ensuite chez lui jeter un coup d'œil aux chiens. Depuis l'incident du chat, il les enfermait toutes les nuits. Ils lui firent fête en frappant le sol de la queue. Il songea, à la fois inquiet et amusé, qu'ils auraient fait le même accueil enthousiaste à un fou armé.

— Je téléphone à Nat pour lui dire de nous rejoindre à l'étable. J'appelle Ham aussi.

Willa, penchée, caressait Chili.

— Oui, que tout le monde vienne. Je veux aussi l'emploi du temps de chacun durant les deux dernières heures.

La tâche ne fut pas particulièrement ardue, mais éprouvante. Il fallut empiler les veaux sur le sol couvert de neige. Tout le monde était là, s'activant sans un murmure.

À un moment donné, Willa surprit Billy qui essuyait des larmes. Elle ne lui en voulut pas : elle aussi aurait aimé pleurer si elle l'avait pu.

Quand ils eurent terminé, elle prit le bidon d'essence des mains de Ham.

— Donne-moi ça, dit-elle d'un air sombre.

Il voulut protester mais céda et fit signe aux hommes de s'écarter.

— Comment fait-elle pour tenir le coup ? murmura Lily qui tremblait de froid aux côtés de Tess derrière la barrière du corral.

— Elle n'a pas le choix, répondit Tess en sentant un grand frisson lui parcourir l'échine lorsque Willa aspergea d'essence les cadavres. Et nous non plus. Tu veux rentrer ?

Elle passa un bras autour des épaules de Lily pour l'éloigner. Lily mourait d'envie de se sauver, mais elle fit signe que non.

— Je veux rester jusqu'au bout.

Willa resserra le bandana qu'elle avait mis pour se protéger le bas du visage et prit la boîte d'allumettes que lui tendait Ham.

Le feu prit immédiatement. En quelques secondes les flammes répandirent une odeur écœurante de viande grillée. La fumée que le vent rabattait sur elle lui piquait les yeux et la gorge. Elle recula d'un pas, puis de deux.

— Je vais prévenir Ben, dit Nat qui s'était approché.

— Pour quoi faire ? demanda-t-elle, les yeux rivés sur le feu.

— Il faut le mettre au courant. Tu n'es pas seule, Willa.

Pourtant, elle ne s'était jamais sentie aussi isolée.

— Merci, Nat.

— Je vais rester ici cette nuit.

— J'imagine que ce n'est pas la peine de demander à Bess de te préparer une chambre ?

— Non. Je vous aiderai à monter la garde.

Elle se tourna vers Ham.

— Désormais, on monte la garde vingt-quatre heures sur vingt-quatre. Par équipes de deux. Nat reste ici, nous serons donc six cette nuit. Wood restera chez lui pour surveiller sa famille. Billy et moi on prend le premier tour. Jim et toi vous prendrez la relève à minuit, et Nat et Adam à quatre heures.

— D'accord.

— Demain, tu te chargeras de joindre les deux ouvriers de High Springs. On a besoin d'eux. Propose-leur une prime éventuellement, mais débrouille-toi pour qu'ils viennent vite.

— Ils seront là à la fin de la semaine, répondit-il. Je vais dire à Bess de faire du café, on en aura besoin.

Il posa la main sur l'épaule de Willa, rarissime marque d'affection de sa part.

— Ne fais pas d'imprudences, tu m'entends, ma petite fille ?

— Il n'y aura plus de mort au ranch, affirma-t-elle gravement.

Elle se retourna et vit ses deux sœurs côte à côte près de la barrière.

— Tu veux bien les raccompagner à la maison, Ham ? Dis-leur de ne pas sortir.

— J'y vais.

— Et dis aussi à Billy de prendre un fusil.

Elle resta encore un moment à regarder les flammes crépiter dans la nuit noire.

TROISIÈME PARTIE

LE PRINTEMPS

La petite folie du printemps...
Emily DICKINSON

18

Le ranch Mercy était en pleine effervescence. Tout comme à Three Rocks, pensa Ben. Dans l'étable, chacun s'occupait à sa tâche. Des tas de neige souillée bordaient le corral, des panaches de fumée grise s'échappaient des cheminées.

Hormis le cercle noir au-delà de la barrière, il n'y avait plus aucune trace du récent massacre.

Sauf si l'on regardait plus attentivement le visage de chacun : les regards étaient inquiets et fermés. Chez lui, les employés montraient la même anxiété et, suivant l'exemple de Willa, il avait organisé une garde vingt-quatre heures sur vingt-quatre.

Il fit un geste du bras pour l'appeler.

Bon sang, ce que c'était frustrant de ne pas pouvoir lui être d'une plus grande aide !

— Je n'ai pas vraiment le temps de bavarder, dit-elle sèchement.

Aucune trace de peur sur son visage, seulement la fatigue qui lui tirait les traits. Où était-elle, la jeune femme qui avait flirté et ri avec lui au-dessus d'une nappe blanche et qui avait partagé du pop-corn au cinéma ? Il aurait aimé l'emmener loin du ranch de nouveau, juste pour une soirée. Mais il savait que c'était impossible.

— Tu as embauché les deux gars de High Springs, à ce que je vois.

— Ils sont arrivés hier soir.

Elle jeta un coup d'œil en direction de Matt Bodine, déjà surnommé « l'intello ». Son Stetson gris pâle couvrait des cheveux d'un roux éclatant. Il avait un visage rond, juvénile, qu'il essayait de vieillir avec une fine moustache. Il était intelligent et costaud et ne manquait pas de bonnes idées.

Ned Tucker, lui, était un cow-boy sans âge, mince et taciturne. Son visage était couvert de rides dues au grand air. Les yeux d'un bleu délavé, un éternel cigare mâchouillé au coin des lèvres, il parlait peu et travaillait dur.

— Ils feront l'affaire, reprit-elle après un moment.

— Je connais assez bien Tucker.

Ben marqua une légère pause : le connaissait-il vraiment ? Il en venait à soupçonner tout le monde.

— Il est sacrément doué au lasso et il remporte le rodéo tous les ans. Bodine m'a l'air un peu jeunot, lui.

— J'ai besoin de lui aussi. Et puis je préfère les avoir au ranch, si jamais c'est l'un d'eux qui... je les aurai à l'œil plus facilement.

Elle poussa un soupir.

— On a perdu huit veaux, Ben. Je ne veux pas que ça se reproduise.

— Willa, fit-il, posant la main sur son bras pour la retenir avant qu'elle ne s'en aille, dis-moi ce que je peux faire pour t'aider ?

— Rien ! répliqua-t-elle, tout en regrettant immédiatement sa dureté. Personne n'y peut rien. Il faut que l'on s'en sorte, c'est tout. Voilà deux jours qu'il ne s'est rien passé. Peut-être que c'est fini, qu'il est parti ?

Elle n'y croyait pas, mais essayait de s'en convaincre.

— Comment tes sœurs ont-elles réagi ?

— Mieux qu'on aurait pu le penser, reconnut-elle, esquissant un sourire. Tess nous a aidés avec les veaux. Elle s'est bien débrouillée.

— J'aurais aimé voir ça.

Son sourire s'agrandit.

— Ça valait le coup, surtout quand son jean a craqué.

— Sans blague ! Tu as pris des photos ?

— Non, mais je le regrette. Elle jurait comme un charretier, et je peux te dire que les gars se sont régalés. On lui a donné un pantalon de Wood. Tiens, la voilà. Ça lui va mieux que son jean moulant, quand même !

— Je ne suis pas vraiment d'accord.

Tess les rejoignit. En plus du large pantalon de velours, elle portait un Stetson enfoncé jusqu'aux sourcils et une veste qu'elle avait empruntée à Adam.

— Salut, rancher McKinnon !

— Salut, rancher Mercy !

Elle lui fit un grand sourire en touchant du doigt le bord de son chapeau.

— Lily est en train de préparer des litres de café, annonça-t-elle à Willa. Après, elle revient piquer le cul des veaux.

— Et toi, tu continues à nous aider ? demanda Willa.

Tess les regarda tour à tour. Vu leur expression hilare, elle devina qu'ils venaient de se raconter ses exploits.

— Oui. Je me suis dit que j'allais m'en faire encore une petite fournée, d'autant plus que le week-end prochain, à la même heure, nous serons dans les bains bouillonnants de Big Sky.

— Comment ça ? demanda Willa, plus du tout amusée.

— Notre pari, tu te rappelles ? fit-elle suavement. J'ai deux veaux d'avance sur toi. Ham a compté.

— Quel pari ? demanda Ben.

— Tu dis n'importe quoi ! s'exclama Willa en se campant, l'air menaçant, devant sa sœur.

— Pas du tout, on a compté. Le ranch nous doit un week-end au Centre de remise en forme. J'ai déjà fait les réservations, on part vendredi matin.

— Pas question. Je ne peux pas quitter le ranch pour aller me prélasser dans des bains de boue pendant deux jours.

— Parjure !

Willa la foudroya du regard. Avec un raclement de gorge, Ben jugea plus prudent de se mettre hors d'atteinte.

— Avec ce qui s'est passé, je n'ai pas eu le temps de songer à ce pari idiot ! Il a fallu que j'appelle les flics, que je discute avec eux, et je n'ai pas pu m'occuper des veaux plus de deux heures par jour.

— Un pari, c'est un pari. J'ai gagné et nous allons partir en week-end. Si jamais tu te désistes, toute la région, que dis-je, tout l'État saura que Willa Mercy n'a pas de parole !

— C'est faux ! Tu n'es qu'une menteuse !

— Mesdames...

Willa tourna brusquement la tête. Ses yeux lançaient des éclairs.

— La ferme, McKinnon !

— D'accord, je n'ai rien dit, murmura-t-il, tendant les mains pour la calmer.

— Alors toi, tu veux te tirer pendant qu'on est dans la panade ! jeta Willa en poussant Tess d'une bourrade. Eh bien, tire-toi ! Moi je m'occupe du ranch.

— Tu viendras, fit Tess, la poussant à son tour. Parce qu'on a parié et que tu as perdu, et parce que Lily compte dessus. Il serait temps que tu songes aux autres. Je me suis décarcassée pour organiser ce week-end. Ça fait six mois que je suis coincée dans ce ranch paumé parce qu'une espèce de vieux salaud a voulu jouer un dernier tour de cochon depuis la tombe...

— Dans six mois, tu seras loin !

Pourquoi cette idée la rendait-elle encore plus furieuse ? se demanda Willa.

— Un peu, que je serai loin ! Dès que j'ai fini mon temps, je fiche le camp de ce bagne. Mais en attendant, je joue le jeu et je respecte mes engagements. Et tu vas me faire le plaisir de t'y mettre aussi. Je te jure qu'on ira à Big Sky, même si je dois t'assommer pour te fourrer dans la jeep.

— Le pick-up, corrigea Willa en redressant le nez dédaigneusement. Tu ne serais même pas capable d'assommer un basset hémiplégique.

— Jeep, pick-up c'est du pareil au même ! Je t'emmerde, Calamity !

Ce fut l'étincelle qui déclencha la bagarre. Le poing de Willa s'écrasa automatiquement sur le menton de sa sœur et la fit tomber à la renverse en laissant une vilaine marque rouge sur sa mâchoire.

Willa se baissa aussitôt pour s'excuser.

— Je suis désolée, je n'aurais pas dû...

Elle n'eut pas le loisir de pousser plus loin ses excuses : Tess se lança sur elle comme un boulet, la propulsant dans la neige boueuse. Elles roulèrent ensemble, se battant des mains et des pieds avec des cris de furies.

Ben n'hésita pas plus de cinq secondes sur la conduite à tenir : surtout ne pas s'en mêler.

La lutte était serrée. Les coups volaient bas. Repoussant son chapeau en arrière, Ben salua d'un geste de la main les gars qui sortaient de l'étable, attirés par le bruit.

— Ça devait arriver, maugréa Ham. Qu'est-ce qui a mis le feu aux poudres ?

— Une histoire de pari, de bains de boue et de pick-up.

Ham sortit tranquillement son paquet de tabac tandis que les hommes formaient un cercle. Il serra les dents en voyant un poing atteindre un œil.

— Elle aurait dû le voir arriver, celui-là, commenta-t-il en hochant la tête. Elle a oublié ce que je lui ai appris. Remarque, elle est plus roublarde, elle devrait avoir le dessus.

— Tu crois qu'elles se griffent ? demanda Billy.

— Combien on parie que Willa gagne ? fit Jim en reculant comme les deux femmes roulaient dangereusement près de ses bottes. Dix dollars sur Willa !

— Quelquefois, il vaut mieux s'abstenir de parier, déclara Ben.

Tess était furieuse. Elles étaient loin, ses deux années de karaté ! Sa rage augmentait chaque fois qu'un des coups de Willa atteignait son but. Il n'y avait ni règles ni tapis pour amortir les coups, et pas d'arbitre.

Willa lui enfonça le visage dans la neige sale. Elle en eut plein la bouche et recracha en lançant une bordée de jurons.

Pour se venger, elle attrapa une poignée de cheveux et tira de toutes ses forces. La vue de Willa se brouilla. Des larmes de douleur et de colère lui brûlaient les yeux tandis qu'elle essayait de se dégager. Elle entendit un bruit de déchirure et pria pour que ce ne soit pas son cuir chevelu. Seule la fierté l'empêchait d'utiliser les dents. Elle le regretta amèrement lorsqu'elle se trouva allongée de tout son long sous sa sœur.

Tess, dans un sursaut de lucidité, s'était souvenue d'une prise et avait réussi à l'immobiliser en s'asseyant sur elle.

— Abandonne ! lança-t-elle, tout en résistant aux tentatives de Willa pour se dégager. Je suis plus forte que toi.

— Ôte tes grosses fesses de là !

Willa banda ses forces et réussit à l'éjecter, puis elle se dégagea rapidement sur le côté et s'agenouilla.

Le cercle des hommes les regardaient dans un silence respectueux tandis qu'elles reprenaient leur souffle sans se quitter des yeux. Willa essuya de la main le sang qui dégoulinait de son menton, pas mécontente de constater que Tess, d'habitude si élégante, était à présent couverte de neige, cheveux en bataille, lèvres gonflées et sanglantes.

Tess commençait à ressentir les effets de la bagarre. Chaque os, chaque muscle, chaque centimètre de peau était à vif, mais elle serra les dents.

— Match nul ? demanda-t-elle.

Willa approuva lentement d'un signe de tête puis jeta un coup d'œil à la foule qui les observait.

— Je ne vous paie pas pour vous tourner les pouces, bande d'incapables !

— Non, m'dame, répondit Jim en s'approchant pour l'aider à se relever, mais il s'arrêta devant le regard agressif de Willa.

— Au boulot, les gars ! déclara Ham.

Les hommes lui obéirent. Quelques secondes plus tard, les discussions allaient bon train dans l'étable, ponctuées de grands éclats de rire.

— C'est fini maintenant ? demanda Ham à Willa d'un ton sec.

Elle acquiesça, l'air embarrassé, et se pencha pour frotter la boue qui maculait son pantalon.

— Très bien, fit-il en écrasant du talon son mégot. La prochaine fois que vous aurez envie de vous battre comme des chiffonnières, faites-le ailleurs pour ne pas distraire les gars. Au revoir, Ben.

Il toucha son chapeau du bout du doigt et repartit.

En homme avisé, Ben réprima son envie de sourire et demanda d'un ton qu'il espérait suffisamment neutre :

— Puis-je me permettre de vous aider ?

— Je peux me lever toute seule, grommela Willa.

Elle se remit debout, et parvint tout juste à étouffer un gémissement de douleur. Elle était trempée, frigorifiée, sa chemise était en lambeaux et son œil gauche l'élançait atrocement. Elle vérifia d'un coup de langue si toutes ses dents étaient bien en place.

— Moi, je veux bien un coup de main, fit Tess, tendant le bras telle une princesse désabusée.

Elle se laissa aider, songeant avec horreur à ce qu'elle découvrirait devant le miroir, et le remercia.

— Willa ? fit-elle ensuite avec un sourire glacé, puisque nous nous sommes mises d'accord, n'oublie pas : rendez-vous vendredi matin, et pense à emporter une robe.

Willa, muette de colère, tourna les talons et entra dans l'étable. Les rires à l'intérieur cessèrent immédiatement.

Ben sortit son bandana de sa poche et essuya doucement le sang au coin de la bouche de Tess.

— Elle viendra. Tu l'as blessée en mettant en doute sa parole. Il n'y a rien qui compte plus pour elle.

— En tout cas, ça m'a coûté cher, déclara-t-elle en effleurant la bosse qui gonflait sur sa tempe. Je ne m'étais pas battue comme ça depuis mes treize ans : Anne-Marie Bristol m'avait traitée de quinze tonnes, je lui ai fichu une dérouillée dont elle doit encore se souvenir. Après j'ai commencé un régime draconien.

Il se baissa pour ramasser le chapeau écrasé de la jeune femme.

— Ça t'a réussi.

— Ouais, fit-elle en enfonçant le Stetson sur ses cheveux plaqués par la boue. Je suis en forme, mais je n'aurais jamais cru que je pourrais l'envoyer au tapis !

— Elle est drôlement costaud.

— C'est le moins qu'on puisse dire.

Elle passa sa langue sur ses lèvres tuméfiées.

— Il faut qu'elle prenne l'air, continua-t-elle. Nous sommes toutes à cran, mais elle en a encore plus besoin que Lily et moi.

— Oui, tu as raison.

— Je me demande quand elle trouve le temps de dormir. Elle se lève avant tout le monde, passe la moitié de la nuit dans le bureau... Mais pourquoi est-ce que je m'en fais pour elle, comme ça ?

— Tu le sais parfaitement.

— Oui, peut-être... Tu sais ce qu'il lui faudrait ? Une bonne nuit au lit avec toi. Mais qu'est-ce que tu attends !

Ce n'était guère un sujet dont il aimait parler, mais après tout, Tess pourrait être de bon conseil. Il jeta un coup d'œil vers l'étable et l'entraîna à l'écart.

— Il faut que je te dise... Willa n'a jamais... jamais...

— Jamais quoi ?

Soudain elle comprit et se figea.

— Tu veux dire qu'elle n'a jamais fait l'amour ?
Ça change tout, en effet. Eh bien, on peut dire que
tu es drôlement patient et plein d'égards, Ben
McKinnon ! Je t'admire.

Malgré ses muscles endoloris, elle se dressa sur
la pointe des pieds pour lui poser un petit baiser
sur la joue.

— Euh, fit-il, gêné, peut-être qu'il faudrait que
quelqu'un lui explique...

— Si tu crois que je ne vois pas où tu veux en
venir... Pas question, mon vieux.

— Comme vous êtes sœurs, ça devrait...

— Tu parles, Willa et moi on fait un mélange
explosif ! Tu imagines sa réaction si je me mettais
à lui donner un cours d'éducation sexuelle ?

— Oui, tu as sans doute raison.

— Continue à lui faire la cour, mon gars, dit-elle
en lui tapotant la joue. Peut-être que j'aurai une
idée de génie pendant que je tremperai dans le
jacuzzi le week-end prochain.

« Je n'en crois pas mes yeux ! » ne cessait de
s'exclamer Lily depuis qu'elles avaient franchi la
grille du Centre de remise en forme.

Elles étaient devant une immense construction
basse de bois et de verre au milieu d'un parc. Un
entrelacs de sentiers pavés de galets et bordés de
buissons couverts de neige conduisaient aux bun-
galows privés et à des piscines chauffées d'où
s'échappaient des nuages de vapeur.

Timidement, elle suivit ses sœurs à l'accueil,
s'agrippant à la bandoulière de son sac. Elle était
émerveillée par le luxe du grand hall au milieu
duquel trônait un luxuriant jardin d'hiver qu'éclairait un dôme de verre. Affolée, elle songea au prix
qu'allait leur coûter leur escapade.

Tess aborda l'employé avec un grand sourire. L'appelant par le prénom qu'elle lut sur son badge, elle lui rappela combien elle avait apprécié son dernier séjour dans l'établissement. Il déborda aussitôt de zèle et fit immédiatement porter leurs bagages dans un bungalow niché au creux des pins.

Dès qu'elle en vit la décoration, Lily en eut le souffle coupé.

Le mur de baies vitrées du salon ouvrait sur les montagnes et laissait entrevoir un jacuzzi creusé dans la roche. Un feu brûlait dans l'âtre de pierre, des fleurs fraîchement coupées garnissaient des vases en céramique, un vaste canapé de cuir couvert de coussins aux couleurs vives formait un arc de cercle devant un meuble garni d'une télévision à grand écran, d'un magnétoscope et d'une chaîne stéréo.

— Je n'en crois pas mes yeux, murmura-t-elle une nouvelle fois lorsque le groom ouvrit la porte d'une chambre avec terrasse privée.

Les deux grands lits étaient recouverts d'une courtepointe et d'oreillers qui paraissaient fort moelleux. Elle aperçut la salle de bains couleur ivoire qui lui parut immense avec une baignoire gigantesque à bain bouillonnant et une cabine de douche aux parois vitrées.

Le luxe !

— Laissez cela ici, s'il vous plaît, dit Tess au jeune homme. Vous pouvez mettre ce sac dans l'autre chambre. Lily, ça ne te gêne pas de partager cette chambre avec moi ?

— Quoi ? Euh, non, bien sûr.

— Parfait. Installe-toi alors, les premiers soins commencent dans une heure.

— Soins ? Mais...

— T'inquiète ! Je m'occupe de tout. Tu vas adorer.

Elle sortit pour rejoindre le groom.

Lily se laissa tomber avec délices sur le lit.

— Que vous est-il arrivé à l'œil, mon chou ?

La technicienne, la thérapeute, la conseillère, — peut importe sa dénomination — examinait avec attention le coquard de Willa, allongée nue sur une table matelassée dans une petite pièce à la lumière tamisée.

— Je suis rentrée dans une porte.

— Nos spécialistes de la peau s'en occuperont.

Elle commença à recouvrir Willa de quelque chose de chaud et d'humide.

— Détendez-vous, ordonna-t-elle. C'est la première fois que vous venez ici ?

— Oui.

Et la dernière ! se promit-elle. La panique la submergea soudain lorsqu'elle se retrouva les bras bloqués le long du corps par l'emplâtre gluant. Son cœur se mit à battre à toute allure, sa respiration s'accéléra. Elle essaya de se débattre.

— Détendez-vous. Respirez calmement, c'est fini !

Elle recouvrit Willa d'une lourde couverture.

— Beaucoup de clientes ont une réaction de rejet lors de leur premier enveloppement aux plantes. Ça va passer, il suffit de faire le vide dans votre esprit. Laissez-vous aller.

Sans préavis, elle lui plaqua deux tampons humides sur les yeux.

— Ces cotons sont imprégnés d'une solution maison. Cela va faire du bien à votre œil tuméfié et atténuera vos cernes. Vous ne devez pas dormir beaucoup.

Super ! Non seulement elle était coincée mais elle n'y voyait plus rien. Et même si elle arrivait à se dégager de sa camisole végétale, elle n'allait tout de même pas se sauver en costume d'Eve dans les rues de Big Sky !

Comme elle ne tenait pas à se faire remarquer, elle s'appliqua à se détendre. La punissait-on parce qu'elle n'avait pas desserré les dents durant tout le trajet ? Elle soupira. Bah ! après tout, elle n'avait plus que quarante-huit heures à tenir.

Tiens, il y avait de la musique ! Ou plutôt non, ce n'était pas vraiment de la musique, mais des bruits d'eau, de cascade et de pépiements d'oiseaux.

Cinq minutes plus tard, elle dormait comme un loir.

On lui parlait. Où était-elle ? À moitié groggy, la mémoire lui revint soudain lorsque l'esthéticienne commença à la débarrasser de sa couche d'herbes.

— Vous allez voir, on va éliminer toutes les toxines de votre système. Il faudra boire beaucoup d'eau pendant les prochaines heures. De l'eau, et rien que de l'eau ! Vous avez un gommage dans dix minutes. Détendez-vous. Tenez, enfilez ça !

À moitié endormie, Willa se laissa envelopper dans le peignoir et glissa les pieds dans les sandales fournies par le centre.

— C'est quoi un gommage ?

— Vous allez adorer !

Et voilà, elle était encore nue, mais cette fois-ci sur une autre table, et une nouvelle esthéticienne s'activait sur son pauvre corps. Willa hurla au contact du gant de luffa humide qui râpait sa peau enduite de crème granuleuse.

— Oh, excusez-moi, j'ai été trop brusque ?

— Non, non, vous m'avez surprise, c'est tout.

— Vous allez avoir la peau comme de la soie.

Willa ferma les yeux, humiliée, tandis que la femme lui frottait les fesses.

— C'est quoi cette crème ?

— Notre exfoliant spécial : « Peau nue ». Tous nos produits sont à base de plantes, vous les trouverez en vente dans le centre. Vous avez une très belle peau, mais où avez-vous attrapé tous ces bleus ?

— En mettant des veaux au monde.

— Vraiment... Oh, je vois, vous travaillez dans un ranch. Ça doit être passionnant. C'est une entreprise familiale ?

— C'en est devenu une, répondit-elle d'un air las en se laissant enlever des couches de peau morte.

Lorsque Tess entra dans la cabine, Willa était de nouveau allongée sur le dos, toujours nue, bien sûr, si ce n'était la couche de boue épaisse et tiède dont on l'enduisait. Tess éclata de rire.

— Tu vas me le payer, Hollywood !

— Ce n'est pas moi qui vais payer, c'est le ranch. Tu es très jolie comme ça.

— Excusez-moi, madame, mais c'est un salon privé.

— Nous sommes sœurs, répondit Tess en s'appuyant au chambranle, parfaitement à l'aise dans son peignoir blanc et ses sandales en plastique. J'ai un soin du visage dans cinq minutes, j'étais simplement venue voir si tu allais bien.

— Depuis que je suis là, je ne me suis pas levée plus de cinq minutes.

— Je te conseille le bain de vapeur entre les séances, c'est extra. Où vas-tu après ?

— Aucune idée.

— Je crois que Mlle Mercy a un soin du visage aussi. Le biotraitement d'une heure.

302

— Hum... c'est génial ! Tu vas te régaler. Lily se fait faire un massage relaxant dans la pièce à côté. Elle ronronnait de plaisir quand je suis allée la voir. Bon, à plus tard !

— Vous êtes venue avec vos sœurs ? demanda la jeune esthéticienne après que Tess eut refermé la porte.

— On dirait, oui.

À larges coups de spatule, elle s'attaquait à son visage.

— Comme c'est sympathique !

— Si on veut, oui, soupira Willa en fermant les paupières.

Willa ne retourna pas à l'appartement avant six heures du soir. Elle avait les jambes si faibles qu'elle pouvait à peine se tenir debout. Elle n'en pouvait plus, mais c'était de bien-être. Elle se sentait légère, détendue, et son humeur ne pouvait que suivre le mouvement.

Aurait-elle forcé la dose ? Le bain de vapeur après son heure de massage ne s'imposait peut-être pas, mais elle n'avait pas résisté à l'aimable invitation d'une demi-douzaine de compagnes d'infortune aussi dévêtues qu'elle.

Tess était en train d'ouvrir une bouteille de champagne lorsque Willa entra.

— Ah, te voilà ! On venait de décider de ne pas t'attendre pour commencer.

— Comme tu as bonne mine ! s'exclama Lily en se levant du canapé. Je ne dirai qu'une chose : tu es resplendissante !

— Je ne peux plus bouger. Le type du massage, Derrick, je ne sais pas ce qu'il m'a fait, mais il m'a achevée.

— Quoi ! Tu as eu un homme ? Pour un massage intégral !

— Ce n'est pas normal ?

— Moi j'ai eu une femme ; je croyais que...

Elle s'interrompit pour prendre la coupe que lui tendait Tess.

— J'avais demandé une femme ; pour toi. Je pensais que tu serais plus à l'aise. Et un homme pour Willa, parce qu'il est temps qu'elle commence à s'habituer à se faire tripoter par des mains masculines, en tout bien tout honneur, évidemment.

Elle tendit un verre à Willa.

— Tu as de la chance que je n'aie pas plus d'énergie qu'une chiffe molle !

— Ma chérie, tu devrais me remercier au contraire, répliqua Tess en s'asseyant sur l'accoudoir du canapé. Alors, raconte, c'était bon ?

Willa prit une petite gorgée. Elle avait ingurgité suffisamment d'eau ces dernières heures pour mettre à flot la marine nationale et elle savoura avec délices son champagne.

— Il ressemblait à Harrison Ford, fit-elle d'un air rêveur en appuyant la nuque sur le divan, il m'a massé les pieds... oh... et un endroit délicieux, juste au-dessus des omoplates. Il se servait de ses pouces. C'était divin.

Elle eut un petit frisson de plaisir en y repensant.

— Ah ! les pouces d'un homme... soupira Tess en trinquant avec Willa. À ce propos j'ai remarqué que Ben avait de grands pouces.

— Nat ne te suffit plus à présent ?

— Si, si, mais tu sais, je suis écrivain et nous autres, gens de plume, nous notons ce genre de détails.

— Adam a les plus beaux pouces du monde ! s'exclama Lily qui devint aussitôt rouge de confusion. Euh... il a de très bonnes mains, euh... je veux dire... très belles... avec de longs doigts. Tu me ressers du champagne, Tess, s'il te plaît.

Tess se leva et attrapa la bouteille.

— Encore un verre ou deux et tu nous diras tout.

— Oh, je ne pourrai jamais !

— Il y a encore une bouteille au frais.

— Laisse-la tranquille, dit Willa sans animosité. Tout le monde n'aime pas se vanter de ses prouesses.

— J'aimerais bien, moi, lança Lily. Oui, j'aimerais pouvoir le raconter à tout le monde, en être fière. Parce que ça ne m'était jamais arrivé avant. Je ne pensais pas que ce soit possible. Adam est si beau. Son visage, son esprit, mais aussi son corps...

Elle vida d'un trait sa deuxième coupe et la tendit à Tess pour qu'elle la remplisse.

— On dirait qu'il est sculpté dans de l'ambre. Il est parfait, et dès qu'il me regarde je me sens devenir toute molle. Il est très doux quand il me touche, mais pas toujours, et c'est parfait parce que je le désire à un tel point... que j'ai l'impression que je pourrais faire l'amour avec lui pendant des heures. Quelquefois, j'ai trois, quatre orgasmes, alors qu'avec Jesse je n'en ai jamais eu un seul et...

Elle s'arrêta brusquement.

— Dire que je vous ai raconté tout ça !

Tess poussa un profond soupir.

— Ne t'arrête pas, Lily, je m'y croyais presque.

Lily posa son verre et croisa les mains comme une petite fille sage.

— Je n'ai jamais rien dit de pareil à personne ! J'espère que je ne vous ai pas gênées ?

— Lily, est-ce que nous avons l'air gênées ? demanda Willa, se penchant pour lui tapoter la main. Je suis si contente pour toi et pour Adam.

— Il n'y a qu'à vous deux que je pourrais dire des choses pareilles.

Ses yeux se remplirent de larmes.

— Ne pleure pas, dit Willa.

— Depuis que je vous connais, tout a changé. Je ne suis plus la même. Malgré toutes les horreurs qui se sont passées ces derniers mois, je suis heureuse. J'ai rencontré Adam et vous deux. Et je vous aime tellement... tellement...

Elle se leva brusquement et se précipita dans la salle de bains.

— Tu ne crois pas qu'on devrait aller voir si ça va ? demanda Willa, émue et désarçonnée.

— Non, répondit Tess, les yeux embués, tout en remplissant le verre de Willa et en s'asseyant à côté d'elle. Laissons-la un peu seule... Tu sais, elle a raison. Cette aventure a du bon malgré tout.

Willa leva des yeux songeurs sur Tess.

— Oui, sans doute. Je suis contente de te connaître. Bon, ça ne veut pas dire que...

Ce que c'était mièvre, toutes ces déclarations !

— Mais c'est bien qu'on se soit rencontrées, compléta-t-elle.

Tess sourit et cogna sa flûte contre celle de Willa.

— À nous, petite sœur !

19

— À quoi ça sert ? demanda Willa tandis qu'une esthéticienne lui vernissait les ongles des orteils en rouge coquelicot. Personne ne les verra, à part moi, et pour ce que je les regarde !

— Je ne m'en vanterais pas, à ta place ! lança Tess, en admirant son Rouge Ravage. Avant que

Marla n'intervienne, on aurait dit que tu les taillais au sécateur.

— Et alors ?

Pour rien au monde, Willa n'aurait admis que tout cela l'amusait. En se remémorant la séance de massage, elle eut même un petit frisson de délice.

— Vous croyez vraiment qu'Adam va aimer ?

Lily béait d'admiration devant ses ongles de pieds à moitié vernis.

— Quel est le nom du vernis, déjà ? demanda-t-elle en se baissant pour voir l'étiquette du flacon. Ah oui, Corail Calypso. En tout cas, moi j'aime beaucoup. Je me sens femme, jolie... C'est le but, n'est-ce pas, Tess ?

— Très exactement ! Enfin une parole sensée ! Une femme intelligente ne s'habille pas et ne se maquille pas pour les hommes, mais d'abord pour elle-même. Pour les autres femmes aussi, qui sont bien les seules à remarquer ce genre de détails, et enfin en dernier lieu pour nos admirateurs, qui, avec un peu de chance, apprécieront.

Elle fronça les sourcils et prit une grosse voix d'ours :

— Hum, tu sens bon ! Tu es belle ! Tu veux coucher avec moi ?

Willa eut un petit rire méprisant.

— Tu n'aimes pas beaucoup les hommes, hein, Hollywood ?

— Au contraire ! Je les adore, c'est la meilleure distraction qui existe. Prends Nat, par exemple...

— Trop tard, tu t'en es déjà occupée.

— En effet, répondit-elle en souriant d'un air gourmand. Nathan Torrence, l'énigmatique : le rancher taciturne diplômé de la meilleure univer-sité des États-Unis, qui aime Keats, le tabac à rouler et les Marx Brothers. Combinaison intéressante, avouez-le. Un défi à ne pas manquer !

Elle leva la jambe pour admirer son pied.

— J'aime les défis. Mais si je me fais vernir les ongles, c'est pour mon plaisir. Si ça excite Nat, tant mieux.

— J'ai l'impression d'être une nouvelle femme, déclara Lily. Comment s'appelle l'actrice qui porte toujours des sarongs, dans les vieux films en noir et blanc ?

— Dorothy Lamour, répondit Tess. Prenons Adam, à présent, un homme vraiment pas comme les autres...

— C'est bien vrai ! intervint Lily, soudain très intéressée puisque l'on parlait de son sujet favori. Continue, Tess !

— Ne l'encourage pas ! Elle joue aux expertes.

— Je ne joue pas, je suis spécialiste, ma belle ! Bien, reprenons : Adam, sérieux, solide et pourtant vaguement mystérieux. Sans doute l'homme le plus beau qu'il m'ait été donné de voir dans ma brève mais néanmoins célèbre carrière de courtisane. Il a des yeux à vous faire damner, qui irradient la bonté à l'état pur.

— Oh oui, ses yeux ! soupira Lily tandis que Willa levait les siens au ciel.

— Mais, fit Tess en levant sentencieusement l'index, ça ne le rend pas ennuyeux pour autant. Nous savons que parfois la bonté est synonyme d'ennui mais Adam est aussi un être de passion. Tu pourrais te raser le crâne, Lily, ou te peindre la figure en Corail Calypso qu'il t'adorerait toujours.

— Il m'aime, soupira Lily avec un sourire épanoui.

— Oui, pour lui tu es la plus belle femme du monde. Il voit au-delà des apparences, c'est ta beauté intérieure qu'il aime. Tu as énormément de chance.

— Ce n'est pas mal vu, commenta Willa, pour une écrivaine hollywoodienne.

— Oh, mais ce n'est pas fini, ajouta Tess d'un air ravi. Il faut compléter le trio. Passons à Ben McKinnon...

— Ça suffit ! ordonna Willa.

Tess l'ignora et prit un verre d'eau gazeuse sur la tablette en s'adressant aux esthéticiennes :

— Vous pouvez nous laisser, nous allons rester un instant ici en attendant que le vernis sèche.

Lorsqu'elles furent seules, Tess poursuivit :

— Apparemment, Willa, tu en pinces pour lui. Remarque, il faudrait être complètement insensible pour ne pas avoir le cœur qui s'affole en compagnie de Ben McKinnon.

— Quoi ! Il te plaît ?

Satisfaite de la réaction, Tess répondit d'un air rêveur :

— Tu sais bien que je suis déjà prise. Mais si je ne l'étais pas...

— Fais attention, Hollywood ! jeta Willa en faisant mine de se lever.

— Non, ne t'en va pas encore, le vernis n'est pas sec ! Je disais donc que Ben est la virilité incarnée ; il exhale la force, la passion et l'impertinence. Il suffit de le voir sur un cheval pour apprécier sa puissance. De plus, il est intelligent, loyal, honnête, et porte divinement le jean. En tant qu'experte, je peux vous dire qu'il a la plus belle chute de reins de l'est à l'ouest des Pecos.

Elle but une gorgée d'eau.

— Je ne vois pas en quoi ses fesses t'intéressent alors que tu as celles de Nat ! maugréa Willa.

— Parce qu'elles sont bien faites et que j'ai des yeux pour voir. Mais bien sûr, ce n'est pas facile d'être à sa hauteur. Il lui faut une femme courageuse, forte, intelligente, et ça ne se trouve pas sous les sabots d'un cheval !

Et voilà, songea-t-elle, satisfaite, tandis que Willa se taisait, ruminant cette réflexion. La semence est plantée. À toi de jouer, maintenant, Ben McKinnon !

Willa défaisait ses bagages. Durant les dernières vingt-quatre heures, elle n'avait pas songé une seconde au ranch et elle se sentait un peu coupable.

Elle esquissa un sourire gêné en contemplant les petites boîtes dorées étalées sur son lit, témoins de sa folie passagère. Dire qu'elle n'avait même pas protesté lorsque Tess et Lily lui avaient fait acheter crèmes, lotions et shampooings ! Des kilos de cochonneries qui coûtaient une fortune et dont elle ne se servirait jamais. Bah, elle donnerait tout cela à Bess avec les jolis savons et les sels de bain qu'elle lui avait rapportés.

En tout cas, c'était rudement agréable de retrouver sa vieille paire de jeans et encore meilleur de savoir qu'il n'y avait pas eu le moindre problème durant le week-end. Les gars commençaient à se décontracter, même s'il n'était pas question pour le moment de relâcher la surveillance.

Chemise à la main, vêtue de son caraco blanc, elle s'approcha de la fenêtre.

— Vivement le printemps, murmura-t-elle.

Que lui arrivait-il ? D'habitude elle s'accommodait des saisons comme elles venaient. En hiver, le travail était pénible, mais il y avait aussi des périodes de repos pour la terre et les hommes. Le printemps était certes l'époque du renouveau et de la joie de vivre, mais aussi de la boue, des averses interminables, des inondations, des courbatures, des semailles, du bétail à marquer et à mener dans les alpages. Pourtant elle ne songeait qu'aux bourgeons, aux fleurs, aux lauriers sauvages qui envahissaient la forêt, aux ancolies sur les flancs des montagnes.

Depuis quand s'intéressait-elle aux fleurs ? Ce devait être l'influence de ses sœurs, de leur sentimentalisme et de leurs interminables discussions sur l'amour.

Elle observa l'amoncellement de boîtes dorées sur son couvre-lit. Et ça, n'était-ce pas des appâts amoureux ?

Un bruit de pas résonna dans le couloir.

— Bess ! appela-t-elle. J'ai quelque chose pour toi. Je ne sais pas pourquoi je ne t'ai pas...

Elle s'interrompit net en voyant Ben.

— Qu'est-ce que tu fabriques ici ? On ne t'a jamais appris à frapper ?

— J'ai frappé, demande à Bess.

Il la regarda d'un œil admiratif.

— D'habitude tu es belle, mais là tu te surpasses !

Elle enfila sa chemise à la hâte, dans un soudain accès de pudeur.

— Ça fait à peine cinq minutes que je suis rentrée, déclara-t-elle, furieuse, et tu es déjà là ! Je n'ai pas le temps de bavarder. J'ai déjà perdu un week-end, ça suffit.

Il parut déçu de la voir boutonner sa chemise.

— À mon avis, tu n'as pas perdu ton temps, dit-il en approchant. Tu as bonne mine, tu sembles reposée, tu es très jolie...

Il passa la main dans les longues boucles qui tombaient en cascade sur ses épaules.

— J'aime beaucoup ta nouvelle coiffure. J'ai eu des sueurs froides lorsque Nat m'a décrit l'endroit où vous alliez. Il n'aurait plus manqué que tu ne reviennes barbouillée de maquillage et les cheveux rasés comme un mannequin new-yorkais ! Ça a dû leur prendre des heures pour te mettre des bigoudis.

— Ce n'est qu'une question d'argent, même toi tu pourrais te faire friser si tu le voulais. Je suppose que tu n'es pas venu pour me parler bouclettes. Qu'est-ce que tu veux ?

Il continua de lui caresser les cheveux en roulant les boucles soyeuses entre ses doigts.

— Je les aime vraiment bien comme ça. Ça me donne des idées...

— Pas la peine de te faire du cinéma. Ce n'est qu'une mise en plis.

Elle recula d'un pas mais il se rapprocha.

— Je les adore comme ça, soupira-t-il, mais je les aime aussi raides quand ils te caressent le dos ou quand tu les attaches en queue-de-cheval.

Bientôt elle serait le dos au mur. Elle décida de faire face.

— Qu'est-ce que tu veux ?

— Tu as déjà oublié ? fit-il en la prenant dans ses bras. N'aie pas peur, Willa, je vais t'embrasser.

— Et si je ne veux pas ?

— Alors dis-moi : « Ôte tes sales pattes de là, McKinnon ! »

— Ôte...

Les lèvres de Ben la réduisirent au silence. Il la serra contre lui et son baiser trahit son impatience.

Elle ne le repoussa pas, étourdie par la violence de son désir. Une délicieuse langueur la paralysait. Leurs deux cœurs battaient à l'unisson. Fort, trop fort. S'il continuait ainsi, elle allait mourir, c'était certain. Elle eut la vision d'un cavalier lancé au galop qui soudain s'envolait dans les airs par-dessus l'encolure de sa monture.

— Tu m'as manqué.

312

Il prononça ces mots si doucement, en glissant les lèvres le long de sa gorge, qu'elle se demanda si elle avait bien entendu. Elle pensait qu'il ne remarquerait même pas son absence. Il l'embrassait derrière l'oreille, à présent. Sensation si intense qu'elle en frémit.

— Tu sens bon, murmura-t-il.

« Tu es belle, tu sens bon... » Elle se souvint de l'imitation cynique de Tess et se raidit de frayeur. Tous les hommes devaient dire la même chose et la question suivante serait immanquablement...

— Arrête, souffla-t-elle.

Elle était si faible qu'elle aurait été incapable de repousser un édredon ; que dire d'un homme brûlant de désir !

À son intonation affolée, Ben redressa la tête et desserra son étreinte. Il lui effleura le dos en une caresse apaisante. Il s'en voulut de l'avoir effrayée. Elle était tellement innocente ! Il avait voulu la goûter, et non pas la dévorer comme un fou. Mais il s'était laissé emporter : des semaines, des années de frustration et de désir bouillaient dans ses veines. Il ne songeait qu'à la prendre dans ses bras pour l'allonger sur le lit et assouvir son désir sur-le-champ. Il aurait dû avoir honte ! L'initiation de Willa exigeait du temps et des prévenances.

En s'écartant, il lut dans ses yeux la peur mêlée au désir. C'était cette peur qu'il lui fallait vaincre.

— Pardonne-moi, je ne voulais pas t'effrayer. Je ne sais pas ce qui m'a pris. Ce doit être la faute de tes boucles.

Il sourit en lui caressant les cheveux.

McKinnon, tendre ? Non, il ne fallait pas se laisser émouvoir : c'était un comédien-né.

— Ce n'est rien, dit-elle, moi aussi j'ai un peu perdu la tête. Je n'ai pourtant rien bu.

— Quand tu es dans mes bras, pas besoin d'alcool.

— Tu crois ?

Elle prononça ces mots avec une telle innocence qu'il faillit en oublier toutes ses bonnes résolutions.

— Ne me provoque pas, Willa. En fait, je suis venu parce que Adam et moi nous allons faire un tour à cheval dans la montagne. Zack a remarqué que le col du nord était bloqué par la neige et il pense que des chasseurs ont utilisé ton chalet.

— Comment s'en est-il aperçu ?

— Au cours d'un vol, il a vu des traces dans la neige. Remarque, ce ne serait pas la première fois que ça arrive, mais je préfère y faire un saut avec Adam.

— Je vous accompagne. Attendez-moi, je finis de me changer.

— Il est déjà tard, nous ne pourrons pas rentrer ce soir. Il vaut mieux que tu restes, nous t'enverrons un message radio du chalet.

— Pas question ! Je viens. Dis à Adam de seller Lune pendant que je prépare mon sac.

Quel bonheur d'être à cheval ! Le vent vivifiant se rafraîchissait au fur et à mesure de leur montée. La neige ralentissait à peine l'allure de Lune qui semblait heureuse, elle aussi, de prendre de l'exercice.

Le soleil radieux renvoyait des reflets aveuglants sur le tapis de neige vierge et faisait miroiter les cristaux suspendus aux branches.

Un faucon cria dans le silence. Elle aperçut des traces de daims. Gibiers et prédateurs couraient la montagne. Même si elle avait apprécié son week-end à Big Sky, son univers était ici. Elle était heureuse d'être de retour.

— Tu as l'air euphorique, remarqua Ben en se mettant à sa hauteur. Qu'est-ce qu'ils t'ont fait dans ce machin de luxe pour te mettre dans cet état ?

— Plein de bonnes choses, répondit-elle avec un sourire énigmatique. Tiens, par exemple, on m'a enduit tout le corps de cire.

— De la cire ? Sur tout le corps ?

— Je t'assure. Ils m'ont gommée, huilée, cirée et passée au papier de verre. Tu ne peux pas t'imaginer comme c'était bon. Tu t'es déjà fait masser à l'huile de noix de coco ?

— Je ne demande qu'à essayer !

— Je te recommande le type qui m'a massée...

— Un type ! Quel type ? s'exclama-t-il en se redressant sur sa selle.

Charlie, qui vagabondait non loin de là, crut au ton de son maître que celui-ci le rappelait à l'ordre. Il revint donc la queue en l'air escorter la troupe.

— Je te parle du masseur, rétorqua Willa.

— Tu veux dire que tu as laissé un homme te masser ?

— Bien sûr, pourquoi pas ?

Ravie de sa réaction, elle se tourna vers Adam dont l'expression amusée montrait qu'il avait percé à jour son petit jeu.

— Lily, elle, a choisi un traitement appelé « aromathérapie ». Ça ressemble beaucoup à ce que les gens de la tribu de notre mère avaient coutume de pratiquer. On se sert des plantes et de leurs odeurs pour se détendre. La seule différence c'est que maintenant, on appelle ça d'un nom pseudo-scientifique et ça coûte les yeux de la tête.

— Ça ne m'étonne pas des Blancs, de vouloir faire de l'argent en exploitant la nature.

— Oui, c'est ce que j'ai pensé moi aussi. J'ai d'ailleurs expliqué à la masseuse de Lily...

— Quoi ! s'exclama Ben, Lily s'est fait masser par une femme, elle ?

— Oui, pourquoi ? Je ne me suis donc pas gênée pour lui dire que les Indiens connaissaient les vertus des plantes et des huiles essentielles depuis des siècles.

— Comment se fait-il que Lily se soit fait masser par une femme et pas toi ? insista Ben.

— Parce que Lily est timide, dit-elle, en lui jetant un regard en coin. D'après moi, certaines de leurs préparations ne sont pas très éloignées de ce qui aurait pu sortir du chaudron de notre grand-mère.

— Ils mettent nos décoctions dans de jolies bouteilles et prétendent qu'ils les ont inventées, déclara Adam.

— Ils t'ont aussi enduite de graisse d'ours ? demanda Ben.

Elle réprima un sourire.

— Non, mais ça ne serait pas une mauvaise idée. Tu devrais conseiller à Shelly d'aller y passer un week-end quand le bébé sera sevré. Tu lui diras bien de demander Derrick, il est extraordinaire.

Avec un toussotement, Adam donna du talon dans le flanc de sa monture et partit en avant. Charlie le suivit en galopant.

— Tu t'es mise toute nue devant ce Derrick ?

— Bien sûr. Il est habitué, c'est son travail. Je songe sérieusement à me faire masser régulièrement. Ça fait un bien fou.

Il posa la main sur le bras de Willa.

— Tu es en train de te moquer de moi, c'est ça ?

— Peut-être.

— Tu crois que tu n'as rien à craindre parce que Adam est là.

— Peut-être...

Il se pencha brusquement, l'attira à lui et plaqua ses lèvres sur les siennes. Puis il s'écarta en souriant.

— Je pense que je vais acheter de l'huile de noix de coco, qu'est-ce que tu en penses, Willa ?

— Euh, si tu veux, répondit-elle, le cœur battant.

Prudente, elle s'éloigna au petit trot.

Soudain un coup de feu éclata. Claquement terrifiant. Le cheval d'Adam se cabra et manqua désarçonner son cavalier.

« Ce n'est pas passé loin, songea Willa, crétins de citadins. »

— Attention !

Ben la jeta à bas de sa selle et en un éclair vint se placer devant elle avec son cheval pour la protéger. Il arracha son fusil de l'étui, sauta de sa monture et se mit à couvert à ses côtés, de la neige jusqu'aux genoux.

— Cache-toi derrière les arbres ! Ne te relève pas !

Mais elle venait d'apercevoir le sang sur la manche d'Adam. Sans hésiter, elle se précipita vers son frère. Ben s'élança à sa suite et la plaqua dans la neige, en la protégeant de son corps tandis qu'un nouveau coup de feu éclatait.

Elle se débattait comme une furie, ses forces décuplées par la terreur.

— Adam est blessé ! Laisse-moi aller l'aider !

— Ne bouge pas !

Il la tenait serrée, le visage à sa hauteur. Charlie aboyait sans répit, le corps tremblant, n'attendant qu'un signal pour s'élancer. Ben lui intima l'ordre de se taire et il obéit. Ce fut Adam qui les rejoignit en rampant dans la neige.

— Ça va ? demanda Ben.

— Oui, je crois qu'il y a eu plus de peur que de mal, répondit-il en serrant les dents sous l'assaut de la douleur qui lui déchirait l'épaule. Willa, tu n'es pas blessée ?

— Non. Tu saignes beaucoup ? demanda-t-elle, anxieuse.

— Non, ça va.

Elle prit une profonde inspiration, s'exhortant au calme.

— D'abord j'ai cru que c'était un accident, mais non, on nous a tiré dessus.

— Ce doit être un fusil à longue portée, murmura Ben en scrutant les arbres et les montagnes alentour. D'après la trajectoire, il doit être planqué dans un creux de rochers, là-haut.

— Il est bien abrité, remarqua Willa, on ne pourra pas le déloger facilement.

— En effet, dit Ben. Le chalet n'est pas loin. Vous pouvez l'atteindre en passant par la forêt. Moi, je reste là pour vous couvrir.

— Pas question ! s'exclama-t-elle. Je ne te laisse pas tout seul.

Elle commença à se relever et Ben l'obligea à s'allonger de nouveau.

— Adam est blessé, dit-il doucement. Il faut que tu t'occupes de lui. Emmène-le au chalet, je vous rejoindrai.

— Oui, c'est préférable, déclara Adam. Une fois là-bas, nous serons en bonne position pour te couvrir. Dès que tu nous entendras tirer, rejoins-nous.

Ben approuva.

— Quand vous aurez atteint l'éperon rocheux, tu sais, Adam, là où on jouait à Fort Apache quand on était mômes, tirez un coup de feu pour me prévenir.

Willa ne pouvait se résoudre à l'abandonner, mais le sang d'Adam qui maculait la neige ne lui laissait guère de choix. Elle prit le visage de Ben entre ses mains et l'embrassa.

— Sois prudent. Je n'aime pas les héros.

Tout en restant courbée, elle saisit les rênes de sa jument.

— Tu vas pouvoir monter seul ? demanda-t-elle à Adam.

— Oui. Surtout, reste derrière les arbres, Willa. Il va falloir faire vite. Allons-y.

Avec un dernier regard à Ben, il se hissa en selle.

Willa entendit Ben tirer une fois, puis deux, puis trois et songea qu'elle avait menti. Elle aimait les héros.

— On dirait que l'autre ne tire plus, dit-elle tandis qu'ils s'arrêtaient derrière l'éperon rocheux. Peut-être qu'il est parti ?

Ou peut-être qu'il attend son heure, songea Adam. Incapable d'armer son fusil, il laissa Willa tirer pour avertir Ben.

— Et si l'autre essayait de le surprendre par-derrière ? demanda-t-elle en rabaissant son arme.

— Ben connaît le coin comme sa poche. Dépêchons-nous. On lui sera plus utiles une fois au chalet.

Willa obéit sans discuter.

Le soleil brillait, la neige scintillait. Ils étaient aussi visibles sur l'étendue blanche qu'un troupeau de daims dans une prairie. Au loin, elle entendait le murmure sourd de l'eau qui forçait son passage au travers de la glace. Les rochers saillaient sous la neige, les branches des arbres semblaient leur barrer la route. Elle chevauchait fusil à la main, s'attendant à voir surgir à tout moment un homme armé. Dans le ciel, un aigle volait en cercle, poussant son cri glorieux. Elle compta les secondes qui s'écoulaient, se mordant les lèvres, puis poussa un soupir de soulagement en entendant l'écho du coup de feu de Ben.

— Ça y est, il a atteint l'éperon !

Le chalet était devant eux, bâtiment rudimentaire fait de rondins de bois, niché dans les rochers. Là-bas, ils seraient hors de danger : ils pourraient demander du secours par radio. Pourtant, certains détails l'inquiétaient.

— La neige du chemin a été dégagée, dit-elle. Regarde, il y a des traces. Ça sent même la fumée.

Rien ne s'échappait de la cheminée mais une faible odeur de bois brûlé flottait dans l'air.

Mais Adam n'était plus en mesure de lui répondre. Il semblait sur le point de s'évanouir.

Elle n'avait pas le choix. Elle remit son fusil dans le fourreau et prit les rênes du cheval d'Adam. Il fallait se hâter ; il avait déjà perdu trop de sang.

— On y est presque. Tiens bon. Accroche-toi au pommeau.

— Quoi ?

— Accroche-toi au pommeau. Regarde-moi !

Elle cria si fort qu'il eut un sursaut d'énergie. Elle s'élança au galop, entraînant dans son sillage le cheval d'Adam. S'il tombait avant qu'ils n'atteignent le chalet, elle le porterait, le tirerait s'il le fallait, et laisserait les chevaux se débrouiller.

La neige volait en gerbes blanches sous les sabots et l'aveuglait. Elle était debout sur ses étriers, se servant de son corps pour protéger son frère. Chacun de ses muscles était bandé, prêt à affronter le choc d'une balle déchirant la chair.

Elle aborda le chalet par le côté. Ils étaient maintenant protégés par le bâtiment mais elle ne relâcha pas sa vigilance. Le tireur pouvait être embusqué n'importe où. Elle sauta de selle, fusil à la main, et se fraya un chemin dans la neige qui lui arrivait jusqu'à la taille pour aider Adam à descendre de cheval.

— Je t'en supplie, ne t'évanouis pas maintenant. On y est presque.

Ses poumons lui brûlaient, dans son effort pour le soutenir.

— Ça... ça va aller...

La tête lui tournait et il se concentra pour retrouver son équilibre. Sa vision était brouillée mais il parvenait encore à distinguer les formes. Il fallait qu'il tienne bon ; ils ne seraient en sécurité qu'une fois à l'intérieur et même là, rien ne garantissait que...

— Pars en avant... Je vais me débrouiller. Tire pour prévenir Ben qu'on est arrivés. Je prends nos sacs.

— Laisse tomber les sacs !

Elle passa le bras valide d'Adam autour de son cou et le porta jusqu'à la porte.

À l'intérieur, il faisait bon. On avait fait du feu ici récemment. Elle aida Adam à s'étendre sur un lit de camp et jeta un coup d'œil à la cheminée. Il n'y avait plus que des cendres.

— Allonge-toi, je reviens.

Du pas de la porte, elle tira trois fois pour prévenir Ben et rentra en hâte dans le chalet.

— Il ne va pas tarder, dit-elle. Je vais t'enlever ta veste.

Surtout ne pas paniquer. Procéder par ordre. Pourvu que Ben revienne vite !

— Je ne t'aide pas beaucoup, fit Adam tandis qu'elle lui enlevait le vêtement.

— À charge de revanche.

Elle étouffa un hoquet d'horreur en voyant la manche de chemise trempée de sang.

— Tu as mal ? Très ?

— C'est engourdi. Je crois que la balle n'a fait que traverser. Ce n'est pas grave. J'aurais saigné plus s'il n'avait pas fait si froid.

Elle déchira chemise et Thermolactyl. Lorsqu'elle vit les chairs lacérées, elle sentit son estomac se révulser.

— Je te pose un garrot pour arrêter l'hémorragie, dit-elle en dénouant rapidement son bandana, ensuite je vais faire du feu et nettoyer la blessure.

— Vérifie d'abord les fenêtres et recharge ton fusil.

— Ne t'occupe pas de ça. Allonge-toi avant de t'évanouir, on dirait un Visage-Pâle.

Elle étendit sur lui une couverture et alla en hâte allumer un feu. En voyant le panier à bûches presque vide, elle eut un coup au cœur. Les mains tremblantes, elle disposa les bûches restantes dans l'âtre.

Maintenant, la trousse de première urgence ! Où était-elle ? Ah oui ! Au-dessus de l'évier. Elle la trouva et la posa sur le comptoir pour en vérifier le contenu. Ouf ! Elle était pleine. Elle se baissa pour prendre des chiffons dans le placard du bas et retint un cri en découvrant derrière les produits ménagers un seau rempli de serviettes maculées de taches brunâtres. Du sang ! Beaucoup trop de sang !

Tout ce sang était signe de mort. Elle referma violemment la porte du placard.

— Willa ? demanda Adam, se redressant avec peine. Que se passe-t-il ?

— Rien, fit-elle sans se retourner. Juste une souris qui m'a fait peur. Je ne trouve pas de chiffons propres ; on va se servir de ta chemise.

Elle remplit une cuvette d'eau et alla ensuite dans la salle de bains chercher des serviettes. Elle n'en trouva qu'une. Que s'était-il passé ? Il était trop facile de se l'imaginer, et elle repoussa les scènes d'horreur qui lui vinrent à l'esprit. Pour le moment il lui fallait s'occuper d'Adam. Elle sortit de la salle de bains et vit son frère debout près de la fenêtre.

— Mais que fais-tu ? s'écria-t-elle en se précipitant vers lui. Viens t'allonger !

— Je fais le guet. Appelle le ranch. Il faut qu'ils sachent... si jamais il...

Ses oreilles bourdonnaient, il allait s'évanouir. Il se laissa reconduire au lit sans protester.

— Ne t'inquiète pas pour le ranch, répondit-elle en détachant le bandana. J'appellerai dès que j'en aurai fini avec toi. Non, ne dis rien ! Laisse-toi faire ! Tu sais bien que le sang et moi on ne fait pas bon ménage. C'est la première fois que je vois une blessure, alors ne me rends pas la tâche plus difficile.

— Tu te débrouilles très bien, dit-il, mâchoires serrées. Aïe, ça fait mal !

— C'est bon signe, répondit-elle. La balle est passée dans l'épaule et est ressortie dans le dos. Ça ne saigne plus. Je ne crois pas que l'os soit touché.

Elle ouvrit la bouteille d'alcool.

— Attention, ça va piquer.

— Les Indiens sont stoïques.

Il hurla puis se mordit les lèvres, les yeux pleins de larmes.

— Stoïques, hein ? dit-elle, essayant de rire. Crie, ça te fera du bien.

La tête lui tournait, la sueur perlait à grosses gouttes sur son front.

— Ça va, murmura-t-il. Continue.

— J'aurais dû te donner des analgésiques, mais il n'y a que de l'aspirine. Autant essayer d'éteindre un feu de forêt avec du white spirit !

Elle était aussi livide que son frère. La gorge serrée, sans pouvoir retenir ses larmes, elle continua à nettoyer doucement la plaie.

— Ça m'a l'air propre, maintenant. Je vais mettre un pansement et le protéger avec ta chemise.

Lorsqu'elle eut fini de panser la blessure, ils poussèrent tous deux un soupir de soulagement et se regardèrent. Adam fut le premier à sourire.

— On s'en sort pas si mal, dit-il. Après tout, c'est la première fois qu'on essuie un coup de feu, tous les deux.

— Ne dis à personne que j'ai pleuré.

— Ne dis à personne que j'ai hurlé.

Elle essuya le visage de son frère avec la serviette.

— Rallonge-toi et...

Mais elle s'interrompit soudain et se blottit contre lui.

— Adam, j'ai peur. Pourquoi Ben n'est-il pas là ? Il devrait déjà être arrivé !

— Ne t'inquiète pas, dit-il en lui caressant les cheveux, les yeux rivés sur la porte. Il ne va pas tarder. Préviens le ranch et la police, maintenant.

— D'accord, répondit-elle en reniflant. Surtout ne bouge pas, il faut que tu te reposes.

Elle se leva, alla à la radio et poussa l'interrupteur. Rien ne se passa : pas de lumière ni de ronronnement. Elle regarda derrière l'appareil pour vérifier s'il était bien branché et sa gorge se serra.

— Les fils ont été coupés !

Laissant tomber le micro, elle traversa la pièce à grandes enjambées et saisit son fusil.

— Prends ça, dit-elle en le posant sur les genoux d'Adam, je vais chercher le tien.

— Tu es folle, ne sors pas !

Elle mit son chapeau et noua son écharpe autour du cou, d'une main décidée.

— Je vais à la rencontre de Ben.

— Non, tu n'iras pas !

— Tu ne peux pas m'en empêcher !

Il se redressa.

— Je ne te laisserai pas sortir.

Ils s'interrompirent soudain en entendant un bruit de sabots étouffé par la neige. Willa se précipita dehors, sans fusil. Adam la suivit sur ses jambes flageolantes.

— Qu'est-ce que tu fichais ? hurla-t-elle à Ben. Tu devais nous suivre ; ça fait au moins une demi-heure qu'on est là !

— J'ai fait un tour, j'ai trouvé des traces mais...

Il arrêta de la main le poing qui menaçait de lui écraser le nez mais malheureusement ne vit pas celui qui lui percuta l'estomac.

— Arrête ! Qu'est-ce que...

Elle se jeta à son cou et enfouit son visage contre son épaule.

— Ah, les femmes... murmura-t-il en lui caressant les cheveux. Comment te sens-tu, Adam ?

— Ça pourrait aller mieux.

— Je ne te le fais pas dire. Je m'occupe des chevaux et je rentre. Un petit whisky ne me ferait pas de mal. Willa, tu veux bien aller voir s'il y en a ?

Il lui donna une petite tape amicale et la poussa fermement vers la porte.

20

— J'ai trouvé les traces d'un feu de camp au nord de l'endroit où nous nous sommes fait tirer dessus, déclara Ben. À mon avis il y avait trois hommes à cheval et un chien. Ça datait de deux ou trois jours et ils n'ont rien laissé traîner. Des chasseurs habitués à la montagne, sans doute.

Il avala une bouchée du ragoût en boîte que Willa avait fait réchauffer et continua :

— Il y avait aussi d'autres traces, toutes fraîches, celles-là. Un cavalier se dirigeant vers le nord. Notre homme, probablement.

— Tu avais dit que tu nous rejoindrais tout de suite, protesta Willa.

— Eh bien je suis là, non ? À mon avis, le type a tiré deux coups de fusil et s'est sauvé. Je ne crois pas qu'il se soit attardé dans les parages.

— Il a dû rester quelque temps au chalet, remarqua Adam, mais je ne comprends pas pourquoi il a saboté la radio.

— Ni pourquoi il nous a tiré dessus, ajouta Ben en haussant les épaules. Le type que l'on recherche depuis plusieurs mois se sert d'un couteau, pas d'un fusil.

— Oui, mais nous étions trois ! dit Willa. Enfin quatre, avec Charlie. Un fusil, c'est plus sûr.

— Tu as raison, répondit Ben, remplissant à ras bord trois tasses de café.

Willa, songeuse, contempla le liquide fumant. Il était temps de leur faire part de sa découverte.

— L'assassin est venu au chalet, déclara-t-elle calmement. Je sais que les flics ont fouillé ici après le meurtre de la fille et qu'ils n'ont rien trouvé, mais j'ai la preuve qu'elle a été tuée ici.

Elle se leva pour aller chercher le seau.

— Il a nettoyé avec ça, et a tout remis au fond du placard.

Ben lui prit le seau des mains et l'obligea à s'asseoir.

— On va l'emporter avec nous, dit-il en le posant hors du champ de vision de Willa près du panier à bûches.

— Il l'a tuée ici, reprit-elle, s'efforçant de ne pas trembler. Il a dû l'attacher sur un des lits de camp... Il l'a violée et tuée ici. Après, il a tout nettoyé. Puis il a dû l'emmener à cheval, durant la nuit, cacher le corps avant de le jeter devant ma porte. Quelle horreur ! Chaque fois que j'espère qu'on en a fini, ça recommence. Je ne comprends pas pourquoi...

Ben s'accroupit devant elle et lui prit les mains.

— Peut-être qu'il n'y a rien à comprendre. Nous avons le choix. Dans une heure la nuit sera tombée ; nous pouvons repartir maintenant ou demain matin. De toute façon, quoi que nous décidions, c'est risqué, mais l'obscurité nous protégera.

Willa regarda Adam.

— Tu crois que tu es en état de monter à cheval ?

— Oui.

— Alors, partons dès qu'il fera nuit, dit-elle en soupirant. Je ne veux pas rester ici.

La nuit était froide et claire. Un léger voile de brouillard s'étirait au-dessus du sol. La pleine lune les guidait. Lune du chasseur qui faisait d'eux des proies aisées pour un prédateur aux aguets.

Chaque ombre était une menace, chaque bruissement un avertissement. Le ululement d'une chouette, le frémissement des ailes d'un oiseau, le cri d'un animal n'étaient plus de simples bruits nocturnes mais évoquaient la mort qui rôdait.

L'assassin avait dû suivre le même chemin, trophée jeté en travers de sa selle. Oui, c'était cela qu'avait dû représenter sa victime : un trophée, pour prouver combien il était ingénieux et sans scrupules.

À cette évocation, Willa frissonna, puis bomba le dos pour se protéger de la morsure du vent.

— Ça va ? demanda Ben.

— Le jour de l'enterrement de mon père, lorsque Nat a lu le testament, je pensais que rien ne serait jamais plus éprouvant, plus douloureux...

Elle soupira, guidant sa monture avec précaution sur la pente rocailleuse et glissante. Leurs ombres s'étiraient devant eux, et, çà et là, des plaques de terre apparaissaient sous la neige lorsque les longues bandes de brume s'écartaient.

— J'avais tort. Ensuite, en voyant le cadavre de Pickles, j'ai cru atteindre le comble de l'horreur. Chaque fois, je pense que rien de pire ne pourra arriver et chaque fois c'est pire encore.

— Je ne laisserai rien t'arriver, crois-moi.

Elle aperçut au loin les premières lueurs du ranch.

— Tu t'es conduit comme un idiot aujourd'hui, Ben, en partant seul. Je t'avais bien dit que je n'aimais pas les héros ; j'aime encore moins les inconscients.

Elle donna un coup de talon à Lune et s'éloigna au trot.

— Eh bien, elle ne me l'a pas envoyé dire !

— Elle a raison, Ben. Je n'aurais pu t'être d'aucun secours. Je saignais comme un porc et elle a dû me soigner. Ce n'était pas malin de t'exposer inutilement.

— Tu aurais fait la même chose, à ma place.

— Peut-être, mais ce n'est pas de moi qu'il s'agit. Elle a pleuré, tu sais.

Mal à l'aise, Ben regarda la silhouette solitaire de Willa, à quelques mètres devant eux.

— Je lui avais promis que je ne dirais rien, reprit Adam, et je n'en aurais rien fait si les larmes qu'elle avait versées n'avaient été que pour moi. Elle était morte d'inquiétude et elle allait partir à ta recherche quand tu es arrivé.

— Ç'aurait été de la folie.

— Comme tu dis. J'ai essayé de l'en empêcher, mais si tu n'étais pas arrivé, je n'aurais rien pu faire. La prochaine fois, réfléchis avant d'agir.

Adam s'interrompit avec une grimace de douleur.

— Parce qu'il y aura une prochaine fois, Ben. Ce n'est pas fini.

— Je sais.

Foutu fusil de compétition ! Il l'avait payé une fortune, et tout ça pour que la lunette de visée ne marche pas.

Jesse revivait chaque instant de l'embuscade. Il avait sa cible bien dans la mire, ce n'était pas sa faute !

Lorsqu'il avait tiré, le cheval de ce voleur de femme s'était dressé sur ses pattes arrière ; il était sûr de l'avoir dégommé, alors. Mais à cause d'un mauvais matériel payé trop cher, il n'avait fait que le blesser.

Il s'était trouvé là par hasard : il n'avait pas prémédité son coup. S'il avait eu le choix du terrain, les deux hommes ne s'en seraient pas tirés à si bon compte. Ensuite, il aurait pu s'amuser un peu avec la sœur de Lily...

Il jeta son mégot et l'écrasa rageusement. La prochaine fois, il ne raterait pas son coup. Oh non ! Lily aurait enfin une bonne raison de pleurer.

Cette semaine-là, Willa, nuit après nuit, fit le même cauchemar, se réveillant trempée de sueur, la gorge serrée. Elle rêvait qu'elle était nue, poignets attachés. Chaque fois elle essayait de se libérer de ses liens, l'estomac révulsé par l'odeur écœurante du sang qui coulait le long de ses bras nus. Plus elle se débattait et plus la corde lui entaillait la peau.

Le cauchemar se terminait toujours sur la même image : l'éclat de la lame d'un couteau s'apprêtant à lui trancher la gorge.

Le printemps arrivait mais elle n'avait plus le cœur à s'en réjouir. Les crocus que sa mère avait plantés des années auparavant égayaient l'herbe de petites taches de couleur vive. La terre reprenait ses droits sur la neige, les ocres et les verts remplaçaient peu à peu les blancs et les gris. Dans les pâturages, les meuglements des jeunes veaux se mêlaient aux hennissements aigus des poulains. Le temps des labours et des semailles était revenu. Les jours rallongeaient déjà.

Debout devant la fenêtre du bureau, Willa aperçut Lily, accompagnée d'Adam, bien sûr. Elle ne le quittait guère depuis la nuit où ils étaient redescendus du chalet. Elle eut un petit sourire en la voyant remettre en place l'écharpe qui immobilisait le bras blessé d'Adam.

Adam se rétablissait. Lily prenait de l'assurance. Ils s'aimaient et se soignaient l'un l'autre.

Un pareil amour effrayait Willa. Supporterait-elle de vivre la même chose ? Pourrait-elle se dévouer de la même façon, et tolérerait-elle qu'on la traite avec autant d'égards ? Pourtant ce devait être une expérience incroyable que ce voyage à deux, l'ivresse d'un sentiment pur, sans limites. Souvent, elle avait remarqué dans les yeux de Lily et d'Adam la promesse d'une passion éternelle. Sourires entendus, petits signes de complicité qui étaient devenus leur code secret. Comme ce devait être bon de savoir que l'autre serait toujours là, d'être au centre de l'univers de l'être aimé.

— Ça suffit ! murmura-t-elle en se détournant brusquement de la fenêtre.

Elle avait trop à faire pour rêvasser. Et puis, aucun homme ne l'aimerait de cette façon. Même son propre père ne l'avait pas aimée !

Elle pouvait bien l'accepter à présent. Elle s'assit dans le fauteuil qu'il avait si longtemps occupé et posa les mains sur les accoudoirs de cuir polis par le temps. Mais qu'avait-elle donc été pour lui ? Un substitut de fils ? Si c'était cela, elle n'avait pas donné satisfaction.

Non, il ne l'avait même pas considérée ainsi. Elle n'avait tenu la place que d'un vulgaire trophée de chasse. Elle serra les poings. Et encore ! Il avait accordé plus de valeur au gibier empaillé sur les murs. Ses sœurs et elle n'avaient eu aucune importance à ses yeux. Il les avait mises au rancart et n'avait même pas gardé une photo d'elles en souvenir.

La rage l'aveugla soudainement. Elle se leva et arracha du mur le premier trophée de chasse qui lui tomba sous la main. Les bois du cerf se brisèrent avec un bruit sec en tombant à terre.

— Va au diable, sale bête ! hurla-t-elle. Allez tous au diable ! Je ne suis pas comme vous !

Elle grimpa sur le divan et attrapa la tête de mouflon qui la fixait de ses yeux de verre.

— C'est mon bureau ! C'est mon ranch, tu m'entends !

Elle la jeta de toutes ses forces. Elle fit si bien qu'elle arracha tous les animaux empaillés qui peuplaient le bureau.

Pendant un moment, Tess, appuyée au chambranle, l'observa en silence. Sans la voir, Willa se saisit du dernier animal, le grizzly qui se dressait dans un coin. Il devait être lourd, car, un instant, on aurait pu croire que Willa se battait en combat singulier avec lui.

— On a ouvert les cages, on dirait !

Willa fit volte-face, le visage crispé par la colère, les yeux lançant des éclairs. L'ours perdit l'équilibre et s'écrasa comme une masse.

— Finis, les trophées ! lança-t-elle. Plus jamais le moindre petit trophée dans cette maison, tu m'entends ?

— Je n'ai jamais vraiment aimé la décoration de cette pièce, approuva Tess d'un air dégagé. Les bêtes à poils et le genre rustique, ce n'est pas mon truc. On peut savoir ce qui t'a brusquement poussée à prendre les choses en main ?

— Finis, les trophées ! répéta Willa avec obstination. Viens, aide-moi, on met tout ça dehors !

Tess s'avança dans le bureau en remontant ses manches.

— Avec grand plaisir. Allez, on commence par le gros lourdaud.

Poussant, tirant, elles réussirent à faire passer la porte à l'ours. Elles étaient en haut de l'escalier lorsque Lily vint les rejoindre, affolée.

— Que se passe-t-il ? s'écria-t-elle. Ô mon Dieu, j'ai cru qu'il vous attaquait !

— Ne t'inquiète pas, ça fait un bout de temps qu'il n'a pas desserré les crocs, celui-là ! répondit Willa tout en changeant de position pour avoir une meilleure prise.

— Mais que faites-vous ?

— De la décoration, lança Tess. File-nous un coup de main ; il est rudement lourd, le bougre.

— Pas la peine, fit Willa. Dégagez l'escalier. Attention, à trois, on pousse !

— D'accord, répondit Tess en faisant mine de cracher dans ses mains.

— Un... deux... trois !

L'ours dévala les marches dans un bruit de tonnerre, dégageant un nuage de poussière et de poils. Bess sortit de la cuisine comme une furie, serrant dans sa main le Beretta 22 qu'elle gardait en permanence dans la poche de son tablier depuis le début des événements.

— Seigneur Dieu ! s'exclama-t-elle, essoufflée. Qu'est-ce qui se passe ? Un ours ! Ici !

— Pas de panique ! Il ne fait que passer, s'écria Tess.

— Et qui va nettoyer ce chantier ? demanda Bess.

— On rangera toutes les trois, répondit Willa en s'essuyant les mains sur son jean. C'est le nettoyage de printemps !

Et elle repartit aussitôt dans le bureau.

Maintenant que son accès de colère s'était un peu calmé, elle mesurait l'étendue des dégâts. Têtes et corps disloqués gisaient dans toute la pièce au milieu des supports en bois cassés. Un œil de verre brun abandonné sur le tapis la fixait curieusement.

Elle n'y était pas allée de main morte !

Tess lui donna une petite tape dans le dos.

— Quand tu t'y mets, petite sœur, tu ne fais pas les choses à moitié !

— C'est horrible, dit Lily.

Elle se posa une main sur la bouche puis éclata de rire malgré ses efforts.

— Ce n'est pas drôle, je sais. Je suis désolée. On dirait un peu une braderie au zoo.

Son fou rire ne s'arrêtait pas et Tess se joignit à elle.

— Ce que c'est moche tout ça ! Morbide aussi, et ridicule. Si tu t'étais vue, Willa ! Un moment, j'ai cru que tu étais devenue folle et que tu allais danser un tango avec l'ours.

Le fou rire gagna Willa et elle s'y abandonna avec plaisir. Quelques secondes plus tard, assises par terre toutes les trois parmi les débris, elles riaient encore aux éclats.

— On va tout jeter, dit Willa en se tenant les côtes.

— Bon débarras ! fit Tess en s'essuyant les yeux. Mais où tu vas entreposer tout ça ?

— Je n'en veux plus ; on va les brûler, les enterrer, les donner, peu importe !

Elles jetèrent les trophées dehors : cerfs, daims, mouflons, ours, chats sauvages, oiseaux, poissons, ramures sans têtes, tout y passa. Les employés, ameutés par le bruit, s'approchèrent et regardèrent, fascinés, la pile grossir au bas des marches de la galerie.

— On peut savoir ce qui se passe ? demanda Jim en porte-parole improvisé du groupe.

— Nettoyage de printemps, répondit Willa. Demande à Wood de creuser un trou avec la pelleteuse pour enterrer tout ça proprement.

— Quoi ! Tu veux les enterrer ?

Choqué, Jim se retourna vers ses camarades. Après un rapide conciliabule, il revint vers Willa.

— Si tu n'y vois pas d'inconvénient, on aimerait bien en garder quelques-uns pour décorer le bungalow. Ce serait dommage de les jeter.

— Prenez ce que vous voulez, ça m'est égal.

— Bravo, il ne manquait plus que ça ! déclara Ham qui enjamba tranquillement le tas d'animaux tandis que quatre hommes empoignaient l'ours pour le mettre à l'arrière d'un pick-up. Il va falloir que je me coltine cet affreux tas de poils matin et soir, maintenant ! Ils vont en coller partout, jusque dans les étables et les granges. Tu vas voir !

— Grand bien leur fasse ! Mais je croyais que tu l'aimais, ce grizzly ? Tu étais avec lui, non, quand il l'a tué ?

— Oui, mais ça ne veut rien dire.

Il tourna les talons et repartit en maugréant.

— Billy, fais attention, bon sang ! s'écria-t-il. Tu ne vois pas que tu vas lui casser les bois ? Sur quoi tu vas accrocher ton chapeau, triple buse !

— Eh bien, tout le monde a l'air ravi, observa Tess.

— Ouais. On passe au salon, maintenant.

— Je peux t'aider une heure, dit Tess en jetant un coup d'œil à sa montre, après il faut que je me prépare pour mon rendez-vous.

Elle avait reçu un colis de lingerie fine qu'elle avait commandée à Los Angeles et voulait en faire la surprise à Nat.

— Mais au fait, ajouta-t-elle mine de rien, ce n'est pas le jour de ton rendez-vous hebdomadaire avec Ben ?

— Si.

— Lily a un dîner en tête à tête avec Adam, ce soir.

— Ah bon !

— Si je ne me trompe pas, dit Tess en étudiant ses ongles que le déménagement avait endommagés, Bess va à Ennis passer la nuit chez Maud Wiggins pour remettre à jour ses potins. Et comme j'ai l'intention de rester chez Nat ce soir, tu as la maison pour toi toute seule.

— Oh, tu ne peux pas rester seule, commença Lily, je vais...

— Lily, interrompit Tess en fronçant les sourcils, elle ne sera pas seule, à moins d'être vraiment idiote. Une femme intelligente se ferait belle pour profiter de l'occasion.

— Ben va se demander ce qui m'arrive si je me pomponne et que je lui dis que je ne veux pas sortir.

— On parie qu'il ne protestera pas ?

Willa resta silencieuse un instant.

— Non, c'est trop compliqué, reprit-elle. Je n'ai pas la tête à...

— Willa, ce sera toujours compliqué, assura Tess en lui prenant les mains et en la regardant droit dans les yeux. Tu désires Ben, oui ou non ?

Willa songea à la drôle de sensation qu'elle avait eue au creux de l'estomac toute la journée en pensant à lui.

— Oui.

— Alors c'est pour ce soir ?

— Oui... ce soir.

— Dans ce cas, on laisse tomber le nettoyage de printemps pour aujourd'hui. Ça ne devrait pas nous prendre plus d'une heure pour te trouver une robe un peu sexy dans tes placards.

— Eh ! Vous n'allez pas recommencer à me déguiser !

— Ça nous fait plaisir ! répondit Tess en la poussant à l'intérieur. Pas vrai, Lily ? Mais où vas-tu ?

— Chercher des bougies. Il n'y en a pas dans la chambre de Willa. Je reviens tout de suite.

— Des bougies... fit Willa en traînant les pieds. Une robe sexy... Faire semblant de ne pas vouloir aller au cinéma, j'ai vraiment l'impression de lui tendre un piège.

— C'est exactement ça, ma chérie !

Sur le seuil de la chambre de Willa, Tess s'arrêta, mains sur les hanches. Bon, il y aurait du pain sur la planche pour que la mise en scène soit parfaite.

— Tu sais quoi ? Non seulement il va adorer se faire prendre au piège mais en plus il t'en sera reconnaissant.

21

— Je me sens toute bête comme ça !

— Mais tu n'en as pas l'air, je t'assure, répondit Tess en se reculant pour mieux l'observer.

Lily avait eu une excellente idée : sa coiffure relevée en un chignon flou allait divinement bien à Willa. Ses cheveux n'étaient retenus que par quelques épingles et retomberaient lascivement dès que Ben y mettrait la main.

La robe longue était parfaite : simple et légèrement froncée à la taille. Dommage qu'elle ne soit pas blanche, mais on ne pouvait trop exiger de la garde-robe de Willa. Et puis finalement ce gris pâle était très joli et rendait la robe presque sage. Après discussion, Willa avait accepté de ne la boutonner que jusqu'à mi-cuisses, pour ne pas dissimuler ses longues jambes.

L'idée des minuscules anneaux d'argent qu'elle portait aux oreilles venait aussi de Lily. Tess, elle, s'était chargée du maquillage, très léger pour cette fois. Le soulagement de sa sœur lorsque celle-ci s'était admirée dans la glace ne lui avait pas échappé. Willa ne s'en doutait pas, mais la simplicité pouvait être irrésistible.

— Tu as l'air d'une vierge prête à être sacrifiée, déclara Tess en l'admirant.

— Charmant, soupira Willa.

— Tu le tiens pieds et poings liés.

Soudain, Tess se sentit coupable. Avait-elle précipité les choses ? Trop bousculé sa sœur ? Il était si facile d'oublier que Willa, de six ans sa cadette, était encore innocente. Voilà qu'elle devenait aussi sentimentale que Lily !

— Tu es sûre que tu te sens prête à franchir le pas ? Si tu veux, Nat et moi on peut rester. On dîne tous les quatre ensemble et...

Surprise par la réaction de Tess, Willa sourit.

— Incroyable ! Tu as plus peur que moi.

— Bien sûr que non, je suis juste...

Elle s'interrompit et embrassa tendrement Willa sur chaque joue.

Willa se sentit rougir.

— Que me vaut cet honneur ?

— Je me fais l'effet d'être une mère ! dit Tess avant de s'éloigner en hâte vers la porte.

Elle n'allait quand même pas se mettre à pleurnicher !

— Ah ! j'oubliais. J'ai mis des préservatifs dans le tiroir de la table de nuit. N'oublie pas de t'en servir.

— Il va croire que je suis...

— Prudente, intelligente et avertie.

À cet instant, elles entendirent un pick-up se garer devant la maison. Tess jeta un dernier regard à sa sœur et se précipita pour la serrer dans ses bras.

— À demain, dit-elle.

Puis elle sortit en courant.

Sourire aux lèvres, Willa resta immobile. Elle entendit la voix de Nat qui attendait Tess en bas, puis le bruit de la porte d'entrée et la voix de Ben qui leur disait bonjour. Son cœur se mit à battre plus vite et elle s'assit sur le lit. La conversation se termina, une porte s'ouvrit puis se referma, un moteur démarra.

Elle était seule avec Ben.

338

Et si elle changeait d'avis ? Rien ne l'en empêchait. Bon, elle improviserait ! Maintenant il fallait descendre.

Ben était dans le salon, contemplant le mur à présent vide au-dessus de la cheminée.

— J'ai enlevé le portrait de papa, dit-elle tandis qu'il se retournait. Enfin, on l'a enlevé toutes les trois, avec Lily et Tess. On ne sait pas encore ce qu'on mettra à la place.

Ainsi, elle avait enlevé le portrait de Jack Mercy. Il comprit à sa voix combien le geste était important.

— Ça change l'atmosphère.

— C'était le but.

Il fit un pas et s'arrêta.

— Tu es belle, Willa, tu parais différente.

— Oui, c'est vrai, répondit-elle en souriant. Je me sens bien, et toi ?

Ça allait plutôt bien avant qu'il ne la voie dans sa robe longue couleur de brume qui laissait deviner ses jambes fuselées et sa nuque si délicate laissée à nu par ses cheveux relevés. Il mourait d'envie de s'approcher d'elle.

— Oui, ça va, rien de neuf. Ce soir, je t'emmène dans un endroit chic, tu es très élégante.

— Lily et Tess se sont fait un devoir de fouiller dans ma garde-robe et de la critiquer. Selon elles, je n'ai quasiment rien à me mettre.

Elle prit le tissu entre ses doigts et Ben sentit son pouls s'affoler en voyant la robe s'ouvrir et découvrir une jambe.

— Elles ont même menacé de m'emmener faire les magasins.

Tu parles trop ! se dit-elle en se dirigeant vers le bar.

— Tu veux boire quelque chose ?

— Non, je conduis, n'oublie pas que nous allons au restaurant.

— Et que dirais-tu de rester ici ?

— Ici ?

— Oui, je n'ai pas souvent l'occasion d'avoir la maison pour moi toute seule. Bess passe la nuit chez une amie et Tess et Lily sont avec...

— Il n'y a que nous deux, alors ? demanda-t-il en se raclant la gorge.

— Oui.

Elle ouvrit le petit réfrigérateur et trouva le champagne que Tess avait mis au frais. Elle posa la bouteille d'une main tremblante sur le bar.

— J'ai pensé qu'on pourrait rester ici et... se détendre. Si on veut voir un film, Tess a une valise pleine de cassettes vidéo et il y a de quoi manger à la cuisine.

Il ne fit pas mine de bouger et Willa déboucha elle-même la bouteille.

— À moins que tu ne préfères sortir ?

— Non, non, pas du tout. Du champagne ! Qu'est-ce qu'on fête ?

— Le printemps.

Enfin, si elle arrivait à maîtriser le tremblement de ses mains pour remplir les flûtes.

— J'ai vu des fleurs des champs aujourd'hui, continua-t-elle. Les bourgeons commencent à éclater. Les oiseaux font leurs nids dans la grange, et bientôt on inséminera les vaches.

Elle lui tendit son verre.

— Eh oui, c'est l'époque.

— Je ne suis pas douée pour ce genre de trucs, grommela-t-elle avant de vider sa flûte d'un trait. Tout ça, c'est Tess et Lily qui en ont eu l'idée...

Elle prit sa respiration et le regarda droit dans les yeux.

— Je suis prête, Ben.

— Très bien, fit-il, étonné, en posant son verre. Tu préfères sortir finalement ?

— Mais non ! Ce que je veux dire c'est que je suis prête à coucher avec toi.

Il s'étrangla.

— Quoi ?

— On ne va pas tourner autour du pot. Tu veux coucher avec moi et je suis d'accord. Alors, allons-y.

Il reprit sa flûte et avala une gorgée. Il s'en repentit aussitôt en manquant s'étrangler de nouveau.

— Ça te prend comme ça !

Le ton horrifié la désarçonna. Et si elle s'était trompée ? S'il n'avait fait que se moquer d'elle comme toujours depuis leur enfance ?

Eh bien, dans ce cas, tant pis pour lui ! Elle lui collerait une balle dans la peau !

— Ce n'est pas ce que tu voulais ? s'indigna-t-elle.

— Madame a décidé qu'elle était prête et hop, on y va !

— Tu as changé d'avis ?

— Non, ce n'est pas ça. Le problème, c'est que... tu me prends au dépourvu ! Je...

— Oh, ce n'est que ça, dit-elle, rassurée.

— Qu'est-ce que tu crois, bon sang ! cria-t-il en colère. Tu es là, toute pomponnée, tu me fourres un verre de champagne dans les pattes et d'un seul coup tu m'annonces que tu veux coucher avec moi. Il y a de quoi être désarçonné, non ?

Peut-être avait-il raison, mais elle n'était pas certaine de bien le comprendre. En tout cas, il était plutôt craquant quand il se mettait dans tous ses états. Elle allait se faire un plaisir de le calmer.

— D'accord, d'accord, ne t'énerve pas ! dit-elle en s'approchant et en lui passant les bras autour du cou. Voyons voir ce que l'on peut faire pour toi.

Elle plaqua ses lèvres sur les siennes.

La réponse de Ben ne se fit pas attendre. Il la plaqua contre lui et l'embrassa passionnément. Après un long moment, il reprit son souffle et murmura son prénom.

— Pour quelqu'un de surpris, tu m'as plutôt l'air sûr de toi. J'ai envie de toi, Ben, nous n'avons pas besoin de monter, restons ici.

Elle lui couvrit le visage de baisers.

— Pas si vite, dit-il. Sinon je ne réponds plus de rien. Je veux que nous sachions tous deux ce que nous faisons. Réfléchis, Willa, ce sera très difficile de faire machine arrière, si jamais tu changes d'avis tout à l'heure.

Elle rit et s'accrocha à son cou.

— Est-ce que j'ai l'air de vouloir changer d'avis ?

En effet, elle semblait savoir ce qu'elle désirait, mais si par malheur elle se rétractait, il avait peur de ne pas le supporter.

Il la serra fort contre lui et lui effleura les lèvres.

— Je te veux, Willa, murmura-t-il.

Il sembla à Willa que son cœur faisait un double saut périlleux.

— Moi aussi, Ben. Allons-y.

— En haut, alors. La première fois doit se passer dans un lit.

Elle s'accrocha plus fort à son cou et lui mordilla la mâchoire tandis qu'il la soulevait.

— Ta première fois à toi, c'était dans un lit ?

— En fait, non. C'était dans un pick-up, en plein hiver, et j'ai bien cru que j'allais me transformer en glaçon.

— Ne crains rien, la maison est chauffée, assura-t-elle en riant.

Bon sang, ce que cet escalier était haut ! Il n'avait jamais remarqué qu'il y avait autant de marches.

Arrivé devant la porte de la chambre de Willa, il s'arrêta net. Une surprise de plus et son cœur lâchait, c'était sûr.

La pièce était illuminée par des bougies, dans la cheminée un feu brûlait, le lit ouvert et recouvert de coussins était une invitation au plaisir.

— Décoration de Tess et de Lily, expliqua Willa en voyant sa mine étonnée. Elles se sont vraiment prises au jeu.

— Oh, je vois !... Est-ce qu'elles t'ont expliqué comment ça se passe ?

— McKinnon, dit-elle en s'écartant un peu pour le regarder en face d'un air malicieux, n'oublie pas que je dirige un ranch, la nature, ça me connaît !

— Ce n'est pas vraiment la même chose, répondit-il en la déposant sur le lit. Écoute, Willa, c'est une première pour moi aussi. Je ne veux pas te faire mal et ça fait un bon moment que je n'ai pas fait l'amour. Depuis un an en fait, depuis que je te désire.

— Vraiment ? Et pourquoi ?

Il soupira et s'assit au bord du lit.

— Il faut que j'enlève mes bottes.

— Je t'aide, répondit-elle en se mettant de dos et en coinçant sa jambe entre les siennes pour tirer sur la botte. Alors comme ça, cela fait un an que tu me désires ?

— Plus même, si je suis honnête, dit-il en sentant la botte glisser.

— Pourtant, tu n'as jamais été particulièrement gentil avec moi.

— Tu me fichais la frousse.

Elle saisit l'autre jambe et tira. La botte lâcha et elle trébucha en avant.

— Ah bon ?

— Parfaitement, répondit-il en maugréant. Bon, le sujet est clos.

Intéressant, songea-t-elle.

— Oh, j'ai oublié ! fit-elle en se précipitant vers la table sur laquelle était posée la platine C.D. de Tess. De la musique ! Tess prétend que c'est indispensable.

Musique ou pas, il n'entendait que le bruit assourdissant des battements de son cœur. Les cheveux de Willa s'étaient légèrement détachés et les reflets des flammes dansaient sur le tissu soyeux de sa robe.

— Bien, je crois que tout est prêt, dit-elle. Oh, on a oublié le champagne !

— Ce n'est pas grave. On verra plus tard, grogna-t-il comme un ours mal luné.

— D'accord.

Elle leva les mains et commença à déboutonner sa robe. Il la regarda, fasciné, et ne retrouva l'usage de la parole qu'au bout de quelques secondes.

— Attends ! Ralentis. Lorsque l'on fait un strip-tease, on doit prendre son temps.

— Ah bon ! fit-elle, intriguée, en suspendant son geste un instant. Je n'ai rien en dessous, je te préviens. Tess m'a dit qu'il fallait jouer sur le choc des contrastes.

Il s'avança vers elle.

— Laisse-moi faire ! ordonna-t-il d'une voix sourde.

En sentant le frôlement de ses doigts sur sa peau, un frisson la parcourut de la racine des cheveux jusqu'aux orteils.

— Tu vas te coucher sur moi, c'est ça ?

— Pas tout de suite, répondit-il en riant, mais ça va venir, ne t'inquiète pas.

La robe était entièrement ouverte à présent, découvrant la peau nue sur laquelle jouait la lumière vacillante des bougies.

— Ne bouge pas, reprit-il en lui effleurant la bouche de ses lèvres, tu veux bien ?

— Oui, mais j'ai les jambes qui flageolent.

— Reste-là. Laisse-moi te goûter. Fais-moi confiance.

Il laissa glisser délicatement ses lèvres sur sa gorge puis remonta à sa bouche. Les paupières de Willa étaient lourdes, ses lèvres picotaient de plaisir.

— Quand tu m'embrasses comme ça, j'ai le souffle coupé.

— Tu veux que j'arrête ?

— Non, surtout pas ! Je respirerai plus tard.

— Je veux te voir nue, Willa. Laisse-moi te regarder.

Doucement, il fit glisser la robe le long de ses épaules et la laissa tomber au sol. Son corps longiligne aux courbes subtiles et aux angles saillants brillait d'un éclat doré.

— Tu es belle !

Elle dut se maîtriser pour ne pas cacher sa nudité. Personne ne lui avait jamais dit qu'elle était belle. Jamais.

— D'habitude, tu me traites de maigrichonne.

— Tu es belle, répéta-t-il.

Il lui posa la main sur la nuque et l'attira contre lui. Ses doigts caressèrent ses cheveux qui retombèrent aussitôt en cascade sur ses épaules. Il joua avec les mèches tandis qu'il effleurait ses lèvres.

— J'ai toujours aimé tes cheveux, même quand j'étais enfant.

— Tu me les tirais.

— C'est ce que font les petits garçons lorsqu'ils veulent qu'une petite fille les remarque.

Il rassembla la lourde chevelure et tira doucement pour lui faire ployer le cou en arrière. Il embrassa sa gorge ainsi exposée et s'attarda sur la veine qui battait sous la peau soyeuse.

— J'ai du mal à me concentrer, murmura-t-elle d'une voix sensuelle, il se passe de drôles de choses en moi.

— Laisse-toi faire.

Elle souleva les paupières et il vit dans ses yeux immenses la peur se mêler au désir.

Sa main glissa jusqu'à son sein, le dessina du bout du doigt, puis son pouce caressa le mamelon gonflé. Plaisir et choc déclenchèrent un spasme de tout son corps. Un gémissement s'échappa des lèvres de Willa. Il continua sa caresse jusqu'à sa hanche, trouva le doux renflement de son ventre, s'y arrêta, s'y attarda et trop vite repartit.

Elle gardait les yeux ouverts et s'agrippait à ses épaules. Sa peau était douce, ses muscles tendus, elle sentit la trace d'une vieille cicatrice. Ses doigts serrèrent plus fort. Il y avait tant de sensations nouvelles à assimiler, à analyser. Elle ne s'attendait pas à cela. Elle avait cru que l'étreinte serait rapide, un peu comme un combat mêlé de cris et de grognements. Au lieu de ça, elle découvrait la tendresse et le désir. Un désir intense.

— Ben ?

— Mum ?

— Je crois que mes jambes vont lâcher.

Il lui embrassa l'épaule.

— Un instant, je n'ai pas encore fini.

Ben était bouleversé, il était le premier à la caresser, le premier à enflammer ses sens, à la faire frissonner de plaisir. Même si son innocence attisait son désir, il se jura d'être patient et attentionné.

Ses paupières étaient closes à présent, et il la prit dans ses bras pour la déposer sur le lit.

Il ôta rapidement sa chemise et s'allongea doucement sur elle.

— Tu gardes ton pantalon ?

— Oui, pour le moment, ce sera mieux pour nous deux.

— Comme tu veux.

Elle aimait la sensation de ce corps sur elle, de ses mains qui la caressaient. S'il continuait ainsi, elle allait défaillir.

— Ben... dans le tiroir... Tess a laissé des préservatifs.

— Ne t'inquiète pas, je m'en occupe. Laisse-moi faire, Willa.

Il couvrit de baisers sa gorge brûlante et glissa jusqu'à son sein.

Lorsque ses lèvres saisirent le mamelon durci, elle se cambra et gémit de plaisir. Des millions de petites cellules nerveuses semblaient soudain s'être éveillées, comme un feu d'artifice éclatant sous sa peau. Ses hanches se mirent à se mouvoir d'elles-mêmes sur un rythme jusqu'alors inconnu. Il mordillait son sein mais la caresse n'avait rien de douloureux. Les mains enfouies dans les cheveux de Ben, elle le pressa plus fort contre elle.

Il l'écoutait gémir, soupirer, murmurer. Il aimait la sentir vibrer, réagir librement à ses caresses. Leurs deux corps souples ondulaient dans un accord parfait. Sa saveur le rendait fou. Il ne savait s'il devait continuer ou arrêter. L'odeur du savon mêlée à celle de sa peau était le parfum le plus délicieux qu'il eût jamais connu.

Il prit sa bouche de nouveau, comme pour y chercher son souffle. Leurs langues se mêlèrent avidement. Loin, très loin, il entendait le grattement sourd de guitares. Il caressa sa longue jambe et s'arrêta au creux de son ventre brûlant. Sa main se fit légère et taquine.

La respiration de Willa était courte, précipitée, elle enfonça les doigts dans ses épaules, se cambra pour lui offrir son corps.

Dieu qu'elle était désirable !

— Regarde-moi, Willa. Je veux voir tes yeux, je veux voir ce que tu ressens.

— Je ne peux pas.

Mais ses yeux étaient grands ouverts, immenses et sombres comme deux lacs sans fond. Elle se sentait au bord d'un précipice, poussée par une force inexorable.

— Ben... je te veux.

— Je sais, murmura-t-il, ému. Regarde-moi.

Maintenant, se dit-il.

Elle ne résista pas. Il la caressa avec art, s'ingéniant à la combler de plaisir. Son corps se tendit comme un arc. Son pouls battait à tout rompre. Elle se sentit happée dans un tourbillon l'entraînant dans une extase sans fin. Plaisir proche de la douleur, la laissant désarmée. Elle pleurait, suppliait, se cambrait contre la main de Ben pour qu'il ne s'arrête pas.

Des gouttes de sueur perlaient sur sa peau dorée. Lorsqu'il revint s'abreuver à ses lèvres gonflées, elle s'abandonna avec délices à son baiser. Il voulait la rassasier jusqu'à ce qu'elle n'en puisse plus. Il la sentit se convulser sous lui et soudain son corps retomba, agité de frissons.

Il s'écarta d'elle. Elle ne parvint même pas à protester et resta allongée dans le désordre fiévreux des draps froissés.

Les mains de Ben tremblaient tandis qu'il enlevait son jean. Il avait voulu la combler avant de la prendre, lui faire découvrir le plaisir si, par malheur, il ne pouvait éviter la douleur.

— J'ai l'impression d'être ivre, murmura-t-elle. Comme si je me noyais.

Il connaissait cette sensation. Il voulait se fondre en Willa maintenant. Il rejeta au loin son pantalon et se souvint trop tard du préservatif qui était dans son portefeuille. Remerciant silencieusement Tess, il ouvrit le tiroir de la table de nuit.

Willa poussa un soupir alangui.

— Je t'en supplie, ne t'endors pas, ma chérie. Pas encore.

Elle s'étira, flottant dans une béatitude divine.

Les lueurs des bougies donnaient à sa peau un éclat ambré. Ben s'arracha à sa contemplation et acheva de se préparer.

Puis il s'allongea sur elle.

— Tu vas encore me caresser ? demanda-t-elle.

— Oui. J'ai besoin de toi, Willa.

Ce n'était pas chose facile à admettre. Mais il lui fit cet aveu avant de poser ses lèvres sur les siennes.

— Laisse-moi te prendre, murmura-t-il.

Elle l'enlaça avec passion tandis qu'il glissait en elle.

Il eut un choc en la découvrant si brûlante, si tendue. Il lui fallut rassembler toute son énergie pour ne pas se laisser aller à plonger en elle comme un étalon. « Doucement », se répétait-il comme une injonction. Les poings serrés de part et d'autre de son visage, il la fixait intensément et vit au fond de ses prunelles une petite lueur d'étonnement et de consentement puis le merveilleux voile sombre du plaisir.

— Comme c'est bon ! souffla-t-elle.

Elle abandonna son innocence sans aucun regret. Un sourire flottait sur ses lèvres tandis qu'elle accompagnait chacun de ses mouvements. Elle reconnut dans les yeux de Ben ce besoin de la posséder qu'elle comprenait si mal. Elle regarda plus intensément, y trouva son image et s'y perdit. Lorsqu'il enfouit son visage dans ses cheveux et qu'il jouit en elle, elle songea qu'elle venait de découvrir l'essence de la beauté.

Dans les bras de Ben, Willa lui caressait paresseusement les cheveux.

— Si j'avais su que ce serait comme ça, dit-elle, je n'aurais pas attendu aussi longtemps.

— Je pense que le moment était parfaitement choisi, répondit-il en lui couvrant le visage de baisers.

Il s'imaginait renversant du champagne sur son magnifique corps doré pour y lécher chaque goutte et la faire hurler de plaisir.

— J'ai toujours pensé que les gens attachaient trop d'importance aux rapports sexuels. Je crois que je viens de changer d'avis ; c'est bon de coucher avec quelqu'un.

— Nous n'avons pas couché ensemble, Willa, nous avons fait l'amour.

Elle leva les bras en s'étirant puis reposa les mains sur les fesses de Ben.

— Quelle est la différence ?

— Tu veux que je te montre ? demanda-t-il en la regardant d'un air malicieux. Maintenant ?

Elle rit et lui caressa la joue.

— Tu sais bien que même un taureau a besoin de se reposer.

— Je ne suis pas un taureau. Ne bouge pas, tu vas voir.

— Où vas-tu ?

Surprise, elle le regarda se lever et eut le souffle coupé en découvrant son corps nu qu'elle n'avait guère eu le temps d'observer.

— Je reviens tout de suite, dit-il en s'en allant à grands pas sans prendre la peine d'enfiler son jean.

Elle s'étira de nouveau et se blottit contre les oreillers. Apparemment, la nuit ne faisait que commencer. Par curiosité, elle posa la main sur son sein. Son cœur battait normalement à présent et non plus à ce rythme endiablé qui l'avait presque effrayée lorsque Ben l'avait caressée précisément à cet endroit.

C'était bizarre, de se sentir comme happée par les lèvres d'un homme qui vous embrassait le sein. Et toutes ces curieuses sensations qu'elle avait éprouvées au plus profond d'elle-même. Toutes ces caresses l'avaient changée. Elle se rappela la danse étrange au creux de son ventre, son corps léger, et lourd l'instant d'après.

La voyait-il différemment, à présent ? En tout cas, elle se sentait vraiment différente.

Malgré toutes les douleurs, tous les chagrins, toutes les peurs de ces derniers mois, elle venait de trouver une oasis. Ce soir, il n'existait plus que cette chambre. Rien d'autre n'avait d'importance. Non, pas même la mort. Elle ne laisserait pas le monde extérieur détruire son bonheur.

Demain, il serait bien assez tôt pour s'inquiéter du ranch, et du fou qui les terrorisait. Ce soir, elle ne voulait être qu'une femme. Une femme qui pour une fois acceptait de se laisser diriger par un homme.

Elle souriait lorsqu'il revint. Elle l'avait souvent vu torse nu, et connaissait ses larges épaules, son dos musclé. Un jour, elle l'avait surpris avec Adam et Zack en train de se baigner nu dans la rivière. Mais elle avait douze ans alors, et les yeux qui le regardaient à présent n'étaient plus ceux d'une petite fille, et c'était un homme qu'elle avait en face d'elle, plus un adolescent. Un homme puissant, qui affichait simplement son désir.

— J'aime bien te voir nu, lança-t-elle.

Il s'arrêta de remplir la flûte qu'il avait rapportée et leva les yeux vers elle.

— Tu n'es pas mal non plus.

En fait, il la trouvait incroyablement belle, alanguie au milieu des coussins et des draps froissés.

Cheveux emmêlés, iris enflammés sous la lueur vacillante des bougies, une main posée bas sur son ventre plat, ses doigts battaient paresseusement la mesure au rythme de la musique qui jouait en sourdine.

— Tu n'as pas du tout l'air d'une novice, continua-t-il.

— J'apprends vite.

— J'y compte bien, dit-il avec un sourire entendu.

— Ah oui ? Et quels sont tes projets, McKinnon ?

Il posa la bouteille de champagne sur la table de nuit et lui tendit son verre.

— Prends, il vaut mieux que tu sois un peu ivre pour ce que je compte te faire.

— Vraiment ? dit-elle en frissonnant de désir et en buvant une gorgée. Tu ne bois pas, toi ?

— Après.

— Après quoi ?

— Après t'avoir prise, dit-il d'une voix rauque, en traçant un sillon de sa gorge jusqu'à son ventre tremblant. Je vais te prendre et tu vas te laisser faire.

Willa retint sa respiration. Il n'avait plus l'air tendre ni doux à présent. Une bouffée de désir la submergea en voyant ses yeux d'un vert sombre la fixer intensément, durement.

— Tu crois ça ?

— Oui. Cette fois, ce ne sera pas pareil, je vais prendre tout mon temps. Bois, Willa.

— Tu essaies de me faire peur ?

Il grimpa sur le lit et s'agenouilla au-dessus d'elle. Elle cligna des paupières, surprise. Il vit, au creux de sa gorge, les battements de son pouls qui s'accéléraient.

— Je veux te rendre folle de plaisir.

Il prit la flûte, y trempa un doigt et dessina un sillon mouillé autour du mamelon.

— Je veux t'entendre crier, poursuivit-il en répétant son geste sur l'autre sein. Si j'étais toi, j'aurais peur, ça m'excite que tu aies un peu peur, Willa.

Il lui versa les dernières gouttes de champagne sur le ventre et reposa la flûte.

— Je vais te faire des choses que tu n'imagines même pas et dont je rêve depuis longtemps.

Elle déglutit et un frisson d'excitation courut sur sa peau.

— J'ai peur, souffla-t-elle, fais ce que tu veux de moi, Ben.

22

Tess cherchait Willa, mais depuis qu'avril et la saison des amours s'étaient installés, on ne savait jamais où la trouver. Hommes et bêtes ne semblaient préoccupés que par la reproduction de leur espèce. Tess avait même cru surprendre Ham en train de flirter avec Bess, mais ce n'était sans doute que pour lui soutirer une tarte.

Le petit Billy était maintenant amoureux fou d'une jolie vendeuse qui travaillait à Ennis. À sa façon de déambuler dans le ranch, il semblait se prendre pour le roi de la basse-cour.

Jim, lui, vivait une amourette avec une serveuse, et même Wood et sa femme Nell, pourtant mariés de longue date, échangeaient clins d'œil et sourires entendus.

Et puis il y avait Lily, aussi, complètement absorbée par les préparatifs du mariage. Willa, quant à elle, affichait un sourire béat, lors de ses rares apparitions.

Tess reconnut le bruit du motoculteur derrière la maison d'Adam. Lily, qui voulait jardiner, avait persuadé Adam de labourer un carré de terre pour y planter les semis qu'elle avait préparés. Il avait protesté car il était encore trop tôt mais avait néanmoins obtempéré de bonne grâce.

Tess se dit qu'il en serait sans doute toujours ainsi. Un amour pareil, fait de dévotion et de compréhension, était exceptionnel. Le métier de Tess l'obligeait à observer les autres, et à décrire des personnages se débattant dans les affres de relations amoureuses, mais cet amour simple et tranquille lui était aussi étranger que la mécanique ondulatoire. Un peu comme cet endroit, d'ailleurs, où elle habitait maintenant depuis plusieurs mois. Elle avait appris à le respecter, à l'apprécier, mais le comprendre, c'était une autre affaire. Un pays où les hommes réparaient les clôtures, enfonçaient des pieux, rassemblaient les troupeaux dans la boue printanière, année après année, saison après saison. Cela aussi, ce devait être de l'amour.

Une pointe d'émotion l'envahit soudain et elle se força à imaginer les rues animées et les palmiers de Los Angeles.

Ainsi elle avait survécu à son premier et dernier hiver dans le Montana — enfin, si la déesse des scénaristes veillait toujours sur elle.

— Ah ! te voilà enfin, dit-elle en dénichant Willa qui l'ignora et continua son chemin pour rejoindre sa jument. Eh ! attends-moi.

Elle dut presser le pas.

— Il faut absolument que nous allions en ville demain, pour essayer nos robes de demoiselles d'honneur.

— Je n'ai pas le temps, répondit Willa en débouclant la sangle de la selle de Lune.

— Tu ne peux pas continuer à te défiler.

Sourcils froncés, elle regarda Willa, selle dans les bras, qui piétinait sans vergogne les petites fleurs des champs près de la clôture du corral.

— Je ne me défile pas, fit Willa après avoir déposé la selle sur la barrière. Je me suis fait une raison : j'accepte de porter une robe débile et pourquoi pas des marguerites dans les cheveux, mais ne me demandez pas de venir la choisir. Je n'ai pas le temps.

Sortant un pic de sa poche, elle se pencha vers Lune et lui souleva une patte arrière pour lui nettoyer le sabot.

— Si tu ne viens pas, Lily et moi nous devrons choisir la robe à ta place.

Willa haussa les épaules et s'attaqua à l'autre patte.

— De toute façon, c'est ce que vous auriez fait !

Elle n'avait pas tort, songea Tess. Avec un naturel qu'elle n'aurait jamais imaginé quelques mois auparavant, elle caressa la jument.

— Lily serait tellement contente que tu viennes.

Willa soupira et passa aux pattes avant.

— Je sais et j'aimerais lui faire plaisir, mais je suis débordée en ce moment. Il faut qu'on en profite, le beau temps ne va pas durer.

— Tu plaisantes ! fit Tess en levant les yeux vers le ciel limpide. On est en plein milieu d'avril, l'hiver est fini, bientôt l'été sera là.

— Détrompe-toi, Hollywood. Ici on a de la neige en juin, et je t'assure que le beau temps risque de ne pas durer. Regarde ces petits nuages au-dessus des montagnes, il faut s'en méfier. D'ailleurs, ça ne fait pas de mal un peu de neige, c'est bon pour l'herbe et puis ça ne tient pas longtemps, mais les blizzards de printemps, c'est une autre affaire. Ils peuvent être terribles.

— Des blizzards ! Tu te moques de moi. Il y a des fleurs partout, enfin il y en avait avant que tu ne marches dessus.

— Ne t'inquiète pas, elles sont coriaces dans la région. Et si j'étais toi, je ne rangerais pas mes Thermolactyl.

Willa prit dans ses bras selle, harnais et couverture, et se dirigea vers l'écurie. Tess, qui n'en avait pas encore terminé, lui emboîta le pas.

— Autre chose encore ! Je n'arrive jamais à te voir ces temps-ci.

— Je suis occupée, rétorqua-t-elle en déposant le harnachement avant de prendre une brosse.

— Je m'en doute. Je sais que tu rattrapes le temps perdu avec Ben, c'est très bien, je suis contente que tu sois heureuse. Je sais aussi que tu insémines des vaches, que tu t'uses les mains sur du fil de fer barbelé, mais j'ai besoin de savoir où on en est.

— Comment cela ? demanda Willa en sortant de l'écurie.

— Tu sais parfaitement ce que je veux dire.

Jurant entre ses dents, elle fut presque obligée de courir pour rester à la hauteur de Willa.

— Tout est calme, à présent, continua Tess, mais je suis quand même inquiète. Tu as vu les flics et tu as discuté avec eux, mais tu ne nous as rien dit.

— Je pensais que tu étais trop occupée à écrire tes histoires et à discuter avec ton agent pour t'en préoccuper.

— Qu'est-ce que tu t'imagines ! Bien sûr que je me fais du souci. Nat dit qu'il n'y a rien de neuf, n'empêche que vous montez toujours la garde.

Willa soupira.

— Je ne peux prendre aucun risque.

— Tant mieux, répondit Tess en caressant Lune tandis que Willa la brossait. Je préfère ça, même si parfois, je suis réveillée en sursaut la nuit par les voix des gars qui sont de veille. Sans parler de toi qui fais les cent pas dans ta chambre.

— J'ai des cauchemars, répondit Willa sans quitter des yeux la robe luisante de Lune.

Surprise par l'aveu, Tess se rapprocha.

— Tu veux me les raconter ?

Willa hésita un instant. Elle avait toujours détesté raconter ses rêves mais parler de ses craintes lui ferait peut-être du bien.

— C'est pire encore depuis que nous sommes allés au chalet... la fille a été tuée là-bas. La police a analysé le sang sur les chiffons et les serviettes que j'ai trouvés sous l'évier et il n'y a aucun doute possible.

— Pourquoi est-ce que les flics n'ont pas trouvé tout ça quand ils ont fouillé la première fois ?

Willa haussa les épaules tout en continuant à brosser Lune.

— Ce n'est pas le seul endroit où se cacher dans les montagnes. Ils ont fait un tour, rien ne paraissait dérangé et ils n'ont pas jugé utile d'effectuer une fouille plus approfondie. Mais maintenant, je peux t'assurer qu'ils l'ont passé au peigne fin et examiné chaque millimètre carré à la loupe. Ils n'ont rien trouvé. Ça m'obsède et je n'arrête pas d'y repenser. C'était atroce, je n'oublierai jamais le moment où Adam est tombé de son cheval, et tout ce sang... Et dire qu'on n'a toujours pas trouvé le coupable !

Elle donna une tape sur le flanc de Lune pour l'éloigner.

— Peut-être que c'est fini, qu'il est parti, dit Tess pour la rassurer. Les requins font ça, tu sais, ils restent au même endroit pendant un moment puis ils s'en vont se nourrir ailleurs.

— Je n'arrête pas d'avoir peur. Bien sûr, le travail m'aide à oublier, Ben aussi. Difficile de penser quand on fait l'amour !

— Ça dépend avec qui, répliqua Tess en souriant.

— C'est au petit matin, vers trois heures, que c'est le plus pénible. Lorsque je suis seule. C'est à ce moment-là que j'ai la peur au ventre et que je me demande si j'ai raison.

— Pourquoi raison ?

— Je pense au ranch, je me demande si c'est raisonnable de vous garder là, toi et Lily, alors que c'est peut-être dangereux.

— Tu n'as pas le choix.

Tess s'appuya dos à la barrière, pied coincé dans une des planches. Elle n'éprouvait pas l'amour de la terre comme Willa, mais elle commençait à apprécier la puissance qui en émanait.

— Tu sais, nous sommes assez grandes pour savoir ce que nous faisons, poursuivit-elle, et puis nous avons nos projets. Tu veux que je te dise les miens ? Dès que j'en aurai fini ici, je retourne à Los Angeles. J'irai faire les magasins et déjeuner dans le dernier endroit à la mode...

Qui ne serait sans doute plus le même qu'à l'automne précédent, songea-t-elle.

— J'investirai ma part de bénéfices dans une maison à Malibu, près de l'océan, et je serai bercée par les vagues jour et nuit.

— Je n'ai jamais vu la mer, murmura Willa.

— Je ne te crois pas ! Il faudra absolument que tu viennes me voir et je te montrerai à quoi ressemblent les gens civilisés. J'ajouterai peut-être un chapitre à mon livre : *Willa à Hollywood.*

— Quel livre ? Je croyais que tu écrivais un scénario.

— Euh... fit Tess, gênée. C'est juste pour m'occuper, me distraire.

— Et tu m'as mise dedans ?

— En partie.

— Ça se passe dans le Montana ? Au ranch ?

— Où veux-tu d'autre ? Je suis coincée ici pour un an. Mais ce n'est pas sérieux. Je n'en ai même pas parlé à mon agent. J'ai besoin de me distraire, c'est tout.

— Je pourrai le lire ?

— Non. Je vais prévenir Lily que tu te défiles pour demain, lança Tess en s'éloignant. Ne te plains pas si tu as une robe qui ne te plaît pas.

— J'ai confiance en votre bon goût.

Willa contempla les montagnes. Elle se sentait de meilleure humeur, mais en voyant les nuages se rassembler autour des pics, elle eut la conviction que ce n'était pas fini ; ni l'hiver ni l'horreur n'avaient encore dit leur dernier mot.

Lily avait eu envie d'organiser un dîner. Rien d'extraordinaire, avait-elle promis, ce serait intime : juste les trois sœurs et Adam, Ben et Nat. Sa nouvelle famille, en somme.

Elle était très excitée : pour la première fois de sa vie, elle allait recevoir dans sa propre maison.

Sa mère avait souvent organisé des réceptions lorsqu'elle était jeune. Très efficace, elle prenait tout en charge et n'avait jamais eu besoin de son aide. Durant sa brève période de célibataire, son maigre salaire ne lui avait pas permis de jouer les hôtesses, et après son mariage, il n'avait pas été question d'avoir une vie sociale normale.

À présent sa vie avait changé. Non, c'était elle qui avait changé.

Elle consacra toute sa journée aux préparatifs. Nettoyer la maison n'était pas une corvée. Elle en adorait chaque centimètre.

Après avoir épluché le livre de recettes avec Bess, elle s'était finalement décidée pour un rôti de porc à la sauge.

— Tout va bien ? demanda Bess du seuil de la cuisine alors qu'elle mettait le rôti au four.

— Oui, j'ai fait comme tu m'as dit et regarde...

Fièrement, elle ouvrit le réfrigérateur pour lui montrer sa tarte.

— La meringue est parfaite, ajouta-t-elle.

— Les hommes sont incapables de résister à une tarte au citron. C'est un très bon choix.

— Tu ne changes pas d'avis ? Tu ne veux toujours pas dîner avec nous ?

— C'est gentil, Lily, mais entre regarder une vidéo au lit et passer la soirée avec une armée de jeunes, je choisis le lit. Mais si tu as besoin d'aide, n'hésite pas.

— Non, non, je veux m'occuper de tout. Je sais, ça paraît idiot mais...

— Pas du tout, c'est bien connu, trop de marmitons gâtent la sauce ! Appelle-moi si tu as besoin d'un conseil, je ne dirai pas que je t'ai aidée, c'est promis.

La porte s'ouvrit et Willa entra.

— Essuie-toi les pieds, ordonna Bess. Ce n'est pas une étable ici !

— C'est fait ! protesta Willa en les frottant de nouveau sur le paillasson.

— Oh, qu'elles sont belles ! s'exclama Lily en voyant les fleurs que Willa tenait à la main. C'est gentil d'avoir pensé à moi.

— Ce n'est pas moi, c'est Adam, maugréa Willa en lui tendant le bouquet. Il m'a demandé de te l'apporter parce qu'il n'avait pas le temps ; il avait peur qu'elles ne fanent.

Lily eut un sourire attendri et plongea le nez dans le petit bouquet.

— Bon, il faut que je retourne travailler, lança Willa.

— Tu ne veux pas rester un instant ? Je viens de faire du café.

Avant que Willa ne refuse, Bess lui donna un coup de coude dans les côtes.

— Assieds-toi et prends un café avec ta sœur. Et enlève ton chapeau. Je vous laisse, ma lessive m'attend.

Bess ferma la porte et Willa ôta son Stetson.

— Quelle donneuse d'ordres ! maugréa-t-elle. Je veux bien un petit café s'il est prêt.

— Assieds-toi. Je vais mettre les fleurs dans un vase.

Willa prit place à la table ronde et se mit à tapoter du bout des doigts le plateau d'érable, songeant aux nombreuses tâches qui lui restaient à accomplir avant la fin de la journée.

— Ça sent bon, dit-elle.

— Ce sont les herbes et les pots-pourris.

— Tu es une vraie fée du logis, hein ?

Lily mit délicatement les fleurs dans un vase à col étroit.

— Je ne sais rien faire d'autre.

— Mais non, ce n'est pas ça que je voulais dire. Ce n'est pas vrai et je ne disais pas ça pour te critiquer. Adam est tellement heureux grâce à toi, il est méconnaissable. Et la maison est encore plus jolie depuis que tu es là. Tu as toujours plein d'idées de décoration, moi je ne saurais pas faire ça.

— C'est parce que tu n'as pas le temps de penser à ce genre de choses, toi tu t'occupes du ranch. Je t'admire.

Willa, étonnée, rougit légèrement.

— Tu es intelligente et forte, poursuivit Lily en posant une tasse et une soucoupe en porcelaine bleue devant Willa. Au début, tu me fichais la frousse.

— Vraiment ?

— J'avais peur de tout le monde mais surtout de toi.

Elle s'assit à son tour et ajouta une cuillerée de crème fraîche dans sa tasse. Le moment était venu de se confier.

— Je me souviens, le jour de l'enterrement, tu venais de perdre ton père, tu avais du chagrin mais tu étais solide comme un roc. Lorsque Nat a lu le testament, tu as affronté la situation sans broncher.

Willa s'en souvenait parfaitement. Elle se souvenait aussi qu'elle n'avait guère été aimable.

— Je n'avais pas le choix.

— On a toujours le choix, répondit calmement Lily. Moi, j'ai toujours choisi de m'enfuir. Si j'avais eu un endroit où aller ce jour-là, je serais partie. Et si tu n'avais pas été là, dès que toutes ces horreurs ont commencé, je ne crois pas non plus que j'aurais eu le courage de rester.

— Ça n'a rien à voir avec moi, tu es restée à cause d'Adam.

Aussitôt, Lily prit un air rêveur.

— Oui, mais je n'aurais pas eu le courage d'aller vers lui, d'apprendre à l'aimer. Je te regardais, je te voyais agir et je me disais, c'est ma sœur et elle ne s'est jamais enfuie, elle, je dois bien lui ressembler un petit peu tout de même. Alors j'ai trouvé en moi des ressources que j'ignorais, et pour la première fois de ma vie j'ai tenu bon face aux difficultés.

Willa repoussa sa tasse de café et se pencha vers Lily.

— Écoute, j'ai toujours fait ce que je voulais. Je n'ai pas eu le malheur comme toi d'être prise pour un punching-ball.

— Pourtant... d'après ce que Bess m'a dit, ton père était dur avec toi.

Bess aurait mieux fait de tenir sa langue !

— Une gifle de temps à autre, ce n'est pas la même chose que recevoir des coups de poing de son mari. Dans ces cas-là, s'enfuir ce n'est pas de la lâcheté, mais une preuve d'intelligence.

— Oui, mais je ne me suis jamais défendue, jamais.

— Moi non plus, murmura Willa. Je ne me suis peut-être pas enfuie mais je ne me suis pas rebellée.

— Si, à ta façon à toi : à chaque fois que tu montais à cheval, que tu mettais au monde un veau, que tu réparais une clôture. Tu t'es battue et tu t'es approprié le ranch. Tu t'es construite toute seule, Willa ; je ne connaissais pas Jack Mercy et il n'a pas voulu me connaître, mais je pense qu'il ne te connaissait pas non plus.

— Tu as compris tout ça, toi ! Oui, tu as raison.

— Maintenant, soupira Lily, je sais que j'aurai la force de me défendre, et c'est en partie grâce à toi et à Tess, et aussi à la chance que j'ai d'être au ranch. Si je suis ici, je ne le dois pas à Jack Mercy mais à toi. Tu aurais dû nous détester, Tess et moi, tu en avais parfaitement le droit, mais tu ne l'as pas fait.

Et pourtant, au début, elle n'en avait pas été loin, se souvint Willa, mais elle n'y était pas parvenue.

— C'est trop fatigant, la haine.

— Sans doute, mais tout le monde n'aurait pas agi comme toi.

Lily s'interrompit quelques instants et tourna sa cuillère dans sa tasse. On voyait bien qu'elle avait quelque chose à dire mais hésitait à parler. Sans relever la tête, elle se lança :

— Tess et moi, nous étions en ville l'autre jour pour faire des courses, et j'ai cru reconnaître Jesse dans la rue. Ç'a juste été un flash, un éclair.

— Tu l'as vu à Ennis ?

Willa se redressa sur sa chaise, poings serrés.

— Je ne sais pas, répondit Lily. Non, j'ai dû me tromper. Tu vois comment tu réagis ? Toi, tu es prête à te battre, et moi à m'enfuir. Avant, je m'imaginais le voir partout. Cela faisait longtemps que ça ne m'était pas arrivé, mais l'autre jour j'ai cru que ce visage au milieu de la foule, cette manière de pencher la tête... mais je ne me suis pas sauvée, je n'ai pas paniqué. Et si un jour je dois me défendre, j'y parviendrai grâce à ton exemple.

— Tu sais, parfois il est plus sage de s'enfuir.

Le dîner se passait à merveille, Lily avait l'impression de vivre un rêve. Réunis autour de la table de la petite salle à manger, les inconnus qu'elle avait appris à aimer se servaient pour la deuxième fois de son délicieux rôti. Ils riaient ensemble comme s'ils s'étaient toujours connus et se disputaient comme une vraie famille.

Tess taquinait Willa en lui racontant que la robe qu'elles avaient choisie pour elle était en organdi rose fuchsia avec une jupe froncée, des manches bouffantes, et une tournure.

— Une tournure ! Qu'est-ce que c'est que ce truc ? Vous ne me ferez jamais enfiler un machin pareil ! Rose, en plus !

— Je suis sûre que ça t'ira à merveille, susurra Tess. Surtout avec le chapeau.

— Quel chapeau ?

— Il est adorable, rose aussi. C'est une grande capeline couverte de primevères. En plus, elle est suffisamment ample pour que l'on puisse te faire un chignon. Oh ! et si tu voyais les gants ! Ils sont du dernier chic, ils montent jusqu'aux coudes.

Willa était livide.

— Elle se moque de toi, intervint Lily pour la rassurer. Ta robe est très belle, elle est en soie bleu pâle, fermée par des boutons en perle dans le dos avec une fine bordure de dentelle sur le corsage. Tu verras, elle est très simple et il n'y a ni chapeau ni gants.

— Ce n'est pas drôle, tu gâches tout, maugréa Tess. Avoue que tu as eu peur, Willa.

— Tu n'auras jamais porté autant de robes de ta vie, ironisa Ben. Moi qui pensais que tu dormais en jean.

— J'aimerais bien te voir conduire le bétail en robe, répliqua Willa.

— Moi aussi, ajouta Nat en riant et en repoussant son assiette. Lily, c'était délicieux. Adam va prendre des kilos avec un cordon-bleu comme toi.

— J'espère que vous avez encore de la place pour le dessert, fit Lily, rose de plaisir. Allons le prendre au salon.

— Adam a de la chance, déclara Ben en s'asseyant dans un fauteuil, Lily est une sacrée cuisinière.

Willa s'assit en tailleur par terre devant la cheminée.

— C'est à cela que tu mesures le bonheur d'un homme, McKinnon, à la manière dont sa femme cuisine ?

— C'est un détail important.

— Une femme intelligente emploie une cuisinière, marmonna Tess en s'asseyant près de Nat sur le canapé, et ne fait un repas pareil qu'une fois l'an. Je vais être obligée de faire cinquante longueurs de plus à la piscine demain.

Willa ravala un commentaire acerbe et jeta un coup d'œil vers la cuisine dans laquelle Lily et Adam préparaient le dessert.

— Tess ? demanda-t-elle à voix basse, Lily t'a-t-elle confié qu'elle avait cru voir son ex-mari l'autre jour à Ennis ?

— Non, elle ne m'a rien dit !

— À Ennis ! fit Nat, sourcils froncés en cessant de caresser les doigts de Tess.

— Elle pense qu'elle a rêvé : elle croit toujours le voir partout, mais n'empêche, ça m'inquiète.

Tess réfléchit un moment.

— C'est vrai qu'elle m'a paru soucieuse à un moment, mais elle ne m'a rien dit.

— Tu as réussi à avoir une photo de lui ? demanda Ben à Nat.

— Oui, je l'ai reçue il y a deux jours, répondit-il en jetant un coup d'œil vers la cuisine et en baissant la voix. On lui donnerait le bon Dieu sans confession : un visage angélique et les cheveux coupés ras. Je ne l'ai jamais vu dans le coin. C'est idiot, j'aurais dû apporter la photo pour la montrer à Adam.

— On en reparlera plus tard, coupa Willa en entendant Adam qui s'approchait, mais je veux que tu me la montres aussi.

Ben se leva dès que Lily entra, un plateau à la main.

— Hum ! Ça, c'est de la tarte ! s'exclama-t-il en se baissant pour la humer d'un air gourmand. J'espère que tu en as prévu une pour les autres

parce que je sens que je vais n'en faire qu'une bouchée.

La soirée se prolongea dans la même ambiance
détendue, puis Nat donna le signal du départ à
Tess d'une légère pression sur la main.

— Il vaut mieux que je m'en aille avant que tu
ne sois obligée de me faire rouler dehors, dit-il à
Lily en se baissant pour l'embrasser. Merci pour
cet excellent dîner.

— Merci pour ta compagnie.

— Je vais partir aussi, dit Tess en bâillant. Je
sens que je vais dormir comme un loir.

Ben et Willa attendirent cinq minutes avant de
sortir à leur tour.

Lorsqu'ils furent seuls, Adam prit Lily dans ses
bras.

— S'ils s'imaginent que nous sommes dupes, ils
se trompent.

— Comment ça ?

Elle était si douce. Il l'embrassa tendrement sur
la joue.

— As-tu entendu le moindre bruit de moteur ?

Elle comprit et éclata de rire.

— Non, je ne crois pas.

— J'ai très envie de faire comme eux, chuchota-
t-il en la prenant dans ses bras.

— Adam ! Et la vaisselle ?

Il l'embrassa de nouveau.

— Elle sera encore là demain, et nous aussi.

Willa laissa échapper un long soupir de plaisir.
Aussitôt, Ben accéléra son rythme. Il adorait la
regarder lorsqu'elle le chevauchait. Ses cheveux
d'un noir brillant coulaient en cascade sur ses
épaules, des tressaillements de plaisir, qu'il connaissait bien maintenant, animaient son visage. Il

prit ses seins dans ses mains puis approcha ses lèvres impatientes de ses mamelons durcis. Elle s'agrippa à lui pour qu'il apaise sa soif.

Plus elle lui donnait et plus il la désirait.

— Viens ! ordonna-t-il d'une voix haletante.

Elle poussa un profond gémissement. Sa voix agit sur lui comme un alcool fort. Mains sur les hanches. Il l'empoigna. Elle se donna sans réserve, source miraculeuse à laquelle il s'abreuva. Puis son corps se tendit, elle lui mordit l'épaule. Il resta immobile, la laissant retrouver son souffle. Elle était maintenant allongée sur lui, ses cheveux lui caressaient le visage.

— Je veux te rendre fou, murmura-t-elle en lui effleurant les lèvres. Je veux t'entendre me supplier.

Elle se mit à onduler lentement, sensation délicieuse à la limite de la torture. Elle couvrit sa bouche de baisers puis elle glissa sa langue entre ses lèvres et se fit experte, provocante. Il lui agrippa les cheveux. Son souffle s'accéléra et elle retira ses lèvres. Elle caressa son torse, son ventre, sans jamais cesser de le regarder.

Elle savait ce qu'il voulait. Les yeux de Ben brillaient d'un éclat sauvage, désespéré, reflétant les émotions qu'elle sentait vibrer en elle. Il lui étreignait les hanches presque douloureusement. Elle aurait des bleus demain. La marque de Ben, songea-t-elle en souriant.

Un frisson la parcourut tout entière. L'intensité de leur relation l'étonnait à chaque fois, comme ce besoin qu'elle avait de lui, si violent et qui la laissait toujours apaisée et épanouie.

Soudain, l'explosion tant attendue arriva, flèches de jouissance. Elle le sentit vibrer en elle et l'accueillit de tout son être.

Ben couvrit de baisers légers sa gorge tremblante.

— J'en ai rêvé pendant toute la soirée, murmura-t-il.

— Menteur, tu étais bien trop occupé à t'empiffrer.

— Pas du tout, je ne suis jamais trop occupé. Je pense à toi tout le temps.

Il lui souleva le visage.

— Je me fais du souci, Willa.

Elle le regarda en se redressant sur les coudes.

— Du souci ? Pourquoi ?

— Je voudrais être près de toi tout le temps, je suis inquiet avec tout ce qui s'est passé.

Elle repoussa les cheveux de Ben en arrière. Amusant, comme ses mèches semblaient avoir été trempées dans de l'or. Elle ne pouvait s'empêcher de les caresser.

— Je suis grande, tu sais.

— Oui, répondit-il, songeur, mais ça ne m'empêche pas d'être inquiet. Et si je restais cette nuit ?

— On en a déjà parlé. Bess aime faire semblant d'ignorer ce qui se passe entre nous. Je ne veux pas la détromper, et puis...

Elle l'embrassa et s'allongea paresseusement à ses côtés.

— Tu as ton ranch qui t'attend. Allez, en selle, McKinnon ! Je t'ai assez vu pour aujourd'hui.

— Ah, tu crois ça ?

Il roula sur elle pour lui prouver le contraire.

Lorsqu'un homme quitte une maison en catimini en pleine nuit, il a l'air d'un idiot mais se sent le plus heureux des hommes, songea Nat en ouvrant la porte d'entrée.

Il sursauta en voyant Ben devant lui sur la galerie. Ils se jetèrent un coup d'œil, embarrassés.

— Belle nuit, fit Nat.

— Une des meilleures que j'aie connues, répondit Ben en souriant. Où t'es-tu garé ?

— Derrière la grange. Et toi ?

— Idem. Je ne vois pas pourquoi on se cache, tout le monde est parfaitement au courant.

Ils descendirent les marches et se dirigèrent vers la grange.

— Je me demande à chaque fois si je ne vais pas prendre une balle perdue, continua Ben.

— Pas de problème, Adam et Ham sont de garde. Je m'arrange toujours pour sortir quand c'est leur tour, ils n'ont pas la gâchette facile, eux, au moins...

Il s'arrêta pour regarder la fenêtre de la chambre de Tess.

— Remarque, certaines choses valent parfois la peine de risquer une balle perdue.

— Je vois que tu es mordu !

— Je veux l'épouser.

Ben s'arrêta net.

— Quoi ? Répète, je ne suis pas certain d'avoir bien entendu.

— Tu m'as parfaitement compris. Elle est persuadée qu'elle va repartir en Californie cet automne, et moi je parie le contraire.

— Tu lui en as parlé ?

— À Tess ? demanda Nat en éclatant de rire. Je ne suis pas fou. Il faut s'y prendre de manière subtile avec une femme comme elle. Elle a l'habitude de mener la danse, il ne faut surtout pas la détromper. Elle ne sait pas encore qu'elle m'aime, mais ça viendra.

La conversation mettait Ben mal à l'aise.

— Et si ça ne venait pas ? Si elle te disait qu'elle ne t'aime pas ? Si elle fait ses valises, tu la laisseras faire ?

— Je ne pourrai pas l'en empêcher, répondit-il en sortant son trousseau de clés de sa poche. Mais je te parie qu'elle va rester, et j'ai encore un peu de temps pour l'en convaincre.

Ben pensa à Willa et se demanda comment il réagirait si elle décidait de partir. Il la ligoterait, c'était certain.

— J'admire ton flegme, Nat.

— Pour l'instant, rien ne presse. Je dois m'en aller quelques jours pour plaider, mais dès que je reviens, je commence mon travail de sape.

— Bonne chance.

Ben s'arrêta devant son pick-up et jeta un dernier coup d'œil à la maison. Non, jamais il ne pourrait être aussi fin stratège que Nat. Mais bien sûr, sa situation n'avait rien de comparable : pas question d'épouser Willa.

23

Jesse avait réfléchi. Bien sûr, cela aurait été plus raisonnable d'attendre encore : il ne restait que quelques mois jusqu'à l'automne, et ensuite, à lui le magot et Lily. Mais la garce s'était mis en tête d'épouser ce salaud d'Indien. Il n'avait pas le choix. Pas question de la laisser faire !

S'il n'avait pas raté son coup la dernière fois, Adam aurait déjà rejoint le territoire de ses ancêtres. Le fumier avait eu de la chance.

Jesse avait patiemment attendu une nouvelle occasion de lui régler son compte, mais avec l'arrivée du printemps, il n'avait pas eu une minute de répit. Pendant que sa femme préparait son trousseau, lui était coincé jour et nuit. Foutu négrier de McKinnon !

Puisqu'il ne pouvait pas se débarrasser d'Adam, il ne lui restait plus qu'à récupérer Lily. Elle allait voir ce qu'il en coûtait de le tromper et de vouloir garder pour elle sa part d'héritage.

Oui, ça allait être un plaisir de la corriger, songea-t-il en retournant la carte qu'il avait demandée ; c'était une reine qu'il ajouta à la paire qu'il avait déjà en main.

— Cinq dollars pour voir, annonça-t-il à Jim.

— Je passe, dit Ned Tucker en posant ses cartes sur la table et en se levant pour prendre une bière dans le frigo.

Ned se sentait bien au ranch Mercy, Willa était une bonne patronne et les gars plutôt sympathiques. Pour se porter bonheur, il donna une petite tape sur le museau de l'ours qui se dressait maintenant dans un des coins de la pièce. Un peu tard, se dit-il, il aurait dû y penser avant de commencer la partie de poker. Jesse venait de rafler la mise une fois de plus.

— Je ne l'ai encore jamais vu perdre, celui-là, lança-t-il à Ham.

— Il a une veine de pendu, répliqua Ham en s'asseyant à la table de jeu. Allez, sers-moi, je dois remplacer Billy dans une heure, je vais tenter ma chance en attendant.

Une heure, réfléchit Jesse en distribuant les cartes. Billy et « l'intello » étaient de garde maintenant. Il n'aurait aucun mal à les maîtriser. Encore dix petites minutes de jeu et il sortirait.

Il fit semblant de perdre et, au bout d'un moment, déposa ses cartes sur la table.

— Bon, j'arrête, je vais prendre l'air.

— Fais gaffe que Billy ne te tire pas dessus, lança Jim. Il a la tête ailleurs en ce moment, il réagit au quart de tour.

— Ne t'inquiète pas, j'en fais mon affaire, répondit-il en enfilant sa veste avant de sortir.

Il jeta un coup d'œil à sa montre. Parfait. Adam, comme tous les soirs, devait faire sa visite à l'écurie ; la grande maison était tranquille et il n'y avait rien à craindre de ce côté-là. Il prit son revolver sous le siège du pick-up et le coinça dans sa ceinture.

Ça allait marcher comme sur des roulettes. Lily allait pleurer et le supplier mais elle lui obéirait. Elle avait toujours fait ce qu'il voulait, il suffisait de la bousculer un peu et elle devenait tout de suite plus raisonnable.

A cette idée il eut un frisson de plaisir. Cela faisait trop longtemps qu'il l'avait laissée tranquille, la garce.

Main posée sur le ceinturon, il se dirigea vers la petite maison blanche.

— Salut, J. C., fit Billy, soulagé d'avoir un peu de compagnie. Tu as fini de plumer les potes ? Qu'est-ce que tu fabriques par ici ?

Jesse lui sourit.

— Je viens récupérer ce qui m'appartient.

Puis, sans crier gare, il assomma Billy d'un coup de crosse sur le crâne. Pas la peine de le tuer, ça ferait trop de bruit. Il le tira par les pieds et le cacha dans un buisson.

Il approcha à pas de loup de la porte de derrière et regarda par la vitre.

Elle était là. Une vraie sainte-nitouche, qui buvait son thé et lisait une revue en attendant le retour de son Indien.

Le grondement du tonnerre lui fit lever les yeux vers le ciel sans étoiles. Parfait, songea-t-il, les éléments étaient de son côté. La pluie couvrirait leur fuite vers le sud.

Il tourna sans bruit la poignée et entra.

— C'est toi, Adam ? Je viens de lire un article...

Elle s'interrompit sans quitter le journal des yeux. Chili grondait sous la table. Le cœur de Lily se mit à cogner dans sa poitrine. Avant même de lever la tête, elle sut avec certitude que c'était Jesse.

— Fais taire le clebs ou je le tue !

Elle savait qu'il n'hésiterait pas une seconde. Malgré ses cheveux longs maintenant bruns et sa moustache, il n'avait pas changé. Ses beaux yeux avaient le même éclat dur et sa bouche le même sourire menaçant. Dominant sa peur, Lily parvint à se lever et à s'interposer entre le chien et lui.

— Tais-toi, Chili, ce n'est rien.

Il continua à gronder et elle vit avec horreur Jesse sortir le revolver de sa ceinture.

— Non, Jesse ! Je t'en prie, ce n'est qu'un vieux chien inoffensif. Si tu tires, le bruit va attirer du monde.

Ça lui démangeait d'appuyer sur la détente. Ç'aurait été si bon de tuer, il adorait sentir le poids du revolver dans sa main. Mais elle avait raison et il ne pouvait pas se permettre la moindre erreur.

— Fais-le taire !

— Je... je vais le mettre dans la pièce à côté.

— Fais gaffe, Lily, je t'ai à l'œil. N'essaie pas de t'enfuir, sinon tu le sentiras passer. Après, j'attendrai tranquillement que ton salopard d'Indien revienne et je le descendrai dès qu'il entrera.

— Je ne vais pas m'enfuir.

Elle prit Chili par le collier. Le vieux chien refusait de bouger et elle dut le traîner pour l'enfermer dans le salon.

— Jesse, s'il te plaît, pose ce revolver. Tu sais bien que tu n'en as pas besoin.

— Oui, c'est vrai. Viens ici ! ordonna-t-il en glissant l'arme dans son ceinturon.

Elle essaya désespérément de se souvenir de ce qu'elle avait appris en thérapie. Rester calme, ne pas s'affoler.

— Jesse, nous avons divorcé. Si tu me fais le moindre mal, tu iras en prison.

Il remit la main sur la crosse du revolver.

— Viens ici, j'ai dit !

La porte ! C'était sa seule issue. Il fallait prévenir Adam.

— J'essaie de recommencer de zéro, Jesse, dit-elle en avançant doucement. C'est du passé, tout ça. Tu sais bien que je n'ai jamais rien fait pour te décevoir et...

Elle cria de douleur lorsqu'il la frappa au visage avec le dos de la main.

— Ça fait six mois que j'attendais ça, jeta-t-il en continuant à la frapper jusqu'à ce qu'elle tombe à genoux. Bon sang ce que c'est bon ! Six mois que je te surveille, Lily.

Il la tira par les cheveux pour l'obliger à se relever.

La douleur familière l'empêchait de penser clairement. Mais aussitôt elle comprit.

— C'était toi, alors ? demanda-t-elle.

En guise de réponse, il lui donna une nouvelle gifle. Chili aboyait mais ni l'un ni l'autre n'y prêtaient attention.

— Tu vas me suivre gentiment et faire ce que je dis, siffla-t-il en la saisissant par la chemise, visage collé au sien. Si tu essaies de filer, je te tue. On va faire un long voyage, toi et moi, jusqu'au Mexique.

— Je n'irai pas avec toi !

Il la gifla et elle encaissa le coup puis se dégagea brusquement de son emprise. Elle se jeta sur lui et le frappa à coups de poing et de pied. La surprise empêcha tout d'abord Jesse de réagir. Il se cogna la hanche contre le comptoir et fut étonné de sentir le goût du sang couler dans sa bouche. Mais très vite il se ressaisit et la projeta d'une violente bourrade contre la table. Une tasse vola en éclats. Le chien aboyait comme un démon en grattant à la porte.

— Je vais te massacrer, hurla-t-il.

Il la menaçait d'une main tremblante, doigt sur la gâchette. Elle leva les yeux sur lui et le fixa sans peur, sans le supplier, avec une colère froide.

— C'est ça que tu veux ? hurla-t-il de nouveau en posant le canon sur sa tempe, que je te tue ?

Il fut un temps où, par faiblesse, elle eût répondu oui. Mais elle songea à sa vie ici, avec Adam, avec ses sœurs. Sa maison et sa famille.

— Non, je te suis, répondit-elle, se jurant qu'à la première occasion elle se sauverait.

— Un peu, que tu vas me suivre, haleta-t-il en la serrant à la gorge, les yeux injectés de sang. Je n'ai pas le temps de te corriger maintenant, mais tu ne perds rien pour attendre.

Il tremblait en la poussant vers la porte. La garce l'avait frappé jusqu'au sang. Jamais elle n'avait réagi comme ça. D'habitude elle lui obéissait sans discuter, et maintenant, à cause d'elle, il avait perdu un temps précieux.

Le tonnerre grondait toujours. De gros flocons de neige tombaient du ciel sombre en un épais rideau. Il ne vit Adam qu'au dernier moment. Le canon de son fusil n'était plus qu'à quelques centimètres de sa poitrine.

— Lâche-la, ordonna Adam d'une voix impassible. Lily, écarte-toi de lui.

Jesse resserra son étreinte autour de la gorge de la jeune femme, l'étouffant presque, et pressa le canon du revolver contre sa tempe.

— C'est ma femme ! hurla-t-il. Fous-moi le camp et laisse-moi passer ou je la tue ! Tu as compris ? Je lui fais éclater la tête !

Il entendit le bruit d'un fusil que l'on armait et vit Willa s'approcher en manches de chemise, les cheveux couverts de neige.

— Laisse ma sœur tranquille, espèce de salaud !

Rien ne se passait comme il l'avait prévu. Il sentait sa main trembler et la panique le gagner.

— Si t'approches, je tire ! Dis-leur, Lily, que je ne plaisante pas, que je n'hésiterai pas à te tuer.

Le métal était glacé contre sa tempe. Il lui semblait déjà entendre le bruit de la détonation. Il la serrait si fort qu'elle pouvait à peine respirer. Pour ne pas perdre courage, elle garda les yeux fixés sur Adam.

— Il ne plaisante pas. C'est lui qui...

— Oui, c'est moi qui... et si vous ne voulez pas que je lui fasse ce que j'ai fait aux autres, dégagez de là !

Il avait repris le dessus à présent. Il menait la danse. Ses yeux lançaient des éclairs, le sang dégoulinant sur sa joue lui donnait l'air d'un monstre et un étrange rictus lui découvrait les gencives.

— Je ne l'éventrerai peut-être pas, je ne la scalperai pas non plus, mais je la tuerai, ça c'est sûr !

— Toi aussi, tu mourras, dit Adam.

— Je peux lui tordre le cou comme à une poule, cria-t-il d'une voix stridente, ou bien lui coller une balle dans l'oreille.

Il serra plus fort. Lily agrippait son bras pour essayer de se dégager, mais Jesse ne desserra pas son étreinte.

Willa brûlait d'appuyer sur la gâchette. Si seulement Lily écartait la tête de quelques centimètres, elle pourrait risquer le coup.

— Ensuite, poursuivit-il, je passe à l'autre sœur. Une balle dans le ventre et on n'en parle plus.

— Il bluffe, lança Willa.

— Un militaire ne bluffe jamais, hurla-t-il. Je vous tuerai tous, et Lily la première.

— Tu ne t'en sortiras pas, siffla Adam en baissant son fusil, ne voulant pas mettre la vie de Lily en danger. Je te jure que tu le paieras cher.

— Baisse ton arme, toi aussi ! ordonna Jesse à Willa. Sinon je l'étrangle ! Vite !

Malgré sa fureur, Willa recula sans pouvoir se résoudre à baisser son fusil.

— Dans le pick-up ! dit-il en tirant Lily, sans les quitter des yeux. Monte ! Derrière le volant !

Il la poussa sur le siège, le revolver toujours braqué sur sa tempe.

— N'essayez pas de nous suivre ou je la tue ! Démarre, bon sang !

Lily regarda une dernière fois Adam en mettant le contact et démarra.

Mains tremblantes, Willa baissa son fusil. Elle n'avait pas tiré. Elle avait laissé passer sa chance par peur de blesser Lily.

— Ils partent vers l'ouest... il faut prévenir la police pour barrer les routes. S'il est malin, il va s'en douter et aller dans les montagnes. Vite, il faut organiser une battue !

— Je l'ai laissé partir, articula Adam d'une voix blanche, je l'ai laissé emmener Lily.

— On n'avait pas le choix, dit-elle en lui serrant le bras, il l'aurait tuée sinon. Tu as bien vu, il était complètement fou. Il n'aurait pas hésité à tirer.

— Oui, soupira Adam. Je vais les retrouver et je le tuerai.

Willa hocha la tête.

— Appelle la police, je rassemble les hommes. Si nous allons dans la montagne, il faut préparer les chevaux et des vivres.

Elle partit en courant et faillit trébucher sur Billy qui reprenait conscience, allongé en travers du chemin.

— Billy ! s'écria-t-elle, certaine qu'il avait reçu une balle en voyant le sang sur son visage.

— Il m'a assommé.

— Ne bouge pas.

Elle fila comme une flèche vers la maison.

— Bess ! Vite la trousse de secours ! Billy est blessé, il est près de la maison d'Adam. Occupe-toi de lui.

— Qu'est-ce que c'est que ce raffut ? demanda Tess du haut des marches, furieuse d'être dérangée en plein travail. D'abord les chiens aboient comme des damnés et maintenant, toi tu hurles comme une folle.

— Jesse Cooke ! lança Willa. Vite, Bess, je ne sais pas si Billy est gravement blessé.

— Jesse Cooke ? répéta Tess en dévalant les marches. Qu'est-ce que tu racontes ?

— Il a enlevé Lily. Je crois qu'il l'emmène dans les hauts plateaux. Il y a une tempête de neige qui se prépare et elle n'a même pas de manteau. Il est à moitié dingue. Préviens Ben, Nat et les autres, il faut partir à leur poursuite.

— Je vais chercher des vêtements chauds pour Lily, balbutia Tess, main crispée sur la rampe. Elle en aura besoin quand on les retrouvera.

— Dépêche-toi !

En moins de dix minutes, Willa organisa la troupe. Tout le monde était armé et prêt à monter dans les pick-up ou à cheval avec des vivres pour deux jours.

— Il ne connaît pas la région aussi bien que nous, informa-t-elle, cela ne fait que quelques mois qu'il est ici. On va ratisser la montagne, chacun son secteur. Peut-être qu'il va s'arrêter au chalet ; Adam et moi on ira voir. La tempête va le gêner mais ça ne sera pas facile pour nous non plus.

— On va retrouver ce salaud avant que le soleil ne se lève, promit Jim en glissant un fusil dans son étui de selle.

— La neige va recouvrir les traces et...

Willa s'interrompit un instant en voyant Ben arriver dans la cour du ranch sur les chapeaux de roues. Ils allaient pouvoir se mettre en route à présent.

— Chacun sait ce qu'il a à faire, continua-t-elle. La police s'occupe des routes principales et va nous envoyer des renforts. Dès que le jour se lèvera, un hélicoptère va patrouiller, mais je veux que Lily soit rentrée d'ici là. Quant à Cooke... on le ramène mort ou vif. En route !

— Quelle piste vas-tu suivre ? demanda Ben en guise de salut.

— Avec Adam, nous allons vers l'ouest pour rejoindre le chalet.

— Je viens avec vous. J'ai besoin d'un cheval.

— Pas de problème.

— Je viens aussi, lança Tess, les yeux pleins de larmes, en s'approchant d'Adam.

— Tu vas nous ralentir, répliqua Willa.

— C'est ma sœur aussi ! Je viens avec vous !

— Elle sait monter à cheval, remarqua simplement Adam avant de sauter en selle.

Et il partit au galop, accompagné de son jeune chien.

— Attends Nat, alors, ordonna Willa, il connaît le chemin. Il aura besoin qu'on lui explique ce qui s'est passé.

Willa grimpa en selle et donna un coup de talon dans les flancs de Lune qui s'élança au galop.

— Ne t'en fais pas, Tess, on la ramènera, rassura Ben avant d'emboîter le pas à Willa, Charlie à sa suite.

— Oui, ramenez-la et veille sur Willa, murmura Tess en regardant les silhouettes des cavaliers se fondre dans l'obscurité cotonneuse.

Pas un mot ne fut échangé entre les cavaliers jusqu'à ce qu'ils découvrent le pick-up abandonné dans le fossé. Les roues avant étaient enlisées dans la neige et le côté passager avait heurté un arbre. Ils s'arrêtèrent pour examiner l'intérieur du véhicule et les alentours. Les chiens, truffe baissée, flairaient la neige fraîche qui avait déjà recouvert les traces.

Adam ouvrit la portière d'une main tremblante, terrifié à l'idée de ce qu'il risquait de découvrir.

Le pick-up était vide. Quelques gouttes de sang maculaient le tapis sous la boîte à gants. Celui de Cooke, songea-t-il.

Il se tourna vers Willa, le regard voilé.

— Je m'étais juré que personne ne ferait plus jamais de mal à Lily, dit-il d'une voix brisée.

— Comment voulais-tu empêcher ça, Adam ? Lily, ce n'est pas comme les autres...

— Tu crois qu'il l'épargnera, toi ! interrompit-il d'un ton glacé en remontant en selle.

— Laisse-le partir en avant, suggéra Ben. Il a besoin d'être seul.

— Je m'en veux, j'aurais pu tirer, je suis meilleur fusil qu'Adam, que n'importe qui au ranch, mais je n'ai pas osé. J'avais trop peur de risquer...

Sa gorge était serrée, les mots ne passaient plus. Elle secoua la tête.

— Tu as bien fait, reprit Ben, si jamais elle avait bougé, tu aurais pu la blesser.

— Ou bien elle serait en sécurité, à présent. Si c'était à refaire, je le descendrais d'une balle entre les yeux sans hésiter. Mais c'est trop tard pour regretter. Allons-y.

Ils remontèrent à cheval.

— Dire qu'elle a voulu se défendre, cette fois-ci, murmura-t-elle, elle aurait mieux fait de s'enfuir.

Si elle l'avait pu, Lily se serait déjà échappée. Elle grelottait de froid, son chemisier était trempé. Non, elle n'aurait pas hésité une seconde, malgré la tempête.

Jesse avait rengainé son revolver, mais seulement après qu'elle eut percuté l'arbre. Elle avait volontairement mis le pick-up dans le fossé, espérant que le choc assommerait Jesse, ou tout du moins lui permettrait de s'enfuir. Tout ce qu'elle y avait gagné, c'était une marche interminable dans la neige et le froid.

Il lui avait lié les mains et s'était attaché l'autre bout de la corde autour de la taille pour l'empêcher de prendre la fuite. Au début, elle avait fait exprès de trébucher pour le ralentir, mais chaque fois il la remettait si violemment sur pied, qu'elle avait fini par avoir trop mal pour continuer.

La neige s'épaississait ; plus ils grimpaient et plus la tempête faisait rage. Des coups de tonnerre suivis d'éclairs aveuglants déchiraient le ciel, le vent soufflait en rafales si violentes qu'elle entendait à peine les insultes de Jesse.

Une blancheur terrifiante menaçait de les engloutir.

Avait-il un couteau dans son sac à dos ? Allait-il s'en servir ?

Le froid sapait son énergie et s'infiltrait par tous ses pores. Il lui semblait que ses os étaient comme des baguettes de cristal risquant de se briser à tout instant. Jamais elle ne trouverait la force de lui résister à présent, encore moins de s'enfuir. D'ailleurs, où pourrait-elle aller dans ce désert blanc ?

Mais qui sait, il ne fallait pas perdre courage.

— Ils ont bien cru m'avoir, hein ? ricana-t-il en tirant brutalement sur la corde.

D'un air dégoûté, il la regarda s'effondrer à ses pieds.

— Ton ramasseur de crottin et ta salope de sœur se croyaient les plus forts, mais Jesse Cooke est imbattable. Tu aurais dû leur dire, Lily. J'obtiens toujours ce que je veux. Toujours.

Il lui pinça violemment le sein.

— Ne me touche pas !

— Tu es ma femme, non ? Pour le meilleur et pour le pire, souviens-toi, jusqu'à ce que la mort nous sépare.

Il la renversa sur le dos d'une bourrade.

— Ils nous poursuivent, continua-t-il, mais ils ne savent pas à qui ils ont affaire : j'ai fait l'armée, moi, je suis pas un plouc ! J'ai de l'entraînement. J'ai pensé à tout. Je connais le terrain comme ma poche. Je suis malin. Remarque, c'était pas difficile de repérer les lieux en travaillant à Three Rocks.

— Tu travaillais pour Ben ?

Il sortit une cigarette qu'il alluma avec la grande flamme de son Zippo.

— Ouais, pour Ben grande gueule, dit-il en exhalant la fumée par les narines, celui qui saute ta sœur. J'y ai pensé moi aussi. C'est un joli petit lot, et je suis sûr qu'on se marre plus au lit avec elle qu'avec toi ! Mais tu es ma femme, et je vais en profiter.

Elle se força à se relever, autrement elle allait mourir de froid.

— Non, Jesse, je ne suis plus ta femme.

— Ce n'est pas un morceau de papier qui me prouvera le contraire. Tu as cru m'échapper, mais ni les avocats ni les flics ne me font peur. Personne ne décide à ma place, tu m'entends ! À cause de toi, je suis allé en taule, et tu vas me le payer.

Il tira une dernière bouffée avant de jeter son mégot dans la neige.

— On dirait que tu as froid, ajouta-t-il en tirant sur la corde pour la rapprocher de lui. T'inquiète pas, je vais te réchauffer. On a le temps. Les poules auront des dents avant qu'ils ne nous retrouvent dans une purée pareille.

Il mit brutalement sa main entre les jambes de Lily. Elle le regarda avec dégoût et il poussa plus fort. Il voulait voir la douleur dans ses yeux.

— Tu prétends que tu n'aimes pas ça, mais vous êtes toutes pareilles, ça vous excite de vous faire bousculer, hein ? Tu te souviens de ce que tu disais ? « C'est bon, Jesse, j'aime ça. » Tu te rappelles ?

Elle le fixa, essayant d'oublier l'humiliation de la main entre ses cuisses.

— Je mentais, dit-elle sans ciller tandis qu'elle sentait ses doigts essayer de la pénétrer.

— Salope ! Tu me dégoûtes ! Je n'ai même pas envie de toi.

Il la repoussa. C'était la première fois qu'elle lui tenait tête. D'habitude, après quelques petits coups, elle se laissait faire.

— En route, on n'a pas de temps à perdre. Tu me paieras tout ça au Mexique.

Et ils reprirent leur marche vers le sud.

Posant mécaniquement un pied devant l'autre, Lily, avançait. Elle avait perdu la notion du temps et n'avait aucune idée de l'endroit où ils se trouvaient. En tout cas, ils ne se dirigeaient pas vers le chalet. De temps à autre un éclair déchirait encore le ciel au-dessus des montagnes, mais la tempête de neige s'était calmée. Où était Adam ? Il devait la chercher, être fou d'inquiétude.

Elle se souvint de la lueur meurtrière qu'elle avait vue dans ses yeux quand Jesse l'avait emmenée. Il la retrouverait, elle en était certaine. En attendant, il fallait qu'elle tienne le coup.

— Je n'en peux plus ! gémit-elle.

— Marche ! On s'arrêtera quand je le dirai.

Jesse vérifia la direction sur sa boussole. Heureusement qu'il avait pensé à tout. Dans cette tempête, impossible d'y voir quoi que ce soit. Il rempocha la boussole et se dirigea vers l'est.

— Tu n'as pas changé, hein ? Toujours en train de te plaindre.

Elle aurait ri si elle en avait eu la force. Il ne voyait pas la différence entre une scène de ménage et cette mortelle randonnée dans la neige.

— Tu veux que je meure de froid, Jesse ? Il me faut un manteau et j'ai besoin de boire quelque chose de chaud.

— La ferme ! hurla-t-il en balayant l'obscurité avec sa torche. Tu m'empêches de réfléchir.

Ils marchaient dans la bonne direction, pas de doute, mais où étaient-ils ? Il cherchait en vain des points de repère. Dans le noir et avec la neige, tout se ressemblait.

Et merde ! Il n'avait pas de chance.

— On est perdus ? demanda-t-elle en souriant malgré elle.

C'était du Jesse Cooke tout craché : le surhomme s'était perdu dans les montagnes du Montana !

— C'est encore loin, le Mexique ?

Il s'approcha, poings levés pour la frapper, mais s'arrêta. Il venait de voir ce qu'il cherchait.

— Avance et tais-toi !

Il tira sur la corde et la força à escalader une congère dans laquelle elle s'enfonça jusqu'aux cuisses ; derrière l'amas de neige, elle découvrit l'entrée d'une grotte.

— J'ai toujours un plan de secours ! J'ai repéré cet endroit il y a un mois à peu près, malheureusement je n'ai pas eu le temps d'y apporter des vivres, au cas où. Personne ne nous découvrira ici. Tu peux dire adieu à ton Indien.

Dans l'abri, il faisait froid mais au moins il n'y avait pas de vent. Lily se laissa tomber à terre, épuisée.

Maintenant qu'il était dans la grotte, Jesse retrouvait sa bonne humeur. Il ôta son sac à dos et en sortit une bouteille de whisky.

— J'ai pensé à tout ! Tiens, bois un coup.

Elle prit la bouteille, espérant que l'alcool la réchaufferait.

— J'ai froid.

— Pas de problème, j'ai une couverture, lança-t-il en s'asseyant par terre. Jesse a toujours tout ce qu'il faut, tu le sais bien.

Il avait tout prévu : nourriture, torche, couteau, allumettes. Il lui jeta la couverture, et la regarda, goguenard, se précipiter pour la ramasser maladroitement de ses mains liées.

— On va dormir un peu. Je ne peux pas faire de feu, c'est trop risqué. Remarque, je suis sûr que ces abrutis ne nous cherchent pas par ici. Demain matin, on fonce en ville, on pique la bagnole d'un plouc, et à nous le Mexique !

Il alluma une cigarette pour fêter ça. Rien de tel qu'une clope et un coup de gnôle pour se remettre.

— Nom de Dieu, ce que ce pays me dégoûte ! ajouta-t-il en crachant.

Il s'adossa à la paroi et étendit les jambes tandis que Lily sentait le sommeil la gagner, engourdie par la maigre chaleur de la couverture.

— Je vais faire fortune, là-bas. Un type intelligent comme moi, qui a de la chance au jeu, s'en sort toujours. Si tu n'avais pas été aussi idiote, je n'aurais pas eu de souci à me faire. Ta part d'héritage me suffisait, mais il a fallu que tu te mettes en tête de te marier.

Il but une longue rasade de whisky.

Dormir, il fallait dormir pour recouvrer des forces quand Adam viendrait la chercher. Elle se blottit contre le mur, aussi loin de Jesse que la corde le lui permettait et resserra la couverture autour d'elle.

Il allait finir la bouteille. Elle le connaissait. Il s'endormirait comme une masse et peut-être qu'alors elle pourrait s'enfuir. Mais d'abord, il fallait dormir. Elle tremblait si fort qu'elle avait l'impression que ses os allaient se briser. Elle souleva les paupières et vit comme dans un brouillard Jesse porter le goulot à ses lèvres. Le sommeil la terrassait mais avant de sombrer, elle demanda :

— Pourquoi as-tu fait ça, Jesse ? Pourquoi avoir tué ces gens ?

La bouteille vide roula sur le sol. Il ricana comme si la question l'amusait.

— Je n'ai fait que mon devoir d'homme.

Une seconde plus tard, elle dormait.

24

Sur une butte rocheuse balayée par le vent, Adam scrutait les ténèbres. Seul le faisceau de sa lampe trouait l'obscurité.

Ben étudiait le ciel, comptant les heures qui les séparaient encore de l'aube. Dès que le jour poindrait, ils pourraient découvrir des indices supplémentaires. Les chiens avaient perdu la piste. Au matin, les avions commenceraient leurs recherches et Zack, qui connaissait chaque creux de rocher, chaque arbre, les aiderait à les retrouver.

— Il a changé de direction, il ne va pas au chalet, déclara Ben.

— Il a dû l'emmener dans une cache, répondit Adam en gardant le visage face au vent, comme s'il allait y trouver des signes. Il doit avoir un endroit où se réfugier. C'est de la folie, de marcher de nuit dans la montagne.

Ben songea qu'un homme qui avait déjà tué deux personnes devait sans doute être fou à lier, mais il n'en dit rien à Adam.

— S'il s'est arrêté, nous le trouverons.

— Il neige moins et la tempête se dirige vers l'est. Lily n'était pas habillée pour passer la nuit dehors. Elle va mourir de froid, elle est si fragile.

Il poussa un profond soupir.

— Ils ne doivent pas être très loin, dit Ben en posant la main sur l'épaule d'Adam. Ils sont à pied, ils n'ont pas pu avancer très vite.

— Quand nous les aurons trouvés, je veux que tu me laisses seul avec lui. Emmène Lily et Willa et laisse-le-moi.

Adam se tourna vers Ben. Son regard d'habitude si doux, si calme, était tranchant comme une lame.

Ben n'hésita qu'une seconde.

— D'accord.

Willa, près des chevaux, les observait. Depuis son enfance elle vivait et travaillait dans un univers d'hommes. Elle avait senti qu'elle devait les laisser seuls. Ce qu'ils avaient à se dire ne la regardait pas. Ils se parlaient entre hommes, en frères de sang.

Lorsqu'ils revinrent vers elle, elle prit le chemisier de Lily et le donna de nouveau à sentir aux chiens. Ils aboyèrent d'excitation, tournèrent en tous sens, et partirent en galopant vers le sud. Elle enfourcha sa monture.

— On dirait que le ciel s'éclaircit, dit-elle en regardant les rares étoiles. Si les nuages se dissipent, la lune nous éclairera un peu.

— Ça nous aidera, répondit Ben en remontant en selle.

Il jeta un coup d'œil à Willa. Elle se tenait droite comme une flèche, sans montrer le moindre signe de fatigue.

— Tu tiens le coup ? demanda-t-il.

— Oui... Attends, Ben.

Il tira sur les rênes.

— Tu veux qu'on s'arrête un instant ?

— Non, non, mais il faut que je te dise. Ça m'obsède depuis des heures. J'ai l'impression d'avoir déjà vu ce type. Son visage ne m'est pas inconnu. Ça m'ennuie, je n'arrive pas à me souvenir... Tout à l'heure, je ne l'ai pas bien vu, il faisait sombre et il avait du sang sur la figure. Lily s'est bien défendue. Je n'ai même pas interrogé Billy. J'aurais dû, on en saurait plus sur lui, ça nous aurait aidés.

— Tu n'avais pas le choix, il fallait agir vite.

— Oui, répondit-elle, irritée que le souvenir lui échappe. Tant pis.

Elle enfonça son chapeau bas sur son front et lança Lune au trot.

— Ce qui compte, c'est qu'on retrouve Lily, ajouta-t-elle.

Mais dans quel état après cette épreuve ? songea-t-elle sans oser formuler ses craintes.

La grotte était sombre. Brûlante de fièvre, Lily grelottait, engluée dans les cauchemars du délire. Ses mains glacées étaient engourdies jusqu'aux poignets, là où les liens lui entaillaient la peau. Roulée en boule sous la couverture, elle rêvait d'Adam, de la chaleur de son corps et de ses bras qui l'étreignaient.

Elle gémit en sentant les cailloux du sol lui blesser le dos. Pourtant, il lui semblait que la douleur était lointaine, comme dans un mauvais rêve. Elle essayait désespérément de refaire surface, mais n'y parvenait pas.

Une lumière éclaira son visage. Elle se détourna et s'enfouit sous la couverture. Elle voulait dormir, tout oublier. Des pas, se dit-elle, Adam doit être rentré. Bientôt, il la rejoindrait au lit. Elle se blottirait contre lui pour se réchauffer. Pourquoi ne le sentait-elle pas ? Si seulement elle parvenait à se réveiller, à sortir de cette gangue de glace qui l'enveloppait.

Elle crut entendre un cri et se renfonça sous la couverture. Le bruit d'une souris prise au piège ? Adam l'enlèverait avant qu'elle ne la voie.

Sombrant dans l'inconscience, elle ne sentit pas le couteau glisser entre ses poignets pour couper ses liens, pas plus que la lourde veste de Jesse que l'on posait sur elle. Mais elle murmura le nom d'Adam tandis que l'homme debout au-dessus d'elle, les mains dégoulinantes de sang, rengainait son couteau.

Il regrettait d'avoir été obligé de bâcler le travail mais il n'avait pas le temps de finasser. Il avait eu de la chance de les trouver avant les autres. Et encore plus de chance que le fumier soit complètement saoul. Sa mort avait été trop douce. Il était mort comme un porc que l'on égorge, avec un grognement aigu de surprise.

Il l'avait quand même scalpé, c'était un rite à présent. Il avait même pensé à apporter un sac plastique pour y mettre son trophée, au cas où.

Elle, il la laissait là. Les autres la trouveraient tôt ou tard. Ou bien il ferait semblant de découvrir la grotte une seconde fois pour ne pas éveiller les soupçons, lorsqu'il aurait rejoint le groupe.

Avec sa torche, il éclaira la grotte une dernière fois, et sourit en découvrant un tas de branchages. Pourquoi ne pas faire un petit feu près de l'entrée ? Bonne idée : la fumée attirerait l'attention plus rapidement.

Ils auraient une sacrée surprise en découvrant la grotte, songea-t-il en riant. Il se hâta de rassembler le bois et de l'enflammer sans cesser de sourire. Lorsque les flammes éclairèrent le corps affaissé le long de la paroi et le sang qui en dégoulinait en un ruisseau écarlate, il éclata franchement de rire.

Il se nettoya les mains dans la neige et repartit vers l'est en zigzaguant entre les arbres et les rochers jusqu'à ce qu'il aperçoive la lueur de la lampe d'un des hommes de la battue. Tout naturellement, il se mêla au groupe qui ratissait les collines.

Lui seul savait qu'un héros avait déjà accompli le travail.

Willa fut la première à sentir l'odeur de fumée. Dressée sur sa selle, elle huma le vent. Enfin une lueur d'espoir !

— De la fumée ! Tu sens, Adam ?

— Oui, ça vient de là-haut, mais je ne vois rien.

— Il a fait du feu, murmura Ben, quel idiot !

Sans un mot, ils partirent au trot, chevauchant tous les trois de front. À l'est pointaient les premières lueurs de l'aube.

— Tu te souviens, Adam ? demanda Ben, on faisait de l'escalade par là. Il y a plein de grottes. Il a dû s'abriter dans l'une d'elles.

— Oui, peut-être.

Seul le souvenir du revolver sur la tempe de Lily le retint de partir au galop. Ses yeux habitués à l'obscurité se plissèrent dans le jour naissant.

— Là ! s'écria-t-il soudain, montrant du doigt la mince colonne de fumée grise, tandis que Charlie se mettait à aboyer comme un forcené.

Avant même que Willa puisse prononcer un mot, Ben empêcha Lune d'avancer en lui bloquant le passage.

— Reste ici.

— Pas question !

— Fais ce qu'on te dit, bon sang !

À la façon dont Charlie aboyait, il sut que la mort rôdait tout près. Willa, mâchoires crispées, n'avait visiblement aucune intention de lui obéir, mais peut-être accepterait-elle de se plier à son plan.

— Il est armé, lui rappela Ben. On va essayer de le faire sortir de son trou et on va avoir besoin de toi ici pour l'attendre. Tu es meilleur fusil qu'Adam et presque aussi bonne que moi. Il faut jouer sur l'effet de surprise, Willa.

Il avait raison.

— D'accord, approuva-t-elle en prenant son fusil. Je vous couvre.

Adam descendit de cheval et regarda Ben.

— Souviens toi de ta promesse, dit-il.

Ils se séparèrent pour encercler l'ouverture de la grotte où le feu était à présent presque entièrement consumé. Willa apaisa Lune en serrant les genoux contre ses flancs sans quitter les deux hommes des yeux, fusil prêt à tirer. Leurs mouvements étaient parfaitement synchronisés ; ils avaient si souvent chassé ensemble depuis l'enfance qu'ils n'avaient pas besoin de parler. Un geste de la main ou du menton, et leur allure changeait. Ils se déplaçaient vite mais sans précipitation.

Son cœur se mit à battre à toute allure lorsqu'ils atteignirent la grotte. Elle se tendit, se préparant à entendre le fracas des coups de feu et des cris, à voir le sang maculer la neige. Elle se mit alors à prier silencieusement, répétant les mêmes mots tantôt en anglais, tantôt dans la langue de sa mère, puis mélangeant les deux : n'importe quel dieu ferait l'affaire, pourvu qu'il l'entende.

Soudain une silhouette apparut dans l'ouverture de la grotte. C'était Lily qui sortait en trébuchant. Adam se précipita vers elle tandis que Ben entrait dans la grotte.

Oubliant son devoir, Willa partit au galop. Lily était déjà dans les bras d'Adam lorsqu'elle descendit de sa monture.

— Elle est blessée ? Comment va-t-elle ?

— Elle est brûlante de fièvre, répondit-il en la berçant dans ses bras, visage pressé contre le sien pour essayer de l'apaiser. Il faut la ramener, vite.

Toute idée de vengeance l'avait abandonné, il ne songeait plus qu'à sauver Lily.

— Dans la grotte... murmura Lily, Jesse... c'est affreux.

Willa tourna rapidement la tête. La peur lui tenaillait le ventre.

— Ben ! hurla-t-elle en se précipitant à l'intérieur.

Il fut rapide mais pas assez pour l'empêcher d'entrer et de voir le corps qui gisait sur le sol.

— Sors de là ! ordonna-t-il en se mettant devant elle pour masquer le carnage.

Elle avait vu la mare de sang, le corps éventré, le crâne scalpé.

Il la poussa dehors. Elle dut s'appuyer contre un rocher ; la sueur perlait sur son front, la nausée lui serrait la gorge. Elle s'obligea à respirer à fond, régulièrement, pour dissiper le voile noir qui brouillait sa vue.

Enfin sa vision s'éclaircit. Adam avait recouvert Lily de son manteau. Willa se força à se redresser et s'approcha sur ses jambes encore flageolantes.

— J'ai un thermos de café dans ma sacoche, dit-elle. Il doit être chaud. Tu devrais essayer de lui en donner avant de la ramener au ranch.

Adam porta Lily dans ses bras. Il regarda Willa. Un rayon de soleil levant se reflétait dans ses yeux leur donnant un éclat métallique.

— Il est mort, n'est-ce pas ? demanda-t-il.

— Oui.

— J'aurais voulu le tuer de mes propres mains.

— Peut-être, mais pas comme ça, dit Willa avant de reprendre son cheval.

Willa faisait les cent pas dans le salon d'Adam. Elle n'aurait été d'aucune aide dans la chambre de la malade et se sentait complètement inutile. Cela faisait à peine une heure qu'ils étaient rentrés. Bess et Adam s'occupaient de Lily, Ben et Nat de la police, et ses hommes se reposaient pour le reste de la matinée afin de se remettre de leur nuit de recherches.

Même Tess était plus utile qu'elle : on l'avait chargée de préparer des litres de café, de thé, de soupe, enfin, tout ce qu'elle voulait, pourvu que ce fût chaud et liquide.

Willa avait quand même apporté son aide : après qu'ils eurent retrouvé Lily, elle avait galopé à bride abattue pour prévenir la police, annuler les recherches et dire à Bess de préparer un lit pour la malade.

Maintenant, elle ne pouvait qu'attendre, et elle ne détestait rien de plus au monde que l'inaction.

Bess apparut enfin dans l'escalier.

— Alors ? Comment va-t-elle ? C'est grave ? Que lui as-tu donné ?

— On fait ce qu'il faut, ne t'occupe pas de ça ! Va te coucher, tu la verras plus tard.

— On aurait dû l'emmener à l'hôpital, grommela Tess en entrant avec un plateau sur lequel reposait un bol de soupe fumant.

Bess était fourbue. L'état de Lily l'inquiétait et elle ne voulait pas en plus se faire du souci pour ces deux-là.

— Lily est très bien ici pour l'instant. Si la fièvre ne tombe pas, Zack l'emmènera demain en avion à Billings. Mais pour le moment, elle est beaucoup mieux dans son propre lit avec Adam à ses côtés. Allez vous reposer au lieu de traîner dans mes jambes !

Elle prit le plateau des mains de Tess et remonta l'escalier.

— Elle sait toujours tout mieux que les autres, maugréa Tess. Et si Lily souffrait d'hypothermie ?

— Non, je ne crois pas. Elle est juste sous le choc. Si Bess pense que son état s'aggrave, elle sera la première à l'envoyer à l'hôpital.

Tess, sourcils froncés, poursuivit :

— J'ai peur qu'il ne l'ait violée.

Comme elle, c'était ce que Willa redoutait le plus. Durant les recherches, elle n'avait cessé d'y penser.

— Si c'est le cas, elle le dira à Adam.

— Et si elle n'ose pas ?

— Je suis sûre qu'elle se confiera à lui, répondit-elle en se massant les yeux. Ses vêtements n'étaient pas déchirés et je crois que Cooke avait autre chose en tête que de la violer. Il y aurait des marques,

Bess s'en serait aperçue lorsqu'elle l'a déshabillée. Elle nous l'aurait dit.

— Tu as raison, fit Tess, soulagée. Que s'est-il passé exactement là-bas ?

— Je ne sais pas, murmura Willa. Quand on a trouvé Lily, elle délirait et il était mort. Mort comme les autres, comme Pickles et la fille.

Tess ouvrit de grands yeux. Elle était persuadée qu'Adam l'avait tué et qu'on l'avait caché à la police.

— Tu peux me dire la vérité, à moi, tu sais. Si Cooke a tué les autres, je ne vois pas comment...

— Pourtant c'est comme ça, jeta Willa en prenant son chapeau et sa veste. Je sors, j'ai besoin de prendre l'air.

Tess l'arrêta en lui posant la main sur le bras.

— Willa, si ce n'était pas Jesse Cooke, qui a tué les autres ?

— Comment veux-tu que je le sache ! Va te coucher, Hollywood, tu as l'air épuisée.

Elle se sentait incapable de rassurer Tess. Elle était éreintée. Ses jambes étaient lourdes comme des sacs de ciment. Il allait lui falloir une fois de plus s'entretenir avec la police, continuer à diriger le ranch, prendre des décisions, alors qu'elle ne parvenait pas à mettre de l'ordre dans ses idées. Tout cela lui paraissait insurmontable.

Dans la cour du ranch étaient garés des pick-up et des Range Rover. Du temps de son père, jamais une voiture de police n'avait franchi la grille, et depuis sa mort, les policiers semblaient presque avoir établi leurs quartiers au ranch.

Respirant un grand coup, elle grimpa les marches de la galerie.

Ben descendit l'escalier alors qu'elle accrochait son chapeau au portemanteau. Il l'avait vue arriver par la fenêtre du bureau, avait lu l'épuisement dans ses mouvements, vu la raideur de ses épaules lorsqu'elle s'était arrêtée près des véhicules de police.

— Comment va Lily ?

— Bess ne veut laisser entrer personne sauf Adam, répondit-elle en ôtant lentement sa veste comme si le moindre mouvement lui était douloureux. Elle se repose.

— Parfait. Tu devrais en faire autant.

— Les policiers vont vouloir m'interroger.

— Ils sont dans ton bureau, mais ça peut attendre. Va dormir.

Elle grimpa les marches et il la suivit.

— Je ne peux pas me coucher. J'ai du travail.

— Oui, je sais.

Arrivée sur le palier, elle se dirigea vers son bureau, mais Ben, sans autre forme de procès, la souleva dans ses bras pour l'emmener dans sa chambre.

— Laisse-moi ! Le style homme des cavernes, ce n'est pas mon truc.

— Ce n'est pas le mien non plus, répondit-il en fermant la porte avec le pied avant de la déposer sur le lit. Surtout lorsque c'est toi qui fais l'homme des cavernes.

Elle se redressa et il la repoussa pour l'obliger à s'allonger.

— Willa, je suis plus fort que toi et je ne te laisserai pas sortir d'ici tant que tu ne te seras pas reposée. Je ne veux pas que tu tombes malade, toi aussi.

Peut-être était-elle moins musclée que lui mais elle avait plus de voix.

— Les flics sont dans mon bureau ! Ma sœur est trop malade pour aligner deux mots de suite ! Mes hommes se demandent ce qui s'est passé ! Personne ne s'occupe du ranch et toi, tu veux que je dorme ! Que je laisse tout tomber pour faire une petite sieste !

— Sois raisonnable, nom d'un chien !

Si elle n'avait pas été déjà allongée, la force de la voix de Ben l'aurait plaquée sur le lit. Finalement il avait plus de coffre qu'elle.

— Pour une fois dans ta vie, arrête-toi avant de craquer ! Les flics peuvent attendre ! Bess s'occupe de ta sœur, et tes hommes sont bien trop fatigués pour savoir lequel d'entre eux ronfle le plus fort ! Quant au ranch, il ne va pas s'effondrer si tu dors quelques heures !

Il attrapa le pied de Willa, tira sa botte et la jeta à l'autre bout de la chambre. Elle voulut enlever elle-même l'autre, mais il ne la laissa pas faire. La situation aurait pu être comique si les yeux de Ben n'avaient lancé des éclairs de rage.

— Qu'est-ce qui t'arrive, Ben ?

La seconde botte vola.

— Tu crois que je n'ai pas vu ta réaction dans la grotte ? Que je ne sais pas ce que tu as pu ressentir ? Que je n'ai pas vu comment tu luttais pour ne pas t'effondrer ? Ça suffit, maintenant !

Elle resta interdite et ne réagit pas avant qu'il commence à lui enlever sa chemise.

— Ôte tes pattes de là ! Je me déshabillerai si je le veux, et toute seule. Tu supervises peut-être le ranch, McKinnon, mais pas ma vie, et...

— Il serait grand temps que quelqu'un s'y mette !

Il la secoua comme un prunier. Jamais elle ne l'avait vu aussi furieux.

— Tu ne pourrais pas un peu écouter les autres, pour changer ?

— Tu ne feras pas la loi ! hurla-t-elle, humiliée. Et si tu ne me lâches pas tout de suite, je te promets que je te fais la peau !

Son poing était déjà prêt à partir lorsqu'il la lâcha.

— Vas-y, frappe ! Tu dormiras, que tu le veuilles ou non. S'il le faut, je t'attache !

— Je t'aurai prévenu...

— Il travaillait pour moi.

Interloquée, elle arrêta de se débattre.

— Qui ? Jesse Cooke ?

Et soudain elle se souvint. Elle revoyait le jour où elle était allée à Three Rocks, le visage souriant et séduisant derrière la vitre du pick-up. Ils avaient été tout près l'un de l'autre, aussi près que Ben et elle l'étaient aujourd'hui, seule la mince paroi de verre les avait séparés. Qu'aurait-il fait si la portière n'avait pas été fermée, la vitre relevée ?

Elle frissonna en se souvenant du sourire éclatant, de son charme et de sa voix.

— C'est donc là que je l'ai vu. Je n'arrivais pas à m'en souvenir. Il venait souvent ici. Il jouait au poker avec mes hommes, juste à côté, dans le bungalow.

Là où elle s'attendait à lire de la colère, elle vit une intense culpabilité dans les yeux de Ben. Un sentiment qu'elle connaissait bien.

— Ce n'est pas ta faute, dit-elle doucement en lui caressant le visage. Tu ne pouvais pas savoir.

— Non, mais ça ne change rien. Je l'ai laissé réparer la voiture de Shelly, elle l'a invité à boire le café ; elle s'est trouvée seule avec lui et le bébé. Il a réparé le lavabo de la salle de bains de ma mère. Il était seul dans la maison avec elle ! S'il était arrivé quoi que ce soit...

— Ne te torture pas, murmura-t-elle en l'enlaçant pour qu'il s'asseye près d'elle. C'est fini maintenant.

— Il est mort mais ce n'est pas fini, répondit-il en la prenant par les épaules. Celui qui l'a tué travaille pour un de nous deux.

— Je sais, je ne parviens à penser à rien d'autre depuis qu'on a retrouvé Lily. Peut-être qu'on a tué Cooke de cette façon pour venger les autres. Peut-être que c'était quand même lui le coupable et que le premier qui l'a trouvé a voulu le tuer de la même manière. Sinon comment expliquer que Lily ait été épargnée ?

— Peut-être qu'une seule victime à la fois lui suffit. Cooke n'était pour rien dans les assassinats. Il n'avait qu'un canif sur lui. On ne fait pas ce genre de carnages avec une arme pareille.

— Oui, tu as raison.

— En plus, il n'a pas pu tuer la première bête qu'on a trouvée près du chalet. Je venais à peine de l'embaucher : il ne connaissait pas assez la région.

Elle passa sa langue sur ses lèvres sèches.

— Tu as dit tout cela à la police ?

— Oui.

Elle se massa le front, non pour chasser le mal de crâne qui pointait mais pour se concentrer.

— Il faut que l'on continue à monter la garde comme avant. Je n'arrive pas à y croire, je connais mes hommes, bon sang !

Elle s'interrompit un instant.

— Je n'aurais jamais dû embaucher les deux nouveaux.

— Jure-moi de ne plus sortir toute seule.

— Je ne vais tout de même pas me balader avec un garde du corps chaque fois que j'irai voir le bétail !

— Si ! Ou alors je me sers du testament pour t'obliger à m'obéir. Je déclarerai que tu es incompétente et tu ne pourras plus diriger le ranch. Je n'aurai pas de mal à convaincre Nat.

Elle devint livide et se leva d'un bond.

— Espèce de salaud ! Tu sais parfaitement que je vaux n'importe quel rancher du Montana !

— S'il le faut, je le ferai ! s'écria Ben en se mettant debout pour lui faire face. Soit tu m'obéis, soit tu perds ton ranch.

— Fiche le camp ! Tu m'entends ? Dehors !

— Si tu veux garder le ranch, alors tu ne sors plus sans Adam ou Ham ! Et si tu veux que je sorte, tu vas au lit et tu dors !

Il aurait pu l'obliger à se coucher, mais cela n'aurait servi à rien. Il fallait lui parler, même si cela lui coûtait.

— Je suis inquiet, Willa, comprends-le. Je ne sais pas bien comment te dire tout ça ni qu'en penser, mais tu comptes beaucoup pour moi.

— Drôle de façon de me le montrer !

— Si je te le demandais gentiment, tu ne m'écouterais pas.

— Comment le sais-tu ? Tu n'as même pas essayé.

Il se passa la main dans les cheveux.

— J'ai du travail moi aussi, et quand je me fais du souci pour toi, je n'arrive à rien. Si tu acceptais de faire ce que je te demande, ce serait plus facile.

Intéressant, songea-t-elle. Il y avait là matière à réflexion lorsqu'elle serait reposée.

— Toi aussi tu te promènes seul, Ben.

— Il ne s'agit pas de moi.

— Peut-être que tu comptes aussi pour moi.

Surpris, il enfonça les mains dans ses poches et lui jeta un regard en coin.

— Vraiment ?

— Il faut croire... En tout cas, je n'ai plus envie de te boxer à chaque fois que je te vois.

Il sourit en s'approchant d'elle.

— Voilà ce qui s'appelle souffler le chaud et le froid, murmura-t-il en prenant le visage de Willa entre ses mains pour l'embrasser. Pour moi, tu comptes énormément, Willa.

— Toi aussi.

Il la sentit se détendre. Il savait qu'elle le désirait et il l'embrassa. C'était le moment de l'aimer, de lui faire des serments d'amour... ou peut-être de ne rien dire. Il se laissa engloutir dans leur baiser, comme si plus rien d'autre n'avait d'importance.

Elle enlaça sa nuque et le laissa la serrer tout contre lui. Il lui caressait le dos et elle sentit ses muscles se relaxer au contact de ses paumes rassurantes. Elle gémit, anticipant le plaisir à venir, lorsqu'il la souleva dans ses bras pour la déposer sur le lit.

— Tu devrais fermer la porte à clé, murmura-t-elle, sinon les flics risquent de débarquer.

Il embrassa doucement ses paupières en lui ôtant son jean. Ensuite, il la recouvrit d'une couverture, se leva et ferma les stores. Willa avait les paupières lourdes et elle sourit langoureusement en le regardant revenir vers elle. Il se pencha et posa ses lèvres sur les siennes.

— Maintenant dors, ma chérie, ordonna-t-il.

Il se redressa et se dirigea vers la porte.

— Espèce de traître ! s'écria-t-elle en se redressant comme un ressort.

— J'adore tes mots tendres, lança-t-il avec un rire avant de refermer la porte.

Furieuse, elle se laissa retomber sur les oreillers. Comment se faisait-il qu'il parvienne toujours à ses fins ? Il avait voulu qu'elle s'allonge et elle s'était laissé faire. C'était rageant à la fin !

Pas question de rester une minute de plus couchée. Elle allait se lever, prendre une bonne douche et travailler.

Dans une minute.

Ce n'était pas parce que McKinnon lui avait ordonné de se reposer qu'elle allait suivre son conseil, au contraire.

Une seconde plus tard, elle dormait à poings fermés.

QUATRIÈME PARTIE

L'ÉTÉ

Les vents violents secouent les jolies fleurs de mai,
Comme il est court, le rendez-vous du bel été.

SHAKESPEARE

25

Il n'y avait pas de vaisselle sale dans l'évier, pas une miette sur la table, pas une tache sur le sol. La cuisine rutilait. Adam l'avait devancée, une fois de plus. Lily ouvrit la porte de derrière. Le jardin dont elle avait rêvé était déjà planté. Grâce aux bons soins d'Adam et de Tess, bien sûr. Elle qui s'était fait une joie de jardiner n'avait même pas eu l'occasion de se salir les mains.

Elle essaya de se raisonner, se répétant qu'ils avaient agi pour son bien. Elle était restée alitée deux semaines et avait été bien trop faible pour reprendre la routine habituelle, la semaine suivante. Mais à présent, elle était parfaitement guérie et en avait assez d'être dorlotée et traitée comme une malade.

Dans trois semaines, elle se marierait, et jamais elle n'avait été aussi peu maîtresse de sa vie.

On ne lui avait pas laissé écrire les invitations pour son mariage. Les fleurs étaient déjà commandées, le photographe et l'orchestre réservés.

Ça ne pouvait plus durer. Tirant énergiquement la porte derrière elle, elle se dirigea à grands pas vers les écuries. À mi-chemin, elle ralentit. Chaque fois qu'elle s'était risquée à approcher des enclos, Adam avait toujours eu une bonne excuse pour la renvoyer à la maison. Depuis son enlèvement, il restait si distant qu'on aurait cru qu'il se prenait pour un médecin. Où donc était passé son amant passionné ?

À peine s'apprêtait-elle à entrer qu'il apparut. Décidément, il semblait avoir un sixième sens. Il sourit mais elle remarqua la lueur inquiète de son regard.

— Bonjour, pourquoi n'as-tu pas dormi plus longtemps ?

— Il est dix heures passées, je me suis dit que je pourrais entraîner un ou deux yearlings, aujourd'hui.

— Rien ne presse, fit-il en la prenant par le bras pour l'éloigner de l'écurie. Tu as pris ton petit déjeuner ?

— Oui, Adam.

— Bien, répondit-il. Est-ce que tu as terminé le nouveau livre que je t'ai donné ? Il fait beau ce matin, tu pourrais t'installer sur la véranda et lire au soleil.

— Oui, je l'ai presque fini.

Elle l'avait à peine commencé. Pauvre Adam, il était allé en ville lui acheter des livres, des revues et les pralines qu'elle adorait, et elle n'avait qu'une envie : tout lui jeter à la figure, même les fleurs qu'il lui offrait sans cesse.

— Je peux mettre la radio dehors si tu veux. Avec une couverture, tu n'auras pas froid. Et puis je vais te faire du thé, d'accord ?

Elle explosa.

— Ça suffit, Adam ! J'en ai assez ! Je ne veux pas me reposer, je ne veux pas lire, je ne veux pas de thé ni de fleurs ni de bonbons ! Arrête de faire comme si j'étais une poupée de porcelaine !

— Lily, ne t'énerve pas, tu vas retomber malade, tu es encore fragile, tu sais.

— Non, je ne suis pas fragile ! Si tu ne m'en avais pas empêchée, je serais sur pied depuis long-temps ! J'en ai assez, tu entends ! Assez de ne pas pouvoir laver ma vaisselle, de ne pas pouvoir cultiver mon jardin, de ne pas pouvoir faire ce que je veux. J'en ai jusque-là !

— Calme-toi, rentrons, dit-il doucement comme s'il s'adressait à une jument capricieuse. Il faut que tu te reposes. Ça va passer. Le mariage est dans trois semaines et...

— Tu ne comprends donc pas ? hurla-t-elle en se dégageant. J'en ai assez que tu me gâtes comme une petite fille. Et il n'y aura pas de mariage tant que je ne l'aurai pas décidé.

Elle tourna les talons, le laissant saisi d'étonnement.

Dieu que c'était bon d'être en colère ! Elle laissa cette sensation nouvelle la guider jusqu'à la grande maison, grimpa quatre à quatre les marches et entra en trombe dans le bureau.

Tess, mains sur les hanches, se disputait avec Willa.

— Je m'occupe des fleurs et du traiteur, enfin si on peut appeler comme ça un type dont la seule spécialité est le cochon rôti ! Toi, tu n'as qu'à louer les tables, les chaises et trouver des parasols à rayures, ce n'est pas sorcier tout de même !

— Tu peux me dire où je vais les trouver, ces fichus parasols ? À rayures bleues et blanches, en plus ! répliqua Willa dont le nez touchait presque celui de Tess.

Elle s'interrompit en voyant Lily.

— Lily ! Qu'est-ce que tu fais là ? Tu devrais te reposer.

— Non, je ne devrais pas me reposer ! Vous pouvez décommander le traiteur, parce qu'il n'y aura pas de mariage !

Elle s'avança vers le bureau et balaya d'un geste rageur une pile d'invitations.

— Calme-toi, mon chou, dit Tess en prenant Lily par les épaules pour la faire asseoir. Tiens, mets-toi là. Si tu veux changer d'avis...

— Lâche-moi ! hurla Lily en se dégageant. Alors comme ça on s'intéresse à mon avis ? Première nouvelle ! C'est mon mariage à moi, vous m'entendez ? Le mien, et pas le vôtre ! Mariez-vous, si vous tenez tant à en organiser un !

— Je vais chercher Bess, murmura Tess.

— Reste là ! ordonna Lily. Je vous jure que je frappe la prochaine personne qui me parle gentiment. Et je ne plaisante pas ! Bess s'occupe de ma cuisine, toi de mon jardin, Willa a écrit les invitations et Adam me parle comme à une idiote. J'en ai assez !

— Très bien, dit Willa, excuse-nous d'avoir voulu t'aider pendant cette période difficile. Figure-toi que ce n'est pas par plaisir que j'ai écrit ces fichues invitations. Sans parler de l'autre, là, qui regardait tout le temps par-dessus mon épaule !

— Je te conseillais, c'est tout, répliqua Tess.

— Tu parles ! Tu ne peux pas t'empêcher de fourrer ton nez partout. Un jour, tu vas te faire moucher, Hollywood !

— Ah oui ? J'aimerais bien voir ça !

— Ça suffit ! hurla Lily, Taisez-vous !

Elles obéirent et, interloquées, regardèrent Lily saisir un vase et le jeter à toute volée contre un mur.

— Disputez-vous, si ça vous fait plaisir, mais ne vous mêlez pas de mes affaires ! C'est compris ? Je ne veux plus qu'on m'utilise, qu'on me contrôle, qu'on me mette à l'écart. Je veux qu'on arrête de me regarder comme si j'allais me briser en mille morceaux. C'est fini tout ça ! Fini !

Adam apparut dans l'encadrement de la porte et s'avança timidement d'un pas.

— Lily ? Je ne voulais pas te fâcher, si tu as besoin de...

— Oh, toi, ne recommence pas ! interrompit-elle en donnant un coup de pied dans les bristols qui jonchaient le sol. C'est exactement ce que je disais : ne pas fâcher la pauvre Lily, elle est si fragile ! Pauvre petite Lily, elle va s'effondrer... Au cas où vous l'auriez oublié, c'est moi que Jesse a enlevée ! Moi, qu'il a menacée d'un revolver sur la tempe ! C'est moi qui ai été attachée comme un chien et traînée dans la neige ! J'ai tenu le coup, j'ai survécu. C'est vous qui ne vous en êtes pas remis !

Adam frissonna. Les images qu'évoquait Lily le torturaient.

— Comment veux-tu que j'oublie ? Je ne peux pas faire comme si rien ne s'était passé.

— Il ne s'agit pas de ça, mais de vivre avec. Pourquoi ne m'as-tu posé aucune question sur ce qui s'était passé cette nuit-là ?

Sa voix tremblait. Il fallait qu'elle se calme. Non, elle ne pleurerait pas.

— Tu as peur de savoir, c'est ça ? Peut-être que tu ne veux plus de moi, maintenant.

— Comment peux-tu dire une chose pareille ?

Son cœur cognait fort contre sa poitrine. Elle respira profondément et répondit d'une voix aussi calme que possible :

— Tu ne m'as pas touchée une seule fois depuis. Non, non, ne partez pas, toutes les deux, ça vous concerne aussi. Vous non plus, vous ne m'avez pas posé de questions. Vous allez m'écouter à présent.

Elle essuya une larme, se promettant que ce serait la dernière.

— Pourquoi ne me touches-tu plus, **Adam** ? Est-ce que je te dégoûte ?

— Ce n'est pas ça, assura-t-il en s'approchant, bras ballants, comme s'il ne savait pas quoi faire de ses mains. Je n'ai pas réussi à l'arrêter, Lily... je ne t'ai pas protégée. Je n'ai pas tenu mes promesses. Oui, j'ai peur de te toucher parce que je ne sais pas si tu veux encore de moi.

Comment n'y avait-elle pas pensé auparavant ? C'était lui qui était fragile à présent, lui qui avait besoin d'être rassuré.

— Tu es venu me chercher, lui rappela-t-elle, souhaitant de toutes ses forces lui faire comprendre combien cela avait été important. Ton visage est le premier que j'ai vu lorsque je suis sortie de la grotte. Tu m'as prise dans tes bras, tu m'as sortie de ce cauchemar. C'est grâce à cela que je peux vivre.

Elle s'arrêta et prit une profonde inspiration.

— Pendant tout le temps où j'étais prisonnière, je savais que tu viendrais. Je n'ai jamais perdu espoir et cela m'a donné la force de ne pas sombrer.

Elle regarda ses sœurs. Il fallait qu'elles sachent elles aussi.

— Je me suis défendue, comme vous l'auriez fait. Il avait un revolver, il était plus fort que moi, mais ce n'était qu'en apparence. Je n'ai pas capitulé un seul instant, j'ai fait exprès de rentrer dans l'arbre pour le ralentir, pour lui rendre la tâche plus difficile.

— Oh, Lily ! s'exclama Tess en s'asseyant et en se mettant à pleurer.

— Lorsqu'il m'a attachée, poursuivit-elle calmement, j'ai encore fait exprès de tomber pour lui faire perdre du temps. Il m'a battue mais j'ai tenu bon, c'est le froid qui m'a vaincue.

Sans un mot, Willa remplit un verre d'eau qu'elle apporta à Tess. Lily attendit un instant et décida d'en finir ; il fallait tout dire.

— J'ai eu peur qu'il ne me viole mais ce n'aurait pas été la première fois. Jesse avait peur, plus peur que moi, il ne maîtrisait pas du tout la situation. Lorsque nous sommes arrivés à la grotte, j'étais épuisée et j'avais de la fièvre mais je savais que grâce à vous je m'en sortirais.

Elle alla à la fenêtre, regarda les montagnes au loin et se retourna au bout d'un moment.

— Il avait une bouteille de whisky. J'en ai bu un peu, pensant que ça m'aiderait. Lui, il a vidé la bouteille. Puis je me suis endormie ou évanouie, je ne sais plus, tout en l'écoutant boire et débiter ses vantardises habituelles. Je me disais que lorsqu'il serait suffisamment ivre, j'aurais peut-être la force de m'échapper. Et puis quelqu'un est venu... Je ne me rappelle pas bien. C'est confus... j'avais de la fièvre et je devais délirer. J'ai cru que c'était toi, Adam, que j'étais à la maison, au lit, et que tu me rejoignais. C'est comme si je t'avais senti à côté de moi, et je me suis endormie de nouveau, apaisée. Et pendant ce temps-là quelqu'un a tué Jesse, a coupé mes liens. J'étais tout près et...

Il lui sembla entendre de nouveau le cri. Elle savait maintenant que c'était le bruit qu'avait fait Jesse quand on l'avait égorgé. Elle eut un haut-le-cœur et poursuivit son récit :

— Je me suis réveillée. Le manteau de Jesse était posé sur moi ; il était trempé de sang. La lumière du jour éclairait l'intérieur de la grotte et c'est à ce moment-là que j'ai vu le cadavre. Il m'a paru encore plus terrifiant que lorsqu'il me menaçait de son revolver. C'était atroce. L'odeur de sang remplissait la grotte. Il fallait à tout prix que je sorte de là. J'ai rampé dehors et tu étais là, Adam. J'avais besoin de toi et tu m'as prise dans tes bras.

Elle se sentit soulagée d'avoir pu leur faire partager l'horreur de cette nuit-là.

— Je regrette de m'être emportée, continua-t-elle en se servant un verre d'eau. Je sais que vous ne voulez que mon bien, mais il faut que je reprenne ma vie en main, à présent.

— Tu as raison Lily, dit Tess fermement en se levant. Tu aurais dû te mettre en colère bien plus tôt. Je suis désolée d'avoir pris en charge l'organisation de ton mariage.

— Ce n'est pas grave. J'ai toujours eu la mauvaise habitude de me laisser diriger. Mais j'accepte volontiers ton aide pour le potager.

— Je ferais peut-être mieux de commencer le mien, je n'aurais jamais cru que ça me plairait autant. Bon, je descends.

Elle lança un petit coup d'œil à Willa pour l'inviter à la suivre.

— Je te laisse tout ça avec grand plaisir, annonça Willa en souriant et en donnant un coup de pied dans les papiers. L'organisation des cocktails, ce n'est pas vraiment mon truc.

Elle s'approcha de Lily, la prit par les épaules et lui souffla à l'oreille :

— Il aurait rampé jusqu'en enfer pour te retrouver, ne le punis pas de t'aimer autant.

Elle s'adressa ensuite à Adam :

— Prends ta matinée pour arranger ça.

Puis elle sortit en fermant la porte derrière elle.

— Je dois te paraître bien ingrate, admit Lily en se baissant pour ramasser les invitations. Dire que j'ai cassé un vase ! Je n'avais jamais fait une chose pareille. Cela a été plus fort que moi, je ne supportais plus d'être inutile.

— Je suis désolé, je ne voulais pas te blesser, répondit-il en se baissant pour l'aider. Rien dans ma vie n'est plus précieux que toi, Lily. J'ai besoin de toi. Quant au mariage... ne l'annule pas, je t'en supplie.

C'était exactement ce qu'elle désirait entendre.

— Après tout le mal qu'elles se sont donné, reconnut-elle, ce ne serait pas gentil.

Il lui prit le visage entre ses mains. Une lueur angoissée brillait dans ses yeux sombres.

— Je n'ai pas pu l'empêcher de t'enlever, murmura-t-il.

— Tu n'y pouvais rien.

— J'ai cru qu'il allait te tuer.

— Adam...

— Je pensais que tu ne voudrais plus que je te touche.

— Non, Adam, chuchota-t-elle en le serrant dans ses bras, ça n'arrivera jamais, jamais. Je suis désolée, je ne voulais pas te faire de mal, j'étais terriblement en colère. Je t'aime, Adam, je t'aime. Serre-moi fort. N'aie pas peur, je ne vais pas me casser.

C'était lui qui se sentait sur le point de se briser. Il la serra convulsivement, essayant de refouler ses larmes.

— Je voulais le tuer, continua-t-il d'une voix étouffée. Je ne supporte pas d'avoir failli te perdre.

— Je suis là, Adam, c'est fini, souffla-t-elle en lui caressant le dos pour le réconforter. J'ai tellement besoin de toi, et aussi que tu aies besoin de moi.

— J'aurai toujours besoin de toi, Lily.

Les lèvres d'Adam se posèrent sur les siennes et elle s'abandonna avec délices à la douceur de ce baiser.

— Je veux vivre avec toi, Adam, élever des chevaux, décorer la maison.

Elle prit son visage entre ses mains et le regarda dans les yeux.

— Je veux des enfants, Adam. Je veux faire un bébé avec toi, maintenant.

Il leva les sourcils et, ému, resta sans voix.

— Maintenant, Adam, répéta-t-elle en prenant sa main pour l'embrasser. Emmène-moi à la maison et fais-moi un enfant.

À la fenêtre, Tess regarda Lily et Adam qui retournaient vers leur petite maison blanche et songea à la première fois où elle les avait vus marcher côte à côte, le jour de l'enterrement.

— Viens voir ! dit-elle à Willa.

— Quoi ? Ah ! Ils se sont réconciliés.

Quelques minutes plus tard, elles virent les stores de la chambre se baisser.

— Le mariage aura lieu comme prévu, observa Willa.

— Oui, sous des parasols à rayures bleues et blanches.

— Tu ne désarmes jamais, hein ?

— Eh non ! répondit Tess en posant la main sur l'épaule de Willa. Dis-moi, tu emmènes toujours le bétail dans les hauts plateaux demain ?

— Oui.

— Je veux venir.

— Très drôle.

— Je ne plaisante pas. Je sais monter à cheval et je pense que ce sera une expérience intéressante qui pourra me servir pour mon livre. Adam vient avec toi, je suppose. Lily devrait venir aussi ; il faut que nous restions ensemble. C'est plus prudent.

— J'avais l'intention de demander à Adam de rester.

— Non, tu as besoin de t'entourer de gens solides. Même si tu le lui demandais, Adam refuserait de te laisser partir sans lui. Donc Lily et moi, nous venons.

— Il ne manquait plus que ça ! répondit Willa en levant les yeux au ciel.

Elle protestait pour la forme mais elle y avait déjà réfléchi, et trouvait que ce n'était pas une si mauvaise idée.

— Les McKinnon montent aussi leur bétail. On ne prendra qu'un gars avec nous, Ham restera ici. Tu as intérêt à te coucher tôt cette nuit, Hollywood, on démarre à l'aube.

Encore ensommeillée, Tess se laissait bercer par le pas régulier de sa jument. Devant elle, le bétail avançait, long fleuve noir qu'encadraient les cavaliers. Le soleil levant dissipait la brume qui s'étirait comme un voile de tulle déchiré ; la rosée étincelait sur l'herbe grasse ; à l'ouest, les montagnes se dressaient telles d'immenses divinités blanches.

Rien ne manquait ! sauf Nat. Pourquoi n'était-il pas avec eux ? Pour la première fois, elle regretta qu'il n'élève que des chevaux.

— Réveille-toi, Hollywood, le bétail n'attend pas !

Rien de tel que les doux cris de Willa pour vous remettre les pieds sur terre. Elle piqua du talon et sa jument partit au trot rejoindre le reste de la troupe.

Le bruit des sabots martelant la terre sèche du chemin se mêlait aux meuglements, aux cris et aux sifflements des cow-boys qui rappelaient les bêtes.

— Surveille-les ! hurla de nouveau Willa. Si jamais l'une d'entre elles s'échappe, tu vas la chercher.

— Je ne vois pas comment des gros tas pareils pourraient se sauver ! marmonna-t-elle.

Elle essaya néanmoins d'imiter sa sœur. Willa poussait des sifflements stridents tout en faisant claquer son lasso sur sa selle. Tess n'avait pas de lasso — elle ne s'en plaignait pas d'ailleurs, car elle aurait été bien en peine de s'en servir — et elle utilisa son bandana. Mais bientôt l'air devint irrespirable, saturé de la poussière que soulevaient les sabots, et elle dut plaquer le carré de tissu contre son nez.

— Pas comme ça ! Attache-le, espèce d'idiote ! cria Willa en s'arrêtant à côté d'elle.

Elle le lui arracha des mains, le roula en triangle et se pencha pour le lui attacher sur la nuque.

— Ah, c'est mieux ! poursuivit-elle. Tu as l'air d'un vrai cow-boy, maintenant.

— Tais-toi et va jouer les chefs de troupeau ailleurs !

— Je ne joue pas ; la chef du troupeau, c'est bien moi ! répliqua Willa en riant et en partant au galop pour faire presser les bêtes qui lambinaient à l'arrière.

Quelle expérience ! Bon, ça ne ressemblait pas tout à fait à ce qu'elle avait vu au cinéma mais c'était impressionnant. Majestueux, même. Une poignée de cavaliers dirigeant des centaines de bêtes et qui, d'un simple mouvement de monture, remettaient dans le droit chemin les animaux qui s'attardaient ou partaient rejoindre leurs congénères paissant dans les prairies alentour.

Tess entendit au loin le bruit réconfortant d'un torrent dévalant la montagne. Après les rigueurs de l'hiver, elle accueillait avec délectation l'arrivée de l'été. Les arbres étaient plus verts, les pins plus luxuriants. Un tapis de fleurs sauvages aux couleurs éclatantes recouvrait l'herbe des prairies. Les oiseaux jaillissaient des branchages pour survoler les collines comme de minuscules cerfs-volants.

Jim s'approcha de Tess pour chevaucher à ses côtés. Il avait l'air d'un parfait cow-boy, avec son petit sourire en coin et son air de dur à cuire.

— Alors, ça vous plaît ? demanda-t-il.

— Oui. Je trouve ça amusant.

— Je ne crois pas que votre derrière sera du même avis ce soir, répondit-il en lui faisant un clin d'œil.

— Oh, ça fait déjà longtemps que je ne le sens plus ! C'est la première fois que je viens par ici. C'est magnifique.

— Regardez par là, fit-il en tendant le doigt, ça vaut le coup d'œil.

— Ça fait combien de temps que vous faites ça, Jim ? Je veux dire : conduire les troupeaux ?

— Pour le ranch ? Ça doit bien faire une quinzaine d'années. C'est un bon boulot, et puis ça m'évite d'aller courir les filles en ville. Oh, je vais me faire rappeler à l'ordre par la patronne si je reste là à bavarder.

Il repartit à l'avant prendre sa place.

— On ne flirte pas avec les cow-boys quand on escorte un troupeau ! fit Willa près d'elle.

— Ce n'était qu'une petite conversation, quand je flirte, je...

Tess s'interrompit soudain. Elle venait de regarder dans la direction qu'avait indiquée Jim et tira sur les rênes pour arrêter sa monture.

— Belle vue, hein ?

— On dirait un tableau, murmura Tess. C'est incroyable !

Elle se laissa distancer, admirant le paysage.

Au fond d'un immense canyon ocre coulait une rivière limpide que bordaient des arbres au feuillage luxuriant d'un vert tendre. Après une courbe, la rivière s'enfonçait dans les rochers, mais juste avant de disparaître, elle formait une cascade de mousse blanche qui se jetait dans un lac paisible.

Un faucon survolait silencieusement le ruban vif-argent.

— Dépêche-toi, cria Willa, on est à la traîne !

Tess, à regret, détourna les yeux et se remit en route.

L'air se rafraîchissait, des plaques de neige apparaissaient çà et là sous les arbres et autour des rochers ; malgré l'altitude, les fleurs poussaient encore. Elle reconnut la clématite des montagnes et le delphinium sauvage d'un violet éclatant.

Lorsqu'ils s'arrêtèrent pour déjeuner et laisser se reposer les chevaux, ils en profitèrent pour sortir leurs vestes de leur sacoche.

— On n'attache jamais son cheval ici ! s'exclama Willa en prenant les rênes des mains de Tess et en donnant une tape sur la croupe de la bête qui s'éloigna tranquillement.

— Il va se sauver ! protesta Tess en voulant rattraper sa monture.

Willa la retint.

— Lâche-moi ! Comment je vais faire sans cheval ?

— Mange ! ordonna Willa en lui donnant un sandwich.

— C'est ça ! Je vais manger comme si de rien n'était pendant que mon cheval rentre à l'écurie.

— Il n'ira pas loin, ne t'inquiète pas.

Elle sourit en voyant Ben approcher.

— Tu arrives toujours au bon moment, à ce que je vois, McKinnon.

— Je me suis dit qu'il y aurait peut-être un sandwich en trop pour moi, lança-t-il en sautant de selle et en donnant automatiquement une tape sur la croupe de son cheval.

Tess, interloquée, le regarda faire.

— Vous êtes vraiment bizarres, vous ! Au ranch, vous les attachez toujours.

Ben prit le sandwich que s'apprêtait à manger Tess et fit un clin d'œil à Willa.

— Elle a voulu attacher son cheval ? lui demanda-t-il en y mordant à pleines dents.

— Eh oui, c'est ça les pieds-tendres !

— Si tu l'attaches et que tu pars sous les arbres manger ton déjeuner, expliqua Ben entre deux bouchées, ton cheval risque de se faire massacrer par les chats sauvages ou les ours.

Tess, affolée, regarda tout autour d'elle.

— Des chats sauvages ! Des ours ! Où ça ?

— Ça grouille de prédateurs par ici, tu sais ! observa Willa en prenant le sandwich de Ben pour le terminer. Où sont tes bêtes, Ben ?

— À cinq minutes.

— Allons voir si Lily a réchauffé le café, suggéra Willa.

— Mais... commença Tess en songeant au fusil qui était dans le fourreau de sa selle, ils risquent de nous attaquer, nous aussi !

— Eh oui ! répondit Ben en éclatant de rire et en s'éloignant avec Willa.

Tess, pétrifiée, les regarda partir vers le feu de camp. Elle sursauta en entendant un léger bruissement derrière elle et prit ses jambes à son cou pour les rattraper.

— Attendez-moi !

— On dirait que ta sœur aime beaucoup le café, commenta Ben en regardant Tess les dépasser en courant.

— Si tu avais vu sa tête quand j'ai laissé partir son cheval ! Rien que pour ça, je ne regrette pas de l'avoir emmenée.

— Tout se passe bien au ranch ?

— Oui, répondit-elle en ralentissant le pas. Tout est calme. Tout le monde ne pense qu'au mariage.

— J'espère que rien ne va le gâcher.

— Moi aussi, dit-elle en s'arrêtant pour lui faire face. J'ai vu la police et ils enquêtent sur mes hommes.

— Sur les miens aussi. C'est nécessaire, Willa.

— Je sais. J'ai laissé Ham au ranch. Il est là-bas avec Bess et les deux garçons de Wood. Ils sont seuls, ça m'inquiète.

— Ne te fais pas de bile ; Ham sait se défendre et Bess aussi.

— Comment en être certaine ? J'aurais préféré que Nell emmène les enfants chez sa sœur pour quelque temps mais elle ne veut pas quitter Wood. Bien sûr, si c'est Wood le coupable, ils ne craignent rien.

Willa, horrifiée, se rendit compte de ce qu'elle venait de dire.

— C'est effrayant, Ben. Je n'arrive pas à croire que ce soit Wood ou Jim ou Billy ou l'un de tes hommes. Je les connais presque tous depuis mon enfance. Quelquefois, je me dis que Jesse Cooke était peut-être le dernier de la série, que c'est terminé maintenant.

— Oui, je me suis demandé aussi si ça allait s'arrêter avec Cooke...

— Et tu ne le crois pas ?

— Non.

— C'est pour cela que tu es là ? que tu emmènes ton bétail en même temps que moi ?

Ce n'était pas bien difficile à deviner, bien sûr. Il frotta la cicatrice sur son menton d'un air songeur et déclara :

— Disons que je tiens à ce qui est à moi.

— Je ne suis pas à toi, répliqua-t-elle en fronçant les sourcils.

Il se baissa et plaqua un baiser rapide sur ses lèvres.

— C'est ce que tu crois, ma belle ! fit-il en s'éloignant pour aller boire son café.

26

Journal de Tess

On ne peut pas vraiment comparer la conduite d'un troupeau à celle d'une Mercedes 450 SL — voiture que je me promets d'ailleurs de m'offrir dès que je retrouverai les lumières de la grande ville.

Mais revenons à nos bovins ! La conduite d'un troupeau, donc, est une expérience à peu près aussi enivrante que piloter une décapotable sur l'autoroute. On voit plein de paysages différents, le vent vous fouette le visage mais ce n'est pas toujours une partie de plaisir.

La preuve en est que j'en suis maintenant réduite à m'asseoir sur un oreiller tellement j'ai mal aux fesses ! Pourtant je ne regrette pas l'aventure. Comment ne pas tomber amoureuse des Rocheuses ? Là-haut, il y avait encore de la neige et l'air est différent, d'une pureté cristalline, comme une eau de source coulant à même la roche. D'accord, l'image est un peu éculée mais c'est pourtant la seule qui me paraisse adéquate.

À un moment donné, nous nous sommes arrêtés sur un promontoire pour admirer le paysage. J'avais l'impression de voir jusqu'au bout du monde et je suis même sûre d'avoir aperçu le ranch de Nat, c'est dire !

Nat m'a un petit peu manqué, d'ailleurs. Non, soyons honnête, beaucoup ! C'est étrange, je n'ai jamais éprouvé un tel sentiment. D'habitude les hommes ne me manquent jamais. Faire l'amour, oui, bien sûr, mais c'est autre chose.

Bon, fermons la parenthèse.

J'ai constaté, à ma grande surprise, que le troupeau avançait sagement, en meuglant comme il se doit. Adam dit que c'est parce que la plupart des animaux ont déjà fait le trajet et sont habitués, quant aux autres ils se contentent de suivre le mouvement. Tout cela fait un raffut d'enfer : ça meugle, ça tape du sabot, ça braille, ça siffle.

J'ai vu Willa attraper une vache au lasso et j'avoue que j'ai été très impressionnée. Elle paraît beaucoup plus à l'aise sur un cheval que sur ses jambes. Je dirais même qu'elle a l'air altier, mais Dieu me garde de lui faire le moindre compliment, elle a suffisamment la grosse tête. Willa est une patronne-née, ce qui est un atout certain dans sa position ! Elle a une capacité de travail phénoménale, que j'admire, certes, mais je n'apprécie toujours pas qu'elle joue les petits chefs avec moi.

Je pense qu'elle a rallongé le parcours habituel et nous a fait prendre le chemin des écoliers pour que Lily et moi puissions apprécier le paysage. Je lui en sais gré, car ça valait le détour. Nous avons croisé des daims, des élans, des mouflons et des oiseaux incroyables, de toutes les couleurs et de toutes les tailles.

Je n'ai pas vu d'ours et je ne m'en plains pas.

Lily a pris des tonnes de photos. Elle est complètement guérie à présent, on en oublierait presque les choses horribles qui lui sont arrivées.

Pourtant on ne peut pas oublier. Willa, malgré son calme apparent, est soucieuse. Nous sommes tous excités comme des puces par le mariage, tous déterminés à ce que rien ne vienne le gâcher, néanmoins nous sommes inquiets.

J'avance dans la correction du scénario. Ira est très content de mon travail. Je m'attends à être submergée de réunions dès mon retour à Los Angeles cet automne. Je me suis finalement résolue à lui parler du livre. Il était enthousiaste, ce qui m'a étonnée. Je lui ai envoyé les deux premiers chapitres pour l'appâter. Croisons les doigts !

Les préparatifs du mariage m'ont obligée à délaisser mon livre. Nous avons décidé d'organiser une fête entre femmes pour offrir ses cadeaux à Lily, quelques jours avant la cérémonie, et, puisque c'est censé être une surprise, Lily fait comme si elle n'en savait rien. Ce devrait être très réussi !

— Quels sont vos plans pour enterrer la vie de garçon d'Adam ?

Tess, assise sur la barrière, regardait Nat entraîner un yearling.

— Nous organisons une soirée... Tout ce qu'il y a de convenable, bien sûr.

— Combien de strip-teaseuses ?

— Trois. Plus serait inconvenant !

Il tira sur les rênes, fit reculer le cheval puis serra les genoux pour le faire partir au trot.

— C'est bien, mon grand, encouragea-t-il.

Tess le trouvait très séduisant avec son Stetson enfoncé jusqu'aux sourcils.

— Est-ce que je t'ai déjà dit que tu étais sexy quand tu montais à cheval ?

— Une fois ou deux, répondit-il en sentant le désir l'envahir, mais ça fait toujours plaisir à entendre.

— Tu es très très séduisant, monsieur l'Avocat. Quand est-ce que tu m'emmènes au tribunal pour te voir plaider ?

Surpris, il s'arrêta.

— Je ne savais pas que ça t'intéressait.

Elle non plus. Elle improvisait.

— J'ai très envie de te voir dans l'exercice de tes fonctions. J'aime te regarder.

Il descendit de cheval, attacha les rênes à la barrière et commença à déboucler les sangles de la selle.

— C'est vrai que nous n'avons guère eu le temps de nous voir ces derniers temps.

— Nous sommes débordées avec le mariage. Plus que dix jours. Les parents de Lily arrivent demain. Peut-être qu'après tu pourrais m'emmener en ville. Je te regarderais plaider et après... on pourrait passer la nuit à l'hôtel et s'amuser un peu tous les deux. Qu'est-ce que tu en penses ?

Elle se passa lascivement la langue sur les lèvres.

— S'amuser, hein ? fit-il. Et à quoi ?

— À ce que tu veux, monsieur l'Avocat, répliqua-t-elle en riant aux éclats et en sautant de la barrière pour l'embrasser passionnément. Tu m'as manqué.

— Vraiment ?

Si les choses progressaient à cette allure, il arriverait certainement à la faire changer d'avis et elle ne repartirait pas à Los Angeles.

— Et si nous allions faire une petite sieste... murmura-t-elle, jetant un coup d'œil vers la maison.

-— Il est trop tôt, je ne veux pas que Maria ait une attaque. Pourquoi ne restes-tu pas cette nuit ?

— J'aimerais bien, mais j'ai promis de rentrer, et puis je ne veux pas m'absenter trop longtemps après ce qui s'est passé.

L'air sombre, il se détourna pour enlever la selle du yearling.

— Je regrette de ne pas être arrivé plus tôt pour aider Adam, l'autre nuit.

— Ça n'aurait rien changé.

— Oui, peut-être que tu as raison.

Le souvenir de cette nuit l'obsédait. Qu'aurait-il fait si Tess avait été à la place de Lily ? Il remarqua la lueur d'inquiétude dans ses yeux et réenfourcha le yearling.

— Viens, dit-il.

— Sans selle ! s'exclama-t-elle. Oh, non, très peu pour moi. J'ai besoin de me raccrocher au pommeau au cas où.

— Froussarde, jeta-t-il en lui tendant la main. Allez, monte, tu t'accrocheras à moi.

Tess s'avança, hésitante.

— Il est rudement gros pour un yearling.

— Ce n'est qu'un bébé, répondit Nat, main toujours tendue, il est doux comme un agneau.

— Très bien, mais si je tombe je t'en tiendrai pour responsable.

Il lui saisit fermement la main et elle parvint à grimper tant bien que mal derrière lui.

— Hum ! C'est sexy, ronronna-t-elle en se serrant tout contre lui. Adam monte souvent à cru, il a une allure folle.

Nat mit le cheval au pas.

— Sans selle, on se sent plus en harmonie avec sa monture.

Avec son désir aussi, se dit Tess quand ils partirent au trot. Lorsqu'ils en furent au galop, un sourire béat éclairait son visage.

— C'est bon, s'écria-t-elle. Encore !

— C'est ce que tu dis toujours, répondit-il en riant.

Il fit de nouveau le tour du corral, appréciant le contact du corps de Tess pressé contre son dos. Il faillit lâcher les rênes lorsqu'il sentit ses mains glisser sous son ceinturon.

Soudain, il imagina Tess allongée devant lui sur l'encolure, les jambes enserrant sa taille tandis qu'ils faisaient l'amour au rythme du galop.

— Arrête, ma chérie, ça va exciter le cheval, il va devenir furieux et nous éjecter.

— Ça m'est égal, je prends le risque. J'ai envie de toi, Nat, maintenant.

Il tira sur les rênes et le cheval s'arrêta. Il se retourna et l'attrapa par la taille pour la faire passer devant lui tandis qu'elle ne cessait de le couvrir de baisers.

— Non, protesta-t-il comme elle débouclait sa ceinture. Pas maintenant. Laisse-moi faire. Laisse-moi t'embrasser.

Elle n'eut pas le choix. Il immobilisa ses bras le long de son corps et l'embrassa éperdument. Le chapeau de Tess tomba à terre, son cœur battait à se rompre. Le baiser d'abord violent se transforma soudain en un océan de douceur, de calme, de pureté, comme l'air qu'elle avait respiré sur les hauts plateaux. Jamais elle n'avait éprouvé pareille émotion, pareil désir.

— Je t'aime, dit-il.

Les mots lui avaient échappé mais il les répéta sans hésiter.

— Quoi ? demanda-t-elle, étonnée, encore bouleversée. Qu'est-ce que tu as dit ?

— Je t'aime.

Oui, elle avait bien entendu et elle se raidit aussitôt. Ce n'était pas la première fois qu'un homme lui disait cela. Dans la bouche de certains, ça ne portait pas à conséquence, ce n'étaient que des paroles qu'on échangeait entre deux étreintes. Mais Nat, lui, n'était pas homme à dire des mots en l'air.

— Et alors ? On se laisse emporter, observa-t-elle, essayant de se moquer sans y parvenir. Tu sais bien que nous ne sommes que...

— ... des amants occasionnels, poursuivit-il. Non, Tess, je crois que nous sommes plus que cela.

Elle prit une profonde inspiration.

— Je crois que nous ferions mieux de descendre, dit-elle sèchement.

Mais il la retint, lui prenant le visage entre ses mains, l'obligeant à le regarder dans les yeux.

— Je t'aime depuis longtemps et je ferai tout pour que tu m'aimes aussi. Je veux que tu restes ici, que l'on se marie, que l'on ait des enfants.

— Tu sais bien que je... bégaya-t-elle, choquée.

— Tu as encore du temps pour te faire à cette idée, dit-il en sautant de cheval. Je suis têtu, tu sais, et quand je veux quelque chose, je l'obtiens. J'ai toujours réussi et maintenant, c'est toi que je veux.

Ce ton orgueilleux aida Tess à surmonter le choc. Sa colère éclata.

— Je ne suis pas un cheval, monsieur l'Avocat ! Ce n'est pas parce que tu me veux que tu m'auras.

— Je sais, rétorqua-t-il en souriant tandis qu'il l'attrapait par la taille pour la faire descendre. Tu es une femme au caractère bien trempé, ambitieuse, et je vais t'épouser !

— Tu sais ce que je pense de ce genre de comportement ?

— Je le devine, fit-il, ôtant la bride au yearling et l'éloignant d'une tape sur le flanc. Rentre au ranch, Tess, et réfléchis à ma proposition.

— C'est tout réfléchi !

— Penses-y tout de même.

Il leva les yeux vers le ciel. Le soleil commençait à baisser à l'horizon, baignant les pics d'une clarté rouge.

— Il va pleuvoir cette nuit, nota-t-il simplement en sautant la barrière pour partir.

Tess ne le retint pas, muette d'étonnement.

— Arrête de faire la tête, maugréa Willa, Lily va arriver dans une minute avec sa mère.

— Tu n'es pas la seule à avoir le privilège d'être désagréable ! riposta Tess en engouffrant un petit-four.

La maison décorée de rubans blancs était pleine de femmes qui bavardaient gaiement ; sur une table étaient disposés les cadeaux encore enveloppés dans leurs papiers multicolores. Malgré les remontrances de Bess, Tess avait préparé un punch au champagne, et la gouvernante avait été la première à s'en verser un verre.

Grotesque ! songea Tess en avalant un énième petit-four. Quelle idée de faire une fête pour célébrer l'union de deux individus qui allaient s'enchaîner l'un à l'autre pour le restant de leurs jours. Elle tendit une nouvelle fois la main vers le plat mais se ravisa. Mieux valait une cigarette. Pas question de prendre des kilos à cause de Nat Torrence. Elle se versa un verre de punch. Rien de tel que l'ivresse pour dissiper la mauvaise humeur.

Lorsque la future mariée apparut, Tess avait déjà avalé trois verres et se sentait d'humeur plus festive. Lily, rayonnante, fit semblant d'être surprise et commença à ouvrir les cadeaux, sous les exclamations enthousiastes de l'assemblée.

Tess remarqua que la mère de Lily essuyait furtivement une larme et s'éclipsait.

Une femme intéressante, se dit-elle en se versant un nouveau verre de punch, séduisante, élégante, intelligente. Comment avait-elle pu, elle aussi, tomber amoureuse d'un type comme Jack Mercy ?

Bess remplit deux verres et sortit pour la suivre. Se rappelant ses devoirs, Tess se détourna du buffet et se força à admirer un lot de serviettes brodées.

— Ça fait plaisir de vous revoir, Adèle, fit Bess qui prit place sur la rambarde en lui offrant un verre de punch. Cela fait un bon bout de temps que nous ne nous sommes pas assises là, ensemble !

— Je me demandais quel effet ça me ferait de revoir tout ça, dit-elle en se tamponnant les yeux. Ça n'a pas beaucoup changé.

— Oh si, un petit peu, mais vous, en tout cas, vous n'avez pas bougé.

Adèle, dans un geste de coquetterie, toucha légèrement ses cheveux courts d'un blond foncé.

— J'ai pris quelques rides, fit-elle avec un petit sourire. Chaque matin quand je me regarde dans mon miroir, j'en découvre une nouvelle.

— C'est la vie.

Bess l'observa attentivement comme si elle faisait l'inventaire. Adèle avait un joli visage délicat aux traits fins et réguliers. Ses yeux n'avaient rien perdu de leur éclat. Elle n'avait pas pris de poids. Elle avait toujours été mince, presque trop. Non, elle n'avait guère changé, et elle était ravissante dans son ensemble ivoire.

— Vous avez une très belle fille, Adèle, bien élevée.

— J'aurais pu faire mieux, j'aurais dû... En la voyant aujourd'hui, j'ai repensé à son enfance et à toutes les heures que je ne lui ai pas consacrées.

— Ce n'est pas facile quand on travaille, et puis vous aviez votre vie aussi.

— Oui, c'est vrai.

Elle trempa les lèvres dans son verre et hésita un instant.

— Ça a été très difficile les premiers temps, continua-t-elle. Vous savez, Bess, j'ai passé plus d'années à détester Jack Mercy qu'à l'aimer.

— C'est normal, vu la manière dont il vous a traitées, vous et Lily. En tout cas, vous avez un beau mari.

— Rob ? Oui. Il a des idées bien arrêtées, vous savez, Bess. Il a toujours été comme ça, mais il est généreux. Pas très démonstratif, mais il adore Lily. Je ne suis pas certaine que nous ayons toujours agi comme il aurait fallu, je me suis fait des reproches, mais que voulez-vous...

— Cela se voit que vous l'aimez !

Adèle resta silencieuse un moment.

— C'est si beau ici, je n'ai jamais oublié. Ça m'a manqué. J'aime bien l'Est aussi, la douceur du paysage, le vert tendre, mais ça n'a rien de comparable.

— Vous pourrez revenir souvent, maintenant que Lily vit au ranch.

— Oui. Rob est ravi, il adore voyager. Jusqu'alors nous évitions la région, mais à présent... Adam l'a emmené voir les chevaux.

Elle soupira puis sourit.

— Adam est quelqu'un de bien, n'est-ce pas, Bess ?

— Un des meilleurs hommes que je connaisse ! Il ferait n'importe quoi pour elle.

— Elle a tellement souffert ; quand j'y pense, je...

— N'y pensez plus, coupa Bess en prenant la main d'Adèle. C'est fini à présent. Lily sera une mariée magnifique et une femme comblée.

Adèle se remit à pleurer. Elle essuyait ses larmes lorsque Willa apparut.

— Oh, excusez-moi ! s'exclama-t-elle en faisant demi-tour.

— Non, restez ! dit Adèle en tendant la main pour la retenir. Ce n'est rien, juste une petite crise de sentimentalisme. Nous n'avons même pas encore eu le temps de nous voir, toutes les deux. Dans toutes ses lettres, Lily m'a beaucoup parlé de vous et de Tess.

Willa, mal à l'aise, esquissa un sourire.

— Vous avez les mêmes yeux que votre frère, poursuivit Adèle.

Sombres et pleins de sagesse, songea-t-elle.

— J'ai un peu connu votre mère, c'était une femme admirable.

— Merci.

— J'ai eu très peur, ajouta Adèle, je sais bien que ce n'est pas vraiment le moment d'en parler, mais j'étais très inquiète. Lily a minimisé ce qui s'est passé ici. J'ai tout appris par les journaux et j'étais morte d'inquiétude. Maintenant que j'ai vu ma fille de mes propres yeux et que je vous ai rencontrés, vous et Adam, je suis rassurée.

— Lily est forte, vous savez, plus qu'on ne le croit.

— Oui, peut-être avez-vous raison. Je voulais vous remercier aussi pour votre hospitalité, pour nous avoir invités, Rob et moi, au ranch. Ce ne doit pas être facile pour vous.

— J'avoue que j'avais un petit peu peur de vous rencontrer, mais je suis heureuse que vous soyez là. Les parents de mes sœurs seront toujours les bienvenus au ranch.

— Vous ne ressemblez guère à Jack.

La remarque lui avait échappé et Adèle rosit.

— Excusez-moi !

— Ce n'est rien, répondit Willa en souriant.

Du coin de l'œil, elle aperçut un véhicule qui approchait.

— Ah, la voilà ! s'exclama-t-elle en regardant Adèle. J'espère que vous ne m'en voudrez pas de cette surprise ?

— Qu'est-ce que tu as encore inventé ? demanda Bess.

Willa, toujours souriante, s'approcha de la porte.

— Eh, Hollywood ! cria-t-elle, viens voir un peu, on te demande !

— Qu'est-ce qu'il y a ? s'écria Tess en sortant sous le porche, verre à la main. Tu me déranges, on est en train de jouer ! L'enjeu est un panier de savons et de sels de bain. Combien de mots peut-on écrire avec les lettres de « lune de miel » ? Je suis sûre que je vais gagner.

— Laisse tomber et regarde qui arrive.

Tess tourna la tête et, malgré sa vision légèrement troublée par le punch, reconnut le pick-up de Nat.

— Je ne veux pas parler à ce m'as-tu-vu ! Tu n'as qu'à lui dire de... Oh, bon sang ! Ô Seigneur !

— Ne blasphème pas un jour pareil ! ordonna Bess qui sourit quand la portière s'ouvrit. Louella Mercy ! Eh bien, si je m'y attendais ! Tu n'as pas changé, toujours resplendissante !

— Tu l'as dit ! répliqua Louella dans un grand éclat de rire.

Perchée sur des talons aiguilles rouge vif, elle se précipita pour embrasser sa fille.

— Surprise, ma chérie ? fit-elle en effaçant du doigt les traces de rouge sur les joues de Tess.

Puis elle se tourna vers Bess et la prit dans ses bras.

— Alors, toujours aussi mauvais caractère ?

— Toujours !

— Ah, et voilà la plus jeune ! s'exclama-t-elle en serrant Willa qui faillit en perdre le souffle. Incroyable ce que tu ressembles à ta mère, ma chérie ! Quelle belle femme c'était !

— Euh... merci, balbutia Willa, ébahie par la vue de cette maîtresse femme qui avait l'air d'une lauréate de concours de beauté et qui embaumait autant qu'un rayon de parfumerie. Je suis ravie que vous ayez pu venir. Enchantée de faire votre connaissance.

— C'est réciproque, ma chérie. J'ai été émue comme une première communiante quand j'ai reçu ta lettre.

Elle ne lâcha pas Willa et se tourna vers Adèle.

— Je me présente : Louella, épouse numéro un du vieux Jack.

Adèle n'en croyait pas ses yeux. Était-ce vraiment un corsage en lamé que Louella portait au milieu de l'après-midi ?

— Euh, Adèle, la mère de Lily.

— L'épouse numéro deux ! s'exclama-t-elle en éclatant de rire et en embrassant Adèle comme une sœur. Ça, on peut dire que le vieux renard avait bon goût ! Où est votre fille ? D'après Tess, elle est jolie comme un cœur, un ange de douceur, paraît-il ! Elle doit tenir ça de vous, pas de Jack. J'ai apporté des cadeaux.

— Je fais rentrer les toutous, Louella ? demanda Nat en bas des marches, un sourire jusqu'aux oreilles.

— Oh, non, maman, ne me dis pas que tu as amené Mimi et Maurice !

— Je n'allais tout de même pas laisser mes bébés chéris tout seuls !

Elle les prit des bras de Nat et se mit à les embrasser.

— Mille mercis, beau gosse ! ajouta-t-elle en plaquant un baiser sonore qui laissa l'empreinte de ses lèvres sur la joue de Nat. Mets les bagages à l'intérieur, mon chou.

— Bien, m'dame, répondit Nat en jetant à Tess un regard amusé avant de retourner décharger le pick-up.

— Bon, ce n'est pas tout ça, mais je croyais qu'on devait faire la fête ! Il commence à faire soif ! Ça ne te dérange pas, Willa, si je fais le tour de la maison ?

— Non, pas du tout, au contraire, je vais vous faire visiter. Nat, tu peux mettre les valises de Louella dans la chambre à côté de celle de Tess.

— C'est Mary Sue qui va être surprise, dit Bess en entraînant Louella à l'intérieur. Tu te souviens de Mary Sue Rafferty, n'est-ce pas ?

— Celle avec les dents de lapin ou celle qui louche ?

Tess posa son verre sur la balustrade.

— C'est toi qui as tout combiné, je présume ? demanda-t-elle à Willa.

— Oui, avec Lily, répondit-elle. On voulait te faire la surprise.

— C'est réussi ! dit-elle en serrant les dents et en la prenant par le col. Je te jure que tu vas m'entendre, ma vieille ! Tu ne t'en tireras pas comme ça.

— Bon, eh bien, je vais aller m'assurer que ta mère a tout ce qu'il lui faut.

— On peut dire qu'elle est prévoyante, lança Nat en déchargeant la dernière des cinq valises qui pesaient au moins une tonne chacune.

— C'est en général ce qu'elle emporte pour un week-end à Las Vegas.

— Sacrée personnalité, ta mère !

Tess serra les poings, prête à défendre Louella.

— Ce qui veut dire ?

— Que c'est quelqu'un de bien — simple, directe, sans prétention. Au bout de cinq minutes, j'étais fou d'elle... Que croyais-tu que je voulais dire ?

Elle prit une profonde inspiration.

— Les gens ont en général des réactions mitigées.

Il hocha la tête.

— Toi aussi, n'est-ce pas ? Tu devrais avoir honte !

Bagages à la main, il passa devant elle sans la regarder.

Tess souleva tant bien que mal une des valises et le suivit dans le hall.

— Et pourquoi, s'il te plaît ? demanda-t-elle en grimpant péniblement derrière lui.

— Tu as la chance d'avoir une mère exceptionnelle !

Il posa les valises sur le lit et sortit.

Tess déposa la troisième valise par terre et se massa les bras en attendant.

— Tu as vu ça ? jeta-t-elle lorsqu'il revint avec le reste des bagages. Qui, à part elle, viendrait dans le Montana en fourreau de panthère et en lamé ? Essuie le rouge à lèvres de ta joue, tu as l'air d'un idiot.

Elle déboucha les sangles pour ouvrir une des valises, et, yeux écarquillés, en contempla le contenu.

— Qui, à part elle, emporterait vingt paires de talons aiguilles pour passer deux semaines dans un ranch ?

Elle sortit un déshabillé mauve orné de plumes violettes.

— Et ça ? Personne n'oserait porter des trucs pareils, à part elle !

Il regarda le déshabillé tout en remettant son bandana dans sa poche.

— Et alors ? Tu accordes trop d'importance aux apparences, Tess. C'est ça ton problème !

— Apparences, mon œil ! Elle vernit les griffes de ses chiens, elle a des cygnes en ciment dans son jardin et elle couche avec des hommes plus jeunes que moi.

— Je suis persuadé qu'ils en sont très heureux, dit-il en s'appuyant sur un des montants du lit. Zack est allé la chercher à Billings en avion et il m'a dit qu'il avait failli s'écraser plusieurs fois tellement il riait. Elle m'a demandé si ça ne me gênait pas de l'emmener tout de suite ici parce qu'elle avait hâte de te revoir. Cinq minutes après l'avoir rencontrée nous étions déjà de vieux amis. Pendant tout le trajet, elle n'a pas arrêté de parler de toi et m'a demandé une bonne dizaine de fois si tu allais bien, si tu étais heureuse. Et ça ne lui a pris qu'une douzaine de kilomètres pour s'apercevoir que j'étais amoureux de toi. J'ai dû m'arrêter pour qu'elle se remaquille parce qu'elle pleurait d'émotion.

— Je sais bien qu'elle m'aime, avoua Tess d'un air honteux. Et je l'aime, mais je...

— Je n'ai pas terminé, interrompit sèchement Nat. Elle m'a dit qu'elle n'en voulait pas à Jack Mercy parce que, grâce à lui, elle t'avait mise au monde et que cela avait changé sa vie. Elle m'a dit aussi qu'elle était heureuse de pouvoir revenir ici, de rencontrer tes sœurs, de te voir au ranch et de savoir que tu héritais de ton dû.

Il se redressa sans la quitter des yeux.

— Tu sais ce que je pense de Louella Mercy ? Je l'admire. Parce qu'elle ne s'est pas laissé abattre, parce qu'elle a élevé toute seule sa fille et lui a donné un foyer, qu'elle a créé sa propre entreprise pour que tu ne manques de rien et qu'elle a su te transmettre son courage, sa fierté et sa générosité. Qu'elle se drape de la Cellophane si ça lui chante ! Tu ne devrais pas t'arrêter à quelques excentricités !

Nat sortit et Tess s'assit sur le bord du lit. Elle avait le vin triste. Elle posa soigneusement le déshabillé sur le lit puis se releva pour continuer à défaire les bagages de sa mère.

Lorsque Louella apparut un quart d'heure plus tard, elle avait presque terminé.

— Mais qu'est-ce que tu fabriques ? Viens t'amuser au lieu de faire ça.

— Tu détestes défaire tes bagages, je me suis dit que tu serais contente.

— Laisse ça, fit Louella en la prenant par la main. J'essaie de faire boire Bess, elle chante toujours quand elle est pompette.

— C'est vrai ? demanda Tess en reposant une robe d'été rouge cerise. Je ne voudrais pas rater ça.

Elle se tourna soudain et posa la tête sur l'épaule de sa mère.

— Maman, je suis contente que tu sois là. Je suis heureuse de te voir. Vraiment, vraiment heureuse.

— Qu'est-ce qui t'arrive ?

— Je ne sais pas, répondit Tess en reniflant et en s'écartant. Plein de choses, je ne comprends pas...

— Ça a dû être terrifiant tout ça, dit Louella en essuyant les larmes de Tess avec un mouchoir en dentelle rose.

— Oui, ça a dû m'atteindre plus que je ne le pensais. Mais ça va aller.

— Bien sûr que ça va aller ! s'écria-t-elle en la prenant par la taille. Viens, on va faire la fête et après on s'ouvrira une bouteille de champagne rien que pour nous deux.

— D'accord, fit Tess en lui passant à son tour le bras autour de la taille.

— Ensuite tu me parleras de cet adorable escogriffe qui t'a tapé dans l'œil.

— Nat me fait beaucoup de reproches en ce moment, répondit-elle en refoulant les larmes qui menaçaient. Et je trouve qu'il a raison.

— Ça va s'arranger, mon petit chat.

— C'est moi qui aurais dû t'inviter, murmura Tess. J'aurais dû le faire depuis une éternité. C'était à moi d'y penser, et pas à Willa. J'ai cru que tu ne te sentirais pas à l'aise ici, et j'ai eu peur que ça bouscule trop la maisonnée. Je suis désolée, maman.

— Ma chérie, toi et moi nous nous ressemblons autant qu'un bock de bière et une coupe de champagne ! Nous avons chacune nos qualités mais pas les mêmes. On a autant de mal à se comprendre l'une que l'autre... Écoute-moi ces pipelettes ! Ça me rappelle ma jeunesse. Rien de tel qu'une bonne fête ! J'adore les préparatifs de mariage, et j'adore tes sœurs !

— Moi aussi, répondit Tess en redressant le menton. Le mariage va bien se passer.

Il pensait la même chose, lui aussi. Les voix et les rires des femmes étaient une musique douce à ses oreilles. Il sourit. Il aimait penser à Lily, la reine de la fête. Douce Lily. Sans lui, elle serait morte à présent. Il avait savouré son secret pendant des semaines. Il l'avait sauvée et il voulait qu'elle se marie.

Il songea à Jesse Cooke. Il aimait s'endormir en se remémorant les mêmes images colorées de sang.

Depuis, il avait été très prudent. Lorsque le désir de tuer devenait trop pressant, il allait en montagne et enterrait ses proies. Bizarrement, l'envie de tuer devenait de plus en plus forte, plus même que le besoin de se nourrir ou de faire l'amour. Bientôt il ne pourrait plus se satisfaire de lapins, de daims ou de veaux.

Il lui faudrait de vraies proies, humaines.

Mais il devait se maîtriser jusqu'au mariage de Lily. Il se sentait lié à elle maintenant, et voulait lui être loyal.

Il avait eu peur qu'elle ne s'inquiète et avait voulu la rassurer en lui écrivant. Il avait pesé soigneusement chaque mot puis il avait cacheté l'enveloppe qu'il venait de glisser sous la porte de la cuisine de Lily. Elle la trouverait en rentrant de la fête. À présent, il se sentait le cœur plus léger.

Elle ne serait plus inquiète, elle saurait que quelqu'un veillait sur elle.

Oui, il pouvait se détendre, écouter les rires des femmes, rêver des cloches de mariage qui fêteraient la fin de son jeûne de sang.

Le soleil se couchait, baignant d'un éclat pourpre le ciel derrière les montagnes ; la fête se terminait. Quelques-unes des invitées qui passèrent devant lui en voiture lui firent signe au passage. Il les salua en retour, se demandant laquelle choisir lorsque le moment serait venu.

27

— Tiens, lis ça, dit Lily en entrant dans la chambre de Willa.

Willa, sourcils froncés, prit la feuille qu'elle lui tendait. La fête l'avait épuisée et elle n'aspirait qu'à dormir. Elle jeta un coup d'œil à la lettre et sa fatigue fut aussitôt oubliée.

Ne vous inquiétez pas. Je vous protège, ainsi qu'Adam et vos sœurs. Si j'avais su ce que J.C. allait faire, je l'aurais tué plus tôt, avant qu'il ne vous fasse peur. Soyez tranquille, vous aurez un beau mariage. Je serai là. Vous ne craignez rien.

Un ami qui vous veut du bien.

— Quand l'as-tu reçue ?

— Je l'ai trouvée tout à l'heure, glissée sous la porte de la cuisine.

— Tu l'as montrée à Adam ?

— Oui, bien sûr. Tu te rends compte ! C'est l'assassin ! Je n'arrive pas à le croire, il essaie de me rassurer ! C'est à mourir de peur.

Lily reprit la lettre des mains de sa sœur et la replia.

— Quelle horreur ! fit Willa en arpentant la pièce. Il est venu chez toi ! Comment savoir qui c'est ? Il y avait un monde fou au ranch, aujourd'hui ! Ça ne finira donc jamais ?

— Il dit qu'il ne nous veut pas de mal. Mais s'il vient au mariage...

— Ne t'inquiète pas, j'en fais mon affaire, promit Willa en mettant les mains sur les épaules de Lily. Donne-moi la lettre, je vais la montrer à la police.

— Je ne veux pas en parler à ma mère ni à Rob. J'en ai discuté avec Adam, il est d'accord. Il vaut mieux ne rien leur dire. Fais ce que tu veux, mais surtout pas un mot, je ne voudrais pas les inquiéter.

— Je ne dirai rien. Ce mariage compte beaucoup pour moi. J'y ai un double intérêt. Peu de person-

442

nes peuvent se vanter d'avoir un frère et une sœur qui se marient ensemble. Ne t'en fais pas.

— Je n'ai pas vraiment peur. Je n'ai plus peur de grand-chose maintenant. Bonne nuit.

Elle embrassa Willa et la serra contre elle.

— Fais attention, je tiens à toi, tu sais.

— Moi aussi.

Willa referma la porte derrière Lily et regarda la lettre. Elle pouvait dire adieu à sa nuit de sommeil. Après avoir enfilé ses bottes, elle prit le téléphone.

— Ben ? Oui, oui, je t'ai gardé du gâteau. Écoute, j'ai besoin que tu appelles le flic qui s'occupe de l'affaire et que tu lui demandes de me retrouver chez toi. Il faut que je lui montre quelque chose et je ne veux pas le faire ici... Non. Je t'expliquerai tout à l'heure. Je pars tout de suite. Ne discute pas. Je fermerai les portières à clé et je prends un fusil. À tout de suite.

Elle se dépêcha de raccrocher pour couper court à ses protestations.

— Tu es une vraie tête de mule !

Willa, tout en buvant le verre de vin que Ben lui avait offert après l'entrevue avec le policier, écoutait pour la énième fois ses reproches. Elle avait été agréablement surprise de découvrir que Ben appréciait le bon vin et encore plus de se trouver invitée dans sa garçonnière.

— J'ai fait ce que je devais faire, un point c'est tout, répliqua-t-elle, espérant clore la discussion.

— Il fallait me laisser venir te chercher.

— Tu aurais dû m'attendre au lieu d'aller à ma rencontre. Je ne craignais rien, ce n'est pas une lettre de menace.

— Peut-être, mais avoue qu'il y a de quoi avoir peur. Lily doit être dans tous ses états.

— Non, en fait, elle est plutôt calme. Elle se fait du souci pour sa mère et son beau-père et elle ne veut pas les mettre au courant. Je préviendrai Tess et Nat, mais c'est tout.

Elle but une gorgée de vin en le regardant marcher de long en large. La grande pièce aux murs de lambris couleur miel et aux parquets blonds décorés de tapis moelleux était meublée simplement. Le mobilier était en bois massif, les fauteuils et le canapé en tissu d'un bleu uni ; pas un coussin brodé ou le moindre bibelot pour adoucir la décoration résolument virile de l'appartement.

Il y avait pourtant quelques photos de famille sur la tablette de la cheminée et, sur une étagère où s'alignaient de guingois quelques livres, elle remarqua une paire d'éperons anciens et une très belle turquoise grosse comme le poing. Sur une table traînaient un couteau à manche de corne, une pique à sabots et quelques pièces de monnaie. Décor simple et sans prétention qui correspondait bien à Ben. Soudain, elle en eut assez d'entendre ses remontrances et de le voir faire les cent pas.

— En tout cas, dit-elle, merci d'avoir prévenu tout de suite la police. Avec un peu de chance, il y aura des empreintes sur la lettre, ça les aidera peut-être à découvrir l'assassin.

— Il n'y a que dans les films que ça se passe comme ça !

— On peut toujours espérer, rétorqua-t-elle en posant son verre avant de se lever. Merci pour ton hospitalité, il faut que je m'en aille à présent.

— Vraiment ?

— Oui. J'ai des invités et il est tard.

Elle sortit son trousseau de clés de sa poche. Il s'en saisit et les jeta dans un coin de la pièce.

— Mais qu'est-ce que tu... ?

444

— Écoute-moi bien, Willa, il est hors de question que tu sortes d'ici. Chez moi, au moins, je peux te surveiller.

— Je dois monter la garde au ranch.

Sans même lui répondre, il prit le téléphone et composa un numéro.

— Tess ? C'est Ben. Willa est avec moi et elle va passer la nuit ici. Demande à Adam de la faire remplacer pour son tour de garde. Elle rentrera demain matin.

Il raccrocha aussitôt.

— Voilà, c'est fait.

— Ni le ranch ni moi ne sommes sous tes ordres, McKinnon !

Elle s'apprêtait à ramasser ses clés lorsqu'elle se sentit soulevée de terre et jetée sans ménagement sur son épaule.

— Lâche-moi !

— Je t'emmène au lit, c'est le seul endroit où tu m'écoutes.

Elle jura, lui donna des coups de pied. Rien n'y fit et elle se résolut à le mordre dans le dos. Il serra les dents mais continua à avancer.

— Tu te conduis comme une fille maintenant ! se moqua-t-il en la jetant sur son lit.

— Si tu t'imagines que je vais faire l'amour avec toi alors que tu me traites comme si j'étais un vulgaire veau, tu te trompes !

— On va bien voir, lança-t-il en la chevauchant et en lui immobilisant les poignets au-dessus de la tête. Vas-y, défends-toi ! On n'a encore jamais essayé cette position, je sens que je vais aimer ça.

— Espèce de salaud ! siffla-t-elle en se débattant pour se dégager.

Il se pencha pour l'embrasser et elle en profita pour le mordre à l'épaule. Il la repoussa en arrière, en tenant ses poignets d'une seule main. De l'autre, il déchira sa chemise et son soutien-gorge. Il ne la toucha pas. La violence n'était qu'un moyen d'écarter leur peur à tous deux. La poitrine de Willa se soulevait rapidement, ses paupières étaient closes. Ils avaient besoin de ça l'un et l'autre.

— Lâche-moi !

— Je t'attacherai s'il le faut, mais tu ne partiras pas. Et quand nous en aurons terminé, tu dormiras. Profondément.

Il lui embrassa légèrement les lèvres, la tempe, la joue et glissa sous son oreille.

— Laisse-moi partir.

Il se redressa pour contempler la masse de ses cheveux noirs étalés sur le vert sombre du couvre-lit, les pommettes hautes rougies par la colère, les yeux si sombres où pupilles et iris se confondaient pour lancer des éclairs.

— Je veux que tu restes.

Il effleura de nouveau ses lèvres puis l'embrassa doucement, tendrement. Elle sentit l'émotion la gagner ; au plus profond d'elle-même quelque chose était sur le point de se rompre.

— Arrête ! fit-elle, se détournant et luttant pour se dégager. Ne m'embrasse pas comme ça.

Il lui prit le visage et l'obligea à le regarder. La rage qui brûlait dans ses yeux avait été éteinte par les larmes.

— J'ai tellement besoin de toi, Willa...

Son cœur se brisa et déversa des secrets qu'elle avait toujours gardés pour elle. Elle se laissa emporter par l'émotion. La voix entrecoupée de sanglots, elle répéta son prénom sans pouvoir s'arrêter.

Au bout d'un long moment, Ben releva la tête et elle contempla ce visage qu'elle avait toujours connu et qu'elle voyait maintenant différemment.

— Tu peux me lâcher, dit-elle sans se débattre.

Il obéit et se redressa. Elle le retint pour l'attirer à elle.

— Embrasse-moi, murmura-t-elle, embrasse-moi comme tout à l'heure.

D'une main ferme et possessive, il écarta la chemise déchirée pour trouver sa peau.

Elle se soumit avec délices à la caresse des doigts qui glissaient sur son sein, à la saveur de la bouche qui s'abreuvait à ses lèvres. Elle s'abandonna tout entière, savourant la chaleur du corps viril qui épousait chacune de ses courbes.

Quoi qu'il veuille ce soir, elle le lui donnerait. Elle saurait combler ses désirs.

C'était une journée parfaite pour un mariage. Un vent tiède avivait l'arôme des pins et des plantes en pots que Tess avait fait disposer autour de la grande maison et des bâtiments du ranch.

Pas la moindre averse en vue.

Des tables surmontées de parasols bleus et blancs étaient disposées devant une grande tente blanche qui abritait le buffet. Non loin de là, les ouvriers du ranch avaient installé le plancher de la piste de danse.

Tout était parfait, songea Willa, abstraction faite des policiers en civil qui se mêleraient à la foule des invités.

Les yeux légèrement embués, elle se hissa sur la pointe des pieds pour ajuster le nœud papillon d'Adam.

— Tu as l'air d'un jeune premier ! s'écria-t-elle en brossant les manches du smoking de son frère. C'est le grand jour, hein ?

— Le plus beau de ma vie, fit-il en essuyant une larme sur la joue de Willa et en faisant mine de la mettre dans sa poche. Je la garde, c'est tellement rare.

— Pas tant que ça, je crois qu'aujourd'hui je vais pleurer comme une Madeleine.

Elle prit un brin de muguet et le lui accrocha à la boutonnière.

— Ce n'est pas à moi de faire ça, dit-elle, mais Ben a de trop gros doigts.

— Tu trembles.

— Je sais, répondit-elle en riant. On dirait que c'est moi qui me marie. J'étais calme pourtant, jusqu'à ce que j'enfile cet accoutrement.

— Tu es très belle, Willa, assura-t-il en lui prenant la main et en la posant sur sa joue. Tu as toujours été dans mon cœur, même avant ta naissance. Toujours.

Et voilà qu'elle pleurait de nouveau. Elle lui donna un baiser rapide et se détourna.

— Il faut que j'y aille.

Dans sa hâte à se sauver, elle buta contre Ben.

— Pousse-toi ! s'exclama-t-elle.

— Attends, laisse-moi t'admirer !

Il la fit tournoyer pour admirer les vagues ondoyantes de la robe bleue.

— Tu es aussi jolie qu'une pervenche !

Il essuya délicatement une larme au coin des lèvres de Willa.

— Oh, laisse tomber les compliments ! Occupe-toi d'Adam, il en a besoin. Raconte-lui des histoires drôles, enfin je ne sais pas, moi, joue ton rôle de garçon d'honneur.

— Mais je suis là pour ça, répondit-il en l'embrassant avant qu'elle ne puisse s'échapper. N'oublie pas que la première danse est pour moi. Et la dernière aussi, ajouta-t-il comme elle se sauvait.

Ce n'était pas juste, se dit-elle, courant vers la grande maison. Non, ce n'était pas juste qu'elle soit aussi émue. Elle ne pouvait pas se le permettre, elle avait beaucoup trop de soucis pour ça. Elle ne voulait pas, mais pas du tout, être amoureuse de Ben McKinnon.

Bah, pas la peine de se monter la tête ! Elle s'essuya le nez du revers de la main. Ce n'était pas parce qu'elle couchait avec lui, qu'il la couvrait de mots tendres et de regards qui la faisaient chavirer qu'elle devait l'aimer. Si elle ne se reprenait pas, elle allait devenir la risée de toute la région, et bientôt elle ne pourrait plus se passer de lui et le suivrait comme un jeune veau, ou pire encore elle risquait de vouloir se marier avec lui !

Elle s'arrêta devant la porte, posa la main sur son cœur qui battait trop fort et attendit de reprendre son souffle. Une fois remise de ses émotions, elle entra. Adèle, en larmes, était appuyée au bras de Louella.

— Que se passe-t-il ? s'écria Willa.

Elle se préparait déjà à se précipiter sur le râtelier à fusils lorsque Louella sourit.

— Tout va bien, Adèle a juste le syndrome de la mère de la mariée.

— Elle est si belle ! hoqueta Adèle. N'est-ce pas, Louella, qu'elle est belle ? On dirait un ange, mon bébé.

— C'est la plus jolie mariée que j'aie jamais vue, répondit Louella en lui tapotant le bras. On va s'ouvrir une bouteille de champ et boire à sa santé, mon chou ! Willa, tu peux monter voir Lily ? Elle te demande.

— Il faut que j'aille retrouver Rob, dit Adèle.

— Mais non, les hommes ne servent à rien dans de pareils moments, répondit Louella en l'entraînant résolument vers la cuisine. On ira le chercher après avoir bu à la santé de la mariée. Monte, Willa, Lily t'attend.

— Oui, tout de suite.

Elle regarda les deux femmes s'éloigner bras dessus bras dessous, à la fois surprise et amusée par le lien qui unissait les deux anciennes épouses de Jack Mercy.

Elle y pensait encore lorsqu'elle ouvrit la porte de la chambre de Lily.

— Alors ? fit Tess en arrangeant le voile, comment tu la trouves ?

— Magnifique ! fit Willa, admirative. On dirait une princesse de conte de fées.

— Je tenais à porter une robe blanche, dit Lily.

Elle était étonnée par l'image que lui renvoyait la psyché : la femme au sourire éclatant qui lui faisait face était belle, vêtue d'une robe de satin à volants au corsage bordé de dentelle et de petites perles brillantes.

— C'est la deuxième fois que je me marie mais...

— Non, interrompit Tess en posant les mains sur les longues manches ajustées de la robe de mariée. C'est ton premier mariage d'amour, c'est ça qui compte.

— Tu as raison, murmura Lily, touchant le voile qui tombait sur ses épaules. C'est le seul qui compte !

— Je t'ai apporté une surprise, dit Willa en tendant à Lily une petite boîte rouge. Tu as sans doute ce qu'il faut, mais quand Tess m'a dit qu'il y avait des perles sur ta robe je me suis souvenue de celles de ma grand-mère, enfin de notre grand-mère.

Lily ouvrit la boîte et retint un cri d'admiration. Les perles étaient de toute beauté, ressemblant à des gouttes d'eau montées sur une délicate armature en or. Elle ôta sans hésitation les boucles d'oreilles qu'elle avait achetées et les remplaça par le cadeau de Willa.

— Elles sont merveilleuses, Willa.

— Elles te vont bien, répondit celle-ci, avec un petit pincement au cœur, pensant qu'elles étaient faites pour Lily, et non pour un garçon manqué comme elle. Je me suis dit que ça te ferait plaisir. Je ne l'ai jamais connue mais... Oh, zut ! Voilà que je me remets à pleurnicher.

— Ne t'inquiète pas, nous sommes toutes dans le même état, déclara Tess en fourrant un mouchoir dans les mains de Willa. Mais j'ai tout prévu. J'ai chipé une bouteille de champagne au nez et à la barbe de Bess. C'est le moment ou jamais de l'ouvrir. Je l'ai mise au frais dans le lavabo.

Willa pouffa de rire tandis que Tess se précipitait dans la salle de bains.

— Ça, elle ressemble à sa mère !

— Merci, Willa, souffla Lily en caressant les boucles d'oreilles. Pas seulement pour ton cadeau mais pour tout.

— Ne commence pas, Lily, ou je vais encore me transformer en fontaine. J'ai une réputation à maintenir. Si mes gars s'aperçoivent que je pleure tout le temps, je suis fichue.

Elle entendit avec soulagement le bruit du bouchon qui sautait dans la salle de bains. Tess apparut avec trois flûtes et une bouteille d'où s'échappait de la mousse.

— À quoi buvons-nous ? demanda-t-elle en remplissant les verres. Au parfait amour et au bonheur conjugal ?

— Non, répondit Lily en levant sa flûte. Je voudrais d'abord porter un toast aux dames de Mercy qui ont parcouru beaucoup de chemin en peu de temps.

— Aux dames de Mercy ! lança Tess en touchant le verre de Lily. Willa ?

— Aux dames de Mercy ! fit-elle en cognant sa flûte contre celle de Tess et de Lily.

Elle sourit en entendant le délicat tintement du cristal. On pouvait compter sur Hollywood : jamais elle n'aurait choisi des gobelets en plastique pour une pareille occasion.

— Je ne peux en boire qu'une gorgée, s'excusa Lily avec un grand sourire. L'alcool est déconseillé aux femmes enceintes.

— Quoi ? s'exclamèrent en chœur Tess et Willa.

— J'attends un enfant, annonça Lily en rougissant de bonheur.

La cérémonie avait été magnifique. Willa revoyait Lily s'avancer sur le chemin poussiéreux du ranch au bras de celui qui était devenu son père vers l'homme qui allait devenir son mari.

Pendant qu'ils échangeaient leurs vœux, elle avait oublié tous ses soucis, et lorsque le premier baiser avait scellé l'union des deux époux et que les hourras avaient éclaté, elle aussi avait crié sa joie.

Maintenant elle dansait dans les bras de Ben.

— À quoi penses-tu ? murmura-t-il à son oreille.

Surprise, elle releva les yeux et manqua lui écraser le pied.

— Quoi ?

— Je vois bien que tu es ailleurs.

— Il faut que je me concentre quand je danse, sinon je perds le rythme.

— Ça n'arriverait pas si tu laissais ton cavalier te guider. Mais ce n'est pas ça, hein ? Tu te demandes s'il est là.

— Oui. Je ne peux pas m'empêcher de dévisager tous ces gens que je connais en me demandant ce qui se dissimule derrière leur sourire. S'il n'y avait pas eu ce fichu testament, Adam et Lily auraient pu partir quelques semaines en voyage de noces. Je serais moins inquiète.

— Sans ce fichu testament, comme tu dis, ils ne se seraient jamais rencontrés. Oublie tout cela, Willa. Il n'arrivera rien aujourd'hui.

Elle tourna la tête pour regarder le couple évoluer autour de la piste de danse.

— C'est drôle, il y a un an ils ne se connaissaient pas et maintenant ils sont mariés.

— Et ils attendent un bébé.

Cette fois-ci, elle lui écrasa franchement le pied.

— Comment le sais-tu ?

— Adam me l'a dit, répondit-il en souriant et en l'entraînant vers le buffet, pour épargner ses pauvres pieds. Je ne l'ai jamais vu si heureux.

Elle faillit chercher du doigt le petit revolver qu'elle avait attaché à sa cuisse et se retint à temps. C'était une arme de fille, dérisoire, mais ça la rassurait de la savoir là.

— Je ferai tout pour qu'ils soient toujours heureux... Dis donc, Ben, il serait peut-être temps que tu danses avec les autres filles, sinon les gens vont jaser.

Il rit. Willa avait beau être intelligente, elle était aussi aveugle qu'une chauve-souris dès qu'il s'agissait de sa vie.

— C'est trop tard pour brouiller les pistes, ma chérie, et ça m'est bien égal.

Il sourit de plus belle en la voyant jeter à la foule un regard de défi.

— Je n'aime pas que les gens bavardent derrière mon dos. Et au fait, que disent-ils à propos de ces deux-là ?

Elle montra du menton Nat et Tess enlacés près de la piste de danse.

— Que Nat s'est pêché une anguille et qu'il lui faudra tenir ferme s'il veut la garder.

Il prit au passage deux verres sur le plateau d'un serveur et en offrit un à Willa.

— Ah, en voilà une qui sait danser !

Vêtue d'une robe rose moulante et perchée sur des talons aiguilles, Louella valsait avec le père de Ben tandis qu'une bonne douzaine de cow-boys attendaient impatiemment leur tour.

— Mais c'est ton père !

— On dirait, oui.

— Il a l'air de bien s'amuser.

— Il va avoir des courbatures pendant une semaine mais il est heureux comme un roi.

En riant, Willa prit Ben par la main et écarta la foule pour mieux voir le spectacle. Un cow-boy d'un ranch voisin venait d'entraîner Louella dans un pas de deux endiablé tandis que Stu McKinnon épongeait son front ruisselant de sueur avec son bandana.

— Elle va tous les achever, observa Tess.

Nat fit un clin d'œil à Ben et regarda Stu engloutir une bière.

— Est-ce qu'elle t'a appris à danser comme ça ? demanda Nat.

— Je n'ai pas encore assez bu pour l'imiter, répondit Tess en prenant le verre des mains de Willa et en le vidant d'un trait. Laisse-moi un peu de temps.

— Oh, je suis patient. Willa, c'est le plus beau mariage auquel j'aie assisté. Toi et tes sœurs, vous pouvez être fières de vous.

Louella s'approcha du groupe et donna une tape dans le dos de Nat.

— À ton tour, beau gosse !

— Louella, je ne pourrai jamais vous suivre. Si vous faites marcher votre restaurant de la même manière que vous dansez, ça ne doit pas chômer !

— Ce n'est pas un restaurant, mon chou, dit-elle en hurlant de rire et en l'emmenant sur la piste, c'est une boîte de strip-tease ! Allez, remue-toi !

— Une boîte de strip-tease ! s'exclama Willa en haussant les sourcils.

— Et merde ! fit Tess en soupirant. Donne-moi à boire, Ben, j'en ai besoin.

— Tout de suite.

— Du strip-tease ? répéta Willa.

— Et alors, c'est un métier comme un autre.

— Mais comment... ? balbutia Willa, les yeux exorbités ? Est-ce qu'elles enlèvent tout ? Est-ce qu'elles dansent toutes nues ? Est-ce que Louella... ?

— Non, pas Louella ! interrompit Tess en saisissant le verre que Ben lui avait rapporté, enfin pas depuis qu'elle a sa propre boîte.

— Je ne suis jamais allée dans une boîte de ce genre, ajouta Willa avec intérêt. Est-ce que les hommes aussi font du strip-tease ?

— Seulement pour les soirées réservées aux femmes, répliqua Tess. Tiens, prends mon verre, il faut que je vole au secours de Nat avant qu'elle ne l'achève.

— Des soirées réservées aux femmes ! répéta Willa, fascinée. Je crois que ça me plairait de payer pour voir un homme se déshabiller et danser nu.

Elle se tourna vers Ben.

— Non, pas question ! s'exclama-t-il. Même pas pour tout l'or du monde.

Peut-être qu'avec une monnaie d'un autre genre il ne refuserait pas, songea-t-elle en riant. Elle lui passa un bras autour de la taille et regarda le spectacle.

Heureux, il regardait, lui aussi. La mariée était très belle. Le buffet était un régal, le champagne coulait à flots, et la musique donnait envie de danser.

Il était fier de lui.

C'était grâce à lui, si ce mariage avait lieu, et personne ne s'en doutait. Oui, il avait de quoi être heureux. Pour une fois dans sa vie, il avait réussi à accomplir quelque chose de beau. Et sans doute que personne ne serait jamais au courant. Il se sentait comme un héros de roman, une espèce de Robin des bois.

Maintenant qu'il avait sauvé Lily, sa vie avait pris un autre sens, mais ses besoins étaient toujours les mêmes.

Cela l'amusait de savoir que des policiers se promenaient parmi la foule des invités pour essayer de le démasquer. Les idiots !

Jamais ils ne le découvriraient. Il pourrait très bien continuer à tuer impunément, juste pour le plaisir. Oui, simplement pour le plaisir et non plus par revanche. Tous les ressentiments qu'il avait accumulés depuis sa naissance paraissaient bien maigres comparés au plaisir qu'il prenait désormais à tuer.

Quelqu'un le bouscula. C'était une jolie femme qui commença à flirter avec lui. Il la fit rire, rougir puis l'invita à danser.

Serait-elle sa prochaine victime ? se demandat-il en l'enlaçant.

Ses jolis cheveux roux feraient un magnifique trophée.

28

Il arrêta son choix sur une prostituée rousse en souvenir de la fille avec laquelle il avait dansé au mariage de Lily. Une prostituée c'était moins drôle, mais c'était toujours mieux que rien. Cela faisait si longtemps qu'il se retenait.

Après le mariage, la mère de Lily et son mari étaient restés une semaine et Louella dix jours. Cela avait fait un sacré vide, quand Louella était partie. Elle avait un rire incroyable et toujours une bonne blague à raconter, sans parler de ses robes.

Ouais, c'était un sacré numéro, Louella. Il espérait la revoir bientôt. Il se sentait lié à elle à présent et aux autres aussi. Depuis longtemps, d'ailleurs : « On aime bien sa petite famille », disait sa mère, ironiquement. Ça l'avait toujours fait sourire.

Maintenant ils étaient partis et la routine avait repris. Le beau temps avait l'air de vouloir se maintenir, et les récoltes s'annonçaient bonnes. Un peu de pluie ne leur aurait pas fait de mal, mais dans le Montana, il n'y avait pas de demi-mesures : quand ce n'était pas la sécheresse, c'était le déluge.

Le bétail engraissait et les veaux du printemps se portaient à merveille. Comme de bien entendu, les élans rôdaient autour des troupeaux. Fichus bestiaux, toujours à détruire les clôtures et à contaminer les bêtes. Heureusement que Willa veillait au grain.

Il avait bien réfléchi aux nouvelles idées de Willa et avait décidé qu'elle avait raison. À dire vrai, il accueillait avec enthousiasme tout ce que Jack Mercy aurait condamné. Oh, ça n'avait pas été simple pour lui d'accepter que Willa dirige le ranch. Il n'avait pas apprécié non plus que McKinnon et Torrence aient leur mot à dire, mais jusqu'alors Willa avait parfaitement réussi à les manœuvrer et dans quelques mois ce serait terminé.

Il avait appris à aimer Lily et Tess. Sa mère avait raison : « Bon sang ne saurait mentir ! » Ce serait bien qu'elles restent toutes les deux au ranch, toute la famille serait réunie, comme il se devait.

Ouais, la famille c'était sacré. Il avait toujours fait de son mieux pour les respecter mais la colère l'avait aveuglé. Il avait voulu qu'elles souffrent autant que lui. Maintenant il avait compris que le seul responsable, c'était le vieux. D'ailleurs il lui avait montré ce qu'il en coûtait de l'avoir méprisé.

Mais tout ça ne changeait rien à son désir de tuer. Il avait ramassé la rousse à Bozeman. Une prostituée à vingt dollars la passe ne manquerait à personne. C'était une gourde de première, maigre comme un clou, mais avec une bouche du tonnerre.

Penchée sur lui, dans la cabine du pick-up, elle faisait son travail tandis qu'il caressait ses longs cheveux. Teints sans aucun doute, mais quelle importance ? Tout en rêvant à ce qu'il lui ferait par la suite, il renversa la tête en arrière et ferma les yeux.

— T'es monté comme un taureau, cow-boy, dit-elle quand elle eut terminé, j'aurais dû te demander le double.

Elle resservait la même formule à tous ses clients, ce qui lui valait en général un sourire satisfait et dans le meilleur des cas un pourboire. Comme les autres, il eut l'air fier du compliment et se redressa pour prendre son portefeuille dans la poche arrière de son jean.

— Cinquante dollars de mieux pour faire une petite promenade, qu'est-ce que tu en dis, mon chou ?

Elle se méfiait ; dans sa profession il fallait être prudente. Mais comment résister au billet vert qu'il faisait craquer entre le pouce et l'index ?

— Où ça ? demanda-t-elle.

— Je suis un gars de la campagne ; moi, les villes, j'aime pas trop. On va se trouver un coin bien tranquille et je te jure qu'on va faire péter les ressorts de ce vieux tas de ferraille.

Elle hésitait. Il prit une mèche de ses cheveux qu'il roula autour d'un doigt.

— Tu es rudement jolie, reprit-il. Tu t'appelles comment déjà ?

D'habitude les clients se souciaient de son prénom comme de leur première chemise. Il lui fut tout de suite plus sympathique.

— Suzy.

— Alors Suzy, une petite balade, ça te dit ?

Il n'avait pas l'air dangereux, et puis elle avait son revolver dans son sac, au cas où. Elle eut un sourire malin.

— D'accord, cow-boy, mais je ne travaille pas sans préservatif.

— Pas de problème, je ne suis pas né de la dernière pluie.

Il lui fit un clin d'œil et vit son billet disparaître dans son sac en vinyle noir brillant. Il démarra aussitôt et quitta la ville.

La nuit était belle, la route déserte. Il brûlait d'envie d'appuyer à fond sur l'accélérateur mais se retint. Ce n'était pas le moment de se faire arrêter par les flics pour excès de vitesse ! Il roula donc prudemment tout en chantonnant un vieil air de country.

— Pour cinquante dollars, on est assez loin de la ville, remarqua-t-elle au bout d'un moment, inquiète.

Non, ce n'est pas encore assez loin, songea-t-il.

— Je connais un endroit tranquille. Plus que quelques kilomètres et on y est.

Tenant le volant d'une main, il glissa le bras sous le siège et réprima un rire en la voyant se recroqueviller, tenant son sac bien serré contre elle. Il lui tendit la bouteille de mauvais vin dans laquelle il avait mis un somnifère.

— Tu veux boire un coup, Suzy ?

— Euh... pourquoi pas... dit-elle. Quelques kilomètres, et pas plus, hein, cow-boy ?

— Ne t'en fais pas, je ne pourrai pas attendre plus longtemps.

Il mit la radio tandis qu'elle buvait.

Elle ne pesait pas lourd, et en dix minutes le somnifère fit son effet. Il lui prit la bouteille des mains avant qu'elle ne se renverse et s'arrêta sur le bas-côté.

Elle était affalée sur le siège, mais par précaution il souleva une de ses paupières pour vérifier si elle était bien endormie. Il sortit du pick-up, versa le reste de vin dans l'herbe puis jeta au loin la bouteille qui s'écrasa dans les ténèbres.

Tout en sifflotant, il alla à l'arrière du véhicule prendre la corde.

À cheval, Adam et sa sœur discutaient en s'apprêtant à traverser un étroit cours d'eau.

— Rien ne t'oblige à faire ça, Willa.

— J'y tiens, répondit-elle en s'arrêtant pour laisser sa jument se désaltérer. Pour toi et pour notre mère. Je ne suis pas venue souvent sur sa tombe. Je trouvais toujours un bon prétexte pour l'éviter.

— Tu n'as pas besoin de ça pour te souvenir.

— Peut-être, mais le problème c'est que je ne me souviens pas d'elle. Tu es le seul qui me la rappelle.

Elle rejeta la tête en arrière et respira à fond.

— Ça m'a toujours paru morbide, reprit-elle, de rester devant un carré d'herbe et un morceau de pierre sans pouvoir évoquer le moindre souvenir. Mais en pensant au bébé qui va naître et en voyant Lily et Tess avec leur mère, j'ai changé d'avis. C'est important, les liens avec le passé.

Elle se tourna vers lui et poursuivit d'une voix calme :

— Jusqu'alors pour moi il n'y avait que le travail, le passage des saisons. Lorsque je pensais au passé, à l'avenir, c'était toujours par rapport au ranch. Mais à présent je sais qu'il n'y a pas que ça, les autres comptent aussi. Je ne les voyais même pas avant, à part toi. Toi, tu as toujours été là...

— Tu as toujours été un grand bonheur pour moi.

— Tu vas être un père génial, dit-elle en posant sa main sur celle d'Adam. Je sais maintenant que la terre n'est pas tout. Sans ma mère, je ne serais pas là et toi non plus, pas plus que l'enfant dont je vais être la tante.

Elle donna un léger coup de talon dans les flancs de Lune pour la faire repartir et Adam la suivit.

— Ce n'est pas uniquement à elle que tu le dois, observa-t-il au bout d'un moment.

— Oui, je sais, répondit-elle en songeant que si quelqu'un pouvait la comprendre c'était bien Adam. Je le dois aussi à Jack Mercy. J'en ai fini avec la colère et le chagrin à présent. Je sais que je lui dois la vie, mes sœurs et l'enfant qui va naître, et je lui en suis reconnaissante. Peut-être que je lui dois aussi ce que je suis devenue. S'il avait été différent, je le serais sans doute aussi.

— Et demain, et ton avenir, comment l'envisages-tu, Willa ?

— Je ne sais pas.

— Pourquoi ne dis-tu pas à Ben ce que tu ressens pour lui ?

Elle soupira. Pour une fois, elle aurait souhaité qu'Adam ne lise pas en elle à livre ouvert.

— Parce que je ne sais pas ce que j'éprouve pour lui.

— Ton cœur le sait, lui, dit-il en souriant et en partant au trot.

Encore une de ses formules énigmatiques ! Sourcils froncés, elle talonna Lune pour le rejoindre.

— Tu ne peux pas t'exprimer plus clairement ? N'oublie pas que je ne suis qu'à moitié Blackfoot. Si tu...

Il leva brusquement le bras et immobilisa sa monture. Elle s'arrêta à ses côtés en regardant les pierres dressées du cimetière et sentit aussitôt l'odeur de mort. Mais qu'espérer d'autre dans un pareil lieu ?

Pourtant elle comprit. Elle ne reconnaissait pas le murmure calme qui accompagne les morts anciennes, l'atmosphère vibrait des hurlements d'une mort récente.

Ils avancèrent lentement puis descendirent de selle en silence. L'herbe haute bruissait sous le vent, le chant des oiseaux était assourdissant. La tombe de son père avait été profanée. Un sentiment de dégoût l'étreignit, puis la peur l'envahit. On ne se moquait pas impunément des morts. Elle frissonna, et se mit à chantonner doucement dans sa langue maternelle pour apaiser les esprits en colère. Puis elle se tourna vers l'horizon et regarda la terre qui ondoyait à l'infini.

Message grossier et peu subtil, se dit-elle tandis qu'une saine colère la prenait. La carcasse d'un sconse était étalée sur la tombe, une mare de sang tachait l'herbe tendre. La tête avait été arrachée et posée soigneusement au pied de la pierre tombale, maculée de sang maintenant sec. Au-dessus de l'épitaphe avait été écrite en lettres sanglantes l'inscription suivante :

MORT MAIS PAS OUBLIÉ.

Elle sursauta lorsque Adam lui posa la main sur l'épaule.

— Attends-moi un peu plus loin, Willa, je m'en occupe.

Ses jambes flageolaient, elle n'avait qu'une envie : remonter en selle et fuir à bride abattue. Mais elle était ici pour rendre un hommage. Elle ne partirait pas sans avoir accompli son devoir.

— C'était mon père, c'est à moi de m'en occuper, dit-elle, fouillant dans ses sacoches. Laisse-moi faire.

Elle sortit une vieille couverture et fit passer sa fureur en en déchirant des bandes, puis elle enfila une paire de gants. Ses yeux brillaient d'un éclat dur.

— Quoi qu'il ait pu faire, il ne méritait pas ça, murmura-t-elle en s'agenouillant près de la tombe.

La nausée lui serrait la gorge. Elle déposa les morceaux de carcasse sur la couverture. Lorsqu'elle eut terminé, elle ôta ses gants qu'elle jeta sur le tas. Ensuite elle replia la couverture et la ferma d'un nœud.

— Je vais l'enterrer, murmura Adam.

Elle acquiesça et se leva. Elle prit l'eau de sa gourde pour mouiller les morceaux de couverture qu'elle avait mis de côté, se ragenouilla et commença à nettoyer la pierre.

Enfin elle s'arrêta et s'assit sur ses talons. Ses mains étaient glacées. Elle ferma les paupières et prit une profonde inspiration pour chasser l'odeur de cadavre qui lui brûlait la gorge.

— Je t'ai haï, murmura-t-elle. C'est donc à toi qu'on en voulait depuis le début. Qu'as-tu fait pour mériter ça ? Qui peut t'en vouloir à ce point ?

— Tiens, bois, dit Adam en l'aidant à se relever.

Elle prit la gourde qu'il lui tendait et but une longue rasade en se tournant vers la tombe de sa mère couverte d'un tapis de fleurs sauvages. Du sang pour l'un et des fleurs pour l'autre.

— Qui peut le détester autant, Adam ? Pourquoi ? À qui a-t-il pu faire plus de mal qu'à nous deux, ou à Lily et à Tess, les enfants qu'il a ignorés ?

— Je ne sais pas, répondit-il en la prenant par le bras pour l'emmener vers les chevaux. Rentrons à présent.

Ils repartirent vers le ranch ; à l'ouest le ciel était strié de zébrures rouges comme la tombe de son père.

Le 4 juillet, jour de la fête nationale, n'était pas seulement prétexte aux feux d'artifice mais aussi aux festivités plus viriles. Depuis plus de dix ans, Mercy et Three Rocks organisaient un rodéo pour leurs cow-boys et ceux des ranchs voisins.

Cette année, c'était au tour du ranch Mercy. Étant donné les événements, Ben avait proposé que le rodéo ait lieu chez lui ; Nat, lui, était d'avis de l'annuler purement et simplement. Après mûre réflexion, Willa avait décidé de ne pas les écouter.

Une foule bruyante et joyeuse se pressait autour des barrières du corral. Des cow-boys, éjectés de leur monture, se remettaient debout en s'époussetant vigoureusement, prêts à mater un nouveau mustang ou un nouveau taureau. Dans une pâture proche, le concours de tir allait bon train. Près de l'étable, les sabots martelaient la poussière et les lassos déchiraient l'air en cercles parfaits.

Un orchestre jouait sur une estrade décorée de tissus rouge, blanc et bleu. Régulièrement, la musique s'interrompait pour annoncer bruyamment les noms des gagnants et des prochaines épreuves. La foule se régalait de tonnes de salade de pommes de terre et de poulet frit, de litres de bière et de thé glacés.

— J'ai vu que nous étions dans la même catégorie pour le concours de tir, déclara Ben en passant le bras autour de la taille de Willa.

— Tu vas perdre.

— Qu'est-ce qu'on parie ?

— Toi, tu as quelque chose derrière la tête.

— En effet...

Il se pencha pour lui murmurer quelques mots à l'oreille.

Elle le regarda avec des yeux ronds.

— Ne me dis pas que tu as peur, reprit-il.

Elle enfonça son chapeau jusqu'aux sourcils.

— Peur, moi ? À tes risques et périls, McKinnon, j'accepte le pari. Tu es dans la prochaine épreuve de dressage de chevaux ?

— Oui, j'y allais justement.

— Je t'accompagne, dit-elle en faisant un petit sourire. J'ai parié vingt dollars sur Jim.

— Quoi, tu as parié contre moi !

— C'est Ham qui a entraîné Jim, il va gagner, affirma-t-elle en s'éloignant tranquillement.

Pas la peine de lui dire qu'elle avait parié cinquante dollars sur Ben McKinnon, ça lui monterait à la tête.

— Hé, Willa, ça va être à Jim ! lança Billy qui avait le menton écorché et tenait serrée contre lui une jolie blonde moulée dans un jean.

— C'est pour ça que je suis là, répondit-elle en posant un pied sur la barrière. Comment ça va ?

— Bof, pas terrible, fit-il en faisant rouler son épaule douloureuse.

Elle sourit et s'écarta pour laisser une place à Ben. Près de l'entrée des chevaux, Ham donnait des conseils de dernière minute à Jim.

— Ne t'en fais pas, Billy, tu es jeune. Tu feras encore du rodéo quand les vieux schnocks comme

McKinnon ne chevaucheront plus que leur rocking-chair. Demande donc à Ham de t'entraîner.

— Et pourquoi pas toi ? Tu es la meilleure cavalière que je connaisse au ranch à part Adam.

La glissière s'ouvrit. Cheval et cavalier surgirent brusquement sur la piste.

— Vas-y, mate-le, Jim ! cria Willa.

Jim, un bras en l'air, se tenait fièrement sur le cheval qui ruait dans un nuage de poussière pour essayer de désarçonner son cavalier.

Lorsque la cloche annonça la fin des huit secondes, Jim sauta de selle, roula par terre et se remit sur pied sous les acclamations de la foule.

— Pas mal, commenta Ben.

Il prit Willa sous les coudes, la souleva de terre et l'embrassa sur les lèvres.

— Pour me porter chance, dit-il en la reposant.

— Tu crois qu'il va battre Jim ? demanda Billy.

Elle en était persuadée.

— Il faudrait qu'il soit rudement bon, répondit-elle.

La jeune fille blonde s'accrochait au bras de Billy, réclamant un peu d'attention, mais Billy était bien plus intéressé par Willa.

— J'ai vu qu'au concours de tir, vous étiez adversaires.

— Oui.

— Tu vas le battre, c'est sûr. On a tous parié sur toi.

— J'ai intérêt à gagner, alors.

Elle regarda Ben enjamber la glissière. Il toucha le bord de son chapeau en lui faisant un clin d'œil et elle sourit.

Lorsque le cheval s'élança, le cœur de Willa bondit comme celui d'une midinette. Ben était magnifique. Il se tenait droit comme un I sur le cheval sauvage qui écumait de fureur, une main levée vers le ciel et l'autre accrochée à la selle. Elle vit dans ses yeux son extrême concentration.

Son cœur bondit une nouvelle fois, lorsqu'elle réalisa qu'il avait la même expression lorsqu'il lui faisait l'amour. Elle n'entendit même pas la cloche et le vit sauter du cheval qui ruait encore. Il resta debout, bien planté sur ses pieds légèrement écartés. La foule hurla en applaudissant chaudement tandis que Ben, regardant Willa bien en face, levait son Stetson pour la saluer.

— Espèce de prétentieux, marmonna-t-elle. Dire que je t'aime !

— On se demande pourquoi ils font ça ! s'exclama Tess qui s'était approchée.

— Pour le plaisir, répondit Willa ravie de l'interruption.

Tess s'était habillée pour l'occasion : jean serré, bottes en peau de serpent, chemise d'un bleu éclatant bordée d'un galon d'argent qui rappelait le ruban de son Stetson blanc.

— Tu es d'un chic ! commenta Willa. Salut, Nat ! Prêt pour la course ?

— Ça va être serré cette année, mais j'ai bon espoir.

— Nat fait partie du jury pour le concours de tartes, lança Tess en riant et en le prenant par le bras. On cherche Lily, elle a participé et ne veut manquer les résultats à aucun prix. Tu nous accompagnes ?

— Non, pas tout de suite, peut-être plus tard, je vais prendre une bière.

— Tu te fais du souci pour Willa ? demanda Nat à Tess lorsqu'ils se furent éloignés.

— C'est plus fort que moi. Si tu l'avais vue le jour où elle est rentrée du cimetière. Elle n'a pas dit un mot. D'habitude j'arrive toujours à la faire parler, mais là, impossible.

— Cela fait plus de deux mois que Jesse Cooke est mort, et à part l'incident du cimetière, tout a été tranquille, c'est déjà ça.

— Oui, c'est vrai, fit Tess en observant la foule bruyante et joyeuse. C'est une fête superbe, vous savez vous amuser par ici.

— On organise la nôtre quand tu veux.

— Nat, ne recommence pas, tu sais que je repars à Los Angeles en octobre. Ah tiens ! Voilà Lily.

Soulagée de la diversion, elle fit un grand signe de la main à sa sœur.

— Elle est radieuse, remarqua-t-elle. Ça lui va bien d'être enceinte.

Nat songea que cela irait bien à Tess aussi. Dès qu'il aurait réussi à la dissuader de repartir, ils s'y mettraient.

À peine la nuit fut-elle tombée que les premières fusées du feu d'artifice éclatèrent.

Willa, blottie contre Ben, admirait le spectacle.

— Ton père s'amuse comme un fou à lancer les fusées.

Il la serra plus fort tandis qu'une gerbe d'étoiles dorées éclatait dans un bruit de tonnerre.

— Un jour, murmura Willa, ce sera à ton tour de t'occuper du feu d'artifice... Quelle belle journée !

— Oui, répondit-il en prenant ses mains dans les siennes. Très belle.

— Tu ne m'en veux pas d'avoir gagné le concours de tir ?

Il était un petit peu vexé mais haussa les épaules. Ils avaient éliminé tous les autres concurrents et après être restés ex aequo pendant deux manches, elle avait fini par le battre de peu.

— À un quart de millimètre près, je gagnais.

— Peu importe, répondit-elle en souriant. Ce qui compte, c'est le vainqueur. Tu es bon fusil mais je suis meilleure.

— Pour aujourd'hui. En tout cas, tu as perdu vingt dollars en pariant sur Jim, ça t'apprendra.

Elle éclata de rire.

— Je ne suis pas folle, j'en avais misé cinquante sur toi, et j'ai gagné !

— Tu es très intelligente, Willa, et tu sais parier.

— À propos de pari, fit-elle en l'enlaçant et en posant ses lèvres chaudes contre les siennes, si on rentrait mettre le tien en pratique ?

— Quoi ! Tu acceptes que je passe la nuit avec toi ?

— Pourquoi pas, c'est un jour férié après tout.

Plus tard, lorsque le feu d'artifice fut terminé et que la nuit eut retrouvé sa quiétude, ils se blottirent de nouveau l'un contre l'autre. Son corps chaud et solide la protégeait. Et cette fois-ci, elle ne rêva ni de sang ni de mort.

Non loin, un homme, rêvait d'une prostituée rousse. Il se souvenait de ses yeux vitreux et de son gémissement surpris lorsqu'elle était revenue à elle. Il l'avait emmenée dans la forêt, pas sur les terres du ranch Mercy. Plus jamais. Il n'avait plus besoin de punir les habitants du ranch, mais il n'en avait pas terminé avec la mort.

Il lui avait attaché les mains derrière le dos et l'avait bâillonnée. Ça ne l'aurait pas gêné de l'entendre crier mais il ne voulait pas qu'elle le morde. Il avait coupé ses vêtements en faisant très attention de ne pas la blesser. Pas encore.

Personne n'égalait son habileté avec une lame.

Tandis qu'elle dormait encore, il avait fouillé dans son sac et repris les soixante-dix dollars et le reste de sa fortune qui était bien maigre. Il ricana en se souvenant de son petit revolver et de ce qu'il lui avait fait.

Maintenant il avait un nouveau trophée dans sa boîte aux trésors : un scalp roux. Personne ne retrouverait ce qui restait d'elle. De toute façon, après le passage des charognards, il serait impossible de l'identifier.

Mais quelle importance ? Il n'avait plus besoin de faire peur ou de devenir célèbre. Ce qui comptait, c'était le plaisir qu'il y prenait.

29

Dans le Montana l'été ne dure que peu de temps et peut s'avérer terrible. Le soleil chauffe à blanc la poussière, dessèche les arbres, la moindre étincelle risque d'enflammer la prairie et d'anéantir les récoltes. La seule préoccupation des fermiers est alors la pluie.

Transpirant sous sa mince chemise, Willa observait un champ d'orge.

— Je n'ai jamais connu d'été aussi chaud.

Wood hocha la tête. Comme d'habitude en cette saison, il passait son temps à scruter le ciel d'un œil noir en maugréant, soucieux pour ses récoltes.

— L'irrigation atténue un peu les dégâts, marmonna-t-il, mais le niveau de l'eau commence à baisser. Encore deux semaines comme ça et on sera à sec.

— Parle pas de malheur ! Ça va s'arranger. Allez, à plus tard.

Il continua à grommeler dans sa barbe tandis qu'elle s'éloignait au trot.

La chaleur semblait monter de la terre. Le bétail qu'elle croisait était apathique, les animaux n'avaient même plus la force de remuer la queue pour chasser les mouches. Pas un souffle de vent n'agitait l'herbe jaunie.

Elle aperçut au loin un pick-up garé près d'une clôture et Ham et Billy qui déroulaient un rouleau de grillage. Elle changea de direction et s'élança au galop pour les rejoindre.

— Salut, Willa ! lança Billy qui transpirait à grosses gouttes, Ham prétend que par rapport à ce qu'il a connu, une chaleur pareille ce n'est rien du tout. Il m'a raconté qu'un jour il faisait tellement chaud que les œufs cuisaient dans leur coquille.

Elle sourit.

— S'il le dit c'est que c'est vrai. Quand tu auras son âge, tu en auras autant que lui à raconter.

Elle ôta son chapeau et essuya son front dégoulinant de sueur. La couleur de Ham ne lui disait rien qui vaille. Il était rouge comme une pivoine et semblait sur le point d'exploser.

Bien, essayons d'être diplomate, se dit-elle. Elle alla remplir deux gobelets d'eau et les leur apporta.

— Arrêtez-vous un peu. Buvez un coup, vous en avez besoin.

— On a presque terminé, dit Ham en soufflant comme un phoque.

— Il faut boire beaucoup. Tu me l'as assez répété. Vous avez pris vos comprimés de sodium ?

— Ouais, répondit Billy en avalant d'un trait le gobelet d'eau.

— Je vais finir avec Billy, Ham. Tu n'as qu'à ramener Lune à l'écurie.

— Et en quel honneur, s'il te plaît ? Je viens de te dire qu'on avait presque terminé.

Les yeux lui brûlaient. Sous sa chemise détrempée, son cœur battait à cent à l'heure. Mais lorsqu'il commençait un travail, il le finissait.

— Je sais, mais j'aimerais que tu repartes avec Lune et que tu me prépares les rapports sur l'état du bétail. J'ai pris du retard ces derniers temps et je voudrais le rattraper ce soir.

— Tu sais parfaitement où les trouver, ces fichus rapports.

— Je n'arrive pas à mettre la main dessus, répondit-elle tranquillement en prenant ses gants dans sa sacoche de selle. Ça serait bien aussi, si tu arrivais à convaincre Bess de faire de la glace à la pêche. Elle ne te refuse rien, à toi, et j'en meurs d'envie.

Elle le prenait pour un idiot !

— Je finis de réparer la clôture avant.

— Non, fit-elle en lui prenant le rouleau des mains tandis que Billy les regardait, bouche ouverte. C'est moi qui vais terminer. Ramène Lune, apporte les rapports dans mon bureau et débrouille-toi pour qu'on ait de la glace à la pêche.

Il jeta son gobelet par terre, et se planta bien en face d'elle.

— Fais-le toi-même !

Elle posa le rouleau de grillage.

— Je dirige le ranch, Ham, j'aimerais que tu fasses ce que je te demande. Si ça ne te plaît pas, on en parlera plus tard. Mais pour l'instant rentre avec Lune, s'il te plaît.

Elle s'inquiéta en le voyant devenir encore plus écarlate mais elle se força à ne pas baisser les yeux. Après dix interminables secondes, il se détourna, raide comme un piquet, et grimpa en selle.

— Puisque tu crois que je ne suis pas capable de faire le même travail que ce morveux, tu me prépares mon compte ! lança-t-il en éperonnant Lune qui partit au galop.

— On dirait que je m'y suis mal prise ! fit-elle en se frottant le menton.

— Ne t'inquiète pas, Willa. Il a dit ça parce qu'il était en colère mais il ne te laissera pas tomber.

— Ce n'est pas ça qui m'inquiète, murmura-t-elle. Bon, allez, finissons d'accrocher ce maudit grillage.

La nuit était tombée. Willa avait annulé son rendez-vous avec Ben. Assise sur la galerie, elle écoutait le tonnerre et regardait les éclairs zébrer l'horizon. Le ciel était trop clair ; la pluie ne tomberait pas encore.

Malgré la chaleur étouffante, elle n'avait pas eu envie de goûter à la glace à la pêche que Bess avait préparée et refusa même le bol que Tess venait lui apporter.

— Qu'est-ce qui t'arrive ? Tu fais la tête depuis que tu es rentrée, remarqua Tess.

Elle s'appuya à la rambarde, comme si elle était sur un transatlantique et que des brises marines allaient la rafraîchir.

— Alors, qu'est-ce qui ne va pas ?

— Ça ne te regarde pas.

— Justement, j'adore me mêler des affaires des autres, dit-elle en avalant une cuillerée de glace. Il s'agit de Ben ?

— Non ! Pourquoi est-ce que tout le monde s'imagine que je ne pense qu'à lui !

— Parce que bien souvent lorsque les femmes font la tête c'est à cause de leur amoureux. Vous vous êtes disputés ?

— On se dispute tout le temps.

— Je veux dire, vraiment disputés ?

— Non.

— Pourquoi as-tu annulé votre rendez-vous, alors ?

— Ce n'est tout de même pas un crime d'avoir envie de passer une soirée seule chez soi sans pour autant avoir à subir un interrogatoire !

— Oui, c'est vrai, répondit Tess, léchant avec application sa cuillère. Cette glace est divine. Tu devrais la goûter.

— Bon, je la goûte mais tu me fiches la paix !

Elle prit le bol et avala une cuillerée. Sublime, bien entendu.

— Bess fait la meilleure glace à la pêche du monde entier, déclara-t-elle.

— Je suis bien d'accord. Ça te dirait de continuer l'orgie dans la piscine ? Rien de tel pour se changer les idées.

— Pourquoi es-tu si gentille avec moi ? demanda Willa en la regardant d'un air soupçonneux.

— Tu n'as pas l'air en forme et ça me rend triste.

Willa se sentit touchée malgré elle.

— Je me suis disputée avec Ham, tout à l'heure. Il réparait une clôture sous un soleil d'enfer. Il avait l'air très vieux tout à coup. Il faisait si chaud que j'ai eu peur qu'il n'ait une attaque. Je l'ai obligé à rentrer et sa fierté en a pris un coup. Je ne veux pas le perdre.

— Il s'en remettra. Peut-être que tu l'as vexé mais il t'est trop dévoué pour t'en vouloir bien longtemps.

— Je l'espère, répondit-elle un peu rassurée en rendant le bol à Tess. Je te rejoindrai peut-être tout à l'heure à la piscine.

— D'accord, mais je te préviens, je me baigne sans maillot.

Souriant, Willa se renfonça dans le rocking-chair et se balança doucement. Le tonnerre

gronda. L'orage semblait se rapprocher. Elle
entendit soudain le crissement de bottes sur le chemin et se redressa pour saisir son fusil sous le fauteuil. Elle le posa en travers de ses cuisses et vit
Ham sortir de l'ombre.

— Bonsoir, dit-elle.

— Bonsoir. Tu as préparé mon compte ?

Vieille tête de mule ! Elle désigna du menton le
fauteuil près d'elle.

— Tu ne veux pas t'asseoir une minute ?

— Il faut que je fasse mes bagages.

— S'il te plaît !

Bien raide sur ses jambes arquées, il grimpa les
marches et vint s'asseoir.

— Tu m'as rabaissé devant ce gamin, tout à
l'heure.

— Je suis désolée, dit-elle en le regardant. Ce
n'était pas mon intention.

— C'est ce que tu as fait, pourtant. Ce n'est tout
de même pas une morpionne que j'ai fait sauter
sur mes genoux qui va me dire que je suis trop
vieux pour faire mon travail !

— Je n'ai jamais dit...

— Comment ça tu ne l'as pas dit ! C'est bien ce
que j'ai cru entendre pourtant.

— Pourquoi es-tu si têtu ? cria-t-elle en donnant
un coup de pied dans la rambarde.

— Têtu, moi ? C'est toi, oui. Je n'ai jamais vu une
fille plus entêtée de ma vie ! Tu crois tout savoir,
hein ? Tout connaître ? Tu crois que tu as toujours
raison...

— Certainement pas ! interrompit-elle en se
levant. La plupart du temps je ne sais pas si j'ai
raison, mais je n'ai pas le choix, c'est à moi de
prendre les décisions. Et aujourd'hui j'ai fait ce
que j'ai cru être de mon devoir et je ne le regrette
pas. Bon sang, Ham, tu allais avoir une attaque !

Qu'est-ce que je ferais sans toi ? J'ai besoin de toi pour diriger le ranch.

— Tu te débrouilles très bien sans moi. Tu m'as renvoyé aujourd'hui.

— Non, je t'ai renvoyé au ranch, c'est différent ! Je ne voulais pas que tu répares les clôtures par cette chaleur. Et j'ai raison !

— Comment ça raison ? s'exclama-t-il en se levant et en se plantant devant elle. Pour qui te prends-tu ? Je réparais déjà des clôtures alors que tu n'étais même pas née. Personne, tu m'entends, personne ne m'empêchera de faire mon travail tant que je ne l'aurai pas décidé !

— Moi, je t'en empêcherai.

— Alors, donne-moi mon compte !

— Très bien !

Furieuse, elle ouvrit la porte puis, se ravisant, la claqua si violemment qu'elle sentit le plancher vibrer sous ses bottes.

— J'avais peur, bon sang ! cria-t-elle en se retournant vers lui. Pourquoi est-ce que je n'aurais pas le droit d'avoir peur ?

— De quoi avais-tu peur ?

— De te perdre, espèce de tête de mule ! Tu étais écarlate, tu transpirais comme une outre, tu faisais un bruit de moteur mal réglé... je n'ai pas pu le supporter. J'avais peur. Et bien sûr, il a fallu que tu discutes au lieu de rentrer comme je te le demandais.

— C'est parce qu'il faisait chaud, grommela-t-il d'un air légèrement honteux.

— Bien sûr qu'il faisait chaud ! C'est bien ça le problème ! Tu m'as obligée à insister. Moi, je ne voulais pas t'embarrasser devant Billy. Je voulais simplement te donner une excuse pour rentrer au frais. Tu crois que je ne sais pas qui était mon vrai père ? Celui qui a toujours été là quand j'avais besoin de lui ! Celui-là, je ne l'ai pas encore enterré et je ne veux pas l'enterrer avant longtemps.

Il s'absorba dans la contemplation du bout de ses bottes.

— Je connais mes limites, Willa. Je ne suis pas fou : je faisais faire tout le travail par Billy !

— J'ai besoin de toi, Ham... Reste au ranch, s'il te plaît.

Il haussa les épaules, yeux toujours rivés sur ses pieds.

— Je n'ai pas vraiment d'autre endroit où aller... Je n'aurais pas dû me mettre en colère. Je savais bien que tu ne voulais pas me vexer, que tu t'inquiétais pour moi...

Il s'éclaircit la gorge et continua :

— Tu fais du bon boulot, tu sais et... je suis fier de toi.

Voilà pourquoi elle l'aimait. Jack Mercy ne lui aurait jamais dit une chose pareille.

— Mais je ne peux pas le faire seule, Ham. Si on rentrait manger de la glace à la pêche ? On en profiterait pour discuter, j'aimerais bien que tu me dises ce que tu penses de mon travail.

Il se gratta la barbe.

— Oui, quelques conseils ne te feraient pas de mal.

Ham repartit le ventre plein et le cœur léger. En se dirigeant vers le bungalow, il entendit soudain des meuglements affolés et un cliquetis d'éperons.

Qui était de garde cette nuit ? Il ne parvenait pas à s'en souvenir. Sans doute Jim ou Billy. Il fit un détour pour aller vérifier ce qui se passait.

— Jim ? Billy ? Qu'est-ce que vous fabriquez dans l'enclos à une heure pareille ?

La première chose que vit Ham fut le veau ensanglanté dont les yeux roulaient de terreur. Il s'avança aussitôt vers l'animal lorsqu'une silhouette surgit de l'ombre. Et il comprit, avant même de voir la lame du couteau luire dans l'obscurité. Mais il était déjà trop tard pour crier.

Ham était étendu à terre. Pris de panique, son couteau dégoulinant de sang à la main, l'homme ne parvenait pas à le quitter des yeux. Il avait eu envie de tuer un veau et avait d'abord pensé l'emmener loin du ranch, mais avant même de s'en rendre compte, il l'avait déjà égorgé.

Et Ham, maintenant... Il n'avait pas voulu lui faire de mal. C'était Ham qui lui avait appris le métier, qui l'avait conseillé lorsqu'il en avait besoin. Il avait toujours eu l'impression que Ham connaissait la vérité sur ses origines.

Ham avait toujours été loyal.

Mais il n'avait plus le choix, il fallait qu'il termine ce qu'il avait commencé. Il s'accroupissait lorsque Willa arriva en courant.

— Ham ? C'est toi ? J'ai oublié de te dire...

Elle s'arrêta net.

— Ô mon Dieu ! Que lui est-il arrivé ? demanda-t-elle en s'agenouillant près du corps et en le retournant doucement.

Ses doigts se tachèrent aussitôt de sang.

— Qu'est-ce que...

— Je suis désolé, Willa, dit-il en lui mettant le couteau sur la gorge. Ne crie pas ! Je ne te ferai pas de mal, je te le jure !

Il prit une profonde inspiration.

— Je suis ton frère, déclara-t-il d'une voix tremblante avant de l'assommer d'un coup de poing.

Ce fut la douleur qui réveilla Ham. Une douleur vive, aveuglante. Il avait du sang dans la bouche. Il essaya de se relever mais ne put bouger les jambes. Il tourna la tête en gémissant et vit le veau qui gisait dans une mare de sang, le regard vitreux.

Il serait dans le même état que lui, bientôt.

Soudain son attention fut attirée par une masse claire sur le sol. L'objet lui était familier mais il n'arrivait pas à le reconnaître tant sa vision était trouble. Rassemblant ses forces, il rampa et l'attrapa du bout des doigts.

Le Stetson de Willa !

Il la portait sur son épaule. Il hésita un instant. Pick-up ou cheval ? La panique ne le quittait plus. Ses idées s'embrouillaient.

Ils iraient à cheval. Cela valait peut-être mieux finalement. Il allait l'emmener dans les montagnes et lui expliquerait tout. Elle comprendrait.

« Bon sang ne saurait mentir. »

Il déposa Willa à terre aussi doucement qu'il le put près de la pâture, puis d'une main tremblante agita un seau d'avoine. Il sella le premier cheval qui s'approcha, puis la jument balzane qui les rejoignit ensuite.

Il ligota les mains et les pieds de Willa et la déposa en travers de la selle. Il n'avait pas le choix. Bientôt elle reprendrait connaissance et essaierait de se sauver avant même qu'il n'ait eu le temps de lui expliquer.

Pourvu qu'elle comprenne, se dit-il en grimpant en selle. Sinon il serait obligé de la tuer.

Ham agrippa le chapeau et parvint à se redresser. Il chancela et s'écroula au bout de deux pas. Il ouvrit la bouche pour appeler mais sa voix n'était qu'un murmure.

Il se souvint de Willa encore bébé avec sa petite bouche édentée qui lui souriait tandis qu'il la prenait dans ses bras pour la mettre sur la selle devant lui ; de la petite fille aux longues nattes qui le suppliait de ses grands yeux noirs pour qu'il la laisse l'accompagner ; de l'adolescente nerveuse comme un jeune poulain qui l'aidait à réparer les clôtures tout en jacassant comme une pie ; de la femme qui l'avait regardé dans les yeux ce soir et lui avait dit qu'il était le père qu'elle aimait.

Alors il combattit la douleur qui le dévorait et parvint à se remettre debout.

Les lumières de la grande maison vacillaient tout près. Il sentait le liquide chaud et gluant couler sur ses doigts et sur le chapeau de Willa. Soudain un voile noir l'enveloppa et il s'effondra dans un soupir.

Sa mâchoire l'élançait. Elle ouvrit les yeux et vit le sol défiler. Elle essaya de bouger, mais s'aperçut qu'elle était solidement attachée en travers de la selle, la tête en bas. Elle avait dû gémir sans s'en apercevoir car les chevaux s'arrêtèrent.

— Ça va aller, Willa. Ne t'en fais pas, dit-il en défaisant les liens de ses pieds. On a encore un peu de chemin à faire. Tu te sens d'attaque ?

— Quoi ?

Encore groggy, elle se sentit soulevée puis assise sur la selle. Elle secoua la tête pour essayer de se remettre les idées en place tandis qu'il lui attachait les mains au pommeau.

— Ne t'inquiète pas, je vais conduire ton cheval.

La mémoire lui revint.

— Ham ?

— Je n'ai pas pu faire autrement. Je t'expliquerai. Tu vas comprendre...

Il s'interrompit : elle allait crier ! Il lui tira violemment les cheveux pour la faire taire.

— Ça ne sert à rien ! Il n'y a personne pour t'entendre. Ne crie pas, Willa !

Il sortit son bandana et s'en servit de bâillon.

— Je ne peux pas faire autrement. Tu vas tout comprendre.

Il essaya de dominer sa colère et se hâta de remonter en selle.

Tant pis pour Willa, se dit Tess en fermant son peignoir, ça lui aurait pourtant fait du bien de nager. Elle se passa la main dans les cheveux et se dirigea vers la cuisine.

Enfin, même si elle faisait la tête, elle devait être contente, il allait bientôt pleuvoir. Ils ne pensaient qu'au temps ici. Trop d'eau, trop sec, trop froid, trop chaud. Mais dans deux mois, oh, bonheur ! adieu le Montana et ses paysages pittoresques !

Bientôt elle retrouverait les théâtres, les palmiers, les autoroutes encombrées, la pollution... Hollywood, il n'y avait que ça de vrai !

Pourtant ça ne lui semblait plus aussi merveilleux qu'un mois auparavant, ou même que deux mois auparavant.

C'était ridicule, voyons ! Bien sûr qu'elle serait contente de rentrer. Ravie, même, ce n'était qu'un petit coup de cafard. Ce serait une bonne idée d'acheter une maison dans les collines au milieu de la verdure et des arbres plutôt qu'au bord de l'océan. Un cheval aussi. Ainsi les deux mondes qu'elle préférait seraient réunis.

Elle persuaderait Nat de venir lui rendre visite de temps à autre. Au bout d'un moment leur relation s'effilocherait, c'était inévitable. Mais tant pis ! il était hors de question qu'elle s'installe ici, se marie avec lui et fasse des enfants. C'était ridicule, sa vie était à Los Angeles. Elle avait plein de projets de carrière. Dans quelques semaines, elle aurait trente et un ans et se refusait à gâcher son avenir pour devenir l'épouse d'un rancher. Ou de qui que ce soit d'autre, d'ailleurs !

Une cigarette lui aurait fait du bien, songea-t-elle en poussant la porte de la cuisine.

— Tu as eu ta part de glace, ça suffit maintenant ! dit Bess en guise d'accueil.

— Je ne suis pas venue pour ça, répondit-elle, tirant la langue à Bess qui lui tournait le dos.

Pourtant, elle n'aurait pas refusé une ou deux cuillerées, mais mieux valait être raisonnable ; un citron pressé ferait l'affaire.

— Tu me feras le plaisir de mettre ton verre dans le lave-vaisselle quand tu auras terminé. Je viens de nettoyer.

— À vos ordres, mon adjudant ! fit-elle en s'asseyant et en jetant un coup d'œil au catalogue que feuilletait Bess. Tu fais des achats ?

— Je me disais que Lily aimerait peut-être ce berceau. Votre père s'est débarrassé de celui que vous aviez quand vous étiez petites.

Émue à l'idée qu'elles avaient toutes les trois occupé le même berceau, Tess s'installa à côté de Bess.

Elles s'extasiaient devant les mobiles et les ours en peluche lorsque Tess entendit un bruit de pas dehors.

— Tu attends quelqu'un ? demanda-t-elle en jetant un coup d'œil vers la porte de la cuisine.

— Non, répondit Bess qui sortit calmement le revolver de la poche de son tablier et se planta devant la porte. Qui est là ?

Elle rit en voyant le visage de l'autre côté de la vitre.

— Ham, espèce d'idiot ! Tu as failli te prendre une balle, dit-elle en ouvrant la porte. Tu ne devrais pas rôder à une heure pareille.

Il s'écroula sur le seuil à ses pieds.

Tess se précipita aux côtés de Bess qui posa la tête du vieil homme sur ses genoux.

— Il saigne beaucoup ! Prends des serviettes pour arrêter l'hémorragie.

— Bess, murmura-t-il.

— Chut, tais-toi.

Elle lui ouvrit la chemise et Tess pressa une serviette sur la blessure.

— Appelle une ambulance, un hélicoptère ! ordonna-t-elle à Tess. Vite !

— Bess... répéta Ham d'une voix presque éteinte, il l'a emmenée... Bessie... notre Willa.

— Quoi ? fit Bess en s'approchant plus près. Qui a emmené Willa ?

Mais il ne répondit pas. Bess leva les yeux sur Tess et s'écria d'une voix tremblante :

— Appelle la police, vite !

Il était temps de s'arrêter. Il avait fait des tours et des détours, suivi le cours d'un torrent puis rejoint les rochers. Il attacha les chevaux.

Il fit descendre Willa de selle et attacha de nouveau ses chevilles, puis il prit son fusil et s'assit en face d'elle.

— Je vais t'enlever ton bâillon. J'aurais préféré ne pas te le mettre. Tu sais bien que ça ne sert à rien de crier. Ils vont nous poursuivre, mais ils ne nous trouveront pas de sitôt, j'ai brouillé les pistes.

Il se pencha et commença à défaire le nœud.

— On va parler tous les deux. Une fois que tu m'auras entendu, tout sera comme avant.

— Assassin !

— Ne dis pas ça. Tu es en colère.

— En colère ! hurla-t-elle, folle de rage, en essayant de défaire ses liens. Tu as tué Ham ! Tu as tué les autres ! Tu as massacré mon bétail. Je te jure que je vais te tuer.

— Je ne voulais pas faire de mal à Ham. C'est un accident. Je ne pouvais pas faire autrement, il m'a vu.

Il baissa la tête comme un petit garçon pris la main dans un sac de bonbons.

— Je n'aurais pas dû toucher à ton bétail. Je suis désolé.

Elle respira à fond et serra les poings.

— Pourquoi ? Pourquoi as-tu fait ça ? Je croyais que je pouvais te faire confiance.

— Tu peux me faire confiance, Willa. On est du même sang, toi et moi.

— Non !

— Je t'assure, dit-il en refoulant des larmes, si grande était sa joie de pouvoir enfin partager son secret. Je suis ton frère.

— Tu n'es qu'un menteur, un assassin, un lâche !

La gifle partit sans qu'il puisse se contrôler. Aussitôt il regretta son geste.

— Ne dis pas ça !

Il se leva et se mit à faire les cent pas pour essayer de se calmer. Si on s'énervait, tout allait de travers. Il fallait qu'il se maîtrise et tout se passerait bien.

— Je suis autant ton frère que Lily et Tess sont tes sœurs, continua-t-il tandis que les éclairs déchiraient le ciel sombre. Je vais tout t'expliquer et tu vas comprendre.

Sa joue lui cuisait. Il allait payer tout cela très cher, se promit-elle.

— Très bien. Je t'écoute, Jim.

Ben glissa la carabine dans son étui de selle puis boucla sa cartouchière. Le calibre qu'il avait mis dans son holster ne faisait pas de quartier et c'était précisément ce qu'il voulait. Lorsque le moment serait venu, il ne faudrait pas flancher, il n'aurait pas droit à l'erreur.

Les hommes sellaient rapidement les chevaux tandis qu'Adam donnait les instructions. Mais Ben avait décidé de faire cavalier seul. Il prit le Stetson de Willa et le mit sous le museau de Charlie.

— Retrouve-la, murmura-t-il.

Puis il fourra le chapeau dans sa sacoche et sauta en selle.

— Ben, s'écria Tess en saisissant les rênes, attends les autres !

— Je n'ai pas le temps. Écarte-toi !

— On ne sait pas où...

— Je le trouverai, déclara-t-il en lui arrachant les rênes des mains, et je le tuerai.

Tess courut vers Adam et Lily.

— Ben est parti, je n'ai pas pu l'arrêter !

Adam hocha vaguement la tête et donna le signal du départ.

— Il sait ce qu'il fait, ne t'inquiète pas, dit-il en se retournant et en les embrassant toutes les deux. Rentrez à la maison.

Il mit la main sur le ventre de Lily et dit doucement :

— Ne vous inquiétez pas.

— Je ne suis pas inquiète, répondit Lily en l'embrassant. Je sais que tu la trouveras comme tu m'as retrouvée et que tu la ramèneras saine et sauve.

C'était une prière aussi bien qu'une certitude. Elle s'écarta pour le laisser monter en selle.

— Fais rentrer Lily, Tess, dit Nat en immobilisant sa monture impatiente. Ne bougez pas de la maison.

— Oui, répondit-elle, la gorge serrée, posant la main sur la jambe de Nat. Faites vite !

La troupe se mit en route vers l'ouest tandis que pour Lily et Tess commençait une longue attente.

30

Assis en tailleur comme un véritable conteur, Jim lui narra son histoire.

— Ma mère était serveuse dans un bar à Bozeman. Possible qu'elle ait fait plus que servir à boire. C'est normal, elle était très belle.

— Je croyais que ta mère venait de Missoula, remarqua Willa méfiante.

— À l'origine, oui, et elle y est retournée après ma naissance. La plupart des femmes qui élèvent seules leur enfant retournent dans leur famille dans ces cas-là, mais pour elle ça ne s'est pas bien passé. Ni pour moi d'ailleurs. Peu importe. Donc, elle était serveuse et faisait plaisir de temps en temps aux cow-boys de passage. Jack Mercy venait souvent à l'époque. Toujours en quête de chair fraîche et d'une bouteille, tout le monde te le dira.

Il prit un bâton et se mit à taper machinalement sur les rochers.

— Je sais comment il était, dit-elle calmement, tordant ses poignets dans tous les sens pour essayer de desserrer ses liens.

— Il s'est amouraché de ma mère. Elle était belle. Il n'y a qu'à voir celles qu'il a épousées, que des belles femmes ! Louella a du caractère, Adèle de la classe. Ta mère, elle, c'était une vraie beauté. Elle était spéciale. On aurait dit qu'elle comprenait des choses secrètes. Je l'aimais beaucoup.

Le sang de Willa se figea en imaginant qu'il avait pu approcher sa mère.

— Comment l'as-tu connue ?

— On est venus en visite quelquefois avec ma mère. Je n'étais qu'un môme mais je me souviens d'elle. Elle était enceinte de toi, elle se promenait avec Adam dans la prairie. Une fois, je m'étais cassé la figure, j'avais dû m'écorcher le genou, rien de très grave. Ta mère est venue et m'a relevé. Maman et Jack étaient en train de s'engueuler, ta mère m'a emmené dans la cuisine et m'a mis une espèce d'onguent pour me soigner tout en me parlant gentiment.

— Pourquoi étiez-vous au ranch ?

— Ma mère voulait me laisser là. Elle ne pouvait pas s'occuper de moi. Elle était fauchée et malade. Sa famille l'avait fichue à la porte parce qu'elle se droguait. Mais ce n'est pas sa faute si elle se droguait. Elle était seule, tu comprends ? Il n'a pas voulu me garder, alors que j'étais son fils.

Elle s'humecta les lèvres, ignorant la douleur tandis que la corde lui entaillait les poignets.

— C'est elle qui te l'a dit ?

— C'est la vérité ! s'écria-t-il, repoussant son chapeau en arrière et en la regardant de ses yeux clairs. Jack Mercy l'avait engrossée lors d'une de ses virées à Bozeman. Dès qu'elle a su qu'elle était enceinte, elle le lui a dit mais il l'a traitée de traînée et l'a laissée tomber...

Un voile sembla soudain opacifier son regard.

— Ce n'était pas une traînée ! s'indigna-t-il, plein de rage. À cette époque, elle ne faisait pas ça pour l'argent. Ce n'est qu'après qu'il l'eut mise enceinte, qu'elle l'a fait régulièrement. Elle n'avait plus le choix.

Dieu sait qu'elle le lui avait répété, jour après jour, heure après heure.

— Qu'est-ce qu'elle aurait dû faire à ton avis, hein ? demanda-t-il en l'implorant du regard. Elle n'avait pas le choix. Elle était toute seule, enceinte de moi, et ce salaud la traînait dans la boue !

— Je ne sais pas, répondit-elle, essayant de maîtriser le tremblement de terreur qui l'agitait. Ça a dû être dur pour elle.

— Dur ? Inhumain, oui ! Elle m'a raconté comment elle l'avait supplié, comment il m'avait rejeté, moi, son propre fils. Elle aurait pu se faire avorter, mais elle ne l'a pas fait. Elle m'a dit que c'était parce que j'étais le fils de Jack Mercy, qu'il allait s'occuper de nous. Il avait de l'argent, plein d'argent, mais il ne lui a donné qu'une minable poignée de dollars comme à une mendiante !

Willa commençait à comprendre l'amertume de cette mère qui avait transmis sa rancœur à son fils.

— Je suis désolée, Jim. Peut-être qu'il ne l'a pas crue ?

— Il aurait dû ! hurla-t-il en écrasant son poing contre le rocher. C'était sa faute. Il venait la voir régulièrement, il lui avait juré qu'il s'occuperait d'elle. Elle a cru à ses promesses. Après ma naissance, elle m'a emmené pour qu'il voie combien je lui ressemblais : les mêmes yeux, les mêmes cheveux... Il l'a rejetée et elle a dû retourner à Missoula supplier sa famille de l'aider. À l'époque il était marié à Louella, elle était enceinte de Tess. C'est pour ça qu'il ne voulait pas de moi. Il croyait qu'il aurait un fils, mais il s'est trompé ! Le seul fils qu'il a eu c'est moi !

Elle n'avait pas réussi à défaire ses liens. Jim savait trop bien faire les nœuds pour qu'elle y parvienne.

— Quand Jesse Cooke a enlevé Lily dans la grotte, tu aurais pu la tuer elle aussi, tu ne l'as pas fait, pourquoi ?

— Je ne voulais pas lui faire de mal. J'y ai pensé, bien sûr. Surtout à l'annonce du testament, mais on ne touche pas à sa famille.

Il poussa un profond soupir et se frotta la main qu'il avait meurtrie sur le rocher.

— J'ai promis à ma mère que je reviendrais au ranch et que j'obtiendrais ce qui me revenait de droit. Elle était malade. Elle a fait de son mieux pour m'élever. Elle me parlait de mon père, du ranch. Pendant des heures, elle me racontait tout cela, et comment je devrais plus tard aller le trouver pour réclamer mon dû.

— Qu'est devenue ta mère, Jim ?

— Elle est morte. On a dit que c'était à cause de la drogue, mais c'est Jack Mercy qui l'a tuée. Quand je l'ai trouvée, elle était déjà froide et j'ai juré que je ferais ce qu'elle m'avait demandé. J'ai juré que j'irais au ranch.

— C'est toi qui l'as trouvée ? Je suis désolée, Jim.

— J'avais seize ans. On était à Billings à l'époque, et je travaillais chez l'engraisseur de temps en temps. Je suis rentré du boulot et elle était là, étalée sur le carrelage, morte d'une overdose. Jamais elle n'aurait dû mourir comme ça. C'est sa faute, Willa !

Elle sentit la sueur dégouliner sur son front. Il faisait moins chaud à présent mais elle était trempée.

— Qu'est-ce que tu as fait alors ?

— Je me suis dit que j'allais le tuer. J'avais l'habitude de m'amuser avec les chats sauvages et les chiens. Je voyais son visage quand je les saignais.

— Et ta famille ? demanda-t-elle en réprimant un haut-le-cœur, je veux dire la famille de ta mère ?

— Je n'allais pas aller les supplier alors qu'ils l'avaient renvoyée, les salauds !

Il reprit son bâton.

Elle trembla de terreur tandis qu'il frappait la pierre en hurlant, le visage déformé par la haine. Puis il s'arrêta, sembla retrouver son calme et se mit à taper le rocher comme s'il battait la mesure.

— J'avais fait une promesse à maman, continua-t-il, alors je suis allé au ranch. Je lui ai dit en face ce que j'avais à lui dire et il a ri. Il m'a traité de bâtard, de fils de pute. Je l'ai frappé et il m'a assommé. Il a prétendu que je n'étais pas son fils mais qu'il voulait bien m'embaucher. Si je tenais un mois, il me paierait, et il m'a envoyé voir Ham.

Le cœur de Willa se serra. Mon Dieu, Ham ! L'avait-on trouvé ? Était-il encore vivant ?

— Est-ce que Ham était au courant ?

— Oui, je crois. Il ne m'en a jamais parlé mais je me suis dit qu'il devait savoir. Je ressemble au vieux, non ?

Il y avait tant d'espoir et de fierté dans sa voix que Willa acquiesça.

— J'ai travaillé pour lui. J'ai travaillé dur, j'ai appris vite. Pour mes vingt et un ans, il m'a offert un couteau.

Il le sortit de son étui et le fit briller sous le clair de lune. La lame énorme découpée en dents de scie dans la partie haute jetait des reflets inquiétants.

— Ça prouve bien quelque chose, non ? reprit-il. Il n'y a qu'un père pour donner à son fils un aussi beau cadeau.

— C'est lui qui te l'a donné !

— Je l'aimais. J'ai travaillé comme un dingue pour lui et il le savait. Je ne lui ai jamais rien demandé parce que j'étais persuadé qu'une fois le moment venu il me donnerait ma part. J'étais son fils. Son seul fils. Mais il ne m'a rien laissé, sauf ce couteau. Il vous a tout donné, à toi, à Lily et à Tess. Rien à moi !

Il se rapprocha d'elle. La lame étincelait dans sa main, ses yeux n'étaient plus que deux points lumineux dans l'obscurité.

— Ce n'est pas juste, continua-t-il. Non, ce n'est pas juste.

Elle ferma les yeux et attendit la douleur.

Charlie courait dans la montagne, truffe au sol, oreilles dressées. Ben le suivait, priant pour que les nuages qui se regroupaient à l'ouest ne viennent pas masquer le clair de lune.

Il aurait juré pouvoir sentir l'odeur de Willa, cette odeur si particulière, mélange de cuir, de savon et de parfum léger. Cette fois-ci, son adversaire connaissait le terrain aussi bien que lui. Il était à cheval lui aussi et savait comment brouiller les pistes. Il ne pouvait compter sur Willa pour le ralentir ou laisser des indices, car il ne savait pas si elle était...

Non, il ne fallait pas y penser, surtout ne pas l'imaginer blessée, cela ne ferait que le paralyser. Il avait besoin de toute sa concentration.

Charlie plongea dans un torrent et se mit à gémir. Il avait perdu la piste. Ben entra dans le cours d'eau et resta un moment immobile sur sa monture, essayant de se mettre dans l'état d'esprit de son adversaire. Il avait dû remonter le courant. C'était ce qu'il aurait fait à sa place.

Le niveau de l'eau était bas à cause de la sécheresse. Le tonnerre se mit à gronder, un oiseau de nuit cria. Ben aurait aimé s'élancer au galop mais tant qu'il n'avait pas retrouvé la piste, il lui fallait accepter de rester au pas. Soudain, il aperçut un éclat sur la rive. Il sauta de selle. L'eau glacée recouvrit ses bottes tandis qu'il se penchait pour ramasser l'objet.

Une boucle d'oreille ! Un petit anneau d'or. Il le serra dans son poing en poussant un profond soupir de soulagement. Depuis quelque temps, elle avait pris l'habitude de porter des boucles d'oreilles. Il adorait cette petite touche de féminité contrastant avec le jean et le cuir. Il adorait encore plus se dire qu'elle le faisait pour le séduire.

Il glissa l'anneau dans sa poche de chemise et remonta rapidement en selle. Si elle avait eu la présence d'esprit de lui laisser des signes, c'était qu'elle n'allait pas trop mal. Il rejoignit la rive et laissa Charlie retrouver la piste.

— Il n'aurait jamais dû faire ça, dit Jim d'une voix tremblante en sciant les liens qui entravaient les chevilles de Willa. Il l'a fait pour se moquer de moi, de toi aussi.

Des larmes de soulagement coulèrent sur les joues de Willa. Mains toujours liées, elle se baissa pour masser ses jambes devenues insensibles comme du bois.

— Ça m'a rendu fou furieux, continua-t-il, je me souviens, j'étais au chalet avec Pickles quand j'ai appris pour le testament. Je suis devenu complètement cinglé, c'est pour ça que j'ai tué le bœuf. Il fallait que je tue. Et puis j'ai réfléchi et je me suis dit que je devais me venger. Au début, je voulais aussi me venger de toi, de Tess et de Lily. Elles n'avaient pas le droit d'hériter de ce qui m'appartenait, de ce qu'il aurait dû me donner. Alors, je me suis dit que j'allais leur ficher la trouille, comme ça, personne n'hériterait si elles se tiraient. C'est pour ça que j'ai déposé le chat devant la porte. J'ai adoré ça quand Lily a crié. Je le regrette maintenant, mais à l'époque, pour moi, elle ne faisait pas partie de la famille. Je voulais juste qu'elle s'en aille et que le ranch ferme ses portes.

Willa serra les dents. Maintenant que le sang circulait de nouveau librement, ses jambes reprenaient vie, parcourues de picotements douloureux. Dès que l'occasion se présenterait, elle s'enfuirait.

— Tu peux me détacher, Jim ? J'ai les mains complètement engourdies.

— Non, pas encore. Il faut que tu comprennes, d'abord.

— Je crois que je comprends. Il t'a humilié et tu as voulu te venger.

— Je ne pouvais pas faire autrement, Willa. C'était une question d'amour-propre. Mais je me suis rendu compte aussi que j'aimais tuer. Je dois tenir ça de lui.

Il sourit. Un éclair, en déchirant le ciel derrière lui, dessina comme le halo d'un saint déchu au-dessus de sa tête.

— Tu te souviens, continua-t-il, comme il aimait tuer ? Tu te rappelles le petit veau qu'il t'avait donné à élever ? Tu l'adorais. Comment l'avais-tu appelé, déjà ?

— Fleur, murmura-t-elle. Un nom idiot pour une vache.

— Ouais, tu l'adorais, tu en étais fière, et puis un jour il t'a demandé de l'accompagner. Tu ne devais pas avoir plus de douze ans et il t'a forcée à regarder pendant qu'il le tuait. C'était pour t'apprendre la vie de rancher, disait-il, et toi tu pleurais. Je me rappelle que tu t'es sauvée et que t'as été malade comme un chien. Ce jour-là, Ham a bien failli lui casser la figure.

Elle remonta les genoux contre sa poitrine et y enfouit le visage tandis que les souvenirs la submergeaient.

— Je te dis ça pour que tu comprennes, Willa.
Je lui ressemble. Il aimait être le patron, se faire
obéir... toi aussi, tu aimes ça. Tu lui ressembles.

— Tais-toi, fit-elle, la gorge serrée.

Il se leva, prit la gourde qu'il avait remplie de
l'eau du torrent et la lui donna.

— Tiens, bois. Je ne voulais pas te faire de peine,
je veux juste que tu comprennes.

Il se mit à lui caresser les cheveux. Comme ils
étaient doux, les cheveux de sa petite sœur.

Charlie courait, sautait par-dessus les obstacles.
Ben, l'oreille aux aguets, écoutait. Pas une voix,
pas un hennissement, pas un aboiement, rien que
les bruits de la nuit. Adam n'avait pas dû trouver
la piste.

Il trouva la deuxième boucle d'oreille sur un
rocher, près d'une fissure dans laquelle poussaient
des fleurs sauvages. Il la porta à ses lèvres avant
de la mettre dans sa poche.

— Tiens bon, ma chérie, murmura-t-il.

Il regarda le ciel au-dessus de lui. Les nuages se
rapprochaient de la lune et la plupart des étoiles
avaient maintenant disparu. La pluie qu'ils avaient
tant attendue ne tarderait plus.

Mon Dieu, faites qu'il ne pleuve pas tout de
suite ! supplia-t-il silencieusement.

Elle but sans le quitter des yeux. La tendresse
qu'elle lut dans son regard la terrifia.

— Il y a des mois que tu aurais pu me tuer, pourquoi ne l'as-tu pas fait ?

— Je n'ai jamais voulu te faire de mal. On se ressemble, toi et moi. J'ai toujours pensé qu'un jour
on dirigerait le ranch tous les deux. Ça ne me

gênait même pas que ce soit toi qui commandes. Tu es douée pour ça et moi je me débrouille mieux si on me dit quoi faire.

Il se rassit, but à son tour et reboucha la gourde. Quelle heure pouvait-il bien être ? Il l'ignorait et s'en moquait. C'était bon d'être là avec elle et de lui parler.

— Je ne voulais pas tuer Pickles, tu sais. Je n'avais rien contre lui. Il n'a pas eu de chance. Je n'aurais jamais pensé qu'il viendrait par là. Je voulais me faire un autre bœuf, le laisser sur le chemin pour que les gars le trouvent plus tard, histoire de semer un peu la panique. Je n'ai pas pu faire autrement, Willa. Le pire, c'est que ça m'a plu.

— Tu l'as massacré.

— Bof, c'est que de la viande après tout ! fit-il en souriant. Je me boirais bien une bière ! Ça ferait du bien une bonne bière, hein ?

Il ôta son chapeau et s'éventa.

— Ça s'est un peu rafraîchi, mais bon sang ce qu'il fait chaud ! On dirait qu'il va enfin pleuvoir.

Affolée, elle regarda le ciel. Sous peu la lune disparaîtrait derrière les nuages, et si la pluie tombait, ça n'allait pas faciliter les recherches. Elle ne devait compter que sur elle-même.

Il tapa de la lame du couteau sur ses bottes pour attirer son attention.

— Je ne sais pas pourquoi je l'ai scalpé. C'est venu comme ça. Une espèce de trophée, sans doute. Je dois tenir ça de lui aussi. Tu te souviens comme il aimait les trophées ? J'en ai une pleine boîte maintenant que j'ai enterrée. Tu sais, au pied des trois peupliers qui font un triangle, près de la pâture à l'est du ranch ?

— Je vois, oui, répondit-elle, s'efforçant de ne pas le quitter des yeux et d'ignorer le couteau.

— Et puis j'ai tué les veaux. Je me suis dit qu'après ça, les deux filles allaient se tirer vite fait. Mais non, elles sont restées. Elles ont eu du cran, et ça m'a fait réfléchir un peu. Mais c'était plus fort que moi, il a fallu que je recommence. Un jour j'ai pris en stop une fille et ça m'a donné l'idée de m'en servir. Et puis j'avais envie de me faire une femme.

Il s'interrompit un instant et s'humecta les lèvres. Peut-être n'aurait-il pas dû parler de ça avec sa petite sœur ? Mais c'était plus fort que lui et il continua :

— Je n'avais jamais tué de femme avant. J'avais bien pensé à me faire Shelly, tu sais, la femme de Zack ?

Willa retint un cri d'horreur.

— Elle est jolie, continua-t-il, surtout ses cheveux. Deux ou trois fois en allant jouer au poker à Three Rocks, j'y ai pensé, mais j'ai rencontré l'autostoppeuse... C'était une bonne idée, hein, de la laisser devant la porte pour montrer à Jack Mercy qui était le vrai patron ? Mais ça devait être avant les veaux, non ? J'ai tendance à m'embrouiller un peu. Et puis il y a eu Lily, et ça a tout changé. J'ai pris conscience que c'était ma sœur quand J. C. l'a enlevée et l'a maltraitée. Quel salaud ! Sans moi, elle serait morte.

Elle se sentait au bord de la nausée. Il fallait continuer à le laisser parler, gagner du temps.

— Jamais je n'aurais touché à un seul cheveu de sa tête, reprit-il, puis il éclata de rire. Elle est bonne, celle-là ! Il faudra que je m'en souvienne.

Il reprit soudain son sérieux.

— Je vous aime toutes les trois, comme un frère aime ses sœurs. Je veux vous protéger et je veux que vous me protégiez. La famille, c'est sacré, Willa.

— Comment dois-je te protéger, Jim ?

— Il faut qu'on ait un plan ! On va raconter la même chose toi et moi. Je vais te ramener, on va dire aux autres que quelqu'un t'a enlevée mais que tu ne l'as pas vu, et que moi je t'ai sauvée. On va leur dire que je l'ai vu t'enlever et que je n'ai pas eu le temps de les prévenir. Je l'ai rattrapé, j'ai tiré en l'air pour lui faire peur et il s'est sauvé et je t'ai récupérée saine et sauve. Qu'est-ce que tu en dis, ce n'est pas mal, non ?

— Oui, je leur dirai que je n'ai pas vu son visage, qu'il m'a assommée. Je dois avoir un bleu de toute façon.

— Désolé pour la bosse. Bon, on fait comme ça alors ? On retourne là-bas, comme si de rien n'était, et dans deux mois le ranch est à nous. Je pourrais être contremaître.

Il la vit se raidir et se mit soudain à hurler.

— Tu vas leur dire que c'est moi, hein ?

— Non, non, répondit-elle, essayant de calmer son cœur qui s'affolait. Je me repassais l'histoire dans la tête pour être sûre qu'on n'avait rien oublié. Si on loupe un détail, ça risque de...

— Menteuse ! Tu me prends pour un idiot ? Tu crois que je ne vois pas ce que tu as derrière la tête ? Dès que je t'aurai ramenée, tu vas tout leur dire ! Tu vas me dénoncer, moi, ton propre frère. Et tout ça à cause de Ham !

Fusil dans une main, couteau dans l'autre, il se leva brusquement, écumant de rage.

— C'était un accident ! Ce n'est pas ma faute ! Tu vas me dénoncer parce que ce vieux type compte plus pour toi que ta propre famille !

Il ne la laisserait jamais partir. Si elle essayait de s'enfuir, il la tuerait avant même qu'elle ait pu faire trois pas. Elle se leva, tituba légèrement et, jambes écartées, se planta en face de lui.

— Ham fait partie de ma famille, Jim.

Il jeta son fusil et la prit par le col de sa chemise.

— Non ! Moi, je suis du même sang que toi ! Pas lui ! hurla-t-il en la secouant. C'est ça qui compte ! Je suis un Mercy, comme toi !

Du coin de l'œil elle vit briller la lame du couteau.

— Tu seras obligé de me tuer, Jim. Ils te retrouveront, où que tu ailles, ou que tu te caches, Ben et Adam te retrouveront. Tu peux faire tes prières.

— Pourquoi ne m'écoutes-tu pas, bon sang ! C'est le ranch qui compte. Je veux juste ma part, c'est tout !

Elle serra les poings et plongea son regard dans les yeux fous.

— Je n'ai rien à t'offrir, Jim.

Elle lui donna un grand coup de poing dans le ventre et partit à toutes jambes.

Il la rattrapa par les cheveux, tira jusqu'à ce que la douleur l'immobilise. Les larmes lui piquaient les yeux. Elle le frappa avec le coude mais il ne la lâcha pas.

— Je vais faire vite, promit-il. Je suis expert.

— Jette ton couteau, lança Ben, revolver pointé sur lui. Si tu lui fais le moindre mal, je te fais sauter la cervelle !

— Ah oui ? répondit Jim, en appuyant la lame sous le menton de Willa.

Il se sentait parfaitement calme. C'était lui qui menait le jeu. Lui qui avait le pouvoir. La femme qu'il serrait contre lui n'était plus sa sœur mais un vulgaire bouclier.

— Si tu approches, je lui tranche la gorge ; elle sera morte avant même de toucher le sol !

— Toi aussi.

Jim jeta un coup d'œil rapide autour de lui. Son fusil était trop loin. Prudemment, il recula d'un pas en direction des chevaux.

— Donne-moi cinq minutes d'avance, et je la laisse partir.

— Non, Ben, dit Willa calmement tandis que l'acier froid de la lame commençait à lui entailler la peau. Il me tuera de toute façon.

— Tais-toi ! ordonna Jim. C'est une affaire d'hommes. Si tu la veux, McKinnon, tu l'auras. Mais jette ton arme et laisse-nous partir. Sinon je la saigne maintenant. À toi de choisir.

Ben regarda Willa. Il la vit cligner des paupières et espéra qu'elle avait compris.

Il appuya sur la détente. La balle frappa Jim entre les yeux. Le couteau tomba, heurtant un rocher. Sa main se mit à trembler. Willa n'avait pas bougé d'un millimètre.

Willa tituba. Et, soudain, dans un assourdissant coup de tonnerre, la pluie se mit à tomber à torrents. Ben se précipita et elle s'écroula comme une masse dans ses bras.

Lorsqu'elle reprit connaissance, elle était contre lui, son visage était trempé et Ben la couvrait de baisers.

— Désolée, marmonna-t-elle, j'ai perdu l'équilibre.

— Oui, je sais, murmura-t-il en la berçant.

Ses oreilles tintaient comme des carillons. Elle appuya la tête contre l'épaule de Ben, refusant de voir le corps qui gisait près d'eux.

— Il m'a dit que nous étions frère et sœur. Que s'il a fait ça, c'est à cause du ranch, de mon père, de...

— Oui, j'ai tout entendu, interrompit-il.

Il pressa les lèvres contre ses cheveux puis, prenant soudain conscience de la pluie diluvienne, il ôta son chapeau pour protéger la tête de Willa.

— Quand je pense que tu l'as provoqué ! Les minutes que j'ai passées à ramper jusqu'à vous m'ont semblé durer des siècles.

— Je ne savais pas quoi dire d'autre, murmura-t-elle, sentant la peur l'envahir de nouveau. Et Ham ?

— Je ne sais pas, souffla-t-il, la serrant plus fort tandis qu'elle tremblait. Je ne sais pas, ma chérie. Il était vivant lorsque je suis parti.

Il y avait de l'espoir, alors.

— Oh, mes mains, Ben, ça fait mal.

Il se mit à jurer tout en se précipitant pour prendre son couteau puis coupa les liens. En voyant ses poignets abîmés, son cœur se serra de colère.

— Ma chérie, ma douce, murmura-t-il en la berçant dans ses bras.

Il la berçait encore, agenouillé sous la pluie battante, lorsque Adam les rejoignit.

31

— Tu vas m'obéir ! Mange ! ordonna Bess d'un ton sévère, penchée au-dessus du lit.

— Fiche-moi la paix !

Ham, allongé sous les couvertures, écarta d'un air bougon le plateau qu'elle avait posé sur lui.

— Pas question ! Tu vas encore en profiter pour te lever. La prochaine fois que je t'y reprends, je te confisque ton pyjama, comme ça tu n'oseras pas sortir.

— Bon sang, Bess, j'ai passé six semaines à l'hôpital sans bouger et ça fait une semaine que je suis sorti ! Je suis guéri, sacré bon Dieu !

— N'invoque pas le nom du Seigneur en vain, je te prie, Hamilton ! Le médecin t'a prescrit deux semaines de repos au lit avec une heure de promenade deux fois par jour. N'oublie pas qu'on t'a planté un couteau dans le ventre ! Tu as saigné comme un porc sur le carrelage de ma cuisine.

— Je ne risque pas de l'oublier, tu me le serines cent fois par jour.

— Et je le répéterai encore s'il le faut !

Willa entra dans la chambre.

— Ah, te voilà, toi ! reprit Bess. Tu vas peut-être pouvoir raisonner ce vieux râleur, moi j'ai du travail.

— Alors, tu lui en fais baver, Ham ?

Il jeta un regard noir à Bess qui sortait de la pièce.

— C'est elle qui n'arrête pas de m'embêter. Si ça continue, je vais faire des nœuds à mes draps pour me sauver par la fenêtre.

— Oh, laisse-la faire !

Elle s'assit au bord du lit et le regarda attentivement. Il avait repris des couleurs.

— Tu as bonne mine, déclara-t-elle.

— Je suis en pleine forme. Je devrais déjà être à cheval.

Elle appuya la tête sur l'épaule du vieil homme et se blottit contre lui.

— Ça suffit, Willa, marmonna-t-il, ne sachant pas quoi faire, je ne suis pas un ours en peluche.

— Un grizzly, plutôt ! dit-elle en souriant et en embrassant sa joue rugueuse malgré ses protestations embarrassées.

— Faut toujours que les femmes en profitent quand on est malade !

— C'est de bonne guerre, répondit-elle en se redressant et en prenant sa main. Est-ce que tu as vu Tess ?

— Oui, elle est venue me dire au revoir.

Elle avait pleuré comme une Madeleine et l'avait presque étouffé en l'embrassant. Il avait bien failli y aller de sa larme, lui aussi.

— Ça va nous manquer de ne plus la voir se pavaner avec ses bottes de carnaval, grommela-t-il.

— Oui, ça va faire un vide. Nat est déjà arrivé pour l'emmener à l'aéroport. Je vais aller lui dire au revoir.

Elle lui pressa la main, se leva et s'arrêta à la porte.

— Ham ? demanda-t-elle sans oser le regarder. Est-ce qu'il était vraiment le fils de Jack Mercy ? Est-ce que c'était mon frère ?

Il aurait pu répondre non, cela aurait été plus facile pour elle, peut-être. Mais sa Willa était une dure à cuire, et puis elle lui faisait confiance. Il ne pouvait pas lui mentir.

— Je ne sais pas. Je n'en sais vraiment rien.

Elle hocha lentement la tête. Il lui faudrait aussi apprendre à vivre avec cette incertitude.

Dans la cour du ranch, Lily, en larmes, s'accrochait au cou de Tess.

— On dirait que je pars au fin fond de l'Afrique, ironisa Tess en reniflant. Ce n'est que la Californie, je reviendrai vous voir bientôt. Je veux être là pour la naissance du bébé.

Elle tapota le ventre déjà rond de Lily.

— Tu vas me manquer, sanglota Lily.

— J'écrirai, je téléphonerai, j'enverrai des fax s'il le faut. Tu ne t'apercevras même pas que je ne suis pas là. Prends soin de toi, ma belle.

Elle la serra très fort dans ses bras. Puis elle se tourna vers Adam et l'embrassa.

— À bientôt, dit-elle. Je t'appellerai pour que tu me donnes des conseils pour l'achat de mon cheval.

Il lui murmura quelques mots à l'oreille.

— Qu'est-ce que ça veut dire ?

— Ma sœur de cœur, répondit-il en se touchant la poitrine.

— J'appellerai, bredouilla-t-elle, émue.

Elle se hâta de se détourner et se trouva nez à nez avec Bess.

— Tiens, prends ça ! fit Bess en lui mettant un panier d'osier dans les mains. L'aéroport n'est pas tout près et avec ton appétit tu ne tiendras jamais le coup.

— Merci. Peut-être que je vais enfin perdre les kilos que tu m'as fait reprendre.

— Ça serait dommage, ça te va bien. Embrasse ta mère pour moi.

— Je n'y manquerai pas.

Bess lui posa un baiser sur la joue avec un soupir.

— Reviens vite, ma fille.

— Promis, dit-elle en se tournant vers Willa, des larmes plein les yeux. Eh bien, on peut dire que ç'a été une aventure !

— Oui, répondit Willa en s'approchant, pouces enfoncés dans les poches. Tu auras de la matière pour ton roman.

— Un peu trop, même. Fais attention à toi.

Willa haussa un sourcil.

— Toi, surtout ! Méfie-toi de la jungle des villes.

— Ne t'inquiète pas, je la connais comme ma poche. Je t'enverrai une carte postale pour que tu voies à quoi ressemble le monde.

— D'accord.

— Bon, j'y vais.

Elle s'apprêtait à grimper dans le pick-up, mais elle se ravisa, fourra le panier dans les mains de Nat et se jeta dans les bras de Willa.

— Tu vas me manquer, tu sais.

— Toi aussi, répondit Willa en la serrant fort contre elle. N'oublie pas d'appeler.

— Promis... Essaie de te mettre un peu de rouge à lèvres de temps en temps, d'accord ? Et de la crème sur les mains avant qu'elles ne se racornissent.

— Tu comptes beaucoup pour moi, Tess. Prends soin de toi.

— Il faut que j'y aille, répondit-elle avec un sanglot. Ne reste pas là comme une idiote ! Va châtrer un veau !

— J'y cours. Bye-bye, Hollywood.

Willa sortit son bandana pour se moucher tandis que le pick-up s'en allait en cahotant.

Ses bagages étaient enregistrés. Elle allait peut-être enfin arrêter de pleurer ! Plus d'une heure à sangloter aurait dû suffire tout de même ! Heureusement que Nat était compréhensif.

— Ce n'est pas la peine d'attendre, dit-elle sans lui lâcher la main.

— Ça ne me gêne pas.

— Tu ne m'oublieras pas ?

— Tu sais bien que non.

— Ce serait bien que tu viennes me voir un week-end pour que je te fasse visiter Hollywood.

— Bonne idée.

Au moins, il était arrangeant, songea-t-elle. Le départ qu'elle avait tant attendu était enfin arrivé. Maintenant, elle allait vivre comme elle le désirait.

— Tu me tiendras au courant des commérages. Je veux tout savoir sur Lily et Willa. C'est fou ce qu'elles vont me manquer, toutes les deux !

Autour d'elle, l'aéroport grouillait d'animation. D'habitude, elle bouillait d'impatience à l'idée de se retrouver dans les airs. Mais aujourd'hui elle avait le cœur serré.

— Je ne veux pas que tu restes, continua-t-elle en se forçant à affronter le regard patient de Nat. On s'est déjà dit au revoir. Pas la peine de rendre les choses plus difficiles.

— Tess ? dit-il en lui posant les mains sur les épaules. Je t'aime. Je t'aimerai toute ma vie. Reste. Épouse-moi.

— Nat, je... Il faut que je parte, tu le sais bien. J'ai mon travail, ma carrière. Nous savions tous les deux que ce n'était que provisoire.

Son visage la trahissait et il la secoua gentiment.

— Oui, mais ça a changé, Tess. Tu es incapable de me regarder dans les yeux et de me dire que tu ne m'aimes pas. À chaque fois que tu t'apprêtes à le faire, tu regardes ailleurs et tu te tais.

— Il faut que je parte, sinon je vais rater mon avion.

Elle se dégagea et s'éloigna, presque au pas de course, son ordinateur portable bringuebalant contre sa hanche.

« C'est la seule chose à faire, j'ai raison », se répétait-elle tandis qu'elle rejoignait le terminal d'embarquement. Comment pourrait-elle vivre dans un ranch, dans le Montana ? Seule sa carrière comptait. Elle allait écrire un nouveau scénario, continuer son roman. Sa vie était à Los Angeles, pas ailleurs.

Elle s'arrêta brutalement, fit demi-tour et se fraya un passage à travers la foule qui la bousculait. Elle aperçut le Stetson de Nat qui disparaissait dans l'escalier roulant et accéléra.

— Nat ! Nat ! Attends !

Il était déjà en bas lorsqu'elle le rejoignit. Elle se planta devant lui et le regarda bien en face, la main posée sur son cœur, essayant de reprendre son souffle.

— Je ne t'aime pas, dit-elle sans sourciller. Tu vois, gros malin, que je suis capable de mentir en te regardant dans le blanc des yeux !

Elle éclata de rire et se jeta à son cou.

— Après tout, je peux travailler n'importe où.

Il l'embrassa et la reposa à terre.

— Parfait. Rentrons, maintenant.

— Et mes bagages ?

— Ils nous suivront.

Elle jeta un coup d'œil par-dessus son épaule et dit un dernier au revoir à Los Angeles.

— Tu n'as pas l'air étonné.

— Pas trop, répondit-il en la soulevant dans ses bras et en la faisant tournoyer. Je suis patient.

Ben trouva Willa en train de changer le grillage qui séparait Three Rocks de Mercy. Il aurait dû faire la même chose, se dit-il en descendant de cheval pour s'approcher.

— Tu as besoin d'un coup de main ?

— Non.

— Comment va Ham ?

— D'aussi bonne humeur qu'un ours en cage ! À mon avis, ça veut dire qu'il est guéri.

— Tant mieux. Laisse-moi faire.

— Je peux très bien réparer ça toute seule.

— Je sais, dit-il en lui prenant le rouleau des mains.

— Ça suffit ! Tu ne peux pas passer ton temps à faire les choses à ma place.

— Et pourquoi pas ?

— Occupe-toi de ton ranch, moi je m'occupe du mien.

— Tu ne peux pas t'empêcher de donner des ordres, hein ? maugréa-t-il en enfonçant son Stetson jusqu'aux sourcils.

— Nous avons respecté les termes du testament et tu n'as plus à superviser mon ranch maintenant.

— Ah, parce que tu crois qu'il n'y a que ça qui compte ! fit-il en la foudroyant du regard.

— C'est l'impression que tu m'as donnée dernièrement, en tout cas.

— Qu'est-ce que ça veut dire ?

— Ça veut dire ce que ça veut dire ! Je ne t'ai pas beaucoup vu, ces dernières semaines.

— J'étais occupé.

— Eh bien, c'est moi qui suis occupée à présent. Va changer le grillage chez toi !

— Cette clôture m'appartient autant qu'à toi !

— Tu n'avais qu'à la vérifier avant, alors !

Il renversa le rouleau de grillage comme une frontière entre leurs corps, entre leurs terres.

— Puisque tu veux savoir ce que j'ai, s'écria-t-il, je vais te le dire !

Il sortit de sa poche les deux petites boucles d'oreilles et les lui tendit.

— Oh ! s'exclama-t-elle en les voyant. J'avais complètement oublié.

— Pas moi.

Il les avait gardées précieusement. À chaque fois qu'il les voyait, il revivait cette nuit de peur et de ténèbres, pensait à ce qui serait arrivé s'il ne l'avait pas retrouvée à temps, si elle n'avait pas eu la présence d'esprit, la force, de lui montrer le chemin.

— Je ne savais pas que tu les avais trouvées, dit-elle en fourrant les anneaux dans sa poche.

— Je ne t'aurais jamais rejointe autrement. Je l'ai entendu hurler comme un fou quand je rampais jusqu'à vous. Je l'ai vu te mettre son couteau sur la gorge, j'ai vu ton sang couler.

Instinctivement, elle porta la main à son cou. Souvent, il lui semblait encore sentir le froid de la lame du poignard que son père avait mis dans la main du tueur.

— C'est fini, murmura-t-elle. Je n'aime pas beaucoup y repenser.

— Moi, j'y pense beaucoup. Je revois encore les éclairs dans le ciel, tes yeux quand tu as compris ce que j'allais faire. Lorsque tu m'as fait confiance.

Elle n'avait pas sourcillé. Elle avait gardé les yeux grands ouverts quand il avait appuyé sur la détente.

— J'ai tué un homme qui se servait de toi comme bouclier, Willa. J'ai eu très peur.

— Je suis désolée, dit-elle en s'approchant pour lui prendre la main, mais elle s'arrêta en voyant son mouvement de recul. Tu as tué quelqu'un à cause de moi. Je comprends que tes sentiments aient pu changer.

— Ce n'est pas ça, ou peut-être que si, jeta-t-il en se détournant et en levant la tête vers le ciel.

Heureusement qu'il lui tournait le dos et ne pouvait voir ses lèvres trembler et les larmes qu'elle retenait.

— Je comprends, et je te remercie. Je préfère qu'on en parle. C'est moins dur comme ça.

— Moins dur, tu parles ! fit-il en enfonçant les mains dans les poches arrière de son jean. Depuis que je te connais, tu n'as pas arrêté d'être dans mes pattes et de...

— Tu es sur mes terres, interrompit-elle, blessée, j'aimerais bien savoir qui est dans les pattes de qui !

— Je crois que personne ne te connaît mieux que moi ! Tu es têtue, tu as un caractère de cochon, tu es énervante, tu es intelligente, mais bien souvent tu te laisses aveugler par tes intuitions. Enfin, l'important c'est que je connaisse tes défauts.

Elle lui donna un coup de pied qui le fit trébucher. Il ramassa son Stetson qu'elle avait fait tomber, le claqua contre sa jambe pour l'épousseter et la regarda en face.

— Tu veux qu'on se batte, c'est ça ?

— Vas-y.

— Et voilà, ça recommence ! Tu devrais voir ta tête. Je suis sûr que c'est à cause de ça...

— Que quoi ?

— Que je t'aime.

Elle laissa tomber le maillet qu'elle tenait encore à la main.

— Quoi ?

— Tu m'as parfaitement entendu, dit-il en se remettant le chapeau sur la tête. Tu as l'ouïe aussi fine qu'un chat de gouttière. Tu vas être obligée de m'épouser, Willa, c'est la seule solution, et je peux te dire que j'en ai cherché d'autres.

— Vraiment ?

Elle reprit le maillet et s'en tapota la paume sans le quitter des yeux.

— Oui. S'il y avait eu une autre solution, continua-t-il en s'approchant doucement, je l'aurais choisie. J'ai cru que je n'étais amoureux fou de toi que parce que tu me repoussais, et puis lorsque je t'ai enfin eue, je me suis dit que je te désirais parce que je ne savais pas combien de temps je pourrais te garder.

— Si tu approches encore, dit-elle calmement, tu vas le regretter.

Il continua à avancer comme s'il n'en croyait pas un mot.

— Et puis j'ai compris que personne ne m'avait jamais attiré autant que toi. Dès que je te quittais, tu me manquais déjà. Jamais je n'avais ressenti cela. Lorsque tu étais en danger, j'étais fou d'angoisse, et maintenant que tout est rentré dans l'ordre, je n'ai pas d'autre choix que de t'épouser.

— Drôle de demande en mariage !

Soudain, il lui arracha le maillet des mains et le jeta au loin.

— Avec le caractère que tu as, c'est la seule que tu auras. Ça ne sert à rien de refuser, Willa, ma décision est prise.

— Eh bien je refuse quand même, fit-elle en croisant les bras. Je veux mieux que ça.

Il soupira. Elle réagissait exactement comme il l'avait craint.

— Tu l'auras voulu. Je t'aime. Je te demande de m'épouser. Je ne peux pas vivre sans toi. Ça te va ?

— C'est un peu mieux.

C'était donc ça le bonheur ?

— Où est la bague ? demanda-t-elle.

— La bague ! Bon sang, Willa je ne me promène pas avec une bague dans la poche quand je répare les clôtures ! Et puis d'abord, tu n'en portes jamais.

— Je porterai celle que tu m'offriras.

Il remonta son Stetson sur son front.

— Ça veut dire que tu acceptes ?

— Bien sûr, répondit-elle en se précipitant dans ses bras. Mais ça t'a pris rudement longtemps pour te décider !

4374

Composition Nord Compo
Achevé d'imprimer en France (Manchecourt)
par Maury-Eurolivres
le 1ᵉʳ juin 2005.
Dépôt légal juin 2005. ISBN 2-290-33846-X
1ᵉʳ dépôt légal dans la collection : janvier 2004

Éditions J'ai lu
84, rue de Grenelle, 75007 Paris
Diffusion France et étranger : Flammarion